HEYNE BÜCHER

SCIENCE FICTION

Herausgegeben
von Wolfgang Jeschke

Ein Verzeichnis dieser Serie
finden Sie am Schluß des Bandes.

L. A. GRAF

STAR TREK®
CLASSIC

DIE EISFALLE

Star Trek™ Classic
Band 67

Deutsche Erstausgabe

WILHELM HEYNE VERLAG
MÜNCHEN

HEYNE SCIENCE FICTION & FANTASY
Band 06/5467

Titel der Originalausgabe
ICE TRAP
Übersetzung aus dem Amerikanischen von
MICHAEL KUBIAK

Umwelthinweis:
Dieses Buch wurde auf
chlor- und säurefreiem Papier gedruckt.

Redaktion: Rainer Michael Rahn

Erstausgabe bei POCKET BOOKS, a division
of Simon & Schuster, Inc., New York
Printed in Germany 1996
Umschlagbild: Pocket Books/Simon & Schuster
Umschlaggestaltung: Atelier Ingrid Schütz, München
Technische Betreuung: M. Spinola
Satz: Schaber Satz- und Datentechnik, Wels
Druck und Bindung: Ebner Ulm

ISBN 3-453-10952-X

Für Julia, Karen Rose und Melissa,
ohne deren Inspiration und Mitarbeit
dieses Buch niemals entstanden wäre

1

Leonard McCoy starrte wütend auf den Transporter, den er, Kirk und Spock soeben verlassen hatten. Sein Rücken war klebrig vom Angstschweiß. Das war immer so, wenn ihn die Umstände zwangen, einen Transporter zu benutzen statt eines konventionelleren, *sichereren* Verkehrsmittels – zum Beispiel seine Füße. Er schob einen Zeigefinger in den blaßgrünen Kragen seiner Uniform und zog daran. Wenn der Mensch zum Fliegen geboren wäre..., dachte er säuerlich. »Ich hasse diese verdammten Dinger.«

»Ich weiß, Pille.« Jim Kirk blieb neben ihm stehen. Seine Stimme klang mitfühlend und, für McCoys Ohren, ein wenig resigniert angesichts einer altbekannten und oft wiederholten Klage. »Betrachte es doch einfach als eines dieser Wunder des modernen Raumfahrtzeitalters.«

Der Arzt schnaubte und schaute zu dem großen Vulkanier neben seinem Captain hoch. »Ich betrachte Spock als eines der Wunder der verdammten *Galaxis*, aber ihn mag ich auch nicht.«

»Vielen Dank, Doktor«, erwiderte Spock. »Ich interpretiere das als Kompliment.«

In Kirks braunen Augen funkelte kaum verhohlene Belustigung. »Ich bin sicher, daß er es auch so gemeint hat.«

McCoy biß die Zähne zusammen und enthielt sich eines weiteren Kommentars. Er wechselte sein Medikit von einer Hand in die andere und schaute sich um.

Der Transporterraum an Bord der Orbitalstation der Nordstral Pharmaceuticals war karg und ausschließlich nach Gesichtspunkten der Nützlichkeit gestaltet. Ein matt glänzender Farbton, den McCoy während seiner Schulzeit nur unter der Bezeichnung »schmutziggrau« kannte, bedeckte die ansonsten schmucklosen Wände. McCoy vermutete, daß die einzige Tür den Zugang zur restlichen Station darstellte. In einem durch eine Glaswand abgetrennten Bereich auf der rechten Seite arbeitete ein einsamer Techniker mit dem grellfarbenen Logo von Nordstral Pharmaceuticals auf der Brust seines Coveralls. Sein Verhalten legte die Vermutung nahe, daß er ihre Anwesenheit entweder noch nicht bemerkt hatte oder daß sie ihm gleichgültig war. McCoy konnte nicht entscheiden, was ihn mehr erboste.

»Ihr zwei brauchtet mich nicht zu begleiten, wißt ihr. Ich bin schon ein großer Junge – ich komme mit einfachen medizinischen Untersuchungen ganz alleine klar. Ihr müßt schließlich einen Rettungstrupp organisieren.«

»Spock nicht«, sagte Kirk und vermied es, auf seine erste Bemerkung einzugehen. »Dieser Aufenthalt dauert nicht lange, und ich möchte über die medizinischen Probleme bei Nordstral soviel wie möglich in Erfahrung bringen, ehe ich mich auf die Suche nach ihrer vermißten Fähre begebe. Schließlich hat Nordstral Pharmaceuticals uns gebeten, ihnen in beiden Fällen behilflich zu sein.«

»Und es könnte sich herausstellen, daß sie miteinander zusammenhängen«, gab Spock zu bedenken.

McCoy pflichtete ihm mit einem Knurrlaut widerstrebend bei. »Sollten wir nicht von irgend jemandem abgeholt werden?«

»So wurde es mir jedenfalls angekündigt.« Kirk sprang von der letzten Stufe herunter, offenbar mit der Absicht, sich bei dem beschäftigten Techniker bemerkbar zu machen. In diesem Moment glitt die Tür am anderen Ende des Raums auf. Eine kleine dunkelhaarige Frau mittleren Alters trat ein. Sie kam eilig auf sie zu, wobei ihr blaßblauer Laborkittel leise raschelnd an ihren Hosenbeinen scheuerte. Mit schnellem Blick überflog sie die Rangabzeichen der Besucher und streckte ihnen eine Hand entgegen.

»Captain Kirk? Ich bin Maxine Kane, die Stationsärztin von Nordstral Pharmaceuticals. Willkommen an Bord der *Curie*.«

Kirk ergriff ihre Hand. »Vielen Dank, Dr. Kane. Dies sind mein Erster Offizier, Mr. Spock, und mein Chefarzt, Dr. Leonard McCoy.«

»Mr. Spock.« Kane grüßte den Vulkanier mit einem höflichen Kopfnicken und reichte dann dem Arzt die Hand. »Dr. McCoy.«

Ihr Händedruck war fest, aber sie hatte eine feuchte Handfläche. Sie versuchte, McCoy freundlich und offen anzulächeln, doch das Lächeln wirkte ein wenig verkniffen. Die Haut um ihre grünen Augen war faltig vor Erschöpfung und Sorge und verlieh ihrem Gesicht einen spröden Ausdruck. McCoy hätte darauf wetten können, daß sie unter heftigen Kopfschmerzen litt. Er lächelte. »Sehr angenehm, Dr. Kane.«

Als wüßte sie nicht, was sie mit ihrer Hand tun sollte, steckte Kane sie schnell in die Tasche, sobald McCoy sie losließ. Unter dem Stoff des Kittels zeichnete sich deutlich ab, wie sie die Finger zur Faust ballte.

»Ich muß mich dafür entschuldigen, daß ich nicht zugegen war, als Sie eintrafen. Hier ist es in letzter Zeit ein wenig … hektisch zugegangen. Die Havarie der Fähre, die Probleme in meiner Abteilung … Und darüber hinaus werde ich an fünfzehn Orten gleichzeitig gebraucht.« Sie kicherte – ein deutlich trauriger Laut – und fuhr sich mit der anderen Hand durch das graumelierte Haar. »Es ist zu schade, daß unsere Kloninganlagen nur mit dem hiesigen Plankton funktionieren.«

Spock räusperte sich. McCoy verdrehte die Augen; er konnte sich schon denken, was jetzt kam.

»Falls ich mich nicht irre, Dr. Kane, ist ›Plankton‹ nicht die korrekte Bezeichnung für die Meereseinzeller von Nordstral. Plankton, wie man es auf der Erde antrifft, ist zur Photosynthese fähig, braucht Sonnenlicht, um Kohlendioxid und Wasser in Kohlenwasserstoff und Sauerstoff umzuwandeln. Die Seefauna und -flora von Nordstral hingegen verwendet die Energie des starken Magnetfeldes des Planeten, um den gleichen Prozeß zu vollziehen.«

»Ich habe davon wirklich nur sehr wenig Ahnung, Mr. Spock«, sagte Kane mit einem Seufzer, der, wie McCoy feststellte, seinem eigenen verblüffend ähnlich war. »Ich bin Medizinerin – ich weiß lediglich, daß das irdische Plankton und die Nordstral-Einzeller im Ozean schwimmen und den Sauerstoff des Planeten erzeugen. Das genügt mir.«

»Aber da dieses Plankton« – McCoy verzog in Spocks Richtung trotzig das Gesicht – »der Hauptgrund ist, weshalb Nordstral Pharmaceuticals sich hier niedergelassen hat, können Sie das Zeug nennen, wie immer Sie wollen.«

Spock hob mißbilligend eine Augenbraue. »Die Firma hat die Fauna und Flora des Planeten aber nicht erfunden, Doktor.«

»Ja. Schön.« Kane starrte auf den Boden, als alle sich ihr zuwandten. Dann schaute sie mit einem leicht verlegenen Grinsen wieder hoch. »Ich bedaure, daß Dr. Stehle nicht da ist, um sich mit Ihnen darüber zu unterhalten, Mr. Spock. Vernon...« Sie hielt inne. Emotionen glitten über ihre Gesichtszüge, veränderten sie wie eine Maske aus heißem Wachs. »Vernon Stehle hat das planetare Forschungsteam geführt, das verschwunden ist. Er ist derjenige, der den pharmazeutischen Nutzen des Planktons hätte erläutern können – ich bin nur für die Erste-Hilfe-Medizin zuständig.« Sie holte tief Luft und atmete mit einem schweren, zischenden Seufzer aus. »Soll ich Sie nicht lieber irgendwohin bringen, wo man sich viel gemütlicher unterhalten kann?« Sie verließ den Raum, ohne auf eine Antwort zu warten, und die Offiziere der *Enterprise* folgten ihr.

Kirk faßte nach McCoys Arm, während sie hinter Dr. Kane durch einen hellerleuchteten Korridor gingen. Seine Augenbrauen ruckten fragend bis zum Haaransatz hoch, während er stumm mit den Lippen einen Satz formte: Was hältst du davon?

McCoy schüttelte den Kopf und zuckte die Achseln. Dabei ruhten seine Blicke auf den hängenden Schultern Kanes. Sie war offensichtlich ein Opfer von Streß, Erschöpfung und, wenn ihre Bemerkungen eine Vermutung gestatteten, Überarbeitung.

Sie führte sie zu einem kleinen Labor. McCoy konnte sich des Gedankens nicht erwehren, daß nur ein Wissenschaftler ein Labor für einen »gemütlichen« Ort halten konnte, um sich in Ruhe zu unterhalten. Orte und Namen mochten sich ändern, aber Labors neigten dazu, auf jeder Welt weitgehend gleich auszusehen.

Sie bedeutete ihnen mit einer Handbewegung, an einem der Tische Platz zu nehmen. »Kann ich Ihnen irgend etwas anbieten?« Als die Besucher dankend ablehnten, bestellte Kane sich von einem Synthetisierer in der Ecke eine Riesentasse Kaffee und zwei Aspirintabletten, ehe sie sich Spock gegenüber niederließ. Sie schnippte sich die Tabletten in den Mund, spülte sie mit einem kräftigen Schluck des dampfenden schwarzen Getränks hinunter und seufzte. »Es ist zwar nur Kaffee-Ersatz, aber wenigstens das Koffein ist echt.« Sie spielte mit der Tasse, strich mit einem

Finger nervös über ihren feuchten Rand. »Manchmal denke ich, dieses Zeug ist das einzige, was mich überhaupt noch auf den Beinen hält.«

»Vielleicht versuchen Sie es mal mit Schlaf«, schlug Spock diplomatisch vor.

Ein Winkel ihres Mundes verzog sich zuckend zu einem freudlosen Lächeln. »Das ist hier zur Zeit ein absoluter Luxus. Ich kenne niemanden, der in der letzten Zeit genug davon genossen hat. Es geschah einfach zuviel.«

»Weshalb fangen Sie nicht einfach mit dem an, was Ihnen am leichtesten fällt?« forderte Kirk sie auf.

»Es gibt nichts, was mir leichtfällt.« Kane ließ sich nach hinten sinken, während ihre Finger die Kaffeetasse umklammerten. »Für den Anfang reicht es, wenn ich erzähle, daß vor ein paar Wochen einige Angehörige unserer Besatzung anfingen, sich seltsam zu verhalten. Wir waren uns im Laufe der Zeit durchaus darüber klargeworden, daß seltsame Verhaltensweisen bei Leuten, die an längerfristigen Firmenmissionen teilnehmen, durchaus normal sind, vor allem dann, wenn der jeweilige Planet sich als so unwirtlich erweist wie Nordstral. Aber was wir erlebten, war uns noch niemals zuvor begegnet. Zur Zeit betreuen wir in unserem medizinischen Zentrum ein Dutzend Mannschaftsangehörige.«

McCoy stieß einen leisen Pfiff aus. »Wie äußert sich dieses Verhalten, Doktor?«

Kane hielt eine Hand hoch und begann an den Fingern abzuzählen. »Paranoia. Halluzinationen. Hysterische Anfälle. Neigung zu Gewalttätigkeit. Neigung zu Selbstmord.« Sie schüttelte hilflos den Kopf. »Egal, was Sie nennen, wir haben es gehabt.« Ihre Finger verschränkten sich wie die Beine sich paarender Spinnen. »Und dann wurde es noch schlimmer.«

Spock legte den Kopf ein wenig schief. »Könnten Sie sich etwas präziser ausdrücken?«

Sie schob die Tasse beiseite und erhob sich. »Kommen Sie mit. Ich zeige es Ihnen.«

Kane gab über ein Tastenfeld neben einer Hochsicherheitstür einen kurzen Identifikationscode ein. Ein Ton erklang, und ein Kontrollicht wechselte die Farbe von Gold zu Blau. Die Ärztin drückte auf einen anderen Knopf, und die Türen glitten lautlos auf.

»Unser trautes Heim«, sagte sie und ließ ihren Besuchern den Vortritt. »Das ist die psychiatrische Abteilung unserer Anlage.« Sie vergewisserte sich, daß die Tür gesichert war, dann ging sie vor den drei Männern her den Flur hinunter.

Eine junge Krankenschwester saß hinter einem Pult und war in ihre Arbeit vertieft. Sie blickte auf, als sie Schritte hörte, und lächelte freundlich. Offensichtlich war sie dankbar für diese Gelegenheit, eine kleine Pause machen zu können.

Kane erwiderte das Lächeln der jungen Frau. »Das ist die Hilfe, die Starfleet uns zugesagt hat.« Sie deutete mit einer knappen Handbewegung auf die Männer neben ihr. »Sie sind endlich da.«

»Gott sei Dank«, erwiderte die Krankenschwester ohne Ironie. Sie rieb sich die Augen und unterdrückte ein Gähnen. »Diese langen Schichten bringen mich noch um.«

»Wie geht es unserer Truppe denn heute?« fragte Kane.

Die Krankenschwester stützte das Kinn in eine Hand. »Ich habe vor einer Stunde bei ihnen nachgesehen, und da waren sie still – sie sehen sich Videos an und spielen Karten.«

»Nun, das ist wenigstens ein Lichtblick.« Kane holte ein Krankenblatt aus einem Ständer neben dem Pult und klemmte es sich unter den Arm.

»Nehmen Sie sich trotzdem in acht«, fügte die

Krankenschwester etwas leiser hinzu. »Mr. Superego sucht Sie.«

Kanes Gesichtsausdruck, der Bitterkeit und tiefe Abscheu signalisierte, erschreckte McCoy. »Was hat er... was wollte er?« erkundigte sie sich, wobei ihre Augen fast unmerklich zu ihren Gästen blickten.

»Das hat er nicht gesagt.« Die Krankenschwester legte eine Hand auf die Brust. »Ich bin doch nur eine billige kleine Hilfskraft, oder?«

»Stimmt.« Kane seufzte derart heftig, daß McCoy, der neben ihr stand, spürte, wie sie am ganzen Körper erbebte. »Na ja, hoffen wir, daß er sich beruhigt hat und zu Bett gegangen ist. Gentlemen, wenn Sie mir bitte folgen wollen?« Sie ging voraus durch den Flur.

»›Mr. Superego‹?« fragte Kirk, als sie sich außer Hörweite der Krankenschwester befanden.

Kanes Mund verzog sich geringschätzig. »Nicholai Steno, der Stationsleiter von Nordstral. Wenn Sie ihn noch nicht kennen, erwartet Sie ein ganz besonderes Erlebnis. Sie werden sich wünschen, daß das alte Sprichwort, nach dem jeder irgendwo im Universum einen Zwilling hat, niemals zutreffen möge.« Sie blieb vor einer Tür stehen und gab einen anderen Code ein. Das Lächeln, mit dem sie über die Schulter schaute, milderte für einen kurzen Moment die Anspannung um ihre Augen. »Kommen Sie rein und lernen Sie die Truppe kennen.«

Der Aufenthalts- und Freizeitraum ähnelte vielen, die McCoy während seiner langen Tätigkeit als Arzt kennengelernt hatte. Er war in bunten Farben gehalten und hell erleuchtet. Die Wände waren mit Produkten des Kunsthandwerks geschmückt. Mehr als ein Dutzend Leute in Raumfahrerzivil waren anwesend. Einige saßen in abgetrennten Kabinen vor Sichtgeräten und lasen, während die anderen in bequem aussehenden Sesseln lagen und sich auf einem an der Wand befestigten großen Videoschirm einen alten

Film anschauten. An einem Tisch in der Mitte des Raums war ein Kartenspiel im Gange.

»Hey, Dr. Kane!« Ein stämmiger dunkelhaariger Mann am Kartentisch begrüßte die Ärztin mit einem breiten Grinsen. »Wollen Sie nicht auch mal Ihr Glück versuchen?«

Sie drohte ihm scherzhaft mit dem Finger. »Heute nicht, Bracken.« Sie legte einem anderen Patienten eine Hand auf die Schulter. Ihre tiefe Zuneigung zu diesen Männern und Frauen war offensichtlich. »Wie fühlen Sie sich?« Überall im Raum erklangen positive Antworten.

»Sind Sie auch Ärzte?«

McCoy blickte auf den sanftäugigen Mann neben ihm hinunter. Nachdem Kane ihm auffordernd zugenickt hatte, lächelte der Schiffsarzt. »Nun, ich zumindest bin einer. Das sind Captain James Kirk und der Erste Offizier Spock.«

»Sind Sie hier, um uns zu helfen?« Eine zierliche Frau, die zusammengerollt in einem Sessel ruhte, hatte die Frage gestellt. Ihre Hände lagen nervös zuckend in ihrem Schoß. »Wir würden gerne wissen, was passiert ist. Weshalb wir so verrückt geworden sind.«

»Sie sind nicht verrückt«, erklärte Kane mit Nachdruck in der unbehaglichen Stille, die auf die Worte der Frau folgte. »Das ist wohl eindeutig.«

»Was ist denn dann mit uns geschehen?« fragte jemand anderer.

Kane schienen die Worte zu fehlen. Ehe McCoy eine Antwort auf die Ängste der Patienten formulieren konnte, die nicht zu herablassend klang, schaltete Kirk sich ein.

»Das wissen wir noch nicht. Aber wir werden alles in unserer Macht Stehende tun, um herauszufinden, was geschehen ist.« Zuversicht schwang in Kirks Stimme mit. Er stand mitten im Raum und ließ seinen

Blick langsam von Patient zu Patient wandern, als meinte er jeden einzelnen persönlich.

Voller Stolz auf seinen Freund und mit einem Anflug von Staunen verfolgte McCoy, wie die Mienen und die teilweise verkrampfte Haltung der Anwesenden sich entspannten. Sogar bei Menschen, die nicht zu seiner Mannschaft gehörten – bei Leuten also, die nicht wußten, wer er war oder was er in seinem Leben schon alles geleistet hatte, Leuten, die überhaupt keinen Grund hatten, ihm zu glauben –, erwarb Kirk sich auf Anhieb Vertrauen. Wenn er erklärte, so ist es, dann war es auch so, und dafür würde er auch sein Leben einsetzen. McCoy wußte irgendwie, daß die Leute das erkannt hatten und an Kirk glaubten, selbst wenn sie den Glauben an sich verloren hatten. McCoy konnte nur verwundert den Kopf schütteln; er war froh und dankbar, daß sein Freund mitgekommen war.

Dr. Kane räusperte sich. Sie war von dem Schauspiel offenbar zutiefst bewegt. »Wir haben viel zu tun, daher sagen wir jetzt gute Nacht.« Sie schaute auf den Chronometer an der Wand. »Um zehn Uhr Licht aus«, erinnerte sie die Patienten und ging zur Tür.

Ein Stück weiter den Flur hinunter und zwei Biegungen später folgten sie Kane in ihr geräumiges, hübsch eingerichtetes Privatbüro. Sie forderte sie auf, sich auf die Stühle vor ihrem Schreibtisch zu setzen, dann beugte sie sich zwischen ihnen vor, um sich ins Computersystem einzuklinken. »Achten Sie auf den Hauptschirm an der hinteren Wand.«

Der Schirm hellte sich flackernd auf. Es war offensichtlich, daß sie die Szene aus der Perspektive einer Wandkamera betrachteten, die irgendwo seitlich und über dem Zielobjekt montiert war. McCoy erkannte auf Anhieb den schlanken Mann, der ihn zuerst angesprochen hatte. Der Mann saß mit übereinandergeschlagenen Beinen da, hatte die Arme ausgestreckt, die Finger gekrümmt und zupfte in der Luft herum.

»Er spielt Harfe«, murmelte Kane, als Kirk einen Laut der Ratlosigkeit von sich gab. »Beziehungsweise, er glaubt, er spielt auf einer. Er hält sich für Rory Dall Morison, so sagt er jedenfalls. Der Computer hat den Namen aufgestöbert. So hieß ein Harfenist aus den schottischen Highlands auf der Erde, der 1713 gestorben ist.«

Der Ausschnitt änderte sich, und die Frau war zu sehen, die gefragt hatte, ob die Mannschaft der *Enterprise* ihnen helfen würde. Ein Mann saß rechts neben ihr und beobachtete sie aufmerksam. Sie plapperte angeregt und richtete ihre Worte an nicht vorhandene Gesprächspartner zu ihrer linken Seite. Sie redete so schrill, daß Kane die Lautstärke verringerte. »Das ist Risa. Sie spricht mit Heiligen.« Die Ärztin zuckte die Achseln, als McCoy sie fragend ansah. »Diese Diskussion fand zwischen ihr und den Heiligen Sankt Johannes Bosco, Raymund Nonnatus und Dympna statt.«

»Wer ist der Mann bei ihr?« fragte Kirk.

»Der Kapitän der *John Lilly*, auf der Risa stationiert war. Als sie nach einem Priester verlangte, übernahm er die Rolle.«

»Was für ein Schiff ist die *John Lilly?*« wollte Spock wissen. »Eines aus Ihrer Orbitalflotte?«

Kane schüttelte den Kopf. »O nein. Sie ist einer der submarinen Planktonsammler, die unter den Eisschilden von Nordstral operieren. Die anderen beiden sind die *Cousteau* und die *Soroya*.«

»Kommen diese Fälle alle von der *John Lilly?*« fragte Kirk und löste dabei den Blick nicht vom Bildschirm.

»Nein.« Ein weiterer Szenenwechsel, diesmal derart plötzlich und erschreckend, daß McCoy von seinem Sitz hochfuhr, als eine Nahaufnahme von Brackens Gesicht den Schirm ausfüllte. Er ging in einem winzigen Zimmer mit schlurfenden Schritten auf und ab. Dabei schwangen seine Arme wie bei einem Spastiker hin und her und stießen immer wieder gegen die Wände. Unvermittelt hob Bracken sein Hemd hoch und streckte seinen nackten Bauch vor, so weit er konnte. *»Ich nenne dies mein Denkmal des unbekannten Helden!«*

»Bracken arbeitete auf dem Sammler *Soroya* und hat weder Risa noch Davis jemals kennengelernt. Tatsächlich hatte keines der betroffenen Mannschaftsmitglieder irgendwelchen Kontakt mit einem anderen seiner Leidensgenossen.«

Die Szene veränderte sich erneut. Ein anderer Raum, der so aussah, als sei er in großer Eile ausgepolstert worden. Eine Frau stand in einer Ecke, das Gesicht zur Wand gerichtet. Sie wirbelte abrupt herum und stolperte auf zittrigen Beinen in die Mitte des Raums. Sie streckte sich so gut sie es vermochte, ohne das Gleichgewicht zu verlieren, und hob die Hände zur Decke. Dann kratzte sie mit den Fingernägel über ihre Arme, bis Blutspuren ihr Fleisch wie schreckliche Kometenschweife überzogen. Schließlich warf sie den Kopf in den Nacken, kniff krampfhaft die Augen zu und begann zu schreien.

»Das ist Baker.« Der Kummer in Kanes Stimme ließ McCoy hochschauen. »Wir waren nicht rechtzeitig bei ihr.« Kanes Hand fiel nach unten und schaltete den Videoprojektor ab; der Raum war plötzlich in Dunkelheit getaucht. »Sie beging auf ziemlich häßliche Art und Weise Selbstmord kurz nach dem, was Sie gerade gesehen haben. Fünfzehn Minuten vor dieser Aufnahme hatte man ihr die höchste, noch als sicher geltende Dosis Valazin verabreicht.«

Die Beleuchtung flammte abrupt auf, und McCoy blinzelte in der plötzlichen Helligkeit. »Das ist unmöglich!«

»Sie haben recht«, pflichtete Kane ihm bei. »Sie

hätte eigentlich flach auf dem Rücken liegen und schnarchen müssen. Ich habe mir tausendmal darüber den Kopf zerbrochen und ich bin zu keinem befriedigenden Ergebnis gelangt.« Sie drückte ihm das Krankenblatt in die Hand. »Versuchen Sie mal Ihr Glück.«

Kirk blickte auf den leeren Schirm und schürzte die Lippen, während Spock nachdenklich die Fingerspitzen gegeneinanderpreßte. »Diese Leute ...« Der Captain deutete mit einem Kopfnicken vage in Richtung des fernen Aufenthaltsraums. »Sie erscheinen normal und geistig völlig klar ...«

»Sehr normal und sehr klar, Captain. Nicht einer von ihnen ist verrückt.«

»Demnach hat die medikamentöse Behandlung angeschlagen?« McCoy blätterte das Krankenblatt durch. »Was haben Sie eingesetzt?«

»Das ist der entscheidende Punkt, Dr. McCoy. Abgesehen vom Einsatz von Medikamenten zur wirkungsvollen Ruhigstellung, um sie in unser Krankenrevier bringen zu können, haben wir keine Arzneimittel gegeben, da keine Notwendigkeit dafür bestand.« Sie zeigte mit der Hand auf den leeren Schirm. Ihre Stimme klang gepreßt, als sie fortfuhr. »Die Patienten scheinen von selbst zu genesen, ohne die Hilfe von Psychopharmaka, und zwar, soweit wir bisher haben feststellen können, ohne irgendwelche Nachwirkungen.«

Spock fixierte sie irritiert. »Geisteskrankheiten klingen gewöhnlich nicht von selbst ab.«

»Oh, Sie haben recht, Mr. Spock. Aber diese Krankheit tut es, und wir haben absolut keine Vorstellung, wie es vonstatten geht. Und Sie können mir ruhig glauben, wenn ich hinzufüge, daß wir wirklich alles versucht haben, um eine Erklärung dafür zu finden.«

McCoy widmete seine Aufmerksamkeit wieder dem Krankenblatt. Er blätterte darin herum, während seine Augen die eng bedruckten Seiten überflogen.

»Sind das alle Mannschaftsangehörigen, die erkrankt sind?«

»Bisher ja.« In Kanes Stimme schwang keine Hoffnung mit, daß es bei diesen wenigen Unglücklichen bleiben würde.

»Hatte irgendeiner von diesen Leuten etwas mit der Shuttle-Explosion zu tun, durch die Dr. Stehle und sein Team gestrandet sind?« wollte Kirk wissen.

Kanes knappes, bitteres Lachen schien nicht mit ihrer wegwerfenden Geste in Einklang zu stehen. »Nein. Das war lediglich einer der für Nordstral typischen Unfälle. Wir haben auf dem Planeten Ausrüstungsgegenstände verloren, seit wir hier unsere Zelte aufgeschlagen haben.«

»Da das Magnetfeld von Nordstral um ein vielfaches stärker ist, als man es normalerweise auf einem Planeten der Klasse M antreffen kann«, bemerkte Spock, »sind solche Verluste nicht verwunderlich.«

Kirk runzelte die Stirn und trommelte mit den Fingern auf der Tischplatte. »Der *Enterprise* wurde gemeldet, daß Sie die Fähre durch Sabotage verloren haben. Wollen Sie etwa andeuten, daß Nordstral Pharmaceuticals gegenüber Starfleet hinsichtlich der fraglichen Vorgänge gelogen hat?«

Kane seufzte. »Laut unserem Stationsleiter liegt Sabotage immer im Bereich des Möglichen. Er sagt, andere Pharmaziefirmen würden liebend gerne unsere Konzession mit den eingeborenen Kitka in die Finger bekommen.« Sie wies mit der Hand in Richtung Bildschirm. »Aber ich wüßte nicht, was das mit diesen Problemfällen zu tun haben könnte.«

»Gibt es irgendwelche anderen Aufzeichnungen, die wir uns ansehen können?« fragte McCoy. »Ich würde gerne die Personalakten überprüfen, um festzustellen, ob es bei den Erkrankten einen gemeinsamen medizinischen Risikofaktor gibt.«

Kane zuckte die Achseln. »Natürlich.« Sie lehnte

sich über ihren Tisch, um den Computermonitor zu McCoy herumzudrehen. »Bedienen Sie sich. Es klingt vielleicht resignierend und gleichgültig, aber mir sind die Ideen ausgegangen.«

»Deshalb sind wir hergekommen«, versicherte Kirk ihr, während McCoy sich an die Arbeit machte. »Manchmal braucht ein Problem lediglich ein zusätzliches Augenpaar, um erkannt und gelöst zu werden.«

»Hoffentlich haben Sie recht.«

McCoy verschaffte sich Zugang zu den Personalakten und ließ den Computer nach Gemeinsamkeiten bei den kranken Besatzungsangehörigen suchen. Alles mußte in Betracht gezogen werden. Trotz der Hoffnung, daß er vielleicht auf einen gemeinsamen Heimatplaneten oder eine ähnliche Ausbildung oder gar eine genetische Verbindung wie Augen- oder Haarfarbe stieß, fand er nur eine gesicherte Gemeinsamkeit.

»Wußten Sie, daß alle Ihre Kranken von irgendwelchen Oberflächeneinrichtungen und Sammlerschiffen kommen? Keiner gehört zu Ihrer Orbitalflotte oder stammt von dieser Station.«

Sie beugte sich über McCoys Schulter und folgte seinem Finger, während er an den Datenkolonnen entlangfuhr. »Mein Gott ... Sie haben recht.«

»Demnach beschränkt sich das, was passiert ist, auf die Planetenoberfläche.« Kirk drehte sich zu Kane um. »Wir müssen dies an der Quelle untersuchen. Können meine Leute runtergehen, um sich eine der Einrichtungen der Firma anzusehen?«

»Das wird nicht so einfach sein. Unser Vertrag mit den Kitka erlaubt uns den Einsatz von nur ein paar Angestellten in unseren Sammler-Docks. Wir könnten vielleicht für Sie Platz auf einem Sammler finden, aber die sind per Funk nur sehr schwierig zu erreichen. Es liegt an diesen verdammten magnetischen Stürmen.« Sie griff über den Tisch, um den Inhalt des

Computerschirms zu löschen und weitere Informationen abzurufen. »Aber Sie haben Glück – die *Soroya* kommt morgen mittag wegen eines kurzen Zwischenstopps zur Byrd-Station. Ich kann Captain Mandeville entsprechend informieren, damit man auf Sie vorbereitet ist.«

»Das wäre schön«, sagte Kirk.

»Jim ...«

Kane seufzte. »Gibt es noch etwas, was ich für Sie arrangieren soll?«

»Jim ...«

Kirk hob nachdenklich den Kopf. »Sie könnten Dr. Stehles Aufzeichnungen über die Plankton-Untersuchung in die *Enterprise* überspielen, damit Mr. Spock sie analysieren kann. Es könnte sich vielleicht als nützlich erweisen.«

»Jim ...«

»Schließlich werde ich – was ist denn, Pille?«

In McCoys Magen rumorte es. »Ich hoffe, ich habe mich verhört, aber als du meintest, ›deine Leute‹ würden auf die Planetenoberfläche runtergehen, dachtest du doch nicht etwa auch an mich, oder?«

Kirk schaute verwirrt drein. »Natürlich habe ich das. Du mußt doch die Arbeiter da unten auf Krankheitssymptome untersuchen.«

»Ich mag kein Wasser, Jim.«

Kirk blinzelte und starrte seinen Freund an. »Es ist kein Wasser, Pille, es ist Eis.«

»Und unter dem Eis befindet sich eine ganze Menge Wasser, und das mag ich nicht, es sei denn es ist in einem Glas und mit Kentucky Bourbon vermischt.«

Ein Glockenzeichen ertönte und unterbrach ihre Diskussion. Kane blickte irritiert hoch. »Ich komme.«

McCoy hörte sie seufzen, als die Tür aufglitt und ein hochgewachsener knochiger Mann mit blondem Haar erschien. »Dr. Kane.« Er sprach mit deutlichem

Akzent – Schweiz oder Schweden oder so was, McCoy war sich nicht ganz sicher. »Sie zu finden, ist ziemlich schwierig. Ich hätte gerne Infor …«

»Mr. Steno«, schnitt Kane ihm kühl das Wort ab. »Darf ich Sie mit Captain Kirk, Mr. Spock und Dr. McCoy vom Raumschiff *Enterprise* bekannt machen? Meine Herren, das ist Nicholai Steno, Leiter der Station *Curie* für Nordstral Pharmaceuticals.« Die Ablehnung in ihrer Stimme war nicht zu überhören.

Steno hatte ihre Antipathie entweder noch nicht bemerkt, oder er scherte sich nicht darum. Er betrat den Raum, als gehörte er ihm – was, wie McCoy insgeheim dachte, prinzipiell zutraf. »So, Captain. Dann erstatten Sie mal Meldung.«

»Wie bitte?« fragte Kirk weitaus höflicher, als dem Umgangston seines Gegenübers angemessen war.

»Melden, berichten! Erzählen Sie, was Sie herausgefunden haben.«

Kirks Hand drückte McCoys Schulter und veranlaßte den Arzt zu schweigen. »Bisher noch nichts, Mr. Steno. Wir sind soeben erst eingetroffen.«

»Vergeuden Sie nicht meine Zeit, Gentlemen. Ich hasse es, wenn mit meinem Geld und meiner Zeit Schindluder getrieben wird. Dr. Kane hat sich hinsichtlich einer Lösung unserer Schwierigkeiten als praktisch wertlos erwiesen. Mir wurde angedeutet, die Föderation arbeite da viel besser. Jetzt bin ich mir nicht mehr so sicher.«

»Wir werden unser Bestes tun.« Kirks Stimme, gedämpft und ruhig, klang so diplomatisch und taktvoll, wie man es ihm auf der Akademie eingebleut hatte, während er, wie McCoy vermutete, Steno am liebsten die Zähne eingeschlagen hätte.

»Das hoffe ich doch«, erwiderte der Stationsleiter hochnäsig. »Wir wollen morgen schon sehr früh auf den Planeten runtergehen, um Dr. Stehle und sein Team zu suchen. Ich habe keine Lust zu warten.«

»Sie wollen ...?«

»Ich leite den Rettungstrupp, Captain. Sie haben doch wohl nicht angenommen, daß ich diesen Job Amateuren überlasse, oder?«

»Captain Kirk und unser Sicherheitsdienst können wohl kaum als Amateure bezeichnet werden«, bemerkte Spock.

Steno schnaubte geringschätzig. »Auf Nordstral sind es Amateure. Es ist ein gefährlicher Planet – und bei den magnetischen Stürmen, die hier seit kurzem toben, können Sie sich nicht einfach wegbeamen, wenn Sie in Schwierigkeiten geraten.« Er sah Kirk an. »Glücklicherweise werden meine Leute dabei sein, um zu verhindern, daß Sie und Ihr Rettungstrupp irgend etwas Dummes tun.«

Kirk vibrierte geradezu vor Zorn am ganzen Körper. Zwischen seinem Captain und Dr. Kane stehend, kam McCoy sich vor wie eine Stimmgabel. »Mein Rettungstrupp wird sicherlich dafür sehr dankbar sein, Mr. Steno«, sagte Kirk gepreßt. »Aber ich fürchte, ich muß auf die Teilnahme an der Expedition verzichten.«

Steno nahm eine Haltung an, die offenbar aufrichtige Entrüstung ausdrücken sollte. »Aber ich dachte, Sie hätten den weiten Weg bis hierher nur zurückgelegt, um unsere vermißte Shuttle-Mannschaft zu suchen. Wollen Sie etwa aus dem Orbit danach Ausschau halten?«

»Nein.« Kirk warf Kane einen Blick zu. »Nach dem zu urteilen, was ich bisher hier gesehen habe, dürfte Ihre vermißte Shuttlecrew das geringste Ihrer Probleme auf Nordstral sein. Ich habe beschlossen, Lieutenant Chekov mit dem Such- und Rettungstrupp der *Enterprise* loszuschicken. Unterdessen werde ich untersuchen, was diese mentalen Störungen auf dem Planeten verursacht.«

»Ich verstehe.« Steno rümpfte mißbilligend die

Nase. »Und wer ist dieser Lieutenant Chekov? Ihr Erster Offizier?«

»Nein.« Kirk klang amüsiert. »Er ist Chef des Sicherheitsdienstes an Bord der *Enterprise*. Mein Erster Offizier steht rechts neben Ihnen.«

Steno musterte den schweigsamen Vulkanier finster, wobei sein Mund sich zu einem Ausdruck des Mißfallens verzog. »Meine Güte, Captain. Wenn Sie selbst schon nicht Ihren eigentlichen Pflichten nachkommen, erwarte ich zumindest, daß Ihr Erster Offizier Ihren Platz einnimmt.«

»Falls Sie es noch nicht bemerkt haben sollten«, erklärte Kirk mit derart schneidender Stimme, daß McCoy befürchtete, gleich Blut fließen zu sehen, »ist Mr. Spock Vulkanier. Wenn wir ihn auf einen Eisplaneten wie Nordstral runterschicken, erfriert er.«

»Stimmt das?« Als Spock nickte, verdrehte Steno die Augen mit einem stummen Seufzer. »Ist das nicht wieder mal typisch für Starfleet? Diese Leute finden doch immer einen Grund, um genau das zu tun, was sie wollen.«

Kirk schenkte dem Geschäftsmann ein glattes, wenn nicht gar eisiges Lächeln. »Dann ist es doch für uns beide sehr gut, daß Starfleet bereit ist, Nordstral Pharmaceuticals zu helfen. Ich denke, Sie werden feststellen, daß Lieutenant Chekov ein äußerst fähiger Offizier ist. Er wird Ihre vermißte Besatzung sicherlich finden.«

Steno war offensichtlich verärgert. »Aber nur dann, wenn er vernünftig genug ist, mir nicht in die Quere zu kommen und statt dessen genau das zu tun, was ich von ihm verlange. Und ich erwarte auch von Ihnen regelmäßige Berichte, Captain. Sie können sicher sein, daß ich Ihre Planänderungen – und Ihren eindeutigen Mangel an Bereitschaft, mit der Leitung von Nordstral zusammenzuarbeiten – an Starfleet weitermelden werde.« Ohne sich zu verabschieden verließ Steno den Raum.

»Ich hasse diesen Mann«, stieß Kane wütend hervor.

»Ich kann nicht behaupten, daß ich Ihnen das verüble«, erwiderte Kirk. Er drehte den Kopf, als er McCoys prustendes Lachen hörte. »Was ist los, Pille?«

Die blauen Augen des Arztes funkelten. »Also führt Chekov jetzt den Shuttle-Rettungstrupp, hm? Weiß er es denn schon?«

»Er wird es in Kürze erfahren«, entgegnete Spock. »Tatsächlich werde ich ihm die Neuigkeit nach meiner Rückkehr aufs Schiff persönlich überbringen.«

McCoy kicherte. »Spock, jetzt haben Sie wieder den meisten Spaß.«

Kirk stimmte in das Lachen seines Freundes ein. »Nicht den ganzen Spaß, Pille. Wir werden mit ihm raufgebeamt und haben gerade noch genug Zeit, um unsere Sachen zu packen und die Fähre nach Nordstral zu erwischen.«

»Von wegen Spaß.« McCoy versuchte die Woge der Angst zu überspielen, die ihn durchströmte. Dabei hatte er den Verdacht, daß ihm das nicht allzugut gelang. »Zuerst muß ich zulassen, daß meine Moleküle über die gesamte bekannte Galaxis verteilt werden, und danach muß ich unter Milliarden Tonnen von Wasser ertrinken.«

»Möchtest du denn lieber nicht auf den Planeten mitkommen?«

McCoy schaute weg, als Kirks Miene sich besorgt verzog. Er wußte, daß er es tun würde, und wenn auch nur, weil Kirk es von ihm wünschte. »Nein, ich komme mit. Aber ich verspreche, daß ich es hassen werde!«

2

»Chief? Ich glaube, wir bekommen Gesellschaft.« Pavel Chekov blickte von seinem Arbeitsplatz hoch und unterdrückte eine heftige Reaktion darauf, daß seine dringenden Vorbereitungen für ein Landeunternehmen nun schon zum ungefähr hundertstenmal unterbrochen wurden. Fähnrich Michael Howard, jung und bärtig, hing in der Türöffnung des Büros, stützte sich mit den Händen gegen die Türpfosten. Seine Miene drückte schuldbewußte Hilflosigkeit aus, da er hereingeplatzt war, obgleich der Chief ausdrücklich angeordnet hatte, man möge ihn in Ruhe lassen. »Ich kann sie bitten, draußen zu warten, Sir, wenn Sie nicht wollen, daß sie in Ihr Büro gebracht wird.«

Chekov lehnte sich in seinem Sessel zurück, ohne seinen Schreibstift beiseite zu legen. Auch eine solche kurze Unterbrechung seiner Arbeit störte ihn, und er war entschlossen, diese Angelegenheiten noch vor Tagesanbruch zu erledigen, obgleich er so kurzfristig hatte planen müssen. »Sagen Sie der betreffenden Dame, wer immer sie ist, sie solle sich an Fähnrich Lemieux wenden.« Er ließ seinen Blick zu dem Chronometer auf seinem Schreibtisch huschen, obgleich er genau wußte, wie spät es war. Dann ertappte er sich dabei, wie er sich den Nacken massierte – und zwar eher aus Ruhelosigkeit und Überdruß als deshalb, weil es auf irgendeine Art und Weise half. »Ich habe keine Zeit, jemanden persönlich zu empfangen, ehe wir morgen auf den Planeten runtergehen, und Lemieux hat die Verantwortung, während ich weg bin.«

»Hm ...« Howard warf einen unschlüssigen Blick über eine Schulter, und Chekov hörte, wie sich Stimmen dem Vorraum näherten. »Ich glaube, daß jetzt sofort etwas geschehen muß«, sagte Howard. »Ich glaube nicht, daß sie mit Lemieux reden will.«

»Wenn Sie weiterhin versuchen, mich von Ihren Leuten abwimmeln zu lassen, Lieutenant Chekov, dann berufe ich mich auf meinen Dienstrang und zwinge sie, mich durchzulassen.«

Chekov lächelte Lieutenant Commander Uhura müde an, während sie sich unter Howards Arm durch die Türöffnung schob. Ihre schwarzen Augen, so hell wie die Silbermünzen an ihren Ohrringen und ihrer Halskette, paßten perfekt zu ihrem strahlenden Lächeln und ihrem spielerischen Umgangston.

»Sie können es versuchen«, erwiderte der Sicherheitschef großzügig, »aber es würde Ihnen nichts nützen. Ich habe eine loyale Mannschaft – sie mißachten meine Befehle niemals.« Er warf einen gespielt drohenden Blick auf Howard und Publicker, der nun hinter Howard in der Türöffnung auftauchte. »Oder etwa doch?«

Beide Wächter wurden sichtlich nervös, strafften sich noch mehr und preßten die Hände an die Oberschenkel. »O nein, Sir.« – »Natürlich nicht, Sir.« Die rote Farbe von Howards Wangen leuchtete recht hell über seinem dunkelbraunen Bart.

Chekov zuckte die Achseln. »Sehen Sie? Sie würden für mich sterben.«

Uhuras klingendes Lachen hellte seine Laune noch genauso auf wie in dem Augenblick, als er sie kennengelernt hatte. Chekov glaubte nicht, jemals einen Menschen gekannt zu haben, der so angenehm war. Plötzlich war er durchaus bereit, sich zumindest kurzfristig ablenken zu lassen. Er warf den Stift auf den

Schreibtisch und schob seinen Sessel zurück. »Nun – was führt Sie denn runter in die Sicherheitsabteilung? Ich hätte gedacht, daß Sie uns morgen noch lange genug ertragen müssen.«

»Das kann schon sein.« Die Hände auf dem Rücken verschränkend, schlüpfte Uhura mit jener eleganten Grazie an Howard vorbei, zu der nur kleine Menschen fähig sind. »Aber hier ist jemand, den ich in letzter Zeit nicht oft genug gesehen habe.« Sie holte die Hände hinter dem Rücken hervor und präsentierte nun ein kleines Tablett, das beladen war mit Eis und einer dunklen Substanz, die Chekov wie rohes Katzenfutter vorkam. »Sie waren heute nicht beim Abendessen in Speisesaal.«

Chekov beugte sich über seinen Tisch und betrachtete skeptisch die Häufchen grauer Masse. Er rümpfte die Nase, als er den strengen Geruch roher Meeresfrüchte wahrnahm. »Wenn sie das da heute abend serviert haben, bin ich froh, daß ich nicht dort war.«

Uhura versetzte ihm einen freundschaftlichen Klaps auf den Hinterkopf. »Sie haben es ja noch nicht einmal probiert.«

»Das ist ganz in Ordnung – ich habe auch nicht die Absicht, es zu tun.«

»Pavel!« Sie stellte das Tablett auf seinen Tisch und schob an Papieren und Disketten auf die Seite, was er nicht schnell aus dem Weg räumte. »Sie sollten wissen, daß dies authentische eingeborene Küche ist. Die Eingeborenen von Nordstral ernähren sich fast ausschließlich von Meeresfrüchten, und ich habe weder Kosten noch Mühen gescheut, um diese Spezialitäten aufzutreiben.« Sie pflückte eine kleine Kostprobe vom Eisbett und reichte sie ihm zwischen zwei schlanken Fingern. »Kosten Sie mal.«

Chekov betrachtete zuerst das Häppchen, dann sie und schüttelte schließlich den Kopf. »Es ist roh.«

Uhura seufzte dramatisch – es war das gleiche

Seufzen, das sie immer von sich gab, wenn Chekov die verschiedenen regionalen Speisen ablehnte, mit denen sie ihn unbedingt vertraut machen wollte – und schnippte sich ein Stück in den Mund, als wollte sie ihm demonstrieren, daß es eßbar war. Chekov hoffte, daß sie ihm eines Tages glauben würde, wenn er ihr erklärte, er sei nicht daran interessiert, hinsichtlich seiner Ernährung Experimente zu machen. Nun spielte er dieses Spiel schon acht Jahre, und ein Ende war nicht abzusehen. »Seien Sie tapfer«, beharrte sie, nachdem sie ihren Happen zu Ende gekaut und hinuntergeschluckt hatte. »Hier verfügt man über keine raffinierten Kochmöglichkeiten – die Kitka leben in einer eher arktischen Umgebung.«

Chekov drehte sich auf seinem Sessel wieder zu seinem Terminal um und suchte tastend nach seinem Stift. »Das tun die Sibierer auch, aber wir essen keinen rohen Fisch.«

»Nein«, schnaubte Uhura verächtlich. »Dafür habt ihr vierzig verschiedene Rezepte für gebratenen oder gekochten Kohl.«

»Was ist falsch an Kohl?« Er notierte sich, zusätzliche Lebensmittelrationen für sich und seine Leute mitzunehmen. Sollte Uhura sich von einheimischem Fisch ernähren, wenn er ihr so gut schmeckte.

Uhura verzog ärgerlich das Gesicht und bot Howard den Happen an. »Na los, Fähnrich Howard.«

Der Wächter blickte aufmerksam von dem dünnen Leseschirm hoch, den er beobachtet hatte. »Sir?«

»Beweisen Sie, daß Sie mehr drauf haben als Ihr Boß.«

Der Fähnrich zog die Augenbrauen hoch und verstaute das Lesegerät in einer Tasche seiner Kombination. »Das ist ganz in Ordnung, Sir. Es ist sein Job, mehr drauf zu haben.«

Chekov schaute auf seine Notizen und versuchte sich wieder auf die naheliegenden Probleme zu konzentrieren, während er die Vorräte berechnete und sich das arktische Gelände vorstellte, in dem sie nach Dr. Stehle und der vermißten Shuttle-Mannschaft suchen würden. »Kosten Sie ruhig, Mr. Howard. Sie und Mr. Publicker haben mir versichert, daß Sie bereit seien, für mich zu sterben.« Er bedachte die beiden Fähnriche mit einem falschen Grinsen. »Jetzt haben Sie die Chance dazu.«

Uhura musterte den Lieutenant mit übertrieben finsterer Miene, während sie Howard und Publicker eine kleine Kostprobe reichte. »Sie haben sicherlich schlechte Laune, weil Sie noch nichts gegessen haben.«

Der Computer fügte eine Markierung in Chekovs Liste ein: Wahrscheinlich würden zusätzliche Energiereserven für die Heizvorrichtungen ihre volle Leistungsfähigkeit wegen der starken Magnetfelder von Nordstral nicht allzu lange erhalten; abgeschirmte Energiequellen wären sicherlich von Vorteil. »Ich habe keine schlechte Laune.« Nachdem er die Batterien gestrichen hatte, überprüfte er noch einmal das Gesamtgewicht der Ausrüstung, um festzustellen, was sie zugunsten zusätzlicher Heizeinheiten zurücklassen könnten. Das einzige, was sich anbot, waren die kleineren Kommunikationsgeräte und Lampen.

»Sie sind überarbeitet und übermüdet.« Uhura trat hinter ihn und legte die Hände auf seine Schultern. Er spürte, wie sie aufmerksam den Computerschirm betrachtete und seine Listen und Notizen überflog. »Andere Offiziere schlafen sich vor Einsätzen aus, wissen Sie. Ich denke, Sie wissen, daß wachsames Sicherheitspersonal besonders wichtig ist.«

»Das weiß ich.« Die Rüge war deutlich genug, um ihn vor Scham erröten zu lassen. Er war lediglich bereit, die Anzahl der mitzunehmenden Lampen um ein Drittel zu kürzen, doch das genügte nicht, um weitere Heizelemente in ausreichender Zahl hinzuzufügen.

»Andere Offiziere haben auch mehr als nur zwölf Stunden Zeit, eine solche Mission vorzubereiten. Wenn Mr. Spock mir eher mitgeteilt hätte, daß der Captain mich mit dieser Rettungsaktion betraut, wären meine Vorbereitungen längst abgeschlossen.«

Ihre Hände drückten kurz seine Schultern. »Er hatte keine große Wahl. Deshalb läuft das Ganze unter der Bezeichnung *Höchste Priorität*.«

Chekov seufzte. »Ich weiß.« Als würde das Wissen über Nordstrals verzweifelte Lage es ihm leichter machen, ein Landeunternehmen in vorletzter Minute auszurüsten. Er haßte es, planetare Rettungstrupps auszurüsten, vor allem wenn er jeden Grund hatte anzunehmen, daß die zu Rettenden längst tot waren. Er konnte sich nur wenige Dinge vorstellen, die schlimmer waren, als auf die traurigen Überreste von Menschen zu stoßen, die in dem Glauben gestorben waren, daß irgendwer kommen und sie retten würde. »Meinen Sie, der Shuttlepilot von Nordstral hätte etwas dagegen, wenn ich ihn bäte, die Inneneinrichtung seiner Fähre teilweise auszubauen?«

»Ich denke schon. Zumindest könnte ich es mir gut vorstellen.« Uhura beugte sich vor und betrachtete stirnrunzelnd den Monitorschirm. »Haben Sie auch daran gedacht, meine Spezialtranslatoren einzupakken? Ich möchte sicher sein, daß ich mich mit den Kitka verständigen kann, und ich kann Ihre Handschrift nicht gut genug entziffern, um zu sehen, ob sie auf Ihrer Liste stehen.«

Er hatte nicht den Mut ihr zu erklären, daß es vermutlich daran lag, daß er für seine Notizen eine Kombination aus kyrillischer und lateinischer Schrift benutzte. Er tastete den Befehl ein, seine Notizen in normalen Text zu übersetzen und wechselte das Schirmbild, so daß sie die lesbarere Version erhielt. Dann deutete er auf den Posten von sechzehn Gramm Gewicht für Translatoren für die Thermoanzüge.

Uhura nickte zufrieden, dann tippte sie mit einem Fingernagel auf einen Eintrag. »Weshalb so viele Lampen?«

»In der nördlichen Region herrscht Winter – das heißt, daß es dort wahrscheinlich ziemlich dunkel sein wird.« Für Sibirien traf das zumindest zu. Er erinnerte sich an Besuche bei seinem Onkel während der Schulferien. Er stand im Dunkeln auf, verbrachte den ganzen Tag bei Dunkelheit und ging im Dunkeln zu Bett. So bliebe es ein halbes Jahr lang, hatte sein Onkel ihm erklärt. Danach folgten sechs Monate ständigen trüben Tageslichts. Chekov haßte die Vorstellung, in ewiger Nacht über die Eiswüsten von Nordstral zu marschieren, vor allem wenn es keinen Ersatz für verlorene oder defekte oder nur unzureichend funktionierende Lampen gab.

»O nein, Chief, wir werden einen normalen Tag- und Nachtrhythmus haben.« Chekov bemerkte, daß Howard die Gelegenheit nutzte und seinen rohen Fisch in eine Serviette spuckte, um deutlicher sprechen zu können. »Hier steht« – er holte erneut den Leseschirm hervor und schwenkte ihn hin und her –, »daß Nordstral keine Achsenneigung hat. Das bedeutet, daß es keine Jahreszeiten und daher auch keine arktische Nacht gibt.«

»Sondern nur eine große, lange Eiszeit«, fügte Publicker hinzu. Er stand immer noch an der Tür, hatte seinen eigenen Leseschirm aktiviert. Von Uhuras Fischhappen war bei ihm nichts zu sehen. Chekov fragte sich, ob er das Zeug tatsächlich verzehrt hatte oder ob es ihm gelungen war, seinen Happen auf andere Weise loszuwerden, ohne daß Uhura etwas bemerkte. Er mußte bewundernd zugeben, daß die beiden Männer wahre Meister der Heimlichkeit waren. »Die Kitka sind offenbar die einzige bekannte vernunftbegabte Rasse, die sich unter solchen Lebensbedingungen entwickeln konnte. Hier steht, daß ihre Biologie aufs engste mit Nordstrals einzigartiger Ökologie verbunden ist. Sie können sich nicht mehr als nur ein paar Stunden lang außerhalb des Planeten aufhalten. Niemand weiß bisher, weshalb das so ist.«

»Jetzt wissen Sie, weshalb ich die zwei bei mir habe«, sagte Chekov zu Uhura, während er noch einmal die Anzahl der Lampen durchrechnete und den größten Teil durch Heizelemente ersetzte. »Sie sind ein Quell vielfältiger Informationen.«

Howard reagierte mit einem verschmitzten Lächeln, während er seine zusammengeknüllte Serviette in den Müllschlucker steckte. »Es ist die Vielfalt, die das Ganze so einfach macht.«

»Ist das der Grund, weshalb Sie die Jungs so lange wachhalten?« Uhura lehnte sich zur Seite und nahm sich einen weiteren Happen von dem rohen Fisch. »Damit sie als abrufbare Datenspeicher dienen?«

»Nein.« Er hatte noch immer fünf Kilo Verfügungsmasse – zuviel für zusätzlichen Proviant, zu wenig für ein weiteres Heizelement. »Sie bleiben hier, weil sie mich lieben.« Er bestellte ein Medikit für jeden der Sicherheitsoffiziere, zwei weitere Reparatursets für die Thermoanzüge und eine durch Solarbatterien angetriebene Seilwinde – für alle Fälle.

»Der Chief hat uns mit Recherchen betraut.« Howard drehte den Leseschirm zu Uhura, damit sie den Titel unter dem funkelnden Logo von Nordstral Pharmaceuticals lesen konnte: NORDSTRAL: EINE PLANETARE STUDIE. »Wir tun das, um zu gewährleisten, daß jeder wenigstens ein bißchen darüber Bescheid weiß, was uns erwartet.« Er zuckte die Achseln, nahm den Leseschirm herunter und ließ den Text durchlaufen. »Am Ende weiß jeder von uns über etwas anderes Bescheid. Daher wissen wir als Gruppe sozusagen alles. Das funktioniert ganz gut.«

Uhura durchquerte das Büro, um den Schirm über

Howards rechten Arm hinweg eingehender zu betrachten. »Können Sie denn nicht einfach die Lesemodule mitnehmen? Das tue ich nämlich mit den meisten der Datenbänder – ich wüßte nicht, wie ich all das im Kopf präsent haben soll.«

»Eigentlich lohnt es sich gar nicht«, erklärte Publicker achselzuckend. »Dieses Wissen braucht man am dringendsten, wenn man mitten in der Klemme steckt, und dann ist es meisten schwierig, in Ruhe die gewünschten Informationen zu suchen.«

»Das ist richtig.«

Chekov trommelte mit den Fingern auf dem Terminalgehäuse und ließ zu, daß Uhura seine Fähnriche mit weiteren Happen ungekochter Meeresfrüchte fütterte, während er die Informationen über die derzeitigen Verhältnisse am Zielort abfragte. Er hatte Thermoanzüge und Bodyslips für fünf Personen angefordert, sobald er von Kirk in Kenntnis gesetzt worden war – doch der Computer bestätigte lediglich drei Anzüge und vier Slips. Er konnte seinen und Publickers austauschen, aber der letzte Anzug war nicht annähernd groß genug für Howard, und die Größe, die für seinen dritten Sicherheits-Fähnrich, Tenzing, angegeben wurde, paßte ihr halbwegs, ohne allerdings richtig zu sitzen.

Indem er Uhura ein Zeichen gab, deutete er auf die Liste. »Ist das Ihre Anzuggröße?«

Sie schob das Essenstablett beiseite, setzte sich halb auf die Kante seines Schreibtisches und drehte sich ein wenig, um auf den Schirm zu blicken. »Oh.« Ihre Stimme klang deutlich enttäuscht. »Müssen wir die Thermoanzüge benutzen?«

Chekov drehte sich zu ihr um. Ihre Reaktion überraschte ihn. »Wenn Sie nicht erfrieren wollen, müssen wir das.«

»Ich meine, können wir keine Parkas mitnehmen?« Sie beeilte sich, seinem ungeduldigen Seufzer zuvorzukommen. »Die Menschen in der Arktis tragen seit Jahrhunderten Parkas.«

»Thermoanzüge sind leichter als Parkas«, erklärte Chekov ihr. »Viel flexibler und wirkungsvoller. Weshalb wollen Sie einen sechs Kilo schweren synthetischen Pelz tragen, wenn es etwas viel Bequemeres gibt?«

Das Interkom im Vorzimmer ertönte, und Uhura sprang erschreckt hoch. Während Chekov Publicker zuwinkte, er solle rausgehen und die Nachricht entgegennehmen, rutschte sie vom Tisch, um ihren zur Hälfte verzehrten Abendimbiß wegzuräumen. Dabei errötete sie leicht.

»Außerdem«, fuhr Chekov fort, »sind Parkas viel zu voluminös. Wir haben einfach keinen Platz dafür.«

»Es ist schon in Ordnung. Ich war einfach neugierig.« Sie setzte wieder ihr reizendes Lächeln auf und deutete mit einem Kopfnicken auf den Schirm. »Ja, ich trage Größe fünf.«

Das bedeutete, daß Tenzing und Howard immer noch komplette Anzüge brauchten. Publicker schob seinen Kopf um den Türpfosten wie eine Schildkröte, die aus ihrem Panzer herauslugt, während Chekov neue Anforderungen eingab. »Lieutenant Chekov? Das war Commander Scott, Sir. Er möchte Sie in der Technik wegen der Phaser-Modifikationen sprechen, falls Sie Zeit haben.«

Die hatte er zwar nicht, aber er brauchte die Phaser zu dringend, um das Angebot abzulehnen. Seine Gedanken beschäftigten sich bereits mit den nächsten Stunden der Vorbereitung, während er seine Listen zusammenraffte und das Terminal auf Stand by schaltete.

»Phaser-Modifikationen?« fragte Uhura, während Chekov aufstand und seinen Sessel mit einem Fußtritt unter den Tisch beförderte.

Er drängte sich an ihr vorbei. Dabei wünschte er

sich, sie hätte etwas konventionellere Speisen zum Abendessen mitgebracht, da sein Magen jetzt knurrte, wenn er nur an etwas Eßbares dachte. Vielleicht konnte er sich auf dem Weg zur Technik irgend etwas besorgen. »Das starke Magnetfeld von Nordstral könnte unsere Energievorräte angreifen und unsere Phaser ausschalten.« Er reichte die Diskette mit den beiden Anforderungslisten an Howard weiter und bedeutete ihm, er solle sich beeilen. »Holen Sie das Zeug beim Quartiermeister. Brechen Sie von mir aus ins Depot ein, aber kehren Sie ja nicht ohne die Sachen zurück.«

»Jawohl. Sir.«

Er fuhr mit seiner Erklärung für Uhura fort, während Howard das Büro verließ. »Mr. Scott sucht zur Zeit nach einer Möglichkeit, unsere Phaser wenigstens minimal einsatzfähig zu halten.« Er nahm seine Dienstjacke von der Sessellehne und schlüpfte kopfschüttelnd hinein. »Es ist nicht gerade einfach.«

Uhura legte die letzte Serviette auf ihr Tablett, wobei es ihr offenbar gleichgültig war, daß sie durch das Eis naß und unbrauchbar wurden. »Können Sie denn nicht ohne sie losziehen?«

Chekov, der seine Uniform schloß, hielt kurz inne. Statt ihr den Sachverhalt zu erklären, um sie zu beruhigen, entschied er sich für ein schlichtes: »Nein.«

Uhura unterbrach ihre Aufräumtätigkeit und schaute ihn überrascht an. »Chekov, wir reden hier von einem primitiven Dorf, von einer einfachen Siedlung, die Nordstral den Ureinwohnern überlassen hat. Wir brauchen keine Phaser, um uns bei ihnen sicher zu fühlen. Was erwarten Sie denn von ihnen?«

»Wir reden«, erwiderte er und wählte seine Worte äußerst sorgfältig, »von einem Stamm, der durchaus für das Verschwinden eines gesamten Forscherteams verantwortlich sein kann.«

»Das wissen Sie nicht.«

Er kämpfte gegen den Impuls an, seine Sturheit damit zu demonstrieren, daß er die Arme vor der Brust verschränkte. »Uhura, sie waren vermutlich die letzten, die diese Wissenschaftler lebend gesehen haben – das Shuttle ist praktisch in Steinwurfweite von einem ihrer Dörfer gelandet. In jeder Morduntersuchung würden sie daher als Hauptverdächtige gelten.«

Sie ließ das Essenstablett mit einem blechernen Knall auf die Tischplatte fallen. »Wir wissen nicht, ob überhaupt jemand ermordet wurde.«

»Aber wir wissen, daß zwei von Nordstrals Fähren explodierten, während sie eine Vermessung des Planeten vornahmen. Wir wissen, daß die Besatzung dieses Shuttles in einem ihrer letzten Funkkontakte berichtete, sie wäre mit einer Jagdgesellschaft der Kitka verabredet, die sie in einer Stunde erwartete. Wir wissen, daß die Besatzung jetzt bis auf den letzten Mann vermißt wird und daß die Kitka jede Kenntnis von dem Unfall leugnen. Auf jeden Fall wissen wir auch, daß die Funkverbindung mit der *Enterprise* stark eingeschränkt sein wird – daß eine Verbindung zwischen den einzelnen Landetrupps völlig unmöglich ist. Da die magnetischen Stürme einen Einsatz unseres Transporters unmöglich machen, kann ich noch nicht mal mit einem schnellen Rückzug rechnen, wenn die Situation sich verschlimmert. Nein.« Er schritt an ihr vorbei zur Tür. All seine Müdigkeit, seine Enttäuschung und seine Sorge wirkten zusammen, um einen Kopfschmerz zu fördern, von dem er gehofft hatte, daß er davor verschont bliebe. »Ich werde mich ganz sicher nicht in eine solche Situation begeben, ohne irgendeinen Schutz zu haben.«

»Pavel ...«

Er blieb in der Türöffnung stehen. Der stumme Eifer, mit dem Publicker an seinem Tisch saß und las, machte Chekov klar, daß er alles genau mitgehört hatte und darauf vorbereitet war, offiziell das Gegenteil zu erklären.

»Ihnen gefällt die ganze Sache nicht«, sagte Uhura leise hinter ihm, »oder?«

Chekovs Hand, die den Türpfosten umfaßte, verkrampfte sich. »Es gefällt mir nicht besonders, Leichen zu bergen, nein.«

Sie trat neben ihn und kam ihm nahe genug, um nicht belauscht zu werden. »Es ist möglich, daß wir überhaupt nichts finden.« Ihre Hand auf seinem Arm brachte ihn dazu, sich umzudrehen und ihr in die Augen zu schauen. Er beruhigte sich allmählich, ging einen Schritt weiter, damit die Tür hinter ihm zischend zugleiten konnte, während ihre Hand nach seiner suchte. »Noch nicht einmal den Absturzort, geschweige denn die Ursache, weshalb die Fähre abgestürzt ist.«

Er nickte unglücklich. »Ich weiß.« Die Aussicht, weder eine Absturzstelle noch Leichen zu finden, ließ ihn dem Unternehmen keinen Deut fröhlicher entgegenblicken. Es gab nur wenige Dinge, die schlimmer waren, als eine Familie vom Tod eines Angehörigen zu informieren, ohne ihr etwas übergeben zu können, das sie zur ewigen Ruhe betten konnte.

Er sah ihr wieder ins Gesicht, da er es nicht bei seiner bitteren Bemerkung belassen wollte, nachdem sie sich die Mühe gemacht und ihn besucht hatte. »Sie wissen, ich hoffe inständig, daß nichts passiert, während wir auf dem Planeten sind«, sagte er und wünschte sich dabei, daß sie ihm glaubte und ihn auch verstand. »Ich hoffe, daß die Phaser nicht zum Einsatz kommen. Aber ich muß alle Vorsichtsmaßnahmen ergreifen.«

»Natürlich.« Sie lächelte sanft und streichelte seine Wange. »Das ist Ihr Job.« Dann ging sie um ihn herum, gab ihren Code zum Öffnen der Tür ein und ließ seine Hand los. »Kümmern Sie sich um Ihre Phaser. Ich verspreche Ihnen, daß ich Sie bis morgen völlig in Ruhe lasse.«

Er lächelte sie verkniffen an. »Und dann sitzen Sie mir für die Dauer der gesamten Mission im Nacken. Ich kenne Sie.« Ihr Gelächter löste wenigstens einen kleinen Knoten der Sorge; er hätte niemals den Gedanken ertragen können, daß sie etwas Schlechtes von ihm dachte, auch wenn es nur für die Dauer einer einzigen Mission gewesen wäre. »Vielen Dank, daß Sie heute vorbeigekommen sind. Das mit dem Essen war eine gute Idee.«

»Auch wenn Sie es nicht angerührt haben.«

»Auch wenn ich es nicht angerührt habe«, gab er ihr recht und nickte trotz seiner Verlegenheit. »Wenn wir zurückkommen, lade ich Sie zum Abendessen ein – versprochen.« Er deutete mit dem Daumen auf das Tablett auf dem Tisch. »Ich sorge sogar dafür, daß die Speisen gekocht werden.«

Lachend legte Uhura ihre Hände auf seine Brust und schob ihn vor sich her durch die Tür. »In Ordnung, Lieutenant. Ich komme gerne.«

McCoy blickte durch das kleine Shuttlefenster neben seinem Sitz und gab sich keine Mühe, seine Abscheu zu verbergen. Jenseits der dicken, isolierenden Scheibe erstreckte sich die eisige Landschaft Nordstrals bis zum Horizont.

Es machte ihn nervös. Selbst nach jahrzehntelangem Aufenthalt an Bord eines Raumschiffs war McCoy immer noch zu sehr Südstaatler, um eine nennenswerte Vorliebe für Schnee oder Kälte entwickelt zu haben. Sein Blut hatte sich in der Hitze von New Orleans und in der sanften, milden Brise der Obstgärten Georgias verdünnt und war in diesem Zustand geblieben, ganz gleich wie viele unterschiedliche Klimaten er als Angehöriger der *Enterprise*-Mannschaft kennengelernt hatte.

Er erinnerte sich an einige Ferienaufenthalte im Haus eines Onkels, der sich tapfer in die kühleren Regionen von Amerika gewagt hatte. Als Kind hatte Leonard die neuartige Erfahrung kalter Tage, kamingeheizter Abende und der Praxis genossen, mit unzähligen dicken Wolldecken ins Bett gesteckt zu werden. Er erinnerte sich daran, wie weich und angenehm er den Schnee in seinem Gesicht empfunden hatte, wie federleicht er hochgewirbelt war, wenn er mit den Stiefeln einen kleinen Schneesturm erzeugte, der sich wie eine weiße Wolke vor dem bedeckten grauen Himmel abhob.

Die Erinnerung hatte keine Ähnlichkeit mit der bizarren Landschaft, auf die er hinabblickte. Hier war der Schnee verharscht, von der schneidenden Kälte zusammengebacken und zu phantastischen Gebilden von einem scharfen Wind geformt, der einem das Fleisch von den Knochen reißen und das Blut in den Adern gefrieren lassen konnte. Schnee und Eis sahen hier noch nicht einmal weiß aus. Alles schimmerte eher blaßblau und verdunkelte sich zu einem satten Indigo in den tiefsten und rätselhaften Schluchten, die zu erforschen McCoy nicht das geringste Verlangen hatte.

Seine Teamgefährten waren nicht so voreingenommen und machten ihrer Freude Luft, als die Fähre von Nordstral Pharmaceuticals tief genug in die Atmosphäre eingetaucht war, so daß sie etwas erkennen konnten. Der Sonnenschein wurde von einem immensen einförmig weißen Laken reflektiert und hätte den Piloten ohne den polarisierten Sichtschirm sicherlich geblendet.

»Es ist wunderschön!« Uhura lenkte ihre Aufmerksamkeit vom Inneren der engen Fähre und der Monotonie ihrer Gesichter auf die wüstenhafte Landschaft, die unter ihnen sichtbar wurde. Die Passagiere, Kirk inklusive, kämpften um die besten Plätze an den Fenstern, um einen ersten Blick auf die Planetenoberfläche zu werfen. Wie immer waren sie gespannt auf etwas Neues und Andersartiges. McCoy blickte nur ein einziges Mal hinaus, dann kehrte er demonstrativ auf seinen Platz zurück. Er fand nichts Schönes an Nordstrals skeletthafter Kargheit. Die vom Wind abgeschliffenen Gebilde und die unendliche weiße Einöde kamen ihm unheimlich vor, wie ein gigantisches Raubtier, das sich tot stellte.

Während der Shuttlepilot mit der Bodenstation Informationen austauschte, machte ein wellenartig auftretendes atmosphärisches Rauschen die Unterhaltung für McCoy nahezu unverständlich. »Kommt das beim Sprechfunkverkehr oft vor?« fragte der Arzt einen der Nordstral-Techniker, der in seiner Nähe arbeitete.

Der junge Mann zuckte die Achseln und schaute nach vorne zum Cockpit. »Meistens sogar. Ärgerlich, nicht wahr?«

McCoy nickte. »Aber nur, wenn man seinen Kommunikator benutzen muß.«

Kirks sonore Stimme erregte McCoys Aufmerksamkeit, und er drehte sich zu den anderen um, damit er überhaupt eine Beschäftigung hatte. Ebenso wie McCoy sah Kirk in seinem Uniformparka und den schweren Stiefeln wie ein massiger, roter Schneemann aus, vor allem wenn man ihn mit den schlanken, dunklen Konturen der Sicherheitscrew in ihren Thermoanzügen verglich. Chekov erinnerte ihn an ein stämmiges, schlankes, wachsames Raubtier. Inmitten seiner Sicherheitstruppe stehend, tat der junge eigensinnige Russe mehr, als nur die Szenerie zu bewundern, während seine ernsten Blicke über das Gelände unter dem sinkenden Shuttle huschten. Howard sah in seiner tiefschwarzen Kleidung sogar noch größer als normal aus. Das Zucken eines Fußes verriet seine Erregung und Nervosität. Und es gab auch etwas Erfreuliches, nämlich Uhura in ihrem hautengen Thermoanzug.

McCoys Wangen röteten sich und er wandte den Blick ab. Er mimte Interesse an den Manövern des Piloten, wie immer die aussehen mochten, obgleich niemand ihn beobachtete und etwas von seinem Unbehagen bemerkt hatte. Falls Uhura dahinterkäme, was er gerade dachte, würde sie ihm die Hölle heiß machen, und das völlig zu recht. Schon vor langer Zeit hatte der Arzt es gelernt, Hochachtung vor dieser schönen Frau zu haben, die so zart wie ein Stahlnagel und so wehrlos wie ein in die Enge getriebener Tiger war.

Um seine Gedanken zu klären, schaute McCoy zu den restlichen Angehörigen des Landungstrupps und unterdrückte ein Grinsen. Tenzing wirkte so gemütlich und ruhig wie ihre Sherpavorfahren. Publicker, der sich die Schutzbrille seines Thermoanzugs auf die Stirn geschoben hatte, sah aus wie eine Kaulquappe. Steno war vor dem Start derart unfreundlich aufgetreten, daß McCoy nicht einmal in seine Richtung blickte.

»Nehmen Sie bitte Ihre Plätze ein.« Die Stimme des Shuttlepiloten drang blechern aus den kleinen versenkten Wandlautsprechern. So fließend wie Öl auf Wasser verwandelte sich die scherzende Gemeinschaft in Chekovs disziplinierten Sicherheitstrupp. Kommentarlos kehrten sie auf ihre Plätze zurück und nahmen eine letzte Überprüfung ihrer Schutzanzüge vor. Der russische Offizier redete kurz mit jedem seiner Männer, ehe er sich neben Uhura niederließ.

Kirk stieß McCoys Bein mit seinem Knie an. »Du bist verdammt still, Doc.«

»Ich habe eben nicht viel zu sagen«, erwiderte McCoy und versuchte ein Lächeln zustande zu bringen, das sich eher anfühlte wie ein Gesichtskrampf. Er drehte sich weg und starrte mit gespieltem Interesse hinaus auf das Schneefeld unter ihrem dahinrasenden Shuttle. Dabei spürte er Jims prüfenden Blick geradezu körperlich.

Die Fähre landete weich; McCoy und Kirk stiegen aus. Kirk verkroch sich fast in seinen Parkakragen, als eisiger Wind an seinen Haaren zerrte und sie mit feinen Schneekristallen bedeckte. McCoy fluchte und klappte die Kapuze hoch, um sein Gesicht zu schützen.

»Lieutenant Chekov ...« Kirk stützte sich mit einer Hand am Rahmen des offenen Ausstiegsluks ab, während eine Windböe ihn von den Beinen zu reißen drohte. Schneeflocken umwirbelten sie wie ein greifbarer Nebel und verdeckten zeitweise die Sicht auf das längliche barackenähnliche Gebäude in der Nähe. »Viel Glück für Sie und Ihre Mannschaft.« Er nickte jedem zu und bedachte sie mit einem aufmunternden Lächeln, das bewirkte, daß sie alle noch etwas gespannter dasaßen. »Ich vertraue darauf, daß ihr den vermißten Forschungstrupp finden werdet.«

»Wir werden uns alle Mühe geben, Captain.«

»Lieutenant Commander Uhura, halten Sie mich über Ihre Aktivitäten auf dem laufenden.« Kirk legte eine Hand auf den Kommunikator an seinem Gürtel.

Uhura nickte. »Mr. Scott hat die Kommunikatoren modifiziert, Sir, aber er war sich nicht ganz sicher, wie gut oder schlecht sie bei den magnetischen Strömungen auf diesem Planeten funktionieren. Vielleicht erreicht er Sie über die *Enterprise*, aber ich bin mir nicht sicher, ob die Landungstrupps sich untereinander verständigen können.«

»Zur Kenntnis genommen.«

Die Shuttlepilotin grinste sie über die Schulter an. »Wenn euer Ingenieur es geschafft haben sollte, daß die Dinger auch während der Magnetstürme funktionieren, dürfte Nordstral Pharmaceuticals ihn umgehend abwerben.«

Kirk erwiderte das Grinsen. »Er ist aber nicht verkäuflich.«

»Jim ...« McCoy stieß ihn mit einem Ellbogen an, da er seine Finger in den Taschen vergraben hatte, um sie vor dem Erfrieren zu schützen. »Kannst du die Kühlschranktür nicht endlich schließen?«

»Stimmt. Viel Glück, Leute.« McCoy und Kirk winkten noch einmal und zogen sich dann zurück. Das Shuttleluk glitt zu und verriegelte sich mit einem dumpfen, schmatzenden Laut. Die Pilotin bedeutete den Gelandeten, sich noch ein Stück zurückzuziehen. Sie wartete, bis sie sich im Windschatten der Baracke befanden, dann startete sie und ging auf Kurs nach Norden.

McCoy hatte noch niemals einen derart eisigen Wind gespürt ...

3

Der helle Antriebsstrahl des Nordstral-Pharmaceuticals-Shuttles verschwand am Horizont und ließ lediglich sein lautes Dröhnen in den Wolken zurück. Der schiefergraue Himmel erbebte noch für einige Zeit von den Echos, die schließlich zu einer Stille verhallten, die allzu absolut erschien, um echt zu sein. Uhura griff an das Ohrmikrofon, das in der Kapuze ihres Thermoanzugs steckte, und fragte sich, ob der superisolierende Plastschaum seine Empfindlichkeit beeinträchtigte. Eine kurze Justierung ließ die Lautstärke hochschnellen, bis sie den Frost in der Luft knistern hören konnte, aber ansonsten blieb der Eispanzer totenstill.

Hinter ihr knirschte der Schnee mit schmerzhafter Lautstärke. Uhura stellte schnellstens die Mikrophonlautstärke herunter, dann wandte sie sich um und sah sich einer nachtschwarzen Gestalt mit großen opalisierenden Augen gegenüber, die auf sie herabblickte.

»Ich sehe nirgendwo Eingeborene«, sagte Chekov. Seine Stimme klang ernst und wurde vom Atemfilter des Thermoanzugs leicht gedämpft. Die reflektierenden Gläser seiner Schutzbrille verbargen ebenfalls jegliche Gefühlsäußerung, aber Uhura kannte den Sicherheitschef gut genug, um die angespannt starre Haltung seiner Schultern unter dem eng anliegenden Overall richtig zu deuten. »Der Firmenvertreter meinte, wir würden hier von einigen Eingeborenen erwartet.«

»Vielleicht haben wir nicht die richtige Stelle erwischt.« Uhura schaute sich im Gelände um. Es war weitgehend eben. In parallel verlaufenden Linien erstreckten sich vereinzelte löffelförmige Hügel aus schmutziggrauem Eis. Für sie sah der Hügel, auf dem der Firmenshuttle sie abgesetzt hatte, nicht anders aus als alle übrigen. »Weshalb fragen Sie nicht Mr. Steno?«

Chekov gab einen unwilligen Laut von sich. »Das würde ich auch tun, aber soweit ich es beurteilen kann, ist er zur Zeit damit beschäftigt, sein Mittagessen auszupacken.«

»Wie bitte?« Uhura wandte sich um und erblickte eine Traube von Männern in eisgrünen Thermoanzügen, die sich über einen unordentlichen Haufen Ausrüstungsgegenstände beugten und sich murmelnd miteinander unterhielten, während sie darin herumwühlten. Ihre funkelnden Nordstral-Pharmaceuticals-Insignien leuchteten wie vom Himmel gefallene Scherben der Morgenröte auf ihren Schultern, während sie von einem offenen Packen zum nächsten gingen. Hinter ihnen standen die drei schwarzgekleideten Sicherheitswächter der *Enterprise* ruhig und wachsam da. Deren Gepäck war ordentlich auf einen Antigravschlitten geladen worden. »Was um alles in der Welt tun sie da?«

»Sie meinen, außer ein schreckliches Durcheinander zu erzeugen?« Chekov biß mißbilligend die Zähne zusammen, während er hinüberschaute. »Ich habe keine Ahnung.«

»Nun, sollen wir nicht lieber mal nachsehen?«

»Ich schicke Tenzing hin.« Er gab einem seiner aufmerksamen Sicherheitsposten ein Handzeichen, als sich soeben die größte grüngekleidete Gestalt mit einem pistolenförmigen Gegenstand in der Hand aufrichtete.

»Chekov!« stieß Uhura hervor, aber der Sicherheitschef reagierte bereits. Sein Handzeichen verwandelte sich in eine heftige Geste, welche die Wächter der *Enterprise* alarmierte, während er mit Riesenschritten losstürmte. Uhura konnte das Geschehen nur staunend verfolgen. Vier muskulöse schwarze Gestalten drangen auf den Firmenvertreter ein. Er verschwand unter ihnen, aber nicht bevor ein Knall die eisige Stille zerriß.

Uhura blinzelte und legte den Kopf in den Nacken. Sie blickte einer schwefelgelben Leuchtkugel nach, die zu den Wolken hochstieg. Dort verharrte sie kurz, dann erlosch sie knisternd, während ein aufbrandendes Stimmengewirr die Aufmerksamkeit der Frau wieder auf den Landungstrupp lenkte. Sie straffte die Schultern und machte sich dorthin auf den Weg.

»... welches Recht haben Sie, sich einzumischen?« Der Nordstral-Angestellte kämpfte sich auf die Füße, während die Männer der *Enterprise* zurückwichen und ihm Platz machten. Dabei schob er seine Maske aus Hartplastik hoch, so daß Chekov seine finstere Miene sehen konnte. Uhura erkannte die Gesichtszüge des Leiters der Raumstation *Curie* und zuckte innerlich zusammen. Captain Kirk hatte sie gewarnt, daß Nicholai Steno kein einfacher Mensch wäre. »Wer, zum Teufel, sind Sie überhaupt, Mister?«

»Lieutenant Pavel Chekov, Raumschiffsicherheitsdienst der Föderation.« Der Russe klang ruhig und unerschüttert, doch Uhura konnte seine Abneigung aus seinem deutlicher werdenden Akzent heraushören. »Captain Kirk hat mir die Verantwortung für die Sicherheit dieses Landungstrupps übertragen.«

»Einen Teufel hat er! Er hat Ihnen lediglich die Verantwortung für die Gorillas übertragen, die Sie mitgenommen haben!« Steno deutete mit einer Handbewegung auf Chekovs Sicherheitspersonal. Zwei von ihnen standen kampfbereit ihren erschrockenen Kollegen von Nordstral gegenüber, während der dritte eine konfiszierte Leuchtpistole in der Faust hielt. »Ich bin der dienstälteste planetare Offizier von Nordstral Pharmaceuticals. Ich führe in Zukunft das Kommando!«

»Ich bitte den dienstältesten planetaren Offizier, einen Einwand machen zu dürfen.« Chekovs Stimme klang nun eiskalt. Uhura nahm kaum den sarkastischen Unterton in seinen Worten wahr. »Die Vorschriften der Föderation besagen eindeutig, daß in einem Notfall mit der Bewertung Erste Priorität Raumschiffpersonal rangmäßig stets über den entsprechenden planetaren Organen steht, Sir.«

»Ich bin nicht Ihr entsprechendes Organ, Sie glupschäugiger Idiot!« Es verblüffte Uhura, daß der Firmenmensch Chekov so einfach mitten ins Gesicht brüllte, als könne er die Kampfbereitschaft in der Körperhaltung des jungen Mannes nicht erkennen. Trotz des halben Meters Größenunterschied zwischen den beiden hegte sie keinerlei Zweifel, wer Sieger bleiben würde, falls es zu einem Zweikampf käme. Diese Möglichkeit ließ sie ihre Schritte beschleunigen. »Ihr Weltraumheinis glaubt wohl, das euch das ganze Universum gehört, aber ich werde nicht zulassen, daß ihr…«

»Sie haben keinerlei Befehlsgewalt…«

Das hitzige Stimmengewirr steigerte sich zu einem lauten Gebrüll. Uhura rutschte die letzten paar Meter einen felsigen Eishang hinunter und schaltete dabei hastig den Translator ihres Anzugs ein.

»*Gentlemen!*«

Beide Männer schwangen herum, als ihre verstärkte Stimme durch die eisige Luft schnitt, Chekov mit einer schnellen Drehung, Steno ruckartig und mit einem Fluch auf den Lippen. Uhura verringerte wieder ihre Lautstärke und blieb vor ihnen stehen. Dabei versuchte sie, so viel Ruhe wie möglich auszustrahlen.

»Lieutenant Chekov, Mr. Steno – bitte versuchen Sie

daran zu denken, daß wir hergekommen sind, um Menschen zu retten, und nicht um miteinander zu streiten.«

»Jawohl, Sir«, murmelte Chekov und drückte das Kinn gegen die Brust. Steno schnaubte zornig, und Uhura drehte sich zu ihm um, klappte ihre Schutzbrille hoch, damit er ihren finsteren Blick sehen konnte. Das plötzlich ungedämpfte grelle Funkeln des Eispanzers brannte in ihren Augen, aber sie ließ die Brille hochgeklappt.

»Zu Ihrer Information, Mr. Steno, Lieutenant Chekov hat vollkommen recht mit seiner Erklärung zu den Vorschriften im Zusammenhang mit einem Notfall Erster Priorität. Strenggenommen mag sein Rang nicht dem Ihren entsprechen, aber meiner tut es ganz gewiß.«

Der scharfe Unterton ihrer Stimme mußte zu dem Stationsleiter durchgedrungen sein. Ein Muskel zuckte in seiner Wange, während er blinzelnd auf sie hinabschaute und seine mit Rauhreif bedeckten Augenbrauen überrascht hochzog.

»Vielen Dank, Commander.« Chekov betonte Uhuras Dienstrang stärker als gewöhnlich, und sie hörte, wie Steno widerstrebend seine Zustimmung murmelte. Mit einem Seufzer der Erleichterung schob sie wieder die Brille nach unten und blinzelte krampfhaft, bis die polarisierten Gläser wieder etwas von der Eislandschaft erkennen ließen.

»Und nun, Mr. Steno«, sagte Chekov betont höflich, »würden Sie vielleicht dem Lieutenant Commander erklären, weshalb Sie diese Leuchtkugel abgeschossen haben?«

Der Nordstral-Vertreter knurrte, schob unbeholfen sein altmodisches Plastikvisier über die dünne Rauhreifschicht, die sich um die Gesichtsöffnung seines Plastschaumanzugs gebildet hatte. »Es ist die übliche Prozedur«, sagte er kurz angebunden. »Auf diese

Weise teilen wir den Kitka mit, daß sie uns Führer schicken sollen.«

Uhura ließ ihre Blicke über die Eiswüste ringsum schweifen. »Gibt es denn hier in der Nähe eine Eingeborenensiedlung?«

»Wer weiß? Es sind Nomaden. Sie folgen den Fischen von einer offenen Spalte zur nächsten, während die Eisscholle weitertreibt. Wenn sie anhalten, graben Sie sich wie Maulwürfe ins Eis. Es ist einfacher, es ihnen zu überlassen, uns zu finden, wenn wir Führer brauchen.«

»Brauchen wir denn Führer?« Chekov bemühte sich noch immer um einen höflichen Ton, aber die tiefe Skepsis in seiner Stimme konnte Steno nicht verborgen geblieben sein. Der größere Mann musterte den kleineren finster durch sein mit Eisblumen bedecktes Visier.

»Hören Sie, Lieutenant – dieser Planet verfügt über mehr wechselnde Magnetfelder als ein galaktisches Zentrum! Wenn Sie versuchen sollten, sich alleine zurechtzufinden, werden Sie schnell feststellen, wie mangelhaft Ihre tollen Starfleet-Instrumente bei diesen Verhältnissen arbeiten. Wir besitzen noch nicht einmal halbwegs genaue Landkarten, weil die Eisscholle sich ständig bewegt und dabei immer wieder neue Risse und Spalten entstehen – es ist genauso, als wollten Sie das Treibgut auf einem Teich kartographieren.« Steno schnaubte und blies eine Dampfwolke aus seinem Atemfilter. »Vertrauen Sie mir, Sie Sternsinger. Falls heute nachmittag der Nordwind aufkommt, werden Sie verdammt froh sein, wenn ein Kitka zugegen ist, um Sie in Sicherheit zu bringen.«

»Werde ich das?« Chekovs Stimme klang grimmig. »Ich frage mich, ob Ihr vermißtes Forschungsteam ebenfalls darüber froh war.«

Der Nordstral-Vertreter wich einen Schritt zurück und stieß dabei beinahe gegen den hochgewachsenen

Enterprise-Wächter hinter ihm. »Was soll das heißen? Meinen Sie, die Kitka hätten etwas mit dem Verschwinden dieses Forschungsteams zu tun?«

Die totale Verwunderung in Stenos Stimme überraschte Uhura. War der Mann wirklich so dumm, daß er diese Möglichkeit nicht einmal in seine theoretischen Überlegungen mit einbezogen hatte? Sie selbst hielt es auch nicht für wahrscheinlich, aber zwölf Jahre Dienst bei Starfleet hatten sie gelehrt, auf unbekannten Planeten auch nicht die unwahrscheinlichste Möglichkeit völlig auszuschließen.

Chekov murmelte etwas auf Russisch, dann sagte er leise zu Steno: »Sie haben keine Ahnung, wie Ihr Forschungsteam verschwunden ist, Sir. Wir wissen nur, daß sie wahrscheinlich ebenfalls eine Leuchtkugel abgeschossen haben wie Sie gerade, und daß Sie danach nichts mehr von Ihren Leuten gehört haben. Wir müssen jede Möglichkeit in Betracht ziehen.«

»Aber nicht diese.« Der Stationsleiter stieß eine weitere Dampfwolke aus. »Von all dem Unsinn, den ich mir heute habe anhören müssen, ist die Vermutung, daß die Kitka für diesen Vorfall verantwortlich sein könnten, der größte. Hören Sie, Lieutenant Checkers oder wie immer Sie heißen – kümmern Sie sich um Ihre Prügeltruppe und tun Sie, was Ihr kleiner Lieutenant Commander Ihnen befiehlt. Überlassen Sie das Denken auf diesem kleinen Ausflug lieber mir.«

Uhura beobachtete sprachlos, wie Steno kehrt machte und zu seinem unordentlichen Haufen Ausrüstungsgegenstände zurückschlenderte, nachdem er beinahe über den Sicherheitswächter hinter ihm gestolpert wäre. Die hochgewachsene, schwarz gekleidete Gestalt machte Anstalten, ihm zu folgen, dann blickte sie über die Schulter, als Chekov ein lautes »Nein!« bellte.

»Aber, Chief!« Michael Howards Stimme klang

seltsam heftig durch den Atemfilter. »Er nannte Sie einen…«

»Besonders unverschämt zu sein, macht ihn nicht zu einem Sicherheitsrisiko, Mr. Howard.« Chekov gab seiner restlichen Crew ein Zeichen, und sie überließen die ein wenig nervös gewordenen Nordstral-Männer, die sie bewacht hatten, sich selbst und versammelten sich um ihn. »Wir haben es jetzt mit einer Code Drei-Situation zu tun. Potentiell gefährliche Gruppierungen kennen jetzt unseren Aufenthaltsort und nähern sich uns. Ich brauche eine Postenkette in zwanzig Metern Entfernung sowie genaueste Überprüfung von allem, was irgendwie verdächtig aussieht.« Der Sicherheitschef schaute sich um. »Positionen im Uhrzeigersinn, beginnend an diesem hohen Felsen dort: Publicker, Tenzing, Howard, ich. Phaser auf Betäubung.«

»Jawohl, Sir.« Die drei Wächter verteilten sich wortlos, ließen Uhura und Chekov alleine zurück. Sie hob fragend eine Augenbraue, dann fiel ihr ein, daß er diese Geste durch ihre Schutzbrille nicht erkennen konnte.

»Soll ich irgend etwas tun?« fragte sie statt dessen. »Ich habe im Augenblick keinen richtigen Job, ehe die Kitka auftauchen.«

»Ich hatte gehofft, daß Sie mich das fragen.« Chekov deutete mit dem vorgeschobenen Kinn auf ihren Antigravschlitten. »Könnten Sie vielleicht ein wachsames Auge auf unsere Ausrüstung haben?«

»Ist das wirklich notwendig?« fragte Uhura und lugte unter die Abdeckung des Schlittens, um nachzusehen, was sich darunter verbarg. »Was soll ein paar Kilogramm Zelten und …« Als sie ganz unten im Laderaum ein Bündel entdeckte, schaute sie ein wenig irritiert zu ihm hoch, »… und einer mit Solarzellen betriebenen *Winde* schon zustoßen, Chekov?«

Er zuckte die Achseln und fühlte sich durch ihre Belustigung offensichtlich nicht beleidigt. »Wir hatten noch Platz, und ich bin gerne auf alle Eventualitäten vorbereitet.« Er zog die Abdeckplane wieder zurecht, als wolle er weitere Kommentare verhindern. »Viel lieber würde ich Sie draußen mit uns Wache schieben lassen«, gab er zu, »aber wenn wir unser Gerät hier unbewacht lassen, könnte es von diesen Nordstral ...«

Er hielt inne, suchte offensichtlich nach einem Wort. Uhura lächelte und machte ihm einen Vorschlag. »Gaunern?«

»Ja ... könnte es von diesen Nordstral-Gaunern geplündert werden.« Für einen kurzen Moment war in seiner Stimme sein trockener Humor zu hören. »Das ist zwar nicht gerade die Bezeichnung, die ich ihnen auf Russisch verpassen würde, aber sie trifft halbwegs zu.«

Kirk unterbrach seine Wanderung in der engen Forschungsstation, als die Stimme eines Technikers erklang. »Yo, Clara!«

Eine kleine Frau hatte das andere Ende der Hütte durch ein System von Tunnels und Gängen betreten, die diesen Bau mit anderen Gebäuden verbanden. Sie war für einen Außenausflug mit Hose, kniehohen Stiefeln und einem Parka bekleidet, der doppelt so dick zu sein schien wie das von der Föderation bereitgestellte Modell. Ein großes, unförmiges Paket ruhte auf ihren Schultern, und eine Brille hing um ihren Hals.

Sie wandte sich beim Ruf des Docktechnikers um und winkte ihm mit behandschuhter Hand zu. Dann schob sie die Kapuze ihrer Jacke zurück und schüttelte eine nunmehr befreite Flut aus geflochtenem Haar, das McCoy an die Schlangen der Medusa erinnerte. »Mach mich nicht an, Tootsie. Ich habe Postdienst und weiß genau, wie sehr die Seeleute es hassen, wenn sie warten müssen.«

Der Techniker stieß einen Daumen in ihre Richtung. »Zwei für die *Soroya*.«

Sie nickte. »Ach, ja.« Sie streifte geschickt das sperrige Gepäckstück ab und lehnte es gegen die Wand, während sie auf die Starfleet-Offiziere zuging und sich dabei die Handschuhe auszog. Sie begrüßte zuerst Kirk und dann McCoy mit einem festen Händedruck und grinste breit. Ihre makellosen weißen Zähne leuchteten geradezu inmitten ihres braunen Gesichts.

»Sie müssen die Männer von der Föderation sein«, sagte sie mit einem singenden Akzent. »Ich hörte, daß Sie kommen wollten.«

»Captain James Kirk und Dr. Leonard McCoy«, erwiderte Kirk rasch. »Sind Sie unsere Führerin? Bringen Sie uns zu Captain Mandeville?«

Ihr Grinsen wurde breiter, wodurch ihre Wangen sich aufblähten wie bei einem Eichhörnchen. »Ja, ja. Ich bin Clara.« So wie sie die Vokale des Namens dehnte, schien sie aus dem Süden der Vereinigten Staaten zu kommen. Sie nickte mit dem Kopf in Richtung Tür. »Dann kommen Sie mit.« Sie schritt durch den Raum, ohne sich davon zu überzeugen, ob sie ihr folgten, lud sich wieder ihre Last auf die Schultern und öffnete die Außentür.

Die eisige Luft ließ McCoy zischend ausatmen. Clara warf ihm über die Schulter einen skeptischen Blick zu, während sie ihre Brille zurechtschob und abwartete, bis die Männer das gleiche getan hatten. »Sie scheinen an diese Witterung nicht gewöhnt zu sein, Doktor.«

»Das bin ich auch nicht«, brummte er und zog sich die Kapuze über die Ohren, während er hinter der Frau herging. Der Schnee und das Eis knirschten und quietschten unter seinen Stiefelsohlen und weckten in ihm den Wunsch, sich ausgiebig zu kratzen. »Ich bin Südstaatler.«

Sie kicherte, als verstünde sie genau, was er damit meinte. »Ich auch.«

»Sie stammen nicht von hier?« fragte Kirk überrascht.

Clara brach in schallendes Gelächter aus. »Sie können noch nie einen lebenden Kitka gesehen haben, um so etwas zu fragen«, sagte sie, immer noch grinsend. »Es sind krumme, kleine Leute – stämmig und gut beieinander, nicht so mager wie wir.« Sie schlug sich mit der flachen Hand auf den Bauch, schien aber mit ihrer Figur nicht unzufrieden zu sein. »Eher gelb als braun, mit Augen, die glänzen wie Fischschuppen. Blau- oder grünäugig, jedenfalls die meisten von ihnen; und wenn sie älter werden, verfärben sich ihre Augen weiß. Wenn man einmal einen von ihnen gesehen hat, ist keine Verwechslung mehr möglich.«

Kirk nickte und schaute sich beunruhigt um. »Aber ich habe gehört, daß Nordstral Pharmaceuticals eingeborene Führer anheuert, um Besucher über das Eis führen zu lassen.«

»Oh, das geschah nur am Anfang, als wir gerade hier gelandet waren. Diese Gegend hier ist so stabil wie keine andere auf Nordstral, daher kennen wir alle uns hier mittlerweile ganz gut aus. Oben auf dem Packeis im Norden müssen sie allerdings noch immer Führer einsetzen. Ein schlimmes, gefährliches Gelände. Wenn es einen erwischt, verschluckt einen die Landschaft spurlos. Keine Ahnung, welches Geheimnis sie kennen, aber diese nördlichen Kitka sind die einzigen, die sich dort einigermaßen sicher bewegen können.« Sie grinste, als die beiden Männer sich vielsagende Blick zuwarfen; oder vielleicht war es auch nur eine Fortsetzung des ersten Grinsens, McCoy war sich nicht ganz sicher. Sie schien häufiger zu lächeln als jeder, den er bisher kennengelernt hatte, außer Sulu vielleicht. »Sie brauchen sich aber keine Sorgen zu machen. Ich passe schon auf Sie auf. Was diesen Irrtum von oben angeht… Ich stamme von der Erde – von Jamaika, um ganz genau zu sein.«

»Und wie sind Sie ausgerechnet hier gelandet?« fragte McCoy, dessen Neugier geweckt war.

Clara zuckte mit einer Schulter und schob die andere vor, um ihre Worte zu unterstreichen. »Ach, das ist eine lange Geschichte. Vielleicht erzähle ich sie Ihnen irgendwann einmal.«

»Können Sie uns denn ein wenig über die Firma erzählen?« fragte Kirk und klang, als mache er lediglich Konversation.

Ihre Führerin wandte sich um und ging ebenso sicher rückwärts wie soeben noch vorwärts. »Ich tue, was ich kann«, erwiderte sie liebenswürdig.

»Ich bin ziemlich neugierig. Wie erntet man Plankton auf einem vereisten Planeten?«

»Nur teilweise vereist. Die Jagdlöcher der Kitka sind offen, desgleichen verschiedene Gebiete, wo die Gletscherzungen die Wasserflächen eisfrei halten. Und es gibt einen ansehnlichen breiten Streifen freien Wassers um den Äquator.« Sie deutete nach unten, während sie ihren Weg fortsetzte. »Und der ist hier.«

»Braucht Plankton denn kein Sonnenlicht, um zu gedeihen?« fragte Kirk. Seine Ohrmuscheln und die Nasenspitze waren rot vor Kälte, und sein Atem wallte weiß um sein Gesicht.

»Um üppige Mengen zu erhalten, ist Sonnenschein immer hilfreich. Aber der wesentliche Energieanteil des Planktons stammt aus dem Magnetfeld des Planeten, und das ist immer und überall vorhanden.«

McCoy runzelte die Stirn. »Ist es unter all dem Eis nicht zu kalt, als daß Pflanzen dort gedeihen können?«

Clara schüttelte den Kopf. »Die Fähigkeit des im Meer vorkommenden Planktons, sogar unter dicken Eisschollen zu gedeihen, wurde zuerst auf der Erde von russischen Flotten entdeckt. Sie setzten damals Eisbrecher ein, um die Fischschwärme zu fangen, die sich von dem Plankton ernährten.« Sie legte den Kopf schief und musterte McCoy fragend. »Was ist daran so lustig?«

Er schürzte die Lippen und lächelte. »Ich dachte gerade an einen Angehörigen unserer Crew. Er ist Russe, und er wäre stolz wie Oskar, wenn er das hätte hören können.«

»Das sollte er ruhig sein. Wären die Russen nicht gewesen, säßen wir wahrscheinlich jetzt nicht auf Nordstral.« Erneut dieses Grinsen. »Andererseits glaube ich kaum, daß ich ihnen dafür ausdrücklichen Dank schuldig bin, oder?«

Clara schwang ihre Arme hin und her und verlagerte die Last auf ihren Schultern. »Wie dem auch sei, was die russischen Flotten unter dem Eis fanden, wo ihrer bisherigen Meinung nach Plankton gar nicht existieren konnte, war ein Überfluß an tierischem Leben, das sich von Plankton oder Planktonfressern ernährte. Es war ein großes Glück für diese Firma, daß auf Nordstral die Verhältnisse genauso waren, nur in einem viel größeren Maßstab. Der Einsatz von submarinen Sammelschiffen vereinfacht die Planktonernte erheblich.«

»Einheimisches Leben?« fragte McCoy.

»Nun, da sind natürlich die Kitka. Und eine Menge Meereslebewesen.« Sie deutete mit einem kräftigen Arm auf ihre Umgebung. »Sonst gibt es nicht viel, das mit den Verhältnissen auf Nordstral zurechtkommt.«

»Und die Kitka arbeiten auf den Sammelschiffen?« wollte Kirk wissen.

»Ziemlich viele sogar.« Sie zwinkerte dem Captain verschmitzt zu. »Lassen Sie sich von all diesen Gletschern nicht täuschen. Sie haben in ihren Städten, die rings um den Äquator verteilt sind, einen recht hohen technischen Standard.«

»Sind sie feindselig? Stört es sie, daß das Plankton in so großem Umfang gesammelt wird oder daß ihre fähigen Leute auf den Sammelschiffen arbeiten?«

»Meines Wissens nein. Sie scheinen sich nicht sonderlich dafür zu interessieren, was wir tun, so lange wir keinen Schmutz hinterlassen und immer pünktlich unsere Miete bezahlen. Und es sind nicht nur die technisch Begabten, die auf den Sammlern arbeiten. Wir haben viele junge Leute, die vom guten Verdienst angelockt werden, nicht zu vergessen die Kitka im mittleren Alter mit erheblicher Jagd- und Eiserfahrung.« Ihre Augen funkelten. »Das ist für uns von großem Nutzen.«

»Was ist mit Captain Mandeville?« Kirk schaute blinzelnd auf die grell leuchtende Eisfläche und wandte sich dann wieder Clara zu.

Sie schien nicht besonders interessiert zu sein. Sie zuckte die Achseln, machte wieder eine Kehrtwende und setzte ihren Weg vorwärtsgehend fort. »Was wollen Sie wissen?«

»Was für ein Mensch ist er? Wie steht er zu seiner Mannschaft? Arbeitet sie gerne unter seinem Befehl?«

Die Last verschob sich unter der Bewegung ihrer Schultern. »Wie es eben bei Seeleuten üblich ist. Es gibt immer einen, der sich über irgend etwas beschwert, Captain Kirk. Solches Gerede ist kaum von Bedeutung.«

»Tatsächlich?« bohrte Kirk weiter. Er erwartete offensichtlich, daß jeder Captain, sogar jemand, der so gut war wie er, irgendwann schon mal jemanden verärgerte.

»Ich kann nicht alles wissen, klar, aber bisher ist nichts an diese Ohren gedrungen, was erwähnenswert wäre, und ich habe wirklich das Talent, die meisten Dinge zu erfahren, die hier im Gange sind.«

»Sie sagen das doch nicht etwa, um ihn zu schützen?«

Clara blieb abrupt stehen und drehte sich zu ihm um. Auf einmal zeigte ihr Gesicht einen absolut ernsten Ausdruck. »Captain Mandeville braucht von niemandem beschützt zu werden. So viel kann ich Ihnen versichern.« Ohne ihm die Gelegenheit zu einer Erwiderung zu geben, machte sie wieder kehrt und marschierte weiter in Richtung Hafen.

McCoy, der sich so tief in seinen Parka verkrochen hatte wie er konnte, sah seinen Freund an. »Das war die erste Runde.«

Kirks Augen waren nachdenklich, während er Clara dabei beobachtete, wie sie vor ihnen über das Eis trottete. »Das sind nur die ersten Schritte, Pille. Daß sie nichts weiß oder so tut, als wisse sie nichts, bedeutet noch lange nicht, daß nicht jemand anderer den Mund aufmachen würde. Ich möchte mir diesen Captain Mandeville genauestens ansehen. Ich denke, daß Clara ihn aus irgendeinem Grund beschützt, und ich möchte diesen Grund erfahren.« Er folgte Claras sich entfernendem Rücken.

McCoy ließ seinen Blick für einen kurzen Moment auf ihm ruhen, dann schaute er über Kirks breite Schultern hinweg. Eine kalte Faust krampfte sich um sein Herz, und er schluckte krampfhaft. Er war so sehr von der Unterhaltung zwischen Kirk und der Führerin gefesselt gewesen, daß er gar nicht bemerkt hatte, wie weit sie sich schon dem Wasser genähert hatten. Der schmale Streifen, der von der Baracke aus zu sehen gewesen war, hatte sich zu einem riesigen Kanal mit schwarzem, scheinbar zähflüssigem Wasser erweitert. Eisberge, so klein wie von Kindern gebaute Schneemänner oder so groß wie Raumfähren, trieben majestätisch auf der Oberfläche dahin. Er murmelte etwas vor sich hin und beeilte sich, zu Kirk aufzuschließen.

»Was hast du gesagt?« Kirk würdigte ihn kaum eines Blickes.

McCoy schüttelte den Kopf. »Nichts. Es war nur eine Zeile aus einem alten Schlager über die Titanic, den ich mal gehört habe.«

»Den mußt du mir irgendwann einmal vorsingen.« Kirk schaute zur Seite und bedachte McCoy mit einem mitfühlenden, amüsierten Grinsen.

Clara kam wieder zurück zu ihnen. Ihr Atem flatterte wie eine weiße Fahne hinter ihr her. »Am besten warten wir hier. Die *Soroya* muß jeden Moment auftauchen, und manchmal erzeugt sie dabei eine beachtliche Flutwelle. Wir wollen doch nicht, daß Sie ins Meer gespült werden, oder?«

McCoy machte einen Riesenschritt rückwärts. »Was sollen wir denn hier untersuchen?« murmelte der Arzt. »Ich würde auch durchdrehen, wenn sie mich in ein Unterseeboot einsperren würden.«

Kirk stieß McCoy heftig in die Rippen. »Du hast es doch selbst gesehen, sie sind nicht verrückt. Das macht doch das Ganze so unheimlich.« Er betrachtete einige Sekunden lang die spiegelglatte Wasseroberfläche. »Was ist los, Pille« fragte er leise. »Wir werden uns auf einem Schiff aufhalten.«

»Wenn man ein Loch in das Schiff bohrt, dann strömt Wasser rein.« McCoy starrte auf die Eisberge und gab sich alle Mühe, sich nicht auszumalen, welche Schäden sie einem Schiffsrumpf zufügen konnten.

Kirk lachte leise. »Wenn du ein Loch in ein Raumschiff bohrst, dann strömt Vakuum ein.«

McCoy musterte ihn mit finsterer Miene. »Das ist etwas ganz anderes, und das weißt du!« Er packte plötzlich Kirks Arm und grub seine behandschuhten Finger in seinen Bizeps. »Spürst du das?«

»Ja.« Das Eis erzitterte schwach unter ihren Füßen. McCoy warf einen ängstlichen Blick in Claras Richtung. Ihre Blicke sprangen zwischen Meer und Himmel hin und her. Sie schien sich wohler zu fühlen, als es nach McCoys Auffassung in dieser Umgebung angebracht gewesen wäre. Das ärgerte ihn, was immerhin besser war, als Angst zu haben.

»Das ist sie«, sagte die Frau gedehnt.

Zuerst bewegte sich die Wasseroberfläche. Strudel und Wirbel entstanden, hohe Wellen bildeten sich und ebbten wieder ab. McCoy fühlte sich an einen Barsch erinnert, der vom Grund eines Sees aufsteigt, aber nicht die Wasseroberfläche durchbricht. Dann war das Schiff plötzlich da, als wäre es aus dem Nichts aufgetaucht wie ein khakifarbenes Kaninchen aus dem Zylinder eines Zauberers.

Der Turm ragte auf wie ein länglicher Schädel, der mit Wasser bedeckt war. Der Rumpf folgte, stieg in geradezu majestätischer Weise an die Wasseroberfläche, als wüßte er genau, wie aufmerksam er beobachtet wurde. Wasser rauschte und schäumte, als es von den fleckigen Rumpfplatten ablief und sich in die Bucht ergoß.

»Wir sollen tatsächlich in diesen Rosteimer steigen?« murmelte McCoy halblaut und riß entsetzt die Augen auf.

»Du wirst dich wohl fühlen, Pille.« Kirks Blicke glitten über das Sammlerschiff. »Ich hätte erwartet, daß es etwas schlanker ist«, meinte er nachdenklich. »Weniger ramponiert.«

»Weshalb?« schnaubte Clara. »Die Geldleute interessieren sich nicht dafür, wie die Schiffe aussehen, so lange sie nur ihre Arbeit verrichten. Dieser Eimer ist in einem ziemlich guten Zustand, wenn man sich sein Alter vor Augen hält und daran denkt, was er schon alles erlebt und geleistet hat.« Sie deutete mit einem Finger auf eine lange Delle, die sich fast über ein Drittel der gesamten Schiffslänge erstreckte. »Sehen Sie das? Da ist sie zu dicht neben einem Eisberg aufgetaucht und hat dessen Drift falsch berechnet. Manchmal ist das ziemlich schwierig. Diese verdammten Magnetstürme bringen wirklich alles total durcheinander.«

»Ist Mandeville einer von der eher sorglosen Sorte?« fragte Kirk unschuldig.

Ehe Clara antworten konnte, tauchte der Bug der *Soroya* wieder ins Wasser ein und stabilisierte sich mit einem riesigen Seufzer und einer Flutwelle, die beinahe ihre Füße umspülte und McCoy erschrocken zurückweichen ließ. Eine Luke öffnete sich mit metallischem Klang. Ein Mann mit kräftigem, eisengrauem Haar tauchte bis zur Hüfte auf und lehnte sich über den Lukenrand. Selbst aus dieser Entfernung erkannte McCoy, daß dieser Mann ein Kitka sein mußte. Die schweren Knochenstrukturen seiner Wangen und seines Kinns verliehen dem Gesicht ein breites, exotisches Aussehen; seine Augen glänzten klar und eisgrün vor den turbulenten Fluten hinter ihm. Als er lächelte, legte sein Gesicht sich in eine Million Fältchen. »Yo, Cap'n. Bringen Sie die Post?«

McCoy glaubte zuerst, daß er sich an Kirk gewandt hatte. Offensichtlich war auch der Captain der *Enterprise* dieser Meinung, bis Clara eine Hand hob und nach den Sprossen einer Stahlleiter griff, die am Rumpf des Schiffs angeschweißt war. Sie schnaubte. »Als ob Ihre Familie jemals etwas schreiben müßte. Ihr verrückten Kitka redet doch durchs Eis.« Sie wandte sich um, einen Fuß auf der untersten Leitersprosse, und durchbohrte Kirk geradezu mit einem strengen Blick. »Nein, Captain Mandeville ist nicht von der sorglosen Sorte.« Sie stieg die Leiter hinauf, streifte die Gurte ihres Rucksacks ab und reichte ihn einem wartenden Mannschaftsmitglied. Am Ende der Leiter hielt sie lange genug inne, um dem dunklen Mann auf die Schulter zu klopfen. »Das sind Männer von der Föderation. Zeigen Sie ihnen, wo sie schlafen können. Ich bin vorne.« Sie würdigte McCoy und Kirk nicht einmal mehr eines flüchtigen Blicks, ehe sie im Turm verschwand wie Alice im Kaninchenbau.

Kirk schaute ihr nach. Er biß die Zähne zusammen, und in seinen braunen Augen irrlichterte es vor Wut.

McCoys Augenbrauen ruckten hoch, und ein Lächeln spielte um seine Mundwinkel. »Sie scheinen ein wenig in Rage zu sein, Captain.«

Kirk starrte ihn zornig an. »Ich mag es nicht, wenn man mich an der Nase herumführt.«

»Sie hat dich nicht an der Nase herumgeführt.« Als Kirks Gesichtsausdruck sich nicht entspannte, kam McCoy einen Schritt näher auf ihn zu. »Jim, sie hat nicht geleugnet, Captain Mandeville zu sein. Du hast sie nur nicht gefragt, ob sie es ist.«

Aus dem Schiff drang Mandevilles Stimme: »Holt sie endlich rein! Verdammt noch mal, Nuie, wir sind ein Sammlerschiff und kein verdammtes Wassertaxi!«

Der grauhaarige Matrose lächelte aufmunternd. »Es ist nichts dabei. Eins, zwei, und schon sind Sie im Schiff.«

Als Kirk McCoy bedeutete, er solle vor ihm die Stahlleiter hinaufsteigen, nahm der Arzt gehorsam die erste, vom Wasser glitschige Sprosse in eine Hand, die im Handschuh schweißfeucht geworden war. Mit beiden Füßen noch fest und sicher auf dem Boden, drehte er sich zu seinem Freund um und brachte trotz seiner Angst vor dem Schiff und dem tiefschwarzen Wasser noch ein Lächeln zustande. »Was du nicht magst, Jim, ist, wenn man dich austrickst. Mandeville ist lediglich vorsichtig mit ihren Worten gegenüber einem Fremden – genauso wie du es wärest.« Er drohte Kirk spielerisch mit dem Finger. »Und sag mir ja nicht, du hättest es auch nur einen Deut anders gemacht, denn ich habe ähnliches bei dir tausendmal beobachtet.«

»Schon möglich.« Das Gesicht immer noch schamgerötet, winkte Kirk McCoy zu, er solle endlich hinaufsteigen. »Ich hoffe nur, daß es Chekov besser ergeht als uns.«

Der Nordwind schlug ohne die geringste Warnung zu. Gerade noch lag der Eispanzer in tödlicher Stille da, und sein mittäglich greller Glanz ging allmählich in einen graugrünen Nachmittag über. Uhura hörte ein fernes, schrilles Kreischen und sah, wie die Wächter, die mit gemächlichen Schritten jeweils einen exakten Viertelkreis abschritten, stehenblieben und sich umschauten. Uhura erhob sich von ihrem Platz auf dem Antigravschlitten, um gleich wieder von einem heftigen Schwall kalter Luft gegen ihren Thermoanzug zurückgeschleudert zu werden.

»Nordwinde!« rief Steno über die drei Meter Distanz zwischen ihnen. Dabei lag in seiner Stimme ein Anflug von Blasiertheit. Das Kreischen des Windes steigerte sich zu einem kontinuierlichen Heulen. Uhura krümmte sich fast vor Qual und regelte die Lautstärke an ihrem Ohrmikrofon so weit herunter wie irgend möglich, dann versuchte sie die Kanäle ihres Anzugkommunikators zu öffnen. Sie hörte jedoch nur das gleiche seltsame atmosphärische Rauschen, das sie schon im Funkgerät der Fähre gehört hatte. Es war ein abfallendes Pfeifen, das sich ebenso monoton wiederholte, wie der Wind über das Eis heulte.

Uhura kam der Gedanke, daß der Planet Nordstral die Inkarnation der Höllenvision eines Kommunikationsoffiziers war. Sie erschauerte und versuchte sich noch tiefer in den Schutz ihrer aufgestapelten Ausrüstung zu verkriechen, während der Wind sich in ihrem Thermoanzug verbiß. Da der Eingabekanal auf extrem leise eingestellt war, bestand der erste Hinweis darauf, daß sie Gesellschaft bekommen hatte, in einem Klaps auf ihre Schulter. Sie zuckte zusammen und holte gleichzeitig aus. Dabei erkannte sie den vertrauten schwarzen Thermoanzug erst, als es zu spät war. Ihre Faust prallte von harten Bauchmuskeln ab, während Chekovs leise Stimme sagte: »Ich bin's nur.«

»Tut mir leid.« Sie massierte sich ihre Knöchel mit

schmerzverzerrtem Gesicht, dann stellte sie die Lautstärke ihres Mikrofons wieder auf normal ein. »Sind die Kitka da?«

»Nein. Ich weiß nicht, ob das gut oder schlecht ist.« Er hob eine Hand, um seinen Nacken zu massieren. »Uhura, können Sie irgend etwas mit diesen Anzugkommunikatoren tun? Ich kann bei all dem Rauschen meine Wächter kaum verstehen.«

Sie schüttelte den Kopf. »Es ist eine planetenweite Interferenz. Ich glaube, das Magnetfeld von Nordstral ist so stark, daß es sowohl Magnetstürme wie auch Nordlichter erzeugt, wenn es vom Sonnenwind getroffen wird. Unsere Kommunikatoren können die Radiowellen aus Nordlichtstürmen nicht von richtigen Sendungen unterscheiden.«

»Das hatte ich befürchtet. Wir werden uns auf Handzeichen verlassen müssen.« Er schaute auf sie hinunter, ausdruckslos aufgrund seiner hell glänzenden Brillengläser. »Geht es Ihnen gut?«

Sie zuckte die Achseln und rieb ihre Arme. »Jetzt, wo der Wind aufgekommen ist, friere ich ein wenig. Aber ich werd's überleben.«

»Ihnen wird sicherlich wärmer, wenn Sie ein wenig umhergehen.« Chekov blickte zu Steno und den anderen Leuten der Firma hinüber, die sich um ihre schnell wieder zusammengepackte Ausrüstung gekauert hatten. »Bei diesem Sturm brauchen wir uns wegen der, hm, Gauner wohl keine Sorgen zu machen.«

»In Ordnung.« Uhura kämpfte sich neben ihm auf die Füße und schwankte ein wenig, als der Wind sich auf sie stürzte. »Das ist eines, was mir an diesen Thermoanzügen nicht gefällt«, beklagte sie sich, während sie zu Chekovs Posten hinübergingen. »Sie halten nicht den Wind ab.«

»Aber nur, um die Windreibung zu reduzieren. Sie würden vom Wind doppelt so hart getroffen, wenn Sie einen Parka trügen.«

»Aber ich würde nicht halb soviel spüren.« Sie bemerkte, daß er sich stets auf der Windseite hielt, als sie ihre Patrouille begannen, und sie lächelte, ohne etwas zu sagen. Chekov haßte es, wenn er bei einer galanten Geste ertappt wurde.

»Was ist das andere?« fragte er nach einem Moment.

»Hm?« Der Wind wirbelte feinen Schnee zu einem kniehohen Nebel hoch, der den Boden ringsum verhüllte. Sie machte sich gar nicht erst die Mühe, von ihren Füßen hochzuschauen, da sie Chekovs Gesichtsausdruck sowieso nicht hätte sehen können. »Was meinen Sie mit dem anderen?«

»Sie sagten, der Wind sei das eine, was Sie bei den Thermoanzügen hassen. Was ist das andere?«

»Ach, das ist nicht so wichtig.« Uhura strich sich mit der Hand sehnsüchtig über den Hals. Sie schämte sich zu sehr zuzugeben, daß sie sich ohne das Gefühl polierten Metalls auf ihrer Haut irgendwie hilflos fühlte. Die sehr körpernahe Konstruktion eines Thermoanzugs ließ nicht zu, daß sie darunter irgendwelchen nennenswerten Schmuck trug. »Wie dem auch sei – haben Sie noch nichts von den Kitka gesehen?«

»Nicht ein Schnurrhaar.« Chekov drehte sich langsam im Kreis, als hätte ihre Frage ihn daran erinnert, sich wieder einmal umzusehen. »Unter der Voraussetzung, daß die Kitka Schnurrhaare besitzen. Sie sollten es wissen, Sie sind die Expertin.«

»Für ihre Sprache, Chekov, nicht für ihre Gesichtsbehaarung.« Sie seufzte. »Und um ganz ehrlich zu sein, ich bin noch nicht mal darin Expertin. Die Informationen, die Nordstral Pharmaceuticals uns hat zukommen lassen, waren ziemlich vage.«

»Unsere Anzugtranslatoren funktionieren doch, oder?«

»Nordstral meint, sie verstehen die meiste Zeit die

meisten Wörter der meisten Kitka.« Uhura zuckte die Achseln. »Die Kitka unterscheiden Worte durch Lautstärke, und das macht es so schwierig, sie ins Englische zu übersetzen. Gott allein weiß, was passiert, wenn die Maschine versucht, vom Englischen ins Kitka zu übersetzen.«

»Na prima.« Chekov atmete schicksalsergeben durch seinen Atemfilter aus. »Wir erwarten möglicherweise feindlich gesonnene Eingeborene und können uns wahrscheinlich noch nicht einmal mit ihnen verständigen.«

»Chekov.« Uhura streckte die Hand aus und ergriff seinen Arm, während sie kehrtmachten, um auf dem Weg zurückzugehen, den sie gekommen waren. Der Wind peitschte den Schnee nun bis zu ihren Schultern hoch und erschwerte ihnen die Sicht noch mehr. »Wegen der Kitka brauchen Sie sich keine großen Sorgen zu machen, ehrlich nicht. Sie sind ein Überbleibsel der Vor-Eiskulturen, die auf diesem Planeten lebten, ehe die Gletscher alles zum Äquator runterschoben. Sämtliche verfügbaren Informationen besagen, daß sie isolierte Nomaden sind, die so sorgfältig auf die Erhaltung ihres Lebensraums achten und so friedlich sind, daß sie noch nicht einmal einen Fisch mit einem Speer erlegen würden, ohne ihn vorher um Verzeihung zu bitten.«

Chekov gab einen frustrierten Laut von sich, der vom erneut sich steigernden Wind fast verschluckt wurde. »Und meinen Sie, sie verstehen das, was der Fisch darauf erwidert, auch nur halbwegs besser als uns?« Er drehte einer besonders heftigen Böe den Rücken zu und zog Uhura mit sich, damit sie im Schutz stand, den er durch seinen Körper erzeugte. »Commander, ich will ja nicht behaupten, daß es ein böses Volk ist. Ich denke nur, wir sollten …«

Das Kreischen des Nordwindes brach ebenso unvermittelt ab, wie es begonnen hatte, und ließ den

Schneenebel fallen wie einen Vorhang, um zu enthüllen, was sich darin versteckt hatte.

Uhura starrte stumm vor Schreck auf den Kreis nadelspitzer Harpunen, die von stämmigen Gestalten in weißer Fellkleidung stoßbereit gehalten wurden. Die Spitze jeder Harpune sah aus, als sei sie in rubindunkles Blut getaucht worden.

»… ganz vorsichtig sein«, beendete Chekov grimmig den Satz.

4

Klaustrophobie verkrampfte McCoys Eingeweide, als er die letzte Stufe der Leiter verließ und beide Füße auf das Innendeck des Sammlerschiffs setzte. Er schluckte seine Angst hinunter. Seine Mundhöhle war trocken und schmeckte bitter. Dadurch wurde er an die zuckerfreien Zitronendrops erinnert, die sein Großvater so gerne gelutscht hatte.

Die Gangwände waren gekrümmt und schlossen ihn geradezu ein. Der Gang selbst war nicht einmal breit genug, um zwei Männer nebeneinander hergehen zu lassen. Der Korridor verlief, so weit er ihn überblicken konnte, schnurgerade und bestand im wesentlichen aus Stahl; der Fußboden war mit einem rauhen Material beschichtet. Die Decke war niedrig und verstärkte den Eindruck der Enge, des Eingeschlossenseins in einen eisernen Sarg. Er war dankbar für die offene Einstiegsluke über seinem Kopf und für den Windhauch, der hereindrang, mit dem Pelzbesatz seiner Kapuze spielte und den erfrischenden Geruch von Salzwasser mitbrachte.

»Ich fände es schlimm, wenn auf diese Weise eine vielversprechende Medizinerkarriere zu Ende ginge.«

Kirks Stichelei drängte sich in McCoys Gedanken. Der Arzt legte den Kopf in den Nacken und schaute zu seinem Captain hoch, der etwa auf der Hälfte der Leiter stehengeblieben war. »Was soll das heißen?«

Kirk ging leicht in die Knie und berührte mit einer Stiefelspitze McCoys Fingerknöchel. »Das soll heißen, daß ich dir auf die Pfoten treten muß, wenn du nicht endlich deinen tödlichen Klammergriff löst. Starfleet würde sich von diesem Verlust wahrscheinlich nie mehr erholen.«

»Oh.« Zutiefst verlegen, nicht nur dabei erwischt worden zu sein, daß er sich krampfhaft an der Leiter festhielt, sondern sich dessen noch nicht einmal bewußt zu sein, ließ McCoy die Stahlsprosse fahren, rammte die Hände in die Parkataschen und trat zurück, um Kirk Platz zu machen, damit er vollends herunterklettern konnte. Die Füße des Captains der *Enterprise* hatten kaum das Stahldeck berührt, als sich die Einstiegsluke auch schon mit einem metallischen Klirren schloß. Das gedämpfte Klicken von Riegeln, die vorgeschoben wurden, erklang – Sicherungen, wie McCoy hoffte, gegen ein mögliches Eindringen von Seewasser –, und Nuie landete leichtfüßig neben ihnen. Er zog auch das innere Schott zu und drehte das Verschlußrad so weit wie möglich, dann wandte er sich zu ihnen um.

Im Schein der Deckenbeleuchtung sah McCoy, daß Nuies Augen silbrig grün waren und einen lebhaften Kontrast zu seiner wettergegerbten kupferfarbenen Haut und dem kräftigen glatten grauen Haar bildeten. Er war um einiges kleiner als sie beide, wirkte stämmig und kompakt. Er lächelte jetzt genauso breit und offen wie sein Captain. »Ich bin Nuie, Obermaat auf der *Soroya*. Kommen Sie bitte mit.«

Sie folgten ihm zu einer rautenförmigen Tür mehrere Meter den Korridor hinunter. Nuie öffnete sie und machte ihnen Platz, um sie eintreten zu lassen. Er selbst blieb, eine Hand um den Pfosten gelegt, in der Türöffnung stehen. »Captain Mandeville bietet Ihnen ihr Quartier an«, erklärte er förmlich, als habe er den Text auswendig gelernt. »Sie bittet Sie, sich dort so lange aufzuhalten, bis wir wieder Fahrt aufgenommen haben. Dann komme ich Sie holen und mache mit Ihnen die ...« Sein Gesicht zeigte äußerste Konzentration. »Zehn Cents-Führung?« Er schien diesen Ausdruck selbst nicht zu verstehen.

Kirk lächelte. »Das ist schön, Nuie, vielen Dank.«

Das Besatzungsmitglied hielt in der nun halb geschlossenen Tür noch einmal inne, nickte den Besuchern kurz zu und verschwand endgültig.

Kirk durchquerte den Raum und untersuchte die Tür. Sie war nicht verriegelt und öffnete sich sofort. Er schloß sie wieder, nachdem er nach rechts und links einen Blick in den Korridor geworfen hatte. »Nun, wir werden nicht beobachtet.« Seine Blicke huschten durch die Ecken und Nischen des Raums.

»Was suchst du?«

»Überwachungsanlagen. Irgendwelche Kameras.«

»Würdest du sie denn als solche erkennen, wenn du sie sähest?«

»Keine Ahnung.« Kirk öffnete seinen Parka und schlug ihn auseinander. Dann stützte er die Hände in die Hüften. »Ich würde mir gerne mal die Kommandobrücke ansehen.«

»Sicherlich wird dir dein Wunsch erfüllt. Ich kann mich aber nicht erinnern, daß du dich jemals wohl gefühlt hast, wenn Fremde sich auf der Brücke aufhielten, während du aus dem Dock kamst.«

»Das ist richtig.«

McCoy verschränkte die Arme vor der Brust und schaute sich um. Die Wände, der Fußboden und die Decke zeigten die gleiche monochrome Farbe. Ein Stahlspind war in einer Ecke verschraubt. Er enthielt wahrscheinlich Captain Mandevilles Kleidung, Toilettenutensilien und persönlichen Dinge. Eine kleine Tischplatte war mit Scharnieren an der Wand verankert und wurde außerdem von zwei Ketten gehalten. Der Stuhl davor war auf dem Fußboden verschraubt, die Sitzfläche jedoch ließ sich frei drehen. Zwei Bilder teilten sich die Wand über der Tischplatte. Das linke war die Reproduktion eines Ölgemäldes. Es zeigte ein großes Schiff, dessen Bug durch eine See voller Eisberge pflügte. Ein kleines Bronzeschild auf dem unteren Rand des Rahmens trug die Aufschrift: »Jungfernfahrt der *Titanic*.«

»Das ist nicht sehr lustig!« McCoy zuckte erschrokken zurück, als hätte er Angst, daß ein zu eindringliches Studium des Gemäldes das Schicksal animieren könnte, es wieder zum Leben zu erwecken, allerdings diesmal mit der *Soroya* als Unglücksopfer. Er wußte, daß seine Reaktion ziemlich töricht war, aber das machte ihn auch nicht glücklicher oder milderte die morbide Faszination, die ihn erneut an das Bild herantreten ließ, um sich die Gesichter der Todgeweihten auf den Decks der *Titanic* ein wenig genauer anzusehen.

»Hmmm … was hast du gesagt, Pille?« Kirk betrachtete stirnrunzelnd das andere Bild. Es war eine alte Fotografie von einem Mann mit kurzem, dunklem Haar, einem runden, freundlichen Gesicht und einer Brille mit Stahlgestell, der vor einem altertümlichen Unterseeboot posierte. »Was meinst du, wer das ist?«

»Ich weiß es …« McCoys Hand schoß vor und umklammerte Kirks Arm, während eine Bewegung des Sammlerschiffs ihn für einen kurzen Moment aus dem Gleichgewicht brachte. Das Blut wich aus seinem Gesicht. Plötzlich war ihm eisig kalt, und ihm brach am ganzen Körper der Schweiß aus.

Kirk schob ihn zurück und setzte ihn behutsam auf die Bettkante. »Nun komm schon, Pille, raus damit.«

Verlegen schaute McCoy vom Fußboden hoch. »Raus womit?«

»Mit dem, was dich bedrückt.«

»Wie kommst du darauf, daß mich irgend etwas bedrücken könnte?« McCoy bemühte sich, seinem Freund in die Augen zu schauen, und lächelte dabei verkniffen.

Kirk schüttelte den Kopf, aber der Arzt konnte nicht entscheiden, ob aus Unglauben oder weil ihm die Reaktion nicht behagte. »Nun, zum einen vermisse ich dein sonst so souveränes Auftreten.«

McCoy zuckte die Achseln. »Mir fehlt nun mal Mr. Spock als Inspiration.« Er vergrub seine Hände in den Achselhöhlen, indem er so tat, als verschränkte er die Arme vor der Brust.

Kirk überraschte seinen Freund, als er sich bückte, seine Hände rechts und links von McCoy auf die Bettkante stützte und den Doktor so zwang, ihm in die Augen zu schauen. »Was beunruhigt dich?«

»Nichts ...«

»Pille.« Er redete leise, ohne einen Unterton von Ungeduld, und konzentrierte McCoys Aufmerksamkeit auf sich, wie ein Magnet Eisenspäne anzieht. Die braunen Augen fixierten den Arzt mit einer Intensität, die er noch nie bei einem anderen Menschen gesehen hatte. »Ich brauche in dieser Sache deine Hilfe. Ich brauche deine Sicht der Dinge, dein Urteil, um mir ein Bild von dem machen zu können, was auf Nordstral im Gange ist. Alleine schaffe ich das nicht.«

Während er ihn ansah, ertappte McCoy sich bei der Frage, wann genau er entschieden hatte, daß er für diesen Mann sogar sterben würde. Einen Moment lang empfand er tiefe Scham darüber, daß er, wenn auch nur für einen kurzen Augenblick, an der Freundschaft und dem Verständnis gezweifelt hatte, welche Kirk ihm ständig entgegenbrachte. »Ich stehe dir zur Seite, Jim«, murmelte er, dann nickte er entschlossen. »Das tue ich.«

»Was ist dann nicht in Ordnung?«

McCoys Blicke streiften durch die schmale Kabine zur gegenüberliegenden Wand. Das Bild der *Titanic* lieferte im großen und ganzen den gleichen Anblick wie die Oberfläche von Nordstral: ein schwarzes

Band, auf dem dahintreibende weiße Brocken zu sehen waren. Die Szenerie erinnerte McCoy an den Hafenbereich, wo sie darauf gewartet hatten, daß die *Soroya* einlief, um Treibstoff und Proviant zu laden, und wo alle Sammlerschiffe ihre Planktonladungen löschten. McCoy konnte sich nicht erinnern, wann er das letzte Mal etwas derart Bedrohliches gesehen hatte.

Als er schließlich zu reden begann, klang seine Stimme sehr leise. »Als ich, hm, sieben oder acht Jahre alt war, fand ein großes Familientreffen statt und zwar ein Picknick am Ufer des Chattahoochee River.« Die Erinnerung weckte kein Lächeln bei ihm, obgleich McCoy immer noch die Stimmen seiner Verwandten hören, das herrliche Essen riechen und den Wind vom Fluß spüren konnte, der sein Haar flattern ließ. »Die Männer stellten grüne und gelbe Zeltdächer auf, um die Damen vor der Sonne zu schützen. Es gab alle möglichen Speisen, und ich entsinne mich, daß ich sehr viel Limonade getrunken habe, weil es so heiß war. Die Männer warfen Hufeisen und rauchten stinkende Zigarren. Ich verbrachte den größten Teil des Vormittags damit, Frösche zu fangen und meine Kusinen damit zu bewerfen.« Seine Lippen verzogen sich zur Andeutung eines Lächelns. »Einige der älteren Vettern und Kusinen hatten sich schon früher zusammengetan und ein Holzfloß gebaut, wie aus einem Roman von Mark Twain. Der Chattahoochee ist zwar mit dem Mississippi in keiner Weise zu vergleichen, aber er war für unsere Zwecke ausreichend. Bei der großen Anzahl von Menschen und bei so vielen Kindern vermute ich, daß jeder Erwachsene annahm, der andere würde schon aufpassen. Niemand hielt es für erforderlich sich zu vergewissern, ob wir Kinder alle schwimmen konnten.« Vor McCoys geistigem Auge verblaßte das Schicksal der alten *Titanic* und wurde durch weites Grasland und einen träge dahinströmenden und in der Sonne glitzernden Fluß ersetzt.

Etwas, das wie ein Lachen klingen sollte und nur ein kurzer, halb erstickter Seufzer blieb, entrang sich McCoys Brust. »Auf dem Floß müssen ungefähr ein Dutzend von uns Kindern Platz gefunden haben, vielleicht sogar mehr. Ich glaube, meine Vettern waren bei weitem nicht so klug, wie sie meinten. Wir schafften es bis zur Flußmitte, und dann brach das Floß auseinander. Ich sank wie ein Stein.« Er kniff die Augen zu, rief sich das Bild mit morbider Faszination ins Gedächtnis. Dabei fuhr er sich mit einer Hand über die Wange. »Ich weiß nicht, wie lange sie brauchten, um zu erkennen, daß der kleine Leonard nicht mehr bei ihnen war, und wer mich rauszog. Sie erzählten, ich wäre blau angelaufen gewesen und mein Großvater hätte mir ein paar heftige Schläge versetzt und mich dadurch wieder zum Atmen gebracht.« Er öffnete die Augen und starrte auf eine freie Wandfläche hinter Kirks linker Schulter. »Ich erinnere mich, daß ich schreckliche Angst hatte. Ich weiß noch, daß ich hochblickte, während ich versank, und sah, wie die ganze sonnenbeschienene Welt zu einem fernen Farbfleck an der Wasseroberfläche zusammenschrumpfte. Und ich erinnere mich, wie meine Lungen sich mit Wasser füllten.«

Sein Blick streifte Kirks erstaunte Miene. McCoys Hände waren trotz der Wärme in diesem Raum eiskalt, und er barg die Fingerspitzen in seinen Handflächen. Irgendwo in seinem Innern öffnete sich nach all den Jahren zögernd ein tiefer Abgrund, und ein klagender Schrei ertönte dort, wo nur er ihn hören konnte. »Ich war aber nicht der einzige, der nicht schwimmen konnte.«

McCoy schaute wieder auf dieses verdammte Bild. Kein Gras. Kein von der Sonne beschienenes Wasser. Nur Eisbrocken wie tanzende Berggipfel, die auf der schwarzen Oberfläche des Ozeans umhertrieben. »Sie fanden David erst nach Einbruch der Dunkelheit.« Er schloß wieder die Augen und schlug die Hände vors Gesicht.

Chekov streckte einen Arm aus, um Uhura hinter sich zu schieben. Es war eine instinktive Reaktion, um die Frau vor den Kitka zu schützen. Sie sträubte sich leicht und legte eine Hand auf seine Schulter. Er schüttelte sie ab aus Furcht, dadurch abgelenkt zu werden.

Die Kitka verschmolzen ohne große Mühe mit ihrem arktischen Lebensraum. Dicke, eisgraue Parkas verbargen Gesichter, die sich bereits hinter geschnitzten Elfenbeinmasken befanden. Der Wind zeichnete seltsame Korkenziehermuster in die langhaarigen Tierfelle. Ihre Körper waren allesamt kompakt und klein, die Gliedmaßen kurz und kräftig nach generationenlangen Wanderungen über die kahle Tundra. Als sie sich zusammendrängten wie ein Rudel aufgescheuchter Füchse, ertappte Chekov sich dabei, wie er unruhig seine Hände zu Fäusten ballte.

Die Kitka schwärmten seitlich aus und schwangen drohend ihre Speere und Harpunen. Von hinten erschien ein einzelner Eingeborener – größer und schlanker als die anderen – und näherte sich, begleitet von einer kleinen Wolke glitzernder Schneeflocken. Präparierte Vogelfedern klapperten leise auf einer Brustplatte aus den Knochen eingeborener Tiere, und Handschuhe, fast genauso fein und dünn wie die eines Thermoanzugs von Starfleet, ließen seine Hände im vergleich mit den dicken Kitka-Parkas und -Handschuhen unendlich zart und feinfühlig erscheinen. Aus irgendeinem Grunde beunruhigte Chekov die Tatsache, daß er nicht ging oder stand wie die anderen, viel mehr als das etwa dreißig Zentimeter lange Knochenmesser an seiner Seite. Mit Messern kannte

Chekov sich aus, und damit konnte er sich auseinandersetzen – fremdartige Dinge bedeuteten jedoch unwägbare Gefahr.

Steno hingegen hatte offensichtlich keine derartigen Bedenken. »Alion! Mein alter Freund!« Während er um das Ende seines unordentlich bepackten Antigravschlittens herumhüpfte, öffnete Steno sein Visier und eilte über das Eis herbei, um den mit Federn geschmückten Mann zu begrüßen. Chekov bemerkte, daß Alion diese Geste nicht erwiderte. »Wie war das Leben in deinem Dorf?«

Die ersten schnellen Worte, die zwischen Steno und Alion hin und her gingen, waren zu leise, als das Chekovs Translator sie hätte aufzeichnen können. Nicht einmal auf die Körpersprache konnte man sich verlassen – Steno war unaufrichtig und sprunghaft, und Chekov hatte noch nicht genug Kitka beobachtet, um zu erkennen, welche Bedeutung Alions Bewegungen haben könnten. Aus Stenos überschwenglichen Reaktionen glaubte Chekov jedoch ablesen zu können, daß Alion nicht die Absicht geäußert hatte, den Stationsleiter zu töten. Eigentlich schade. Er war vermutlich die erste Person, die mit Steno Kontakt hatte und keinen derartigen Wunsch verspürte. Chekov hätte zu gerne hinter Alions Elfenbeinmaske mit dem von Schläfe zu Schläfe reichenden Sehschlitz geschaut, und wenn auch nur zu dem Zweck, um festzustellen, ob Kitka bei Stenos Gequatsche ebenso die Augen verdrehten, wie die Menschen es taten.

»Sehen Sie?« Uhura legte beide Hände auf Chekovs verlängerten Rücken, schubste ihn spielerisch und nicht unbedingt mit der Absicht, ihn aus dem Gleichgewicht zu bringen. »Ich habe Ihnen doch versichert, sie seien friedlich. Sie machen sich zu viele Sorgen.«

Chekov warf einen Blick über die Schulter. Er war sich nicht ganz sicher, ob sie diese Bemerkung spaßig gemeint hatte. Sogar ohne ihre Miene sehen zu können, erkannte er ihr brennendes Interesse in der angespannten Haltung ihres Körpers, als sie sich vorbeugte, um die Eingeborenen eingehender zu betrachten. »Sie scherzen.« Er schaute zu Steno und Alion, während der Geschäftsmann versuchte, die Eisstatue mit seinen Worten aufzutauen. »Auf mich machen diese Leute keinen freundlichen Eindruck.«

Sonnenschein ließ die Brillengläser Uhuras weiß aufblitzen, als sie den Kopf hob und ihn kopfschüttelnd ansah. »Sie sind ja paranoid.«

Chekov widmete seine Aufmerksamkeit wieder den Eingeborenen, ohne Uhura anzudeuten, wie tief ihre Bemerkung ihn getroffen hatte. Es war schließlich sein Job, paranoid zu sein, sicherzustellen, daß der Rest der Landungstruppe seine Pflichten problemlos erfüllen konnte. Es ärgerte ihn, dafür kritisiert zu werden, daß er vorsichtig war.

Steno drehte sich um, so daß er direkt neben Alion stand und den Kopf weiterhin in einer Demonstration von Interesse zu ihm hinabbeugte. Chekov beobachtete, wie die beiden übers Eis auf seine Gruppe zukamen, und sein Magen verkrampfte sich vor Nervosität. Ihm wäre es lieber gewesen, wenn Alion sich mehr als einen Steinwurf entfernt aufgehalten hätte.

»Chief?« Howards Stimme erklang sehr leise aus dem Anzug-Kommunikator. Chekov antwortete ihm, indem er eine Hand auf seinem Rücken bewegte, um seinem Trupp anzudeuten, wie er sich postieren sollte. Uhura sah zu ihm hoch, dann zu den anderen. Die drei noch verbliebenen Sicherheitswächter bildeten eine Rautenformation mit Chekov an der Spitze. Chekov rechnete fest damit, daß sie noch eine Bemerkung über seine Paranoia machen würde, aber sie blieb nur schweigend neben ihm stehen. Er wußte nicht, wann er am nachhaltigsten von ihr überrascht worden war – als sie sich während einer Diskussion seiner Meinung anschloß oder als sie es nicht tat.

Alion blieb mehr als eine Armeslänge von ihm entfernt stehen. Seine geschnitzte Elfenbeinmaske kippte nach vorne, um auf Uhura hinabzuschauen, dann hob sie sich wieder, um die Wächter hinter Chekovs linker Schulter zu betrachten. Er war etwa genauso groß wie Chekov – nach menschlichen Maßstäben also sicher nicht als groß zu bezeichnen –, aber eindrucksvoll inmitten der Kitka, wenn man die Anwesenheit der Eingeborenen, die ihn umringten, entsprechend interpretierte. Als er seine Schultern straffte, um den Lieutenant direkt anzublicken, vermittelte dies Chekov den Eindruck, daß Alion ihn als den Anführer der Gruppe betrachtete. »Ich bin Alion, der mit den Fischen spricht.«

Chekov fragte sich, ob es die gleichen Fische waren, die keine Antwort gaben, wenn die Kitka um Erlaubnis baten, sie töten zu dürfen.

»Ich bin Lieutenant Commander Uhura.« Mit angenehmer, freundlicher Stimme trat Uhura vor Chekov – nicht weit genug, um diesen in Panik geraten zu lassen, aber gerade noch weit genug, so daß es in seinen Händen zuckte, sie einen Schritt zurückzureißen. »Ich spreche für unseren Anführer mit anderen Völkern. Dies ist Lieutenant Chekov.« Sie deutete hinter sich, ohne sich umzudrehen. Alions ausdruckslose Maske machte es unmöglich zu entscheiden, ob er während dieser Ansprache seinen Blick überhaupt hatte wandern lassen. »Er und seine Leute beschützen uns, wenn wir auf Reisen sind.«

Steno schürzte die Lippen und schnaubte abfällig.

Alion nickte, richtete sein elfenbeinernes Gesicht zum Himmel. »Ihr wohnt in Häusern über dem Nordlicht.« Die englischen Worte drangen kurz nach der kehligen Bemerkung des Eingeborenen aus Chekovs Translator. Lange Pausen zerlegten den Text und deuteten darauf hin, daß der Translator Schwierigkeiten hatte, die richtigen Worte zu finden und Bedeutungen zu entschlüsseln. »Ihr seid gekommen, um nach eurem zerstörten Luftschiff zu suchen.«

Die Bedeutung dieses Satzes schien eindeutig zu sein. »Sie wissen über den Shuttle-Unfall Bescheid?« Chekov fragte sich, ob er vielleicht hätte versuchen sollen, sich viel einfacher auszudrücken, als der Translator eine ganze Reihe von Wörtern weitergab, wenngleich nach einer deutlichen Pause.

Trotzdem schien Alion ihn zu verstehen. Er hob eine schlanke Hand, um damit auf Steno zu zeigen. »Nur was er mir erzählt hat.«

»Offenbar« – Steno verschränkte die Arme mit einem schicksalsergebenen Seufzer, der sein Visier beschlagen hätte, wenn es heruntergeklappt gewesen wäre – »hat unser dämlicher Firmenpilot die Rettungskapsel des Shuttles an irgendeiner Weihestätte der Kitka abgesetzt. Alion und seine Leute sind seit einer Woche damit beschäftigt, den Ort neu einzusegnen.«

Chekov wandte sich wieder zu Alion um und stellte fest, daß der Eingeborene ihn immer noch fixierte und wartete. »Was ist mit den Überlebenden?« fragte er.

Alion erwiderte nichts darauf, aber Steno zuckte die Achseln, als mache er sich deshalb keine weiteren Gedanken. »Alion sagt, sie hätten keine gesehen – nur die Explosion, als der Shuttle abstürzte.«

Chekov verzog ungehalten das Gesicht. »Kann Ihr eingeborener Freund nicht für sich selbst sprechen?«

»Lieutenant!« Uhuras erregter Ausdruck ließ Chekov froh sein, daß sie ihre Brillen trugen, auch wenn sie ihn nur vor dem sicherlich tödlichen Blick des Kommunikationsoffiziers schützte.

»Nein. Ich verstehe.« Alion hob eine Hand, um Uhura zu beruhigen. Dabei lieferte seine leidenschaftslose Translatorstimme keinen Hinweis darauf, ob er angesichts dieser Behandlung Ärger oder Belustigung oder Unsicherheit verspürte. »Ich habe bei den Menschen am Äquator gelebt, daher weiß ich ein wenig darüber Bescheid, wie sie denken. Lieutenant Chekov glaubt, daß stets jemand die Schuld an irgendwelchen Ereignissen haben muß; daher wünscht er sich, ich würde mich als schuldlos erweisen.« Indem er sich von Steno entfernte und auf Chekov zutrat, kam Alion ihm so nahe, daß Chekov sehen konnte, wie die Lichtreflexe seiner eigenen Brillengläser Lichtmuster über die elfenbeinernen Wangen des Kitka tanzen ließen. »Meine Jäger sahen den Blitz, als Ihr Luftschiff landete. Es befand sich auf geheiligtem Boden, und keiner meiner Jäger konnte die Grenze überschreiten, um ans Wrack heranzukommen.«

»Was ist mit Ihren heiligen Personen? Mit denen, zum Beispiel, die das Gelände einsegnen?«

»Sie sind noch nicht vorbereitet worden.«

»Demnach haben Sie mit keinem der am Unfall beteiligten Verbindung aufgenommen?« Chekov konnte fast die Augenfarbe des Eingeborenen hinter seinem dunklen Augenschlitz erkennen. »Kein Sprechfunkkontakt? Noch nicht mal eine Leuchtkugel?«

»Er hat doch nein gesagt!« bellte Steno.

»Er hat mir gar nichts gesagt.« Chekov hob eine Hand, als Steno Anstalten machte, näher zu kommen, und deutete ihm an, er solle sich gefälligst zurückhalten. »Lassen Sie ihn antworten, Mr. Steno, oder ich gebe den Befehl, daß meine Leute Sie entfernen, damit Sie mich nicht ständig unterbrechen!«

Steno schlug nach der Hand. Seine Wangen waren nicht nur vom Wind gerötet, als seine Attacke gegen Chekov keine Wirkung zeigte. »Ich habe keine Angst vor Ihnen.«

»Das ist Ihr Problem.«

»Hören Sie mal, Sie aufgeblasener kleiner ...«

»Mister Steno!« Uhura schoß vor, um Chekovs ausgestreckte Hand zu ergreifen. Er ließ zu, daß sie seinen Arm herunterzog, und verstand ihren Griff als Rüge, obgleich sie sich ausschließlich an Steno wandte. »Wenn Ihnen nicht paßt, wie Lieutenant Chekov eine Befragung vornimmt, möchte ich Sie bitten, Ihre Meinung höflich und in aller Sachlichkeit zu äußern oder am besten gar nicht.« Ein kurzer Druck ihrer Finger auf sein Handgelenk sagte *Und Sie auch!* »Habe ich mich verständlich ausgedrückt?«

Steno klappte sein Visier wieder herunter – nicht unbedingt eine Antwort, aber zumindest ein Rückzug, soweit Chekov es verstand. Der Lieutenant schwieg unterdessen. Uhura hätte ihm zweifellos eine Menge zu sagen, sobald sie sich nicht mehr in der Nähe von Zivilisten befanden, und er war gewillt, auf diese Lektion zu warten.

Uhura ließ Chekov los, damit sie ihre Arme reiben konnte. »Sollten wir uns nicht lieber einen wärmeren Ort suchen, um unsere Diskussion zu beenden?«

Steno zeigte seine Nervosität ganz offen, trat mit dem Absatz heftig ins Eis und betrachtete die Wolke glitzernder Eisbrocken, die auf seinen Schatten herabregnete. Alion stand abwartend da, die Augen in seinem ausdruckslosen Maskengesicht in die Ferne gerichtet, während Chekovs Magen sich vor verhaltenem Zorn zusammenkrampfte. »Mr. Steno?« hakte er nach.

Der Klang von Chekovs Stimme schien ihn daran zu erinnern, daß sein Job darin bestand, Entscheidungen zu treffen und für deren Ausführung zu sorgen und nicht zu schmollen wie ein störrischer Vierjähriger. Er verschränkte die Hände auf dem Rücken und erklärte: »Ehe sie uns in ihr Dorf bringen, müssen Sie Ihre Phaser abliefern.«

Das war zumindest eine klare Aussage. Chekov verschränkte die Arme. »Nein.«

Alion reagierte in einer Weise, die Chekov als Überraschung interpretierte, indem er sein Kinn zur Seite riß, als wolle er einem unvermittelten Hieb ausweichen.

»Sie müssen das verstehen.« Uhura klopfte auf den Phaser an ihrer Hüfte. »Diese Dinger sind das einzige, was wir zu unserem Schutz bei uns haben.«

Alion gab einen scharfen, schnüffelnden Laut von sich, und eine kleine Dampfwolke wallte unter seiner Maske hervor. »Ich dachte, er dort sei Ihr Schutz.« Er deutete mit einem schlanken Finger auf Chekov.

Uhura blickte zu dem Lieutenant hoch und zögerte kurz. »Diese Dinge gehören zu ihm«, sagte sie schließlich und überlegte sich offenbar sorgfältig jedes Wort, das sie aussprach. »So wie diese Harpunen und Speere zu Ihren Männern gehören.«

»Er weiß, was sie sind«, sagte Chekov mit einem prüfenden Blick auf Alion. »Er hat am Äquator gelebt und sich mit Technik beschäftigt.«

Alion antwortete Uhura, als habe Chekov ihn gar nicht unterbrochen. »Die Harpunen sind zum Fischen gedacht«, erklärte ihr der Kitka. »Sie sind für die Jagd, für die Beschaffung von Nahrung. Unser Dorf wird Ihnen so viel Proviant schenken, wie Sie brauchen – nichts und niemand kann Ihnen Schaden zufügen, wenn Sie bei uns bleiben.« Er deutete auf den Phaser unter ihrer Hand. »Diese Waffen sind nicht nötig.«

Sich sehr wohl bewußt, daß sie noch immer von einem Dutzend eingeborener Harpunenträger umringt waren, tippte Chekov auf das Gehäuse seiner eigenen Waffe, die von seinen verschränkten Armen abgedeckt wurde. »Warum müssen Sie sie uns dann abnehmen?«

Steno verschränkte die Hände vor seinem Bauch. »Es ist eine Sache des Vertrauens, Lieutenant – etwas, das Sie sowieso nicht verstehen würden.« Er schickte Uhura einen schnellen Blick, ehe sie dazu eine Bemerkung fallen lassen konnte, und fügte hinzu: »Ich war durchaus höflich.«

Chekov hatte noch immer den Wunsch, Stenos Sprachmikrofon gewaltsam stillzulegen, wenn er noch einmal eingreifen und die Verhandlungen stören sollte.

»Unsere Geister erlauben uns nicht, die Jäger eines anderen Stammes an unsere heiligen Orte zu führen.« Alion blieb dicht vor Chekov stehen und ignorierte Steno. Statt dessen ahmte er die unbehagliche Geste des Lieutenants nach, indem er den Griff seines Messers streichelte. »Solange Sie Ihre Waffen tragen, können wir Sie nicht reinigen, damit Sie unsere heiligen Orte aufsuchen und nach ihrer vermißten Luftschiffbesatzung suchen können.«

Da er weder Augen sehen noch eine echte Stimme hören konnte, war Chekov nicht in der Lage zu entscheiden, welche Worte und Gesten Alions als Drohung aufgefaßt werden mußten. Er entschied, daß es ihm durchaus lieber war, unberechtigter Paranoia beschuldigt zu werden, als irgendwelche Gefahren zu übersehen, nur weil er sich seiner nicht ganz sicher war.

»Howard.« Er wartete, bis sein Stellvertreter neben ihm auftauchte, dann nahm er den Phaser ab und legte ihn in Howards Hand. Alions Maske drehte sich beinahe unmerklich und verfolgte den Weg der Waffe. »Bleiben Sie bei Tenzing und Publicker«, fuhr Chekov fort und ließ dabei die Eingeborenen nicht aus den Augen. »Ich werde Lieutenant Commander Uhura begleiten …«

»Nein.« Uhura löste ihren eigenen Phaser vom Gürtel, überprüfte seine Ladung und reichte ihn Alion. »Wir teilen die Gruppe nicht.«

Chekov hätte sich beinahe vor ihr aufgebaut, um die Transaktion zu verhindern. »Commander …«

»Lieutenant.« Sie legte den Handrücken auf seine Brust, eine uralte Aufforderung innezuhalten. Chekov mußte regungslos stehenbleiben und zusehen, wie

Alion die Waffe entgegennahm und sie in irgendeiner Tasche unter seinem Federkleid verstaute. »Wenn ich bei Ihnen und ohne Phaser in Sicherheit war, dann bin ich es erst recht mit *vier* von Ihnen und ohne Phaser.« Sie schaltete das Außenmikro ab und fügte über ihren persönlichen Kom-Kanal hinzu: »Wir wissen ja noch nicht einmal, ob die Phaser hier unten funktionieren; Scotty meinte, er könne es nicht garantieren.«

»Das ist nicht der Punkt.«

»Genau das ist der Punkt.« Steno reckte sein Kinn noch ein kleines Stück höher, als Chekov ihm einen stechenden Blick zuwarf und vermutete, daß er den Inhalt ihrer Unterhaltung kannte, obgleich er nur Chekovs Äußerungen gehört hatte. »Ich bitte den Chef der Raumschiff-Sicherheit der Föderation um Verzeihung«, wiederholte er Chekovs vorher geäußerte Floskel mit einem spöttischen Grinsen, »aber Ihr Lieutenant Commander hat recht. Wir begeben uns nicht in ein Kampfgebiet. Wir haben während der vergangenen zehn Jahre sicherlich tausendmal Besucher zu den Kitka geschickt; jedesmal haben wir uns ihren religiösen Bräuchen angepaßt und konnten uns als willkommene Gäste unter ihnen bewegen.«

»Haben Sie Ihnen immer die Phaser abgenommen?« wollte Chekov wissen.

Steno deutete ein knappes Achselzucken an. Die Frage brachte ihn offensichtlich ein wenig aus dem Konzept. »Das geschieht erst seit kurzem. Aber ich wüßte nicht, was das ausmachen sollte. Noch haben Sie uns nicht in einen Kochtopf gesteckt oder unsere Köpfe geschrumpft oder etwas anderes Dramatisches mit uns gemacht.«

Chekov erwog kurzzeitig den Vorschlag, daß Stenos Kopf ruhig geschrumpft werden könne, verkniff sich aber eine entsprechende Bemerkung, um die geladene Atmosphäre zwischen ihnen nicht zur Explosion zu bringen. »In der Vergangenheit«, sagte er einlenkend, »haben Sie aber nicht nach gestrandetem Stationspersonal gesucht.«

»Vermißtes Personal hat keinen Einfluß darauf, wie weit ich ihnen vertraue«, entgegnete Steno. »Und hier herumzustehen und zu diskutieren, hilft Ihnen auch nicht, sie schneller zu finden.« Er wandte sich an Uhura und hob die Hände in einer hilflosen Geste. »Alion wird in dieser Angelegenheit ganz bestimmt nicht nachgeben, glauben Sie mir.«

Uhura nickte, wobei ihr Atemfilter von einem kurzen Seufzer zischte. »Lieutenant, geben Sie ihm Ihren Phaser.«

Daß sie sich den Bedingungen beugte, traf Chekov wie ein Keulenschlag. »Sir ...« Er straffte sich neben ihr, legte die Hände an die Hosennaht und verdrängte die Verärgerung so gut es ging aus seiner Stimme, »das möchte ich lieber nicht tun.«

»Ich denke, die Sache ist klar.« Sie schob die Brille hoch, um zuerst Chekov zu mustern und anschließend Alion, schaltete dann wieder das Außenmikro ein. »Sie geben uns die Phaser zurück, wenn wir wieder abreisen. Nicht wahr?« Alion nickte langsam, und Uhura wiederholte seine Geste, wobei ein angedeutetes Lächeln Fältchen in ihre Augenwinkel zauberte. Als Chekov nicht sofort reagierte, schaute sie ihn wieder direkt an. »Ich kann Ihnen auch einen ausdrücklichen Befehl geben, wenn Ihnen das lieber ist.«

Für einen kurzen Moment dachte er daran, seinen Einwand gegen ihre Entscheidung schriftlich festzuhalten, dann biß er voller Abscheu darüber die Zähne zusammen, daß er überhaupt eine solche Handlungsweise in Erwägung gezogen hatte. Die Verantwortung für das, was er tat, lag ganz alleine bei ihm, und er weigerte sich, diese Verantwortung abzuwälzen, indem er entweder eine offizielle Beschwerde einreichte oder indem er Uhura zwang, ihren höheren Dienstrang geltend zu machen. Wenn er sich auf mehr verlassen konnte als nur ein seltsames Gefühl in der Magengegend, könnte ihn nicht einmal ihr direkter Befehl dazu bringen, ihre Waffen zu übergeben; er würde das tun, was er für angemessen hielt, und sich erst später mit den Folgen befassen. Solange es aber keine konkrete Bedrohung gab, könnte er Ungehorsam keinesfalls rechtfertigen; daher hatte er keine andere Wahl, als den Wünschen seines kommandierenden Offiziers nachzukommen.

Er wandte sich zu Howard um, nahm seinen Phaser wieder an sich und löste auch den Phaser des Fähnrichs von dessen Gürtel. »Holen Sie auch die anderen Phaser«, sagte er, und dabei klang seine Stimme so neutral wie irgend möglich. »Bringen Sie sie her.«

Howard nickte knapp. »Aye, Sir.«

Steno kicherte, während Howard zu den beiden Wachen ging, ihnen die Waffen und die Reserveenergiezellen abnahm. »Nun, Lieutenant Chekov, was für eine angenehme Überraschung.«

Chekov drehte sich um und sah, wie der Stationsleiter mit zufriedener Miene die Fingerspitzen gegeneinander drückte. »Fast hätten Sie mich davon überzeugt, daß keine Spur Vernunft in Ihnen steckt«, schnurrte Steno. »Vielleicht ist dieser Ausflug doch kein Mißerfolg.«

Chekov brauchte keine Warnung von Uhura, um zu wissen, daß er lieber den Mund halten sollte. Dennoch bemerkte er, wie sie zu ihm herüberschaute, während Howard die Phaser aus der Hand nahm und in Alions Hände legte. Die demonstrative Lässigkeit, mit der Alion zwei der wartenden Eingeborenen nach vorne winkte, um die Waffen an sich zu nehmen, verursachte Chekov bohrende Magenschmerzen.

»Vielen Dank.« Alion wandte sich wieder an Uhura und verbeugte sich. »Nun gehen wir zu unserem Dorf und bereiten Sie darauf vor, mit unseren Göttern zusammenzutreffen.« Er vollführte eine Kehrtwende und sah seine Leute an. Eine Hand beschrieb einen Kreis über seinem Kopf, und die Gruppe setzte sich, begleitet von einem nicht übersetzbaren Stimmengewirr, in Bewegung.

Während Stenos Leute sich abmühten, ihre Ausrüstung für den Transport zu sichern, gab Chekov Tenzing ein Zeichen, sie solle den Antigravschlitten der *Enterprise* in die Formation einfügen, die Alions Leute bereits zu bilden begonnen hatten. Er selbst hielt sich dicht an Uhuras Seite, während er die Aufstellung inspizierte. Er fungierte als Helfer und Sprachrohr, bis Howard diesen Posten übernehmen konnte und er selbst sich etwas enger an Alion halten konnte. Als sie schließlich neben Tenzing und dem Antigravschlitten ankamen, schaltete Chekov sein Außenmikrofon aus und aktivierte den Anzugkommunikator an seinem Ohr. »Wissen Sie«, meinte er leise zu Uhura, »dort, wo ich herkomme, bezeichnet der Ausdruck ›die Götter treffen‹ gewöhnlich irgendeine Todesart.«

Uhura lachte und boxte ihm freundschaftlich gegen den Oberarm. »Seien Sie nicht so finster. Manchmal habe ich den Eindruck, daß Sie sogar Ihre eigene Mutter als Risiko für die Sicherheit der Raumschiffflotte betrachten.«

»Meine Mutter hat mich niemals aufgefordert, meinen Phaser abzugeben.«

»Vielleicht hätte sie das tun sollen.« Sie bewegte ihren Kopf in seine Richtung, so daß er annahm, daß sie in ihrem Thermoanzug lächelte. »Sie reagieren schon wieder paranoid.«

Er war sich nicht sicher, wie er ihr klarmachen sollte, daß seine größte Sorge die war, daß er noch nicht paranoid genug war.

5

Für Uhura unterschied das Kitka-Dorf sich durch nichts von den anderen runden Eishügeln, zwischen denen Alion sie während der letzten zwei Stunden hindurchgeführt hatte. Der verblassende arktische Sonnenschein bemalte die westlichen Abhänge mit rosa-violetten Lichtstreifen und ließ die anderen Seiten der Hügel in kohleschwarzer Finsternis versinken. Erst als einer der Kitka-Jäger seinen Gesichtsschild anhob und einen flötenden Ruf ausstieß, konnte sie in einem dieser Schatten eine Bewegung erkennen.

Der dunkle Fleck löste sich zu einem ins Eis geschnittenen Eingang auf, als sie näher kamen. Eine kleine Gruppe in Fellkleidung gehüllter Kitka drängte sich nach draußen. Sie riefen etwas übers Eis zurück, wobei der fragende Unterton in ihren lauten, hohen Stimmen deutlich zu erkennen war.

»Uhura, können Sie verstehen, was sie reden?« Chekovs Stimme klang durch ihren Kommunikator seltsam metallisch und wurde durch die atmosphärischen Störungen zwischen ihnen verzerrt. Der Sicherheitschef hatte mit Alion während des langen Marsches von ihrem Landepunkt hierher Schritt gehalten. Er war ihm so nahe geblieben, daß er ein schmaler, dunkler Schatten hätte sein können, der von dem kompakteren Körper des Eingeborenen geworfen wurde. Steno trottete mit einem halben Meter Abstand hinter ihnen her, die Augen wachsam auf den unebenen Untergrund gerichtet. Er schien Chekovs

Frage nicht gehört zu haben. Uhura vermutete, daß Chekov sein Außenmikro abgeschaltet hatte, damit die Kitka nicht mitbekamen, daß er etwas sagte.

»Mein Translator hat nichts Eindeutiges aufgenommen«, erwiderte sie. Howard sah zu ihr hinüber. Seine Brillengläser erschienen als glänzender heller Fleck vor der dunklen Eisfläche hinter ihm. Er hatte sich genauso nahe bei ihr aufgehalten wie Chekov bei Alion. Uhura hatte den Verdacht, daß er damit lediglich einen Befehl seines Chefs ausgeführt hatte. »Ich erhöhe die Eingangsempfindlichkeit meines Geräts und gebe Ihnen Bescheid, falls es helfen sollte.«

»In Ordnung.«

Die Rufe über das Eis verstummten abrupt, als Alion mit einem langen, absinkenden Heulen antwortete, das genauso unheimlich klang wie die von den Nordlichtern Nordstrals erzeugten atmosphärischen Störungen. Uhura fragte sich, ob die Eingeborenen eigentlich das rein elektromagnetische Signal empfangen hatten. War es möglich, daß die Kitka noch besser auf die Umweltbedingungen von Nordstral eingestellt waren, als das Informationsmaterial über sie erwarten ließ? Erneut blieb ihr Translator jedoch stumm. Sie atmete mit einem stummen Seufzer der Enttäuschung aus.

»Vielleicht tauschen Sie nur irgendwelche akustischen Signale aus, Sir.« Howard mußte sie über den offenen Kommunikatorkanal gehört haben. »Schließlich hatten wir keine Schwierigkeiten, ihre Sprache zu übersetzen, als sie vorhin mit uns redeten.«

»Ich weiß«, stimmte Uhura ihm zu. »Aber Alion hat bewußt langsam gesprochen, damit unsere Translatoren jedes Wort unterscheiden und deutlich aufnehmen konnten. Wenn ihr normales Sprachmuster so hektisch wie dies jetzt ist« – ein Chor aufsteigender und absinkender Heultöne flog zwischen den Dorfbewohnern und der zurückkehrenden Gruppe hin und her –, »dann ist der Translator vielleicht nicht fähig, einzelne Worte zu unterscheiden.« Sie hob eine behandschuhte Hand, um ihre Hilflosigkeit anzudeuten. »Ich fände es schlimm, wenn ich wüßte, daß wir ihre Sprache nur dann übersetzen können, wenn sie es uns gestatten.«

»Sie fänden es schlimm?« Diesmal erklang Chekovs Stimme in ihrem Ohr. Sie war wie ein fernes Donnergrollen, das durch das atmosphärische Rauschen drang. »Wenn wir noch nicht einmal verstehen ...« Er verschluckte den Rest seines Satzes, als er gewahrte, wie Steno auf sie zukam. Einen Augenblick später redete der Sicherheitschef weiter. »Commander, der Stationschef will die Nacht innerhalb des Dorfes verbringen. Ich denke, Sie sollten lieber mit ihm reden.«

»Ich komme gleich.« Uhura machte einen tiefen Atemzug. Sie hoffte, daß Steno vernünftig genug wäre und sich Chekov gegenüber höflich verhielt. Ihr Stellvertreter verlor verständlicherweise allmählich die Geduld mit ihm. »Kommen Sie mit, Mr. Howard?«

Der hochgewachsene Sicherheitsmann schaute hinüber zu der Schar Dorfbewohner, die zu den Antigravschlitten hinauseilten. »Mit Ihrer Erlaubnis, Sir, würde ich lieber Publicker und Tenzing helfen, unsere Ausrüstung zu bewachen.«

»Gute Idee.« Einer der kleinwüchsigen, pelzbekleideten Eingeborenen stieß bereits mit kindlicher Neugier gegen den Nordstral-Schlitten und ignorierte den Versuch des Firmenwächters, ihn wegzuscheuchen. Die friedlichen Kitka schienen keinerlei Scheu vor Steno und seinen Männern zu haben, obgleich Uhura bemerkte, daß sie vor ihr zurückwichen, als sie zwischen ihnen hindurchging. Eingeborene drängten sich um den Schlitten der *Enterprise* wie eine schmale Aura windzerzauster Pelze, deuteten auf verschiedene Punkte und stießen Pfiffe aus, die wohl Überraschung ausdrücken sollten. Keiner von ihnen machte jedoch Anstalten, sich dem Gefährt noch weiter zu nähern.

»...ich versichere es Ihnen, die Ausrüstung wird unten in den Tunnels besser funktionieren.« Stenos plötzlich laut werdende Stimme lenkte Uhuras Aufmerksamkeit von den Eingeborenen ab und ließ sie wieder verstärkt auf ihre eigenen Leute achten. Der Stationsleiter musterte Chekov wütend, der dem Mann den Zugang zu dem aus dem Eis herausgeschnittenen Eingang verwehrte. Sie biß sich auf die Lippen und eilte los. »Bekomme ich es denn nicht in Ihren schaumstoffisolierten Schädel hinein, daß es hier nichts zu befürchten gibt?«

»Mr. Steno.« Chekovs deutlich wahrnehmbarer Akzent verriet Uhura, daß er wahrscheinlich mit zusammengebissenen Zähnen redete. »Darf ich Sie daran erinnern, daß irgendwo auf dem Eisschild ein vermißtes Forschungsteam sitzt? Ich kann nicht erkennen, wie eine ungeschützte Nacht in einem Eingeborenendorf uns dabei helfen soll, sie zu finden!«

»Das liegt daran, daß Sie ein Idiot sind«, sagte Steno unklugerweise. Uhura sah in Chekovs Schultern die Muskeln zucken, als er seine Hände zu Fäusten ballte, und trat schnell zu ihm, um eine Hand auf seinen Arm zu legen. Er fühlte sich unter ihren Fingern steinhart an. Steno funkelte sie mit unverhohlener Wut an. Seine Wangen waren fleckig vor Kälte und Zorn. »Lieutenant Commander, würden Sie Ihrem Obergorilla vielleicht erklären, daß elektronische Geräte bei einer Temperatur von über minus dreißig Grad besser funktionieren als darunter?«

Uhura zuckte zusammen, schaltete schnell ihr Stimmikrofon aus und öffnete einen verschlüsselten Kanal, den Steno nicht abhören konnte. »Chekov, er hat recht.« Atmosphärische Störungen knisterten in ihrem Ohr, während sie schwieg und auf eine Antwort wartete. »Sogar ein Unterschied von zehn Grad verbessert unseren Empfang um ein Hundertfaches. Es könnte sich als lebenswichtig erweisen, wenn wir so in der Lage wären, einen Notruf von der Fähre aufzufangen.«

»Sir.« Die Anspannung in Chekovs Stimme, als er endlich redete, überraschte Uhura. »Das verstehe ich, aber ich meine immer noch, wir sollten das Dorf nicht betreten. Nicht solange unsere Phaser sich in der Hand der Eingeborenen befinden und wir nicht sicher sein können, daß unsere Translatoren es uns ermöglichen, uns mit ihnen zu verständigen.«

Uhura blickte zu Alion hinüber, der mit stoischer Geduld darauf wartete, daß sie ihm ins Dorf hinunter folgten. Sein Federmantel flatterte sacht im Abendwind und erzeugte ein Geräusch, das wie Zähneklappern klang. »Ich glaube, daß Sie die Gefahr überschätzen, Lieutenant.« Chekov wollte widersprechen, aber sie ließ ihn gar nicht zu Wort kommen. »Ich gestehe Ihnen jedoch das Recht zu, vorsichtig zu sein. Stellen Sie hier draußen auf dem Eis Ihre Sicherheitsleute auf, während ich Mr. Steno dabei behilflich bin, sein Kommunikationszentrum im Dorf einzurichten. Falls wir irgendwelche Probleme haben, lasse ich es Sie wissen.«

»Aber, Sir ...« Chekov gefiel dieses Arrangement überhaupt nicht. »Sie sind es, auf die wir aufpassen sollen!«

»Nein, Lieutenant.« Uhura schüttelte den Kopf und gab ihm einen leichten Stoß, damit er den Eingang freigab. Er rührte sich nicht. »Sie sollen auf uns alle aufpassen – auch auf die Überlebenden der Fährenbesatzung, die wir vielleicht finden. Und die besten Chancen dazu haben wir, wenn wir Mr. Steno ins Dorf gehen lassen.«

Der Sicherheitschef schaute auf sie herab, das mit Maske und Brille bewehrte Gesicht ausdruckslos, aber er gab ihrem Stoß nach und trat beiseite. Steno bedachte ihn mit einem verächtlichen Blick und gab seinen Männern ein Zeichen, ihm zu folgen. Chekov hielt Uhura am Handgelenk fest, als auch sie mitgehen wollte.

»Ich schicke einen Wächter mit Ihnen runter«, sagte er grimmig. »Und widersprechen Sie mir nicht.«

Uhura machte ein besorgtes Gesicht, obgleich sie wußte, daß er es nicht sehen konnte. »Ich widerspreche nicht, Chekov.« Einer der Nordstral-Männer drängte sich mit einer Gerätekiste auf der Schulter an ihr vorbei. Zwei fellbekleidete Kitka umtanzten ihn mit aufgeregten Pfeiflauten. Sie waren so winzig, daß es sich bei ihnen um Kinder handeln mußte. Uhura betrachtete sie lächelnd. »Ich sehe wirklich nichts, weshalb wir uns Sorgen machen müßten.«

»Ich weiß.« Chekov hatte die Kinder nicht bemerkt. Er starrte auf etwas anderes hinter Uhura, und als sie herumfuhr, zog Alion sich schnell aus dem Eingang zurück und verschwand in der Dunkelheit dahinter. »Das ist es ja, was mir Sorgen macht.«

Die *Soroya* war etwa eine halbe Stunde unterwegs, als Nuie zusammen mit einem anderen Mannschaftsmitglied zu Kirk und McCoy zurückkehrte. Während der Captain zu Mandeville auf die Kommandobrücke gebracht wurde, ging McCoy mit Nuie ins Lazarett der *Soroya*.

Die Tür der medizinischen Abteilung stand offen, als McCoy und Nuie eintrafen. »Das ist unser Krankenrevier«, erklärte der Erste Maat und ließ dem Offizier der Föderation den Vortritt. »Dr. Muhanti ist wahrscheinlich hinten in seinem Labor. Kommen Sie mit.«

McCoy schaute sich um, während sie den Raum durchquerten, verglich ihn mit den klaren, geraden Linien des Krankenreviers auf der *Enterprise* und fand ihn angemessen. Allerdings fehlte das, was er als

»heilsame« Atmosphäre bezeichnete. Er war stolz auf sein Lazarett, stolz darauf, daß dort nicht der sterile Geruch und die kalte Stimmung so vieler Krankenhäuser auf vielen Planeten herrschte. Hier waren die Wände kahl, und die Nieten wurden weder durch Farbe noch irgendwelchen Wandschmuck verdeckt. Die wenigen Hochbetten waren schmal und mit grauen Laken ausgestattet und sahen aus, als wären sie steinhart.

»Dr. Muhanti?«

»Einen Moment, Nuie.«

McCoy blieb dicht hinter dem kleinwüchsigen Ersten Maat stehen und blickte ins Labor. Experimente, die ihm halbwegs bekannt vorkamen, waren an zwei oder drei Arbeitsplätzen im Gange. Klebrig aussehende Flecken bedeckten den Labortisch; benutzte Glaskolben und Teströhrchen lagen neben dem Sterilisator. Ein dunkelhaariger Mann saß auf einem Hocker vor dem mittleren Platz. Er wandte der Tür den Rücken zu und hatte die Hände in seinem Haar vergraben. Zuerst nahm McCoy an, sie hätten den Arzt in einem Augenblick der Enttäuschung überrascht, und er hatte spontan Mitleid mit ihm. Er wußte, wie schlimm es für ihn wäre, wenn die Mannschaft der *Enterprise* plötzlich erkrankte und er keine Methode fand, um ihr zu helfen. Dann bemerkte er verblüfft, daß der Arzt auf seltsame und systematische Art und Weise seinen Kopf betastete, und er runzelte verwirrt die Stirn.

Muhanti drehte sich auf seinem Hocker abrupt zu ihnen um. Während seine Finger immer noch in seinem Haar herumstocherten, musterte der indische Arzt McCoy mit einem verblüfften Blinzeln in seinem dunklen Gesicht. »Wer ist das?«

»Dr. Muhanti, Dr. McCoy vom Föderationsschiff *Enterprise*. Er und Captain Kirk sind hergekommen, um uns zu helfen.«

»Tatsächlich.« War das etwa unterdrückter Groll in der Stimme, oder bildete McCoy sich das nur ein? Muhantis Gesicht verzog sich plötzlich zu einem freundlichen, aber beinahe herablassenden Lächeln. »Wie schön, daß die Föderation uns zur Kenntnis nimmt.« Seine Hände sanken in seinen Schoß. »Sie scheinen von meiner Tätigkeit verwirrt zu sein, Dr. McCoy. Könnte es sein, daß die ach so allwissende Föderation die neue Wissenschaft der Phrenologie erst noch entdecken muß?«

Lediglich eine allgemeine Vorsicht ließ McCoy ein höhnisches Schnauben unterdrücken. Das versprach eine sonderbare Begegnung zu werden. »Phrenologie?« erkundigte er sich höflich, während seine Gedanken hektisch sein Gedächtnis durchforsteten.

»Ah! Es tut richtig gut zu erfahren, daß die Föderation nicht in allem die Nase vorn hat.« Er nahm eine Pose ein, die McCoy an mehrere seiner Professoren denken ließ, die er erlebt hatte, als er Student im ersten Semester gewesen war. »Phrenologie ist eine Analysemethode, die auf der Tatsache basiert, daß bestimmte geistige Fähigkeiten und charakterliche Eigenschaften an bestimmten Schädelformen zu erkennen sind. Ich habe die Konturen meines eigenen Schädels vermessen und festgestellt, daß diese Wissenschaft überaus genaue Diagnosen liefert. Ich habe die Absicht, sie bei der Untersuchung des abweichenden Verhaltens meiner Mannschaftskameraden anzuwenden. Ich denke, daß ich schon innerhalb einer ziemlich kurzen Zeit eine Heilungsmöglichkeit für ihre verschiedenen Psychosen gefunden haben dürfte.«

»Tatsächlich?« entgegnete McCoy trocken.

»Höre ich etwa einen Unterton des Unglaubens, mein lieber Kollege? Ich stelle fest, daß die Skeptiker häufig diejenigen sind, die die Erkenntnisse einer neuen Wissenschaft am meisten fürchten. Vielleicht erlauben Sie mir ein kleines Experiment.« Er trat auf

McCoy zu und näherte seine Hände dem Schädel des Arztes.

McCoy wurde durch Captain Mandevilles Stimme gerettet, die über das Interkom erklang. »Erster Maat Nuie auf die Brücke. Bringen Sie Dr. McCoy mit. Ich denke, er wird sich das hier gerne ansehen.«

McCoy warf Nuie einen fragenden Blick zu. »Was werde ich mir gerne ansehen?«

Der Erste Maat grinste. »Ich glaube, ich weiß, was es ist, und sie hat recht.« Er verbeugte sich flüchtig vor Dr. Muhanti. »Sie müssen uns kurz entschuldigen.«

McCoy spreizte die Hände zu einer um Verständnis heischenden Geste. »Die Pflicht ruft.«

»Natürlich.« Muhanti zuckte die Achseln mit abfälliger Miene. »Vielleicht ein andermal.« Er wandte sich ab, wobei seine Finger schon wieder über seinen Schädel tasteten, und McCoy folgte Nuie hinaus auf den Flur.

McCoy verzichtete darauf, Muhantis seltsames Benehmen zur Sprache zu bringen. Vielleicht war es ganz normal für den Inder. Vielleicht war die ganze Mannschaft ein wenig von dem infiziert, was das seltsame Verhalten der Leute auf der *Curie* verursacht hatte. Er wollte diesen Punkt nicht ansprechen, ehe Nuie zuerst damit anfing, und da er es nicht tat, schwieg McCoy.

Er folgte dem schweigenden Maat durch das Sammlerschiff zur Kommandobrücke. Auch dort, wie überall im Schiff, waren die Bereiche für die Besatzung so eng wie möglich gehalten worden, um soviel Laderaum wie möglich für die Planktonernte zur Verfügung zu haben. McCoy gab im Geiste der Mannschaft einige Pluspunkte dafür, daß sie trotz der langen Tauchfahrten in derart beengten räumlichen Verhältnissen noch halbwegs normal geblieben war.

McCoy entdeckte Kirk sofort und drängte sich

durch die bunt gekleideten Nordstral-Leute zu seinem Captain und Freund durch. »Was ist hier los?« murmelte er.

Kirk schüttelte den Kopf. »Keine Ahnung.« Er machte keinen besorgten Eindruck, und das allein reichte aus, daß auch McCoy sein Mißtrauen zum größten Teil ablegte.

Kirks braune Augen waren aufmerksam auf den Sichtschirm gerichtet, und McCoy folgte seinem Blick. Das Wasser, von den Scheinwerfern des Unterseebootes zu einem trüben Grün erleuchtet, war erfüllt von winzigen Schwebeteilchen. Eine erstaunliche Vielfalt marinen Lebens gedieh hier unter dem Eispanzer. Jenseits der Reichweite der Scheinwerfer herrschte eine Dunkelheit, die noch totaler erschien als die Schwärze des Weltraums. McCoy verstand durchaus, weshalb der Ozean die letzte weitgehend unerforschte Wildnis der Menschheit war.

Kirks Kopf nickte einer jungen Frau neben ihm zu, die sich über einen Radarschirm beugte und mit einer Hand einen winzigen Hörer ins Ohr drückte. »Sie haben irgend etwas aufgenommen, aber ich weiß nicht was«, sagte er leise. »Niemand scheint jedoch beunruhigt zu sein.«

Das stimmte tatsächlich. Lediglich eine leichte Erregung machte sich bei den Anwesenden bemerkbar. McCoy versuchte in der trüben Umgebung des Schiffs etwas zu erkennen, hatte aber keinen Erfolg. »Ist es hier unten immer so dunkel?«

»Hm, ja.« Captain Mandeville kam durch den beklemmend engen Brückenraum zu ihnen herüber. »Unter dem Eispanzer ist es tatsächlich sehr dunkel, Dr. McCoy. Dort herrscht die Nacht des Matrosen. Nur dauert für uns die Nacht um einiges länger, als Sie es gewohnt sind.« Sie lachte verhalten.

McCoy konnte nicht erkennen, was daran so verdammt amüsant war. Er hatte es fast geschafft zu vergessen, daß sie sich unter Wasser befanden, geschweige denn unter mehreren Metern Eis. Nun wurde ihm die Realität ihrer Situation wieder bewußt, und ein Schauder der Angst durchlief seinen Körper von den Füßen bis hinauf zu seinem Scheitel. Er unterdrückte den Impuls, nach oben zu greifen und nachzusehen, ob seine Haare sich sträubten.

»Wo ist es?« fragte Mandeville über die Schulter ihre Radartechnikerin hinweg.

»Genau vor uns, Captain. Es sitzt auf einem Punkt, deshalb dürfte es wohl eine Mater sein.« Sie blickte mit erwartungsvollem Gesichtsausdruck über die Schulter. »Wenn wir die Scheinwerfer etwas stärker einstellen, müßten wir etwas erkennen können.«

»Scheinwerfer justieren«, befahl Mandeville.

»Aye, aye, Captain.« Ein Kitka, der einige Jahre jünger war als Nuie, drehte sich auf seinem Sessel und legte eine Reihe Schalter um. Die Scheinwerferstrahlen, die den Kurs des Schiffs ausleuchteten, wurden um einiges heller und verdrängten für mehrere hundert Meter die Dunkelheit vor ihnen. Etwas bewegte sich in der Nähe. Etwas Riesiges, das außerdem mit nichts von dem Ähnlichkeit hatte, dem McCoy bislang begegnet war. Im gleichen Moment drang ein gespenstisches Heulen an seine Ohren. Der kehlige Ruf stieg und fiel und endete in einem tiefen Seufzer.

McCoys Augen waren unnatürlich geweitet. »Was, zum Teufel, ist das?« stieß er entsetzt hervor und umklammerte Kirks Arm.

»Das«, sagte Mandeville beiläufig, »ist ein Krake.«

»Nein.« Nuies Stimme klang ehrfürchtig. »Das ist Gott.«

Die Tunnels, die zu dem Kitka-Dorf führten, waren kaum breiter und höher als die Kitka selbst. Endlich einmal war Uhuras geringe Körpergröße von Vorteil. Sie verfolgte mit einiger Schadenfreude, wie Steno versuchte, sich durch die engen Gänge zu bewegen, wobei seine Flüche von den Eiswänden widerhallten, wenn er gegen sie prallte. Die kleinen Taschenlampen und einige Öllampen spendeten nur wenig Licht.

»Was verbrennen sie in diesen Dingern, Tenzing?« fragte Uhura leise, während sie wieder an einer dieser bescheidenen Lichtquellen vorbeigingen. Ein würziger Geruch drang durch ihren Atemfilter und kitzelte sie in der Kehle. Neben ihr richtete der Sicherheitsmann, den Chekov ihr zugewiesen hatte, einen Tricorder auf das Gefäß und ließ eine Schnellanalyse durchführen.

»Es ist irgendein Fischöl, Sir.« Tenzings Stimme klang überrascht. »Aber es riecht überhaupt nicht nach Fisch.«

»Nein.« Uhura drehte sich zu dem fellbekleideten Kitka um, der hinter ihr ging, und fragte sich, ob der Translator tatsächlich funktionierte. Sie hatte ihn auf maximale Empfindlichkeit eingestellt und wählte ihre Worte so sorgfältig wie möglich, aber die Kitka-Sprache kam immer noch in ungleichmäßigen, von Pausen unterbrochenen Bruchstücken heraus. »Was für ein Fisch liefert dieses Öl?«

Der kleine Eingeborene schaute zu ihr hoch und duckte sich dann mit einem seltsam verzerrten Laut unter ihrem Blick. Der Translator summte, dann lieferte er ein einziges Wort. »Kraken.«

»Kraken?« Uhura blinzelte. Das Wort erzeugte vor ihrem geistigen Auge das Bild mythischer Ungeheuer aus der nordischen Sagenwelt und keinen fremdartigen arktischen Fisch. »Was ist ein Krake?«

Der Eingeborene schaute wieder zu ihr hoch. Sein Gesicht und sein Geschlecht waren unter der glatten Knochenmaske verborgen. Trotzdem war die Unsicherheit an der Kopfhaltung des Eingeborenen deutlich abzulesen. Diesmal fiel die verzerrte Antwort etwas länger und deutlich langsamer aus.

»Kraken Jäger unterm Eis«, sagte der Translator. »Kraken Augen wie Ihre Augen.«

»Meine Augen?« wiederholte Uhura verwirrt. Der kleine Kitka konnte unmöglich ihre Augen durch die reflektierenden Brillengläser erkennen. Dann lachte sie, als ihr klar wurde, daß der Eingeborene unmöglich wissen konnte, daß sich unter diesem hellen Glanz Augen befanden. »Das sind nicht meine Augen«, sagte sie und schob die Brille hoch.

Ein erschreckter Jammerton war die Antwort. Uhura blinzelte unter dem Ansturm der beißenden Kälte und fragte sich dabei, ob sie den kleinen Eingeborenen durch den Anblick ihrer dunklen Haut vielleicht nicht noch mehr erschreckt hatte. Der Kitka reagierte, indem er ein paar Schritte vorwärts machte und aufgeregt ihren Arm tätschelte. »Kraken Augen verschwunden«, sagte der Translator, nachdem er die schnellen Pfeiflaute des Eingeborenen geordnet und analysiert hatte. »Krakenaugen verschwunden!«

»Ja.« Uhura schaute zu Tenzing hinüber. Sie war sich nicht sicher, ob der weniger komplex arbeitende Translator der Sicherheitswächterin die hervorsprudelnde Sprache der Kitka bewältigen konnte. »Die Brillengläser scheinen den Eingeborenen an irgend etwas Unheimliches zu erinnern, Tenzing. Macht es Ihnen etwas aus, Ihre Brille ebenfalls abzunehmen?«

»Überhaupt nicht, Sir.« Tenzing schob ebenfalls die Brille nach oben und enthüllte asiatische Augen und hellbraune Haut. Ihr Gesicht drückte Neugier aus. »Geht es dabei um dieses Kraken-Ding, Sir?«

»Offenbar.« Uhura drehte sich zu dem kleinen Eingeborenen um, der neben ihr stand. Im selben Moment löste dieser seine Knochenmaske und enthüllte das aufmerksame Gesicht eines jungen Mädchens. Ihre Augen waren blau, hatten dichte Wimpern und lagen über seltsam flachen Jochbögen. Der Kupferton ihrer Haut verdunkelte sich um den Mund und um die Augen zu Bernstein. Sie trug eine üppige Mähne silbrig glänzenden Haars. »Ist es so besser?«

»Besser«, antwortete die junge Kitka und berührte mit ihren behandschuhten Fingern ihre Lippen in einer Geste der Dankbarkeit. Dann streckte sie die Hand aus und betastete neugierig die reflektierenden Kunststoffgläser von Uhuras Brille. Sie schien nun, da die richtigen Augen der fremden Besucherin zu erkennen waren, keine Scheu mehr zu kennen. »Krakenaugen nicht echt?«

Uhura lächelte die Eingeborene erfreut an. »Die Krakenaugen sind eine Maske, genauso wie deine.« Sie berührte behutsam die dünne Knochenplatte, die um den kräftigen Hals des Mädchens befestigt war. »Sie hält den Wind von meinem Gesicht ab.«

Bernsteinfarbene Lippen teilten sich zu einem schneeweißen Lächeln. »Maske für Rausgehen«, stimmte sie zu. »Maske nicht drinnen tragen.«

»Nein.« Uhura schaute sich um, während sie um eine Ecke bogen und zu einer Kreuzung mehrerer Tunnels gelangten. Hier war die Decke etwas höher und gestattete Steno und seinen Männern, sich ein wenig freier zu bewegen. Sofort begannen sie ihre Kommunikationszentrale auszupacken. Stirnrunzelnd näherte Uhura sich ihnen, um ihnen zuzusehen. Dabei hielt ihre kleine eingeborene Freundin sich ständig in ihrer Nähe.

»Mr. Steno, ist das der Ort, wo Sie gewöhnlich ihre Geräte aufbauen?« fragte sie leise. Die beiden Nordstral-Wächter leerten die letzte der isolierten Kisten und entfernten sich, vermutlich um die restliche Ausrüstung zu holen. Die meisten Eingeborenen gingen mit ihnen bis auf zwei Harpunen tragende Jäger Alions und Uhuras kleine Freundin, die immer noch neben ihr stand. Tenzing unternahm kurze Ausflüge in die Dunkelheit der Tunnel ringsum und führte mit

Hilfe ihres Tricorders einige Messungen und Untersuchungen durch.

Steno schüttelte ungehalten den Kopf. »Das ist der einzige Platz in diesem verdammten Schlangennest, wo ich sitzen kann, ohne mir den Kopf an der Decke einzurennen«, knurrte er. »Ist daran etwas nicht in Ordnung?«

Uhura schaute zu den dunklen Tunnelöffnungen, die sie still und leer angähnten. »Dieser Platz kommt mir nicht sehr geschützt vor«, sagte sie schließlich und hatte dabei das Gefühl, als hätten einige von Chekovs mißtrauischen Vermutungen auf sie abgefärbt. »Für die Ausrüstung«, fügte sie eilig hinzu, während Steno sie wütend anstarrte. »Kommen hier denn nicht stets eine Menge Eingeborene vorbei?«

»Nein, natürlich nicht.« Er murmelte noch etwas Unverständliches, während er sich bückte, um die Verstärkereinheiten mit dem Hauptempfänger zu verbinden. »Alion wird den anderen Eingeborenen erklären, sie sollen uns in Ruhe lassen.«

Uhura bückte sich, um ihm dabei behilflich zu sein, das Kabel zu seiner Sendestation zu verlegen. Dabei entwirrten ihre schlanken Finger den kalten Draht schneller, als seine klobigen Handschuhe es schafften. Sie erntete dafür ein undankbares Knurren. »Ist Alion der Anführer der Eingeborenen?«

»Er müßte es eigentlich sein – aber sie alle scheinen ihn nicht sehr zu mögen.« Steno schob eine Packkiste herüber, so daß sie als Sitzgelegenheit vor der Konsole diente, dann setzte er sich darauf und begann den Zentralprozessor vorzuwärmen, ohne sie um Erlaubnis zu fragen. Uhura spürte, wie ihre Lippen sich unfreiwillig aufeinanderpreßten. Sie war hier die Kommunikationspezialistin und nicht dieser selbstherrliche Firmenpolizist! Jetzt wußte sie, was Chekov empfunden haben mußte, als Steno seine Sicherheitsvorkehrungen ignorierte.

»Ich bin mir nicht so sicher, ob die Kitka richtige Führer haben«, fuhr Steno geistesabwesend fort, während er verfolgte, wie auf dem Monitor die verschiedenen Start-Codes erschienen. »Das ist einer der Gründe, weshalb es so verdammt schwierig ist, mit ihnen ein Geschäft abzuschließen. Man verhandelt mit der einen Gruppe und glaubt, alles geklärt zu haben, und schon erscheint irgendeine andere Gruppe und schreit Zeter und Mordio, weil man auf ihren heiligen Eisbergen herumsteigt.«

Uhura wehrte sich gegen den Impuls, eigenhändig Stenos Translator auszuschalten, der die ganze Zeit seine bruchstückhafte Version der Eingeborenensprache ausspuckte. Sie blickte auf das Kitkamädchen hinab und sah, daß sie ein wenig verwirrt dreinblickte, aber nicht ausgesprochen beleidigt erschien. Mit etwas Glück gingen Stenos Unhöflichkeiten bei der Übersetzung verloren.

»Was ist dann dieser Alion?« wollte sie wissen und hatte Mühe, ihre leise Stimme beizubehalten.

»Eine Art religiöser Guru, glaube ich. So etwas wie ein Medizinmann oder Schamane. Vielleicht nimmt er ihnen die Beichte ab und läßt sie Buße tun, ich weiß es nicht.« Steno verzog finster das Gesicht, als die Kommunikationskonsole summte und ihm eine Fehlermeldung zeigte. »Diese verdammten Idioten! Sie haben vergessen, den Signalentzerrer einzubauen. Ich sollte lieber zurückgehen und nachschauen, ob sie ihn auf dem Schlitten liegengelassen haben.«

Uhura machte ihm Platz, als er wütend von seinem Behelfssitz hochsprang und die kleine Kitka beiseite scheuchte. Steno bedachte sie mit einem finsteren Blick. »Sie soll nichts anrühren!« bellte er Uhura an, als sie Anstalten machte, etwas zu sagen. »Und auch Sie lassen die Finger davon! Die ganze Ausrüstung ist kein Starfleet-Eigentum!«

Uhura sah ihn stirnrunzelnd an, schwieg aber, bis

er verschwunden war. Dabei eilten die Kitka-Jäger hinter ihm her wie stumme Schneeflocken. Sie schaute auf das junge Eingeborenenmädchen, das mit großen Augen zu ihr aufsah. Dann wandte sie sich an Tenzing, die rechtzeitig in den Raum zurückgekommen war, um den letzten Wortwechsel mitzuhören. »Wenn ich nichts anrühren darf«, sagte Uhura und klopfte sacht auf ein Kästchen, das in einem Wust Isolationsmaterial verborgen war, »dann heißt das wohl, daß ich dies hier nicht einbauen darf, solange er weg ist.« Sie bemerkte Tenzings verwirrten Blick und fügte hinzu: »Das ist sein Signalentzerrer.«

Tenzings Augen zogen sich zu Schlitzen zusammen, ehe ihr schallendes Gelächter die eisige Luft erfüllte. Uhura stimmte in das Gelächter mit ein; dabei entlud sich ihre gesamte Frustration.

Das Kitkamädchen gab einen kurzen quiekenden Laut von sich, der ebenfalls wie ein Lachen klang, dann zog sie an Uhuras Hand. »Es ist Zeit zum Abendessen.«

»Tatsächlich?« Für mich ganz gewiß, dachte Uhura. Es war schon einige Zeit her, seit sie auf dem Schiff gegessen hatte. Sie fragte sich, ob Chekov daran denken würde, etwas zu essen, wenn außer seinen bestens ausgebildeten Wächtern niemand in seiner Nähe war, der ihn daran erinnern könnte.

Das Eingeborenenmädchen zupfte nun etwas heftiger an ihrem Anzug. »Zeit für Abendessen«, wiederholte sie drängend. »Krakenaugen kommen mit Nhym zurück nach Hause.«

Uhura schaute lächelnd zu Tenzing hoch. »Es scheint, als hätte man mich zum Essen eingeladen. Haben Sie Lust auf rohen Fisch?«

»O nein, Sir. Aber ich habe vom Lieutenant einen Befehl erhalten.« Tenzing hängte sich ihren Tricorder über die Schulter. »Nur gut, daß ich daran gedacht habe, eigenen Proviant einzupacken.«

McCoy beugte sich zu Nuie hinüber, hin und her gerissen zwischen dem Wunsch nach einer Erklärung und dem Bestreben, das großartige Lebewesen zu betrachten, das vor ihnen im trüben Wasser wartete. »Wie bitte?«

Mandeville lachte. »Gentlemen, ich darf Sie mit dem größten Raubtier des Planeten bekannt machen. Als Nordstral Pharmaceuticals das erste Mal hier landete, trafen die ersten Forschungstrupps auf diese Lebewesen und wollten so viel wie möglich darüber in Erfahrung bringen. Daher fragten sie die Kitka. Die Eingeborenen erzählten ihnen, daß ihre Helden davon träumten, als Teile von ›Gott‹ wieder zum Leben zu erwachen, und daß der Planet Übeltäter dadurch bestraft, daß er ihnen nachts diesen Besucher schickt. Das einzige menschliche Wort, das der Translator finden konnte, welches der Bedeutung am nächsten kam, war ›Krake‹.« Ihr Mund zuckte. »Ich denke, diese Bezeichnung ist so gut wie jede andere.«

McCoy rutschte auf den freien Platz hinter der Konsole und beobachtete aufmerksam, wie das Lebewesen sich drehte. Es war unmöglich, seine Farbe im grellen Licht der Scheinwerfer zu bestimmen. Es konnte grau oder braun oder auch grün wie das Wasser ringsum sein. Die Farbe war milchig blaß auf dem ganzen Körper verteilt und zeigte nur im Bereich des Kopfs eine etwas andere Schattierung. Die Haut war offenbar nicht lederartig, sondern glich eher der, die man bei Walen findet. Das Tier war riesig groß, fast so groß wie das Sammlerschiff, soweit McCoy es auf diese Entfernung und unter Berücksichtigung der Lichtbrechung einschätzen konnte. Der Kopf war klein und saß auf einem langen, schlanken Hals. Große, schillernde Augen befanden sich dicht nebeneinander auf der Vorderseite des Kopfs über zwei schlitzförmigen Nasenlöchern und vor Gebilden, die aussahen wie kiemenartige, leuchtend weiße Membranen und steifen, im Wasser treibenden Federn ähnelten. Die vier Gliedmaßen waren kurz und breit, allerdings mit Klauen bewehrt. Der Schwanz war kurz, breit und flach und bildete die Verlängerung der Körperachse.

»Das ist phantastisch«, murmelte Kirk, und McCoy wurde wieder in die Wirklichkeit der Kommandobrücke zurückgeholt. »Was frißt dieses Tier?«

»Kitka«, antwortete jemand, und die Besatzung lachte.

Nuie schüttelte den Kopf, als kenne er diesen Scherz bereits zu genüge. »Sie machen ihre Witze darüber, Captain Kirk, aber Sie sehen doch niemanden schwimmen gehen, oder?« Er schaute sich auf der Brücke um, und die Besatzung wich verlegen seinem Blick aus. »Der Krake ernährt sich von den gleichen Meereslebewesen wie die Kitka. Er mag vielleicht das größte Raubtier auf Nordstral sein, aber die Kitka sind das stärkste.« Er sagte das mit einem Ausdruck tiefen Stolzes.

»Ich habe ein weiteres Radarecho, Captain!« Der aufgeregte Ruf der Technikerin ließ jeden herumfahren. »Es sieht so aus, als würde die Show gleich beginnen.«

»Die Show?« erkundigte Kirk sich über dem anschwellenden Gemurmel der Besatzung.

»Der Paarungskampf«, erwiderte Mandeville, und Erregung ließ ihre Stimme beben.

»Ein Paarungskampf?« fragte McCoy nach, weil er glaubte, nicht richtig gehört zu haben.

Sie nickte, setzte sich neben ihn und bot Kirk mit einer Handbewegung ebenfalls einen Platz an. »Eine kurze Biologielektion. Kraken sind Unterwasseratmer. Für kurze Zeitspannen können sie auch Luft atmen, und zwar meistens dann, wenn Sie Kitka verzehren. Sie bringen ihren Nachwuchs unter Wasser zur Welt, und die Jungen sind von Geburt an unabhängig.

Mehr noch, sie haben eine Frist – zwischen sechs und zwölf Stunden, soweit wir haben feststellen können –, um sich von ihren Müttern zu entfernen oder gefressen zu werden.«

Ein Geräusch brandete außerhalb des Schiffs auf. McCoy nahm es wahr wie zunehmenden Druck im Innern seiner Ohren. Es steigerte sich, wurde hörbar und glich dem Brüllen eines sich nähernden Brechers. Etwas Großes und Blasses schoß über das Schiff hinweg und raste geradewegs auf den Kraken zu, der sein zielloses Kreisen unterbrochen hatte. Er hatte sich gedreht und erwartete den Neuankömmling.

»Die Kraken sind zweigeschlechtige Wesen und verbringen den größten Teil ihres Lebens ohne sexuelle Aktivitäten«, fuhr Mandeville fort. »Bis sich der Paarungstrieb meldet. Dann kommen sie paarweise zusammen und kämpfen auf Leben und Tod.«

»Aber verhindert das denn nicht den Paarungsakt?« fragte Kirk und verfolgte aufmerksam, wie die beiden Tiere einander immer näher kamen.

»Der Sieger übernimmt die Rolle des Weibchens, Captain, und holt sich das, was er braucht.« Mandeville beugte sich vor. »Jetzt geht's los.«

Das Gebrüll der aufeinandertreffenden Riesen war so laut, daß McCoy sich die Ohren zuhielt. Mit doppelten Gelenken versehene Kiefer klafften weit auf; die Köpfe peitschten auf schlanken Hälsen hin und her wie tödliche Schlangen, stießen zu und versuchten, eine wichtige Ader zu zerfetzen. Nur am Rande vernahm er Mandevilles Befehl, die Maschinen in sicherer Entfernung zu stoppen.

Das Wasser kochte dort, wo die beiden Giganten zusammenprallten, und verdeckte die Sicht. Mit Klauen bewehrte Gliedmaßen zielten auf die ungeschützten Flanken und weichen Bäuche. Die Kraken verknoteten ihre Hälse bei dem Versuch, sich gegenseitig die Wirbelsäule zu brechen. Einer wich zurück, um besser zupacken zu können, während der andere hinterherschoß und das Gewicht seines Gegners gegen ihn selbst einsetzte. Sie kollidierten voller Wucht, überschlugen sich im Seegang und wurden plötzlich von einer leuchtenden Erscheinung eingehüllt, die einer Unterwasserblüte glich. Helles Arterienblut verteilte sich im Salzwasser, während die Siegerin ihren Gegner vom Halsansatz bis zum Schwanz aufschlitzte und einen großen, gelblichen Sack hervorzerrte. Sie riß den Sack auf und verschlang gierig seinen Inhalt, dann packte sie den toten Kraken mit ihren Klauen, ehe er in der Strömung davontrieb, und begann zu fressen.

Das schrille Pfeifen aus dem Interkom des Schiffs ließ McCoy von seinem Platz hochfahren. Der Kommunikationstechniker lauschte einen kurzen Moment, dann wandte er sich zu der Gruppe Offiziere um. Verwirrung lag auf seinem runden Kitka-Gesicht. »Captain Kirk, ich empfange gerade eine Nachricht von der *Enterprise*. Sie kommt über den Priorität Eins-Kanal und ist als Notruf gekennzeichnet.«

Kirk wechselte einen schnellen Blick mit McCoy. »Stellen Sie sie durch«, befahl er und ging zur Konsole.

»Captain, hier ist Spock.«

McCoy trat leise hinter Kirk. Ihm gefiel dieser vollständige Mangel an Emotion in der Stimme des Vulkaniers überhaupt nicht.

»Spock«, antwortete Kirk, »schön, von Ihnen zu hören. Was ist los?« Demnach hatte er die erzwungene Ruhe in Spocks Stimme ebenfalls bemerkt.

»Captain, ich fürchte, ich habe schlimme Neuigkeiten.« Spock hielt inne, und McCoy, der zu Kirk hinüberschaute, sah, daß der Captain sich gegen das Schlimmste wappnete. »Wir wurden soeben von der Orbitalstation *Curie* darüber informiert, daß die Nordstral-Fähre, in der sich der Rest der Landungstruppe der *Enterprise* befand, während des Flugs explodiert ist.«

Kirk biß die Zähne aufeinander. Seine Augen funkelten unnatürlich hell. »Explodiert.« Es war noch nicht einmal eine Frage. »Sind Sie sicher?«

»Das sind wir. Zur Zeit wissen wir noch nicht, ob es während des Flugs zum nördlichen Treffpunkt geschah oder während des Rückflugs. Außerdem ist nicht bekannt, ob es Überlebende gibt.«

McCoy war sich überhaupt nicht bewußt, daß er sich hingesetzt hatte, bis er die harte Sitzfläche des Stuhls unter sich spürte. Sein gesamter Körper fühlte sich taub an, so wie ein Fuß sich anfühlt, wenn er beim Sitzen einschläft. Es schien sehr lange zu dauern, bis er zu Kirk blickte.

Der Captain stand mit herabhängenden Armen da. Die Muskeln seiner Schultern und seines Rückens zeichneten sich unter dem hauteng sitzenden weißen Hemd deutlich ab. Sie spannten und entspannten sich wie eine Faust. »Haben Sie versucht, Chekov oder Uhura zu erreichen?«

»Das habe ich, bisher konnte kein Kontakt hergestellt werden.«

»Aber die magnetischen Störungen des Planeten sind teuflisch, Sir«, schaltete sich Scotts Stimme ein. Im Gegensatz zu Spocks stoischer Gelassenheit hörte man seiner Stimme die Anspannung und Furcht deutlich an. »Daß man sie nicht erreichen kann, muß nicht unbedingt etwas Schlimmes bedeuten.«

»Das weiß ich, Scotty.« Kirks Stimme klang heiser. »Vielen Dank.« Er atmete tief durch und straffte die Schultern auf eine Art, die McCoy nur zu gut kannte. »Spock, Scotty soll die notwendigen Modifikationen an einer der *Enterprise*-Fähren vornehmen. Ich möchte, daß so bald wie möglich ein Suchtrupp zum Absturzort aufbricht.«

»Darf ich den Captain daran erinnern, daß Lieutenant Commander Uhura bereits einen solchen Rettungstrupp für eine andere Shuttle-Besatzung anführt?«

»Das weiß ich, Spock. Aber ich will sie nicht ihrem Schicksal überlassen.« Er schürzte die Lippen und dachte angestrengt nach. »Zwei Fähren in so kurzer Zeit … Wir können Sabotage nicht ausschließen. Der nächste Shuttle soll von unserer Flotte kommen, damit wir seine Unversehrtheit garantieren können. Außerdem …« Ein knappes, trauriges Lächeln huschte über seine Züge. »Nordstral Pharmaceuticals verfügt nicht über einen Mr. Scott.«

»Vielen dank, Sir.« Scotts breiter Akzent war durch das Interkom deutlich wahrzunehmen. »Ich gebe mir alle Mühe.«

»Das tun Sie immer, Scotty. Sagen Sie mir Bescheid, wenn der Shuttle startbereit ist, und halten Sie mich stets über den neuesten Entwicklungsstand auf dem laufenden.«

»Wird gemacht. Spock Ende.«

McCoy beobachtete, wie Kirk die Augen schloß und die Hände vor Hilflosigkeit zu Fäusten ballte. Er rechnete damit, daß der Captain etwas sagte oder daß die Besatzung der *Soroya* irgend etwas unternahm, um dafür zu sorgen, daß alles nicht so real erschien. Statt dessen hielt die Stille auf der winzigen Kommandobrücke nur noch weiter an, bis sie selbst zu einem eigenständigen Geräusch wurde.

6

Nhyms Zuhause war nicht mehr als eine tiefe Nische in einer Tunnelwand, die durch die Lederhäute von Meeressäugetieren abgetrennt war und von mehreren Öllampen erhellt wurde. Der scharfe Geruch von Krakenöl erfüllte die enge Räumlichkeit und überdeckte den muffigen Geruch von ungewaschenen Kitka. Uhura machte einen Schritt in den abgetrennten Raum. Tenzing folgte ihr vorsichtig und blieb dann stehen, um eine plötzlich in die Augen rinnende Feuchtigkeit wegzuwischen. Die Wärme der Öllampen hatte den Rauhreif in ihren Augenbrauen und Wimpern tauen lassen.

Nhym schlug ihre Kapuze zurück und schüttelte sich das Wasser aus dem Haar, dessen dicke silbernen Strähnen sich anschließend ebenso perfekt ordneten wie bei einem Seehundfell. Die drei Kitka in der Nische begrüßten sie mit einem Chor ansteigender Triller, obgleich ihre Stimmen im Vergleich zu Nhyms dünn und flüsternd klangen. »Enkelin« lieferte der Translator die Bezeichnung für zwei von ihnen und »Urenkelin« für die letzte, eine winzige zusammengekauerte Gestalt in rauchdunklem Fellgewand.

»Großmutter, Großvater, Urgroßmutter!« Nhym umrundete einen langen, aus geschnitztem Knochen bestehenden Tisch, um jeden von ihnen liebevoll zu tätscheln. »Wir haben Gäste zum Abendessen! Leute von jenseits des Nordlichts, die Krakenaugen als Masken tragen.«

Die beiden Kitka, die hinter dem Tisch knieten,

schauten zu Uhura und Tenzing hoch. Dabei verwandelte die Überraschung in ihren blaßblauen Augen sich in ungekünstelte Freude. Ihre Reaktion war so schnell und erregt, daß Uhuras Translator sie nicht erfaßte. Die langsameren Pfeiflaute der älteren Frau kamen jedoch deutlich an. »Alions Gäste?«

Die Abneigung in der Stimme der älteren Frau war deutlich zu hören, und Nhym schickte Uhura einen unsicheren Blick. »Wir sind lieber die Gäste aller Kitka«, sagte die Kommunikationsspezialistin und hoffte, daß der Translator genügend Möglichkeiten hatte auszudrücken, was sie damit meinte. Es schien ausreichend gut zu funktionieren. Die älteste Kitka antwortet mit einem zufriedenen Flöten und erhob sich von ihrem Fellbündel. Sie bewegte sich kraftvoll und sicher trotz ihres Alters, das ihr Gesicht gelb und die Augen knochenweiß färbte.

»Willkommen, Jäger der Sterne. Ich bin Ghyl vom Chinit-Clan.«

»Ich bin Uhura vom Sternenschiff *Enterprise.*« Uhura bemühte sich, ihre Begrüßung ähnlich würdevoll zu gestalten. Sie berührte mit den behandschuhten Fingern ihre Lippen. »Ich danke Ihnen, daß ich mit Ihnen das Essen teilen darf.«

»Es ist uns eine Ehre«, entgegnete die alte Kitka, und ihre bernsteinfarbenen Lippen teilten sich zu einem Lächeln, das dem Nhyms sehr ähnlich war. »Bitte, setzen Sie sich an unseren Tisch. Sie sind mit Steno von Nordstral hergekommen?«

»Ja.« Uhura ließ sich auf der dicken lederartigen Haut nieder, die den Boden bedeckte, und schlug graziös die Beine übereinander. Tenzing hockte sich schweigend neben sie, wobei ihr Tricorder unbemerkt die Nische abtastete, um die Kitka darin zu überprüfen. »Wir sind gekommen, um Leute aus einem unserer Schiffe zu suchen. Sie sind auf dem Eis nördlich von hier verschollen.«

Ghyls Antwort war ein abfallender klagender Ton, der bitter klang. »Nicht gut«, sagte der Translator nach einer kurzen Pause. »Der Eisschild ist zu unwegsam, um jetzt darauf zu jagen.«

Uhura wußte nicht, was sie darauf erwidern sollte. Glücklicherweise erschien Nhym in diesem Moment und schob eine geschnitzte Knochenplatte über den Tisch zu ihr hin. »Ein spezielles Gericht für Gäste«, sagte sie gespannt. »Krakenaugen essen?«

»Hm ...« Uhura betrachtete die in Seetang eingewickelten Bündel. Anstatt des glänzenden rohen Fisches, den sie vorher zerteilt hatten, enthielten diese Bündel durchsichtige Klümpchen, die wie feuchte Gelatine schillerten. »Was ist das?«

»Schwanzblubber.« Die junge Kitka lächelte sie strahlend an. »Der beste Teil von Meeressäuger.«

Uhura rümpfte unwillkürlich die Nase. Sie hörte, wie Tenzing so etwas wie ein Lachen verschluckte, und wußte, wenn sie das Essen ablehnte, würde sie bei Chekov keinen Respekt mehr finden. Sie holte tief Luft und nahm einen zitternden Gallertehappen.

»Lieutenant Commander Uhura!« Der Ruf wurde durch die Fellvorhänge gedämpft, aber der drängende Unterton war dennoch zu hören. »Lieutenant Commander Uhura, wo sind Sie?«

»Hier!« Sie ließ den Happen auf die Platte fallen und eilte zur Tür. Sie ignorierte die flötenden Rufe der Kitka. Tenzing war bereits vorausgeeilt und sah sich wachsam im Tunnel um. Ein blaßgrüner Thermoanzug schimmerte an einem Ende. »Was ist los?«

Einer von Stenos Männern stolperte auf sie zu. Er versuchte offenbar, sich trotz der beengten Verhältnisse zu beeilen. »Wir empfangen eine Art Signal auf dem Monitor, aber Mr. Steno kann keinen Kontakt herstellen. Er möchte wissen, ob Sie uns helfen können.«

»Natürlich kann ich.« Uhura drehte sich zur Nische um und sah, daß Nhym ihr bereits folgte. »Ich muß jetzt gehen.« Die Enttäuschung des Kitkamädchens war deutlich in ihren dunkelblauen Augen zu lesen. »Nur für kurze Zeit«, fügte Uhura schnell hinzu. »Darf ich später zurückkommen?«

»Ja!« Der Antworttriller der Kitka klang inbrünstig. »Nhym begleitet Sie, um Ihnen den Rückweg zu zeigen.«

»In Ordnung.« Uhura hatte keine Zeit, um zu erklären, daß Tenzings Tricorder sie ebensogut hätte leiten können. Sie folgte der Nordstral-Führerin zu der Tunnelkreuzung, wo Steno mit finsterer Miene hinter der Kom-Konsole saß.

»Wenn Sie nichts dagegen haben, Mr. Steno ...« Uhura drängte sich an ihm vorbei, ohne auf eine Antwort zu warten, und kauerte sich vor die Konsole. Ein vertrauter Kontaktcode flimmerte auf dem Schirm und erklang in ihren Ohren wie der Ruf einer Mutter, als sie den Transceiver ergriff. »Kein Wunder, daß Sie keine Verbindung herstellen konnten! Das ist nicht der Shuttle-Suchtrupp, sondern die *Enterprise*.«

Steno verzog verärgert das Gesicht. »Weshalb sollte das Raumschiff uns rufen?«

»Was weiß ich?« Ihre Finger flogen über die Kontrolltafel und bündelten automatisch ihren Sendeimpuls vom breiten Planetenband auf einen schmalen himmelwärts gerichteten Strahl. »*Enterprise*, hier spricht Lieutenant Commander Uhura. Hören Sie mich?«

Eine kurze Pause trat ein, ehe eine vertraute ruhige Stimme durch das abfallende Gesumme und Geheul atmosphärischer Störungen aus der Konsole drang. »Wir hören Sie sehr gut, Lieutenant Commander Uhura«, antwortete Spock. »Und es ist erfreulich zu wissen, daß Sie noch am Leben sind.«

Aus irgendeinem Grund klang das atmosphärische Rauschen im Hintergrund wie ein applaudierender Sulu.

»Die Fähre ist explodiert?«

Als Chekov diese Frage stellte, geschah es in der verzweifelten Hoffnung, daß Uhura mit einem Lachen reagieren und ihm erklären würde, das habe sie nicht gesagt.

Statt dessen stand sie in der Eingangsöffnung ihres Kuppelzelts, hatte die Hände auf die Schultern eines jungen Eingeborenenmädchens gelegt und nickte traurig. »Ich habe die Nachricht soeben von Spock erhalten.«

Publicker, der neben Howard auf der Kante des Antigravschlittens saß, schaute mit vor Verwirrung gefurchter Stirn von seiner zur Hälfte verzehrten Mahlzeit auf. »Sie meinen doch die Fähre, nach der wir suchen, nicht wahr?« Er hatte das Oberteil seines Thermoanzugs geöffnet und heruntergestreift, wie auch die anderen Männer im Zelt, und das strahlende Weiß des zum Anzug gehörigen Bodyslips unterstrich die Muskelanspannung seiner Schultern und seines Halses. »Nicht unsere Fähre.«

Chekov räumte die Reste seiner eigenen Mahlzeit zusammen und durchquerte das Zelt, um sie in den Müllbehälter zu stopfen. »Sie meint unsere Fähre.«

»Aber…« Publicker ließ einen ängstlichen Blick zwischen Howard, Uhura und Chekov hin und her wandern. »Aber das heißt, daß wir hier gestrandet sind!«

»Ja, Mr. Publicker.« Seufzend strich Chekov sich mit beiden Händen durchs Haar. »Wir sind gestrandet.«

»Nur vorübergehend.«

Chekov wandte sich um, verschränkte die Hände im Nacken und musterte Uhura stirnrunzelnd. »Wieso nur vorübergehend?« Er hatte eine gewisse Menge zusätzlichen Proviant und Ausrüstung eingeladen, aber nicht genug, um auf Nordstral unbegrenzt lange überleben zu können – und schon gar nicht, um zu versuchen, sich zu Fuß zum Äquator durchzuschlagen, falls ihre Lage es erforderlich machen sollte.

»Mr. Scott arbeitet an Modifikationen für einen unserer Shuttles«, erklärte Uhura und lächelte Publicker beruhigend an, wie Chekov bemerkte. »Er denkt, daß wir damit rechnen können, innerhalb der nächsten sechsunddreißig Stunden abgeholt zu werden.«

Howard vergaß kurzzeitig seine Mahlzeit und schüttelte irritiert den Kopf. »Ich dachte, die Firmenshuttles seien längst für den Einsatz hier auf Nordstral modifiziert worden.« Er sammelte Publickers Essensreste ein und räumte sie zusammen mit seinen ab. »Was soll denn unsere Fähren davor bewahren, die gleichen Probleme zu bekommen?«

Altes Navigatorenwissen meldete sich, während Chekov im begrenzten Raum ihres Zeltes auf und ab ging und ihre Möglichkeiten überdachte. »Unsere Shuttles müssen Warpgeschwindigkeiten aushalten, daher sind sie besser abgeschirmt. Die magnetischen Störungen Nordstrals dürften unsere Maschinen nicht so leicht in Mitleidenschaft ziehen.« Obwohl diese magnetischen Störungen ja bereits eine Menge angerichtet hatten. Chekov fragte sich, wie Steno auf diese Neuigkeit reagiert hatte und ob der Stationsleiter die Absicht hatte, ihre Rettungsaktion abzubrechen, da nun seine eigene Haut in Gefahr war. Chekov hielt es nicht für unmöglich und erwartete eigentlich, daß jeden Moment eine entsprechende Anweisung eingehen würde.

»Die magnetischen Stürme waren während der vergangenen beiden Monate besonders schlimm.« Einer von Stenos jungen Helfern schob seinen Kopf an Uhura vorbei, so daß er ins Zelt hineinblicken konnte. Er klappte das Visier vor seinem Gesicht hoch, überflog mit einem suchenden Blick die Zeltinsassen von Starfleet, bis er links von sich Chekov entdeckte. Zu ihm gewandt fuhr er mit ernster Stimme fort. »Die

Kitka behaupten, es sei ihr Gott, der wegen irgendeines Sakrilegs im Schlaf vor Zorn rast. Ich weiß nur von den Piloten, daß es bisher noch nie so schlimm gewesen sein soll. Und nun, nachdem so kurz hintereinander zwei Fähren verlorengegangen sind ...« Er zuckte entschuldigend die Achseln, als liege alles weitere auf der Hand.

Chekov unterbrach seine Wanderung, um den jungen Mann zu fixieren. Seine Haut war nicht ganz so dunkel wie die Uhuras. Er zählte etwa neunzehn Jahre, hatte ein schmales Gesicht und große, ausdrucksvolle braune Augen. Er war außerdem der erste Nordstral-Angestellte, der in einem normalen, friedlichen Umgangston mit Starfleet-Vertretern sprach. Das allein machte ihn schon zu einer bemerkenswerten Erscheinung. »Wie heißen Sie?«

»Jimenez, Sir. Emilio Jimenez.«

Er winkte den jungen Mann herein, nickte Uhura zu, um sie ebenfalls zum Eintreten aufzufordern. »Nun, es hat wenig Sinn, bei offener Tür draußen herumzustehen, Jimenez. Wir haben zwar keine Fähre mehr, aber wir können uns wenigstens aufwärmen.«

Publicker gab dazu einen gemurmelten Kommentar. »Was man so aufwärmen nennt.«

Chekov überging die Bemerkung des Fähnrichs. Er und Publicker hatten bereits heftig darüber diskutiert, welche Temperatur im Zelt herrschen sollte. Chekovs Erinnerung an schlecht isolierte Häuser, die im Sumpf aufgetauter Permafrostregionen versanken, hatte sich schließlich gegen Publickers Träume von seiner Heimat Kalifornien durchgesetzt. Infolgedessen waren die automatischen Heizelemente so eingestellt worden, daß sie eine Lufttemperatur von nicht mehr als zehn Grad Celsius im Zelt aufrechterhielten. Das war nach Nordstral-Standard geradezu tropisch und brachte dennoch nicht die Gefahr mit sich, daß sie am nächsten Morgen mitsamt dem Zelt bis zum Grund des Eisschildes durchgeschmolzen wären.

Das kleine Eingeborenenmädchen immer noch an der Hand, machte Uhura Jimenez Platz, als er sich umwandte, um den Zelteingang zu schließen. Chekov stand hinter Uhura und schaute auf das kleine Mädchen mit seiner Flut silbernen Haars und den neugierigen violetten Augen und fühlte sich auf einmal unbehaglich, als er daran dachte, wie die anderen Kitka reagieren würden, wenn eins ihrer Kinder in einem Zelt voller fremder Menschenmänner eingesperrt wäre.

Er beugte sich über Uhuras Schulter und flüsterte ihr leise ins Ohr. »Vielleicht sollte Ihre Freundin lieber draußen warten.«

Uhura fuhr herum und sah ihn überrascht an. Sie schüttelte mit mißbilligender Miene den Kopf. »Chekov, sie ist nur ein kleines Mädchen, und ihr ist genauso kalt wie allen anderen. Sie wird bestimmt nichts Böses tun.«

Er wollte einwenden, daß seine Sorge nicht dem galt, was das kleine Mädchen möglicherweise tun könnte, doch er begnügte sich mit einem Seufzer. Uhura hatte vor ihrer Landung auf dem Planeten Stunden mit dem Studium der Kitka-Kultur verbracht; und inzwischen hatte sie sich mindestens eine Stunde lang zwischen ihnen bewegt. Falls diese Situation dazu angetan war, die älteren Eingeborenen zu erzürnen, befand sie sich gewiß in einer sehr viel besseren Position als er, um das zu beurteilen. Er nickte und lächelte auf das kleine Mädchen hinab, als sie den Kopf in den Nacken legte und ihm zuzwinkerte.

»Na schön«, sagte er leise zu Uhura. »Es tut mir leid. Es war gewiß nicht so gemeint, wie es geklungen hat.«

Uhura legte eine Hand um seinen Unterarm und

drückte ihn. Ihr Lächeln teilte ihm mit, daß ihm verziehen worden war.

Offiziere wechselten die Plätze, und Ausrüstungsgegenstände wurden weggeräumt, als alle sich in der Mitte des Zeltes drängten, wo der automatische Heizofen angenehme Wärmeschwaden abgab. Uhura nahm auf dem Antigravschlitten zwischen Howard und Publicker Platz, während ihre eingeborene Begleiterin es sich zu ihren Füßen gemütlich machte. Jimenez fand ein Feldbett auf der anderen Seite des Heizgeräts, und Chekov – der sich vorkam wie der Wachhund der Familie – saß links neben Howard auf dem Fußboden, mehr oder weniger zwischen seinen Leuten und Jimenez. Die Wärme der lautlos arbeitenden Heizeinheit war angenehm.

Ohne dazu aufgefordert worden zu sein, holte Publicker eine zusätzliche Verpflegungsration hervor und warf sie Jimenez zu. Der Nordstral-Angestellte fing sie geschickt auf und meinte: »*Gracias.* Das Essen hier ist nicht gerade so, wie ich es gewohnt bin.«

Uhura gab nur einen leisen amüsierten Laut von sich, doch die Sicherheitstruppe der *Enterprise* lachte schallend. »Wir haben genug bei uns«, versicherte Chekov dem jungen Mann, und Jimenez bedankte sich noch einmal bei ihnen.

Unterdessen hatte Howard eins seiner Frühstückspakete hervorgeholt und einen Honigriegel ausgepackt, den er nun dem Eingeborenenmädchen unter die Nase hielt. Sie schnüffelte vorsichtig daran, dann runzelte sie mißtrauisch die Stirn, als sie durch die luftdichte Verpackung nichts riechen konnte. Howard griff in seine Kapuze, aktivierte seinen Translator und sagte langsam: »Na los doch – du kannst es essen.«

Chekov beobachtete, wie das Mädchen die Hände auf den Bodenbrettern zwischen ihren Füßen verschränkte und den Kopf leicht hob, um Howard anzusehen, während sein Translator sich mit der fremden Sprache abmühte. Obgleich die Kleine sich Mühe gab, sich nichts anmerken zu lassen, erkannte der Lieutenant das Funkeln der Angst in ihren dunklen Augen und empfand ein tiefes Bedauern. Das ist der Preis ewiger Wachsamkeit, dachte er, während Uhura das Mädchen zu überreden versuchte, Howards Geschenk anzunehmen: Die Eingeborenenkinder fürchten sich genauso vor uns, wie wir ihren Eltern mißtrauisch begegnen. Er wünschte sich, sie könnten noch über einen längeren Zeitraum bei den Kitka bleiben, um von ihnen und mit ihnen zu lernen, so daß sich am Ende keiner mehr vor dem anderen fürchten müßte. Uhura würde sicherlich schallend lachen, wenn sie wüßte, was er gerade dachte.

Ein schriller Kitka-Pfiff und menschliches Gelächter lenkten Chekovs Aufmerksamkeit zurück auf die Vorgänge im Zelt. Uhuras eingeborene Freundin hatte offensichtlich die luftdichte Verpackung der Proviantration geöffnet und saß nun entspannt da. Sie riß die Augen weit auf und lächelte staunend, während sie den ersten Bissen von ihrem Honigriegel verzehrte.

»Sehen Sie?« Howard drehte sich halb um und klopfte Publicker, der hinter Uhura stand, auf die Schulter. Dabei lachte er erneut laut auf. »Die Vorliebe für Süßigkeiten ist universell. Ich hab's Ihnen ja gesagt.«

Indem sie offensichtlich auf das reagierte, was Howards Translator aus seiner Bemerkung machte, brach das Mädchen ein kleines Stück von ihrem Honigriegel ab und reichte ihn Publicker nach hinten. Er nahm den Happen mit einen verblüfften Blinzeln und einem knappen, unübersetzten »Danke!« an. Dann folgten Happen für Uhura und Howard, aber als das Mädchen die Hand ausstreckte, um Chekov ein Stückchen anzubieten, schüttelte er nur grinsend den Kopf. »Nein, vielen Dank. Ich habe keinen Hunger.«

Chekov bemerkte, wie Uhura die Augen verdrehte.

Offenbar war es ihr gleichgültig, daß er gerade sein Abendessen beendet hatte. Sie glaubte, daß Hunger nichts mit Essen zu tun hatte.

Er griff an seinen Kragen, um das Gerät in seiner Kapuze zu suchen, dann drückte er auf den Knopf. »Ich bin nicht hungrig«, wiederholte er und wartete diesmal ab, bis der langsame, stockende Translator seine Übersetzung beendet hatte. »Ich brauche jetzt nichts zu essen – behalte das Stück nur.«

Das schien die Kleine jedoch nur halb zu überzeugen. Sie ließ sich gegen Uhuras Beine sinken, konzentrierte sich auf den Rest ihres Honigriegels und betrachtete Chekov von der Seite auf eine Weise, wie Kinder es tun, wenn sie glauben, daß man sich über sie lustig macht. Lachend strich Uhura ihr übers Haar und beugte sich zu ihr hinunter. »Ärgere dich nicht, Liebling – genauso macht er es auch ständig mit mir.«

Chekov schnaubte ungehalten. »Sie geben nur nicht so schnell auf.« Er stützte die Ellbogen auf die Knie, faltete die Hände und legte das Kinn auf die Fäuste. »Zweiunddreißig Stunden?« Er seufzte, während seine Gedanken wieder zu ihrem ursprünglichen Auftrag zurückkehrten.

Uhura zuckte die Achseln. »Vielleicht auch weniger. Sie kennen Scotty ja.«

Chekov nickte. Die Bemühungen des Chefingenieurs stellten ihre beste Chance auf eine sichere Rettung dar, selbst wenn man berechtigterweise auf irgend welche Transporthilfen durch Nordstral hoffen konnte.

»Hindert uns das daran, diese Fährenbesatzung zu bergen?« fragte Howard.

Chekov blickte zu ihm hoch und schüttelte stirnrunzelnd den Kopf. »Nein. Wir haben alles mitgenommen, um die Überlebenden zu finden.« Dennoch ging er in Gedanken seine mentalen Listen von Ausrüstung und Verpflegung durch und überlegte, wie lange sie durchhalten konnten. »Sie müssen erst noch gefunden werden, auch wenn wir sie nicht sofort vom Planeten wegbringen können.«

»Wenigstens ist es in den Tunnels der Kitka warm.« Auch als sie nur den Namen der fremden Rasse aussprach, mußte Uhura dem kleinen Mädchen unbewußt übers Haar streichen. »Wenn alles andere fehlschlägt, wird die Firma wohl ein Sammlerschiff nach Norden schicken, um uns zu suchen.«

Jimenez schüttelte heftig den Kopf und bemühte sich, zu schlucken und seinen Mund zu leeren, ehe er redete. »Der Eisschild ist in dieser Region fast fünfhundert Meter dick. Selbst wenn sie es wollten, glaube ich nicht, daß sie über ein Schiff verfügen, das hier durchbrechen könnte.«

»Dann eben mit einer anderen Transportart«, schlug Publicker mit hoffnungsvoller Miene vor, und Jimenez nickte.

»Es dauert eine Weile«, gab der Nordstral-Mann zu, »aber klar, sie haben Schlitten, die diese Fahrt schaffen würden.«

»Und wie lange würde es dauern?« hakte Chekov nach.

Jimenez zuckte die Achseln. »Eine Woche, Sir. Vielleicht auch zwei.«

Sie würden demnach nicht verhungern oder erfrieren, obgleich sie sich wahrscheinlich mit zwei mageren Mahlzeiten pro Tag zufrieden geben müßten. Uhura würde das sicher nicht passen, dachte Chekov. »Na schön.« Er schaute in die Runde und bemühte sich, entschlossen und zuversichtlich aufzutreten. »Bei Tagesanbruch beginnen wir mit der Suche, wie wir es ursprünglich geplant haben.« Er nickte Jimenez zu. »Hat Mr. Steno bei seinen Versuchen, mit den Überlebenden Verbindung aufzunehmen, Erfolg gehabt?«

»Nein, Sir. Und das ist nicht gut.« Jimenez klang

aufrichtig reumütig, und Chekov ärgerte sich über Steno, weil er es schaffte, bei seinen eigenen Leuten Schuldgefühle wegen etwas zu wecken, worauf sie nicht den geringsten Einfluß hatten. »Wir haben in der Vergangenheit folgendes festgestellt: Wenn wir Vermißte auf dem Eisschild nicht innerhalb von vierundzwanzig Stunden aufstöbern, finden wir sie im allgemeinen überhaupt nicht mehr. Deshalb versprechen wir uns so viel davon, die Kitka in der Umgebung durch Leuchtkugeln zu alarmieren.« Er schaute hilflos auf das Essen in seinem Schoß. »Dr. Stehles Gruppe ist jetzt schon seit vier Tagen überfällig.«

»Wir werden sie schon finden.«

Jimenez schaute zu Chekov hoch. Sein Gesicht war voller Hoffnung, und er entspannte sich ein wenig, ohne sich dessen richtig bewußt zu sein. Der Lieutenant verdrängte ein plötzlich aufbrandendes Gefühl des Unbehagens. Das mußte der Trick sein, den Kirk anwandte, erkannte er. Man verspricht etwas mit einer Endgültigkeit, als gebe es nichts, was einen davon abhalten könnte, sein Wort zu halten, und machte sich erst später darüber Gedanken, ob man sein Versprechen einlösen kann oder nicht. »Wir werden sie finden«, sagte er noch einmal, als wäre diese Wiederholung eine zusätzliche Garantie.

»Aber nicht, wenn unsere Kinder Sie weiterhin bei Ihrer Arbeit stören.«

Die Worte, die aus Chekovs Translator drangen, erschreckten ihn, aber bei weitem nicht so heftig wie das junge Kitka-Mädchen zu Uhuras Füßen. Während sie aufsprang, drückte Nhym den Rest von Howards Geschenk in Uhuras Hand und wirbelte zur Tür herum. Der Fellvorhang teilte sich und wurde zur Seite geschlagen, und ein breites, unmaskiertes Kitka-Gesicht erschien in der Öffnung, eingerahmt von im Wind flatternden Federn und umherwirbelnden Schneeflocken.

»Geh zu deinen Großeltern zurück, Nhym. Diese Leute wollen dich nicht hier haben.«

Chekov registrierte die Arroganz in den Worten des Kitka, obgleich er sie nicht in seinem Gesicht erkennen konnte. »Wir haben sie hereingebeten, Alion. Sie kann ruhig hierbleiben.«

Alion richtete weiterhin seinen drohenden Blick auf Nhym. »Sie soll tun, was ich von ihr verlangt habe, und ich verlange von ihr, daß sie Sie nicht belästigen soll. Geh jetzt, Nhym.«

Uhura erhob sich und legte eine Hand auf die Schulter des Mädchens, während sie sich die Kapuze ihres Thermoanzugs über den Kopf zog. Das Mädchen hatte offensichtlich Angst. »Ich gehe mit dir, Liebes«, bot sie an. Ihre Stimme klang tröstend, aber Chekov erkannte das zornige Funkeln in Uhuras Augen. »Du hast mir doch gestattet zurückzukommen.«

»O ja!« Nhym zog an Uhuras Hand. »Ja!«

Chekov warf einen Seitenblick auf Tenzing. Sie nickte verständnisvoll und hatte bereits ihr Übernachtungsgepäck unterm Arm.

»Ich sollte auch lieber zurückkehren.« Jimenez stand auf und sah sich verlegen um. In den Händen hielt er die leere Proviantverpackung. Howard nahm sie ihm ab und reichte sie an Publicker weiter, damit er sie in den Müllschlucker steckte. »Mr. Steno hat gesagt, er wolle auch nicht, daß wir uns zu lange bei Ihnen aufhalten«, erklärte Jimenez achselzuckend, während er hinter Uhura durch die Tür trat. »Ich nehme an, er hat Angst, daß wir zuviel erfahren könnten oder so.« Er deutete mit einem Kopfnicken auf die Sicherheitsleute. »Vielen Dank für das Essen.«

Chekov winkte lässig ab. »Nichts zu danken.«

»Ich bin vor morgen früh wieder zurück«, versprach Uhura.

Chekov fing ihren Blick auf, wohl wissend, daß er

nicht die Autorität besaß, sie aufzuhalten. Aber er wollte, daß sie sein Mißfallen über ihre Entscheidung zur Kenntnis nahm. Sie reagierte auf seinen stummen Vorwurf mit einem Kopfnicken, schlüpfte aber trotzdem mit Nhym und Tenzing im Schlepptau an Alion vorbei nach draußen. Das Pfeifen des Windes überdeckte sogar das Knirschen ihrer Schritte im hartgefrorenen Schnee.

Alion trat ein wenig zur Seite, als Jimenez Anstalten machte, sich an ihm vorbeizudrängen, gab jedoch den Eingang nicht vollends frei. Die abwartende Haltung des Kitka beunruhigte Chekov. Er fühlte sich mit dem Eingeborenen im Zelt unbehaglich. Er erhob sich und ging auf Alion zu. »Kann ich Ihnen behilflich sein?«

Das runde, flache Gesicht des Kitka verzog sich zu einem schmalen Lächeln. Seine gespenstischen Augen – eisgrün im Gegensatz zu Nhyms strahlendem Blau – funkelten entweder vor Lachen oder vor heimlicher Bosheit. »Niemand braucht hier Hilfe, Lieutenant – weder von Ihnen noch von Ihrer Föderation. Ich habe hier alles unter Kontrolle.«

Daß die Worte in fließendem Englisch direkt aus dem Mund des Eingeborenen kamen, war für Chekov wie ein Schlag ins Gesicht. Alion mußte in der Zeit, die er nach eigener Aussage am Äquator verbracht hatte, Englisch gelernt haben. Als einer der Männer sich beunruhigt hinter ihm erhob, winkte Chekov ihn zurück, ohne sich zu ihm umzudrehen. »Ich bin froh, daß Sie sich auf diese Art und Weise mit uns verständigen wollen«, sagte er in kontrolliert neutralem Tonfall zu Alion. »Um ganz ehrlich zu sein – so finde ich es viel besser.«

»Ja.« Der Eingeborene blickte über Chekovs Schulter in die Tiefe des Zeltes. »Ich auch. Man bekommt auf diese Weise viel tiefere Einblicke.« Sein Blick kehrte zu Chekov zurück, und er meinte beiläufig:

»Zum Beispiel gelten bei meinem Volk dunkle Augen als Zeichen für Jugend und Dummheit.«

Sogar Publicker – der einzige blauäugige Mensch im Zelt – murmelte einen heftigen Protest.

»Bei meinem Volk«, erklärte Chekov dem Eingeborenen, ohne auf Publickers Einwand zu reagieren, »wird der Wert einer Persönlichkeit nicht nach der Augenfarbe beurteilt.«

Alions Lächeln wurde spöttisch. »Dann befinden Sie sich hier im Nachteil, nicht wahr?«

Chekov wünschte sich, er hätte diese Unterhaltung von Beginn an aufzeichnen können, und wenn auch nur zu dem Zweck, um Uhura zu beweisen, daß seine Paranoia doch nicht ganz unbegründet war. »Wir werden sehen, wer im Nachteil ist.«

»Ja. Das werden wir ganz bestimmt.« Alion zog sich rückwärts durch die Tür zurück. Dabei hielt er die Hände an den Seiten gespreizt von seinem Körper weg, als wolle er damit beweisen, daß er keine Waffe bei sich hatte.

»Wissen Sie«, bemerkte Howard im Konversationston hinter ihm im Zelt, »ich glaube, ich mag diesen Burschen nicht.«

Chekov verschloß den Türvorhang und erschauerte fröstelnd, obgleich die warme Innentemperatur sofort wiederhergestellt wurde. »Wenn Sie Lieutenant Commander Uhura ebenfalls zu dieser Auffassung überreden könnten, Mr. Howard, würde ich Sie sofort für eine Beförderung vorschlagen.«

7

McCoy wollte sich mit den Fingern durchs Haar fahren, überlegte es sich jedoch anders. Die Geste erinnerte ihn zu sehr an Muhantis seltsames Interesse an Phrenologie. Er gab sich damit zufrieden, seine Handflächen auf die Augen zu legen und sie kurz zu massieren. Die Innenseiten seiner Lider fühlten sich an wie Sandpapier auf seinen müden Augäpfeln, und er fragte sich, ob sie wohl genauso gerötet waren, wie sie sich anfühlten.

Er hatte die letzten beiden Stunden seit dem Krakenkampf in Muhantis Labor mit Saubermachen verbracht. Der zusammengetragene Müll und Abfall bildete einen eindrucksvollen Haufen, den er in den Müllschlucker beförderte. Dabei wünschte er sich, er könne das gleiche auch mit dem Arzt der *Soroya* tun. Kein Wissenschaftler mit auch nur einem Fünkchen Selbstachtung würde es jemals zulassen, daß sein oder ihr Arbeitsplatz in einem solchen Ausmaß verkäme. Daß Muhanti es soweit hatte kommen lassen, war für McCoy nur ein weiterer Beweis der allgemeinen Unzuverlässigkeit und Instabilität des indischen Arztes.

Wenigstens war das Labor jetzt ausreichend sauber, um mit der Arbeit beginnen zu können, ohne daß irgend etwas die Ergebnisse verfälschte, dachte McCoy. Er hatte Muhantis stinkende Experimente sich selbst überlassen und hoffte nur, daß er die Dämpfe und das fröhliche Blubbern lange genug ignorieren und ausblenden konnte, um ein wenig Konzentration aufzubringen. In Gedanken ging er die letzten Stunden seit Spocks schrecklicher Meldung durch.

Er und Kirk hatten sich mit Mandeville in deren Quartier getroffen. »Captain«, sagte sie ernst, während sie die Tür hinter ihnen schloß, »das mit Ihren Leuten tut mir leid.«

»Vielen Dank.« Kirk schaffte es, trotz seines inneren Aufruhrs aufrichtig dankbar zu klingen. »Ich weiß, daß ich um sehr viel bitte – aber es könnte schwerverletzte Überlebende geben. Ich möchte, daß die *Soroya* ihren augenblicklichen Kurs ändert, die Fahrt in Richtung Absturzstelle fortsetzt und durch das Eis bricht, um nach Überlebenden zu suchen.«

Mandeville schüttelte den Kopf, wobei ihre Haarzöpfe hin und her peitschten wie Katzenschwänze. »Das ist unmöglich.«

McCoy schob sich näher heran. Er befürchtete, daß Kirk die Frau bei den Schultern packen und schütteln würde. Zu seiner Erleichterung beobachtete er, wie Kirks Hände sich lediglich krampfhaft zu Fäusten ballten. »Das ist ein Notfall, Captain Mandeville.« Kirks Stimme klang mühsam kontrolliert. »Es mag sein, daß Sie sich wegen Ihres Rettungstrupps keine Gedanken machen, doch ich denke an meine Leute. Wenn sie verletzt und noch am Leben sind, dürften sie wohl kaum einen Tag ungeschützt auf dem Eis überstehen.«

»Wenn sie verletzt sind und ungeschützt auf dem Eis liegen, halten sie keine Stunde durch.« Sie meinte es nicht schnippisch oder als Scherz. Ihre Miene war sehr ernst. »Ich weiß Ihre Sorge zu schätzen, aber wir können nichts tun.« Sie hob die Hand, um jeden möglichen Einwand zu unterbinden. »Nicht weil ich es nicht will, sondern weil ich es nicht kann. Oder genauer ausgedrückt, die *Soroya* kann es nicht. Der Eisschild ist im Norden fast fünfhundert Meter dick. Es gibt kein Schiff in der gesamten Flotte, das versuchen kann, durch diesen Panzer zu brechen, ohne selbst Schäden davonzutragen oder jeden oben auf dem Eis oder im Schiff zu töten.«

»Was bedeutet das für uns?« fragte McCoy nach einer schmerzlich schweigsamen Pause.

»Das bedeutet für uns«, sagte Kirk schicksalsergeben, »daß wir von hier aus versuchen müssen zu tun, was wir können. Wir müssen uns wohl oder übel auf das Nordstral-Personal und auf Mr. Scott verlassen, daß sie sich der Fährenbesatzung annehmen.« Es war eher ein Wunsch und ein Gebet als eine von Glauben an Erfolg geprägte Entscheidung. Das erkannte McCoy sofort. Aber es war nicht das erste Mal, daß er erlebte, wie Jim Kirk etwas derart dringend und verzweifelt ersehnte, daß er es allein durch die Kraft seines Willens zustande brachte. James Kirk verfügte über eine ganz eigene Art von Magie, und Leonard McCoy hatte schon vor langer Zeit gelernt, darauf zu vertrauen. Die Dinge gelangten tatsächlich zu einem erfolgreichen Ende, wenn Kirk es nur entschlossen genug wollte.

»Wie kann ich Ihnen helfen?« wollte Mandeville wissen.

Kirk schaute fragend zu McCoy. »Pille?«

»Nun, ich hätte gerne Ihre Erlaubnis, das Labor zu benutzen. Ich möchte einige Proben aus dem Luftfiltersystem, dem Müllschlucker und so weiter entnehmen und untersuchen, ob ich dort irgendeinen Auslöser für das seltsame Verhalten finden kann, das aufzuklären wir hierher geschickt wurden.«

Mandeville nickte heftig, wobei sie die Hände in die Gesäßtaschen ihrer Hose schob. »Das geht in Ordnung. Ich kann Ihnen ein Besatzungsmitglied als Helfer zur Verfügung stellen.«

»Wenn es Ihnen nichts ausmacht, Captain Mandeville, dann hätte ich gerne Nuie. Es geht dabei nicht um die Integrität der anderen Leute«, fügte McCoy schnell hinzu. »Ich möchte nur die Variablen so gering wie möglich halten. Und ich habe bereits entschieden, daß ich mich auf Nuie verlassen kann.«

Sie reagierte darauf mit einem verständnisvollen Lächeln. »Na schön. Was sonst noch?«

»Das reicht für den Anfang«, sagte der Arzt. »Ich will zuerst einmal einen Punkt nach dem anderen untersuchen und ausklammern, ehe ich mir zuviel auflade.« Er brachte ein unfrohes Grinsen zustande. »Vielleicht ist ja mein erster Schuß schon ein Treffer.«

»Ich bete zum Kraken, daß es so ist«, versprach sie. Sie hielt die Tür auf, damit sie auf den Korridor hinaustreten konnten. »Und bedenken Sie im Zusammenhang mit dem seltsamen Verhalten eines, Dr. McCoy – die Arbeiter auf dem Sammlerschiff würden praktisch alles tun, um die Monotonie zu lindern. Unter diesem Aspekt sollten Sie sie beurteilen.« Sie fixierte ihn so eindringlich, daß er sich vorkam wie ein aufgespießter Schmetterling unter einem Vergrößerungsglas. »Haben Sie schon etwas entdeckt?«

Er nickte widerstrebend, wobei er zuerst zu Kirk schaute und seine Zustimmung suchte. »Ich habe den Verdacht, daß noch ein weiteres Mitglied Ihrer Mannschaft Opfer dieser Krankheit geworden ist.«

»Wer?« fragte Mandeville erschrocken.

»Das möchte ich noch nicht verraten.«

»Dr. McCoy, wenn meine Leute wegen einer Krankheit in Gefahr sind, mit der einer von ihnen sich angesteckt hat, dann muß ich das wissen.«

»Das verstehe ich durchaus, Captain Mandeville. Und sobald ich sicher bin, daß diese Person tatsächlich krank ist und nicht nur ... exzentrisch, können Sie sich darauf verlassen, daß ich sofort zu Ihnen komme. Ich habe nicht die Absicht, Sie, Ihre Besatzung und Ihr Schiff aufs Spiel zu setzen.«

Sie betrachtete ihn einen Moment lang beschwörend, war offensichtlich nicht sehr glücklich über diese Auskunft, dann nickte sie. »In Ordnung.« Sie zog die Tür hinter sich zu. »Sie kennen den Weg zum Labor, Doktor? Gut. Nuie ist auf der Brücke. Ich schicke ihn zu Ihnen hinunter. Captain Kirk, Sie dürfen mich begleiten.« Ihre Zähne blitzten weiß im Kontrast zu ihrer dunklen Haut. »Sie könnten anstelle von Nuie den Ersten Maat spielen.«

Ein Lächeln kräuselte die Lippen des Captains der *Enterprise*. »Es wird mir eine Ehre sein.«

Sie trennten sich und gingen ihrer Wege. Der Erste Maat erschien im Labor und hörte sich aufmerksam an, was McCoy von ihm wollte. Danach führte er den Arzt geduldig von einem Ende des Schiffs zum anderen, überprüfte die Vorräte, leuchtete mit einer Lampe in dunkle Nischen und kontrollierte feuchte Filter und mit Kondenswasser beschlagene Röhrensysteme. Gesprächsfetzen zogen durch McCoys Erinnerung, während er die Tischplatte ein letztes Mal abwischte und die letzten Reste Schmutz und klebriger Rückstände entfernte. Er hatte beinahe das Gefühl, daß er sich nun mit verbundenen Augen im Unterseeboot zurechtfand. Er wußte, wie oft die Filter gereinigt und die Müllschlucker ausgeleert wurden. Er hatte die winzigsten Spuren Schimmel aufgestöbert, ohne zu wissen, was er überhaupt suchte, dabei ständig befürchtend, daß er es wahrscheinlich gar nicht erkennen würde, wenn er es sehen sollte.

Er senkte den Kopf und bereitete sich innerlich auf die vor ihm liegende Arbeit vor und verdrängte die Müdigkeit in seinen Knochen. Er hatte in Erwägung gezogen, sich ein Nickerchen zu gönnen, aber der Lärm des durchs Wasser stampfenden Schiffs, das Knarren und Ächzen eines unter enormem Druck stehenden Schiffsrumpfs hatten ihn mit Unruhe erfüllt und wach gehalten. Er würde nicht schlafen, bevor er an Bord der *Enterprise* zurückkehrte.

Ein tiefer, ferner Laut versetzte den stählernen

Schiffsrumpf in Vibrationen. McCoy hob den Kopf und starrte die Wände mit Augen an, die etwas größer waren als sonst. Schon wieder ein Krake? Oder etwas anderes, von dem er am liebsten gar nichts wissen wollte? Er straffte die Schultern, spürte die zunehmende Anspannung. »Reiß dich zusammen, McCoy«, befahl er sich halblaut. »Du benimmst dich wie ein Student vor der ersten Autopsie.« Er griff nach der nächsten Petrischale. Der daran befestigte Zettel trug die Aufschrift *Mittelgang; Mannschaftsquartiere; Heck*.

»Was tun Sie hier?«

Schon zuvor viel schreckhafter als normalerweise, zuckte McCoy nun zusammen und wirbelte herum. Seine Hand stieß gegen die Glasschale, wodurch diese über die Tischplatte kreiselte. Er wollte sie noch auffangen, aber die Schale war zu schnell und zerschellte auf dem Fußboden. Zahllose Bröckchen einer grünen Substanz verteilten sich zwischen den Tischen.

McCoy funkelte Muhanti an, wobei er sich nicht ganz sicher war, was ihn am meisten ärgerte – daß er plötzlich Angst verspürte oder daß er die Probe ruiniert hatte. »Klopfen Sie niemals an?«

»An der Tür meines eigenen Labors?« Dunkelrote Flecken bildeten sich auf Muhantis Wangen, während er den Raum betrat.

McCoy bückte sich, um die Glasscherben aufzusammeln. »Schleichen Sie sich immer an fremde Leute heran?«

»Nur an Leute, von denen ich meine, daß sie kein Recht haben, dort zu sein, wo ich sie antreffe.« Der indische Arzt blieb stehen, wobei sein Schuh McCoys suchende Finger beinahe berührte. »Lassen Sie alles liegen, oder ich zerquetsche Ihre Hand.«

McCoy hielt inne, eine lange Glasscherbe zwischen zwei Fingern. Er hatte bei Jim Kirk die Kunst erlernt, Klang und Nuance eine Stimme zu deuten. Er brauchte Muhanti gar nicht ins Gesicht zu blicken, um zu wissen, daß er seine Drohung höchstwahrscheinlich wahrmachen würde, wenn er nicht sofort gehorchte. Vorsichtig legte er die Scherbe auf den Fußboden zurück und erhob sich.

Muhantis Augen hatten weiße Ränder und funkelten zornig. »Sie haben mein ganzes Labor durcheinandergebracht.«

McCoy starrte ihn entgeistert an. »Der Laden war noch nie so sauber wie jetzt«, entgegnete er.

Falls Muhanti ihn gehört hatte, war dieser Vorwurf an ihm vorbeigegangen. »Wer hat Ihnen überhaupt gestattet, meine Einrichtungen zu benutzen?«

»Captain Mandeville.«

»Captain Mandeville«, imitierte der andere Arzt McCoy spöttisch. »Das kann ich mir vorstellen. Ich glaube, ihr ist es nie in den Sinn gekommen, daß es dem Gebot der allgemeinen Höflichkeit entspricht nachzufragen, ob es mir recht ist.«

»Dann will ich mich entschuldigen.« McCoy gab sich Mühe, seine Stimme so aufrichtig wie möglich klingen zu lassen. »Ich übernehme die volle Verantwortung. Ich hätte Sie um Erlaubnis bitten müssen, ehe ich mich an Ihren Captain wandte.«

»Ja, das hätten Sie.« Muhanti stützte die Hände in die Hüften, drehte sich langsam, sah sich aufmerksam im Raum um und sorgte dafür, daß er sich ständig zwischen McCoy und der Tür befand. Als er sich wieder dem *Enterprise*-Arzt zuwandte, war seine Miene noch wütender als vorher.

McCoys Gedanken sangen *Wahnsinn* wie ein Chor aufgeregten Vogelgezwitschers oder wie ein Schwarm Spatzen, die von irgend etwas aufgescheucht worden waren und die Flucht ergriffen.

»Schlimm genug, daß mein guter Captain so rücksichtslos war, Ihnen den Zugang zu meinem Labor ohne meine Zustimmung zu verschaffen. Aber ich glaube nicht, daß sie so dumm ist und Ihnen gestattet, an meinen Experimenten herumzupfuschen.«

»Ich habe sie nicht angerührt, Muhanti.« Es fiel McCoy zunehmend schwerer, seiner Stimme einen ruhigen, neutralen Klang zu verleihen. »Aber dies sind unvollständige Experimente, das ist uns beiden sicherlich klar. Kinderspiele. Wenn es Ihre Methode ist, Mandeville zu beweisen, daß Sie alles im Griff haben, dann ist das alleine Ihre Sache. Ich werde nichts verraten. Aber wir müssen zusammenarbeiten, um ...«

»Ich muß überhaupt nichts! Ich hatte alles unter Kontrolle! Ich stand so dicht« – zwei seiner Finger deuteten einen winzigen Abstand an – »vor einem Durchbruch. Ich hätte hunderten von Mannschaftsangehörigen das Schicksal des Wahnsinns ersparen können, aber Sie mußten sich unbedingt einmischen. Der große Föderationsdoktor kommt, um die Wilden aus der Finsternis ans Licht zu führen.« Er spuckte aus mit einem Gesicht, das so wütend war wie das einer Katze. »Sie wollen den Ruhm für sich selbst! Nun, ohne meine Hilfe werden Sie ihn nicht erlangen!« Er bückte sich so elegant wie ein Futter suchender Kranich, hob eine Glasscherbe vom Boden auf und zielte damit auf McCoys Kehle.

McCoy brachte sich mit einem Sprung vor Muhantis Angriff in Sicherheit und knallte mit dem Steißbein gegen die scharfe Kante des Labortisches hinter ihm. Der heftige, unerwartete Zusammenprall betäubte ihn kurzzeitig von der Hüfte abwärts, und seine Knie fühlten sich an wie Kaugummi. Seine Füße rutschten auf den Glasscherben aus; er stürzte auf ein Knie und schnitt sich dabei das Hosenbein und die Haut darunter auf. Er hob die Hand in einer unbeholfenen Abwehrgeste, da er das Gleichgewicht verloren hatte, und verspürte einen brennenden Schmerz, als Muhanti die Scherbe quer über seine Handfläche zog.

Sein Gesichtsfeld verengte sich unvermittelt bis auf

einen schmalen Tunnel, durch den McCoy seine Hand anstarrte, als gehörte sie jemand anderem, nur nicht ihm. Der Schock verzögerte die Erkenntnis, daß er verletzt war, während er beobachtete, wie das Blut pulsierend aus der Schnittwunde herauswallte.

Ebenso schnell meldete der Schmerz sich wieder und trieb ihn zum Handeln. Er tauchte unter Muhantis zweitem Schwinger weg und stieß den Nordstral-Arzt von sich weg. Dabei hinterließ er einen roten Handabdruck über dem Firmenlogo auf der Brust des Doktors. McCoy kroch über den Fußboden, wobei sich winzige Glassplitter in seine Hände und Knie bohrten. Er kam auf die Füße und rannte ein Stück. Er erreichte das Ende des Labortisches und tastete blind herum auf der Suche nach irgend etwas, womit er sich verteidigen konnte. Seine unversehrte Hand legte sich um den Hals einer Flasche, die zur Reinigung bereitlag. Er wirbelte herum und schleuderte sie Muhanti entgegen. Der Inder wich ihr mit unglaublicher Gewandtheit aus und näherte sich. Er hielt die Glasscherbe nach unten und in gefährlicher Bereitschaft. Die Hand, in der sie sich befand, war naß vom Blut, weil er sich selbst geschnitten und es wahrscheinlich noch gar nicht bemerkt hatte.

McCoys Finger fühlten sich feucht und klebrig an, als sie sich in seine Handfläche preßten, um die Blutung zu stoppen. Dankbar stellte er fest, daß er seine Finger trotz des tiefen Schnitts und seines Winkels noch bewegen konnte. Er wich zurück, löste den Blick nicht von Muhantis verzerrten Gesichtszügen und suchte weiterhin mit der heilen Hand nach irgendeiner Verteidigungswaffe. Dabei ertastete er etwas Heißes. Seine Fingerspitzen erforschten hastig die heiße Fläche. Muhantis lächerliche Experimente blubberten immer noch, bis zu diesem Moment durch nichts gestört oder unterbrochen. Ungeachtet des Schadens, den er damit vielleicht seiner heilen Hand zufügte, ergriff McCoy einen der Glasbehälter und schleuderte den Inhalt in Muhantis Gesicht.

Der indische Arzt stieß einen schrillen Schrei aus und duckte sich. Dabei preßte er die Arme auf seine Augen, als die heiße Flüssigkeit auf sie spritzte. McCoy bückte sich und stürmte los und rammte Muhanti mit der Schulter in Taillenhöhe. Sie landeten beide auf dem Fußboden, und McCoy bäumte sich auf, um sich rittlings auf seinen Gegner zu schwingen. Dabei trat er wie wild nach der Hand mit der blutbeschmierten Glasscherbe. Er wußte, daß Muhanti, sollte er je dazu die Gelegenheit bekommen, ihn vom Hals bis zum Unterleib aufschlitzen würde.

Die vom Blut glitschigen Finger lockerten ihren Griff, und die Scherbe flog durch die Luft. Sie prallte auf den Fußboden und rotierte wie ein Kreisel. Mit einem fast fröhlichen Klirren tanzte sie umher und rutschte unter einen Schrank. Noch nie in seinem Leben war McCoy so froh gewesen, daß etwas verschwunden war.

Er knurrte halblaut, als Muhanti versuchte, ihm das Knie in den Rücken zu rammen. Er warf sich herum und angelte sich die andere Hand des Mannes, verschränkte seine blutigen Finger mit denen seines Angreifers und biß die Zähne gegen den Schmerz zusammen, der von seiner verletzten Hand durch seinen Arm schoß. Muhanti wälzte sich hin und her und vor und zurück und versuchte McCoy abzuwerfen. Dabei war er die ganze Zeit gespenstisch still und starrte McCoy ständig ins Gesicht, als wollte er sich jeden Quadratmillimeter unauslöschlich einprägen.

McCoy wehrte sich verzweifelt. Seine verletzte Hand wurde allmählich taub, seine Finger streikten. Sie rutschten von Muhantis Hand ab, und der Arzt des Sammlerschiffs drehte sich weg, rollte herum und nagelte McCoy unter sich fest. Er befreite seine Hände mit einer schnellen Bewegung aus McCoys Griff und schnappte nach der Kehle des Starfleetoffiziers. Seine Hände legten sich warm um McCoys Kehle, wobei die Daumen auf die Luftröhre drückten. McCoy bäumte sich hektisch auf, griff mit Fingern, die ihm nicht mehr gehorchten, hilflos nach den würgenden Händen seines Gegners. Vor seinen Augen begann die Umgebung zu verschwimmen, und Dunkelheit machte sich breit. In seinen Ohren war ein Rauschen und Dröhnen, als würde zuviel Wasser durch ein zu dünnes Rohr gepreßt. Von außerhalb des Schiffs erklang ein Antwortknurren, kreiste als Echo durch den Rumpf und lockte McCoy ins Nichts.

Ein fernes, die Knochen in Schwingung versetzendes Grollen drängte sich in Uhuras Schlaf und weckte sie. Sie drehte sich, schob von der Kälte steif gefrorenes Fell von ihrem Gesicht, um in die eisige Finsternis zu starren. In der Nische des Chinit-Clans war es so still, daß sie die flüsternden Atemzüge der schlafenden Kitka und das leise Summen von Tenzings Thermozelt hören konnte. Sie hatte nicht versucht, Uhura davon abzuhalten, die Nacht im Eingeborenendorf zu verbringen, aber darauf bestanden, daß sie in ihrem Thermoanzug und unter einer Felldecke schlief.

Ein weiteres Grollen störte die Stille. Stirnrunzelnd richtete sie sich in ihrem Nest aus Tierfellen auf. Anfangs dachte sie, es könnte sich um eine sich nähernde Raumfähre der *Enterprise* handeln, aber der Lärm war viel zu unregelmäßig für einen Impulsantrieb. Er klang, als käme er von irgendwoher tief unterm Eis. Uhura legte ihre behandschuhte Hand auf den Fußboden, um nach Vibrationen zu suchen, dann atmete sie zischend ein, als eine andere Hand sich näherte und sich auf ihre Hand legte. Sie schaute hoch und gewahrte geisterhaft bleiche Augen, die sie aus der Dunkelheit anstarrten.

»Eis leidet Schmerzen.« Ghyl kniete sich neben sie.

Sie war in ihren alten dunklen Pelzen beinahe unsichtbar. Die ältere Kitka verständigte sich mit einem leisen abfallenden Zischen. »Das Eis leidet. Hören Sie, Krakenauge?«

»Ja.« Uhura redete leise, da sie wußte, daß der Translator seine Lautstärke der ihren angleichen würde. Sie spürte, wie die dünnen Sehnen in Ghyls Händen zitterten, als die Eingeborene ihren Griff löste.

»Geschieht das jede Nacht?« fragte Uhura.

»Nein. Nur wenn Gott zornig ist.« Ghyl hob die Hände und spielte nervös mit der geschwärzten Knochenmaske, die sie um den Hals trug. Darunter sah ihr Gesicht noch faltiger aus als am Vortag, als hätte die Sorge sie vorzeitig altern lassen. »Urenkelin erzählt, Sie reden mit Gott, Krakenauge. Dann sagen Sie mir, weshalb Eis leidet?«

»Hm…« Uhura runzelte die Stirn und suchte krampfhaft nach einer Erklärung, die die Kitka verstehen würde. »Der Gott, mit dem ich rede, lebt jenseits des Nordlichts. Er weiß solche Dinge nicht.«

»*Ich* weiß es.« Der plötzlich vorhandene bittere Unterton in Ghyls klagender Antwort ließ Uhura aufhorchen. »Die einzigen Götter lebten im tiefen Wasser, ehe die Menschen von den Nordlichtern kamen. Nun leben auch Kitka dort und jagen Dinge, die die Götter ihnen verboten haben.«

»Das Plankton«, sagte Uhura. Sie hatte keine Ahnung, was der Translator daraus machte, aber Ghyl gab einen Laut von sich, der wie Zustimmung klang.

Die Eingeborene betastete ihre Maske und legte nachdenklich die Stirn in Falten. »Die Götter geben den Kitka alles – Licht um zu sehen, Felle, um sich warmzuhalten, Waffen für die Jagd. Verlangen nur, daß wir vorher hingehen und uns bei gejagten Dingen entschuldigen, ehe wir sie fangen.« Ghyl schaute zu Uhura hoch. Ein Ausdruck des Zweifels lag in ihren knochenfarbenen Augen. »Entschuldigen Menschen sich im Wasser bei kleinen schwimmenden Dingern, ehe sie sie fangen, Krakenauge?«

»Das weiß ich nicht.« Uhura streckte eine Hand aus und legte sie auf Ghyls Schulter. »Aber es gibt auch Kitka, die unter Wasser arbeiten. Bestimmt denken sie daran, sich zu entschuldigen, ehe sie das Plankton einsammeln.«

»Einige bestimmt.« Ghyls Stimme war ein leises, verzweifeltes Klagen. »Andere wissen es vielleicht nicht. Viele Kitka, wie Alion, kommen aus Dörfern im fernen Süden, wo niemand zu den Göttern geht. Wie können sie um die richtigen Dinge wissen, wenn sie so aufwachsen?«

»Oh.« Uhura zog ihre Hand in die Wärme ihres Pelzes zurück. Sie fühlte sich hilflos. Die ältere Kitka saß noch einen Moment länger zusammengekauert da. Ihre Lippen bewegten sich stumm. Um sie herum schliefen die anderen Eingeborenen, ungestört von der leisen Unterhaltung, obgleich in Tenzings Zelt das Rascheln einer Bewegung zu hören war. Ein drittes fernes Rumpeln durchbrach die Stille und erstarb wieder.

»Es wird Zeit zu gehen.« Die unerwartete Kraft in Ghyls sich erhebender Stimme verblüffte Uhura und weckte die anderen Kitka, die verschlafen Fragen stellten. Die ältere Frau ignorierte sie und schob sich die Knochenmaske mit Händen, die nicht mehr zitterten, über ihr Gesicht. Sie erhob sich und entzündete eine der Öllampen mit den Funken eines Feuersteins. Danach holte sie verschiedene Dinge aus den geschnitzten Knochenkisten, die an den Wänden aufgereiht waren. Uhura hörte den seltsamen Gesang, den sie halblaut von sich gab, doch der Translator lieferte dafür kein englisches Äquivalent.

»Urgroßmutter!« Nhyms zierliche Gestalt schoß geradezu explosionsartig aus den Felldecken hoch. Ihr Pfeifen klang schrill vor Angst. »Was tust du?«

»Es ist Zeit, Gott zu treffen, Urenkelin.« Der klagende Ton in Ghyls Stimme wurde stärker. »Das Eis schreit, und niemand will die Götter fragen weshalb. Die Kitka brauchen Antworten, ehe alles zu Ende geht.«

Die junge Kitka gab einen Laut von sich, der wie das Fauchen einer Katze klang. »Alion soll gehen!« Sie zerrte verzweifelt am Kleid der älteren Frau. »Er soll Gott treffen und mit ihm reden! Alion ist es nämlich, der Gott zornig macht!«

Ghyl riß sich mit einem mißbilligenden Pfeifen los. »Alion trifft nicht die Götter, wie wir es tun, Urenkelin. Er glaubt, es reicht, andere für ihn mit Gott reden zu lassen, aber die Götter bleiben zornig.« Sie stopfte ihre Habseligkeiten – Dörrfischstücke, eine Handvoll Seetang und ein kleines Knochenmesser – in eine pelzgefütterte Tasche. »Ich traue ihm nicht. Ich werde selbst mit ihnen reden.«

»*Nein!*« Nhyms Stimme hatte den gleichen klagenden Unterton wie Ghyls, nur stärker. Uhura erkannte, daß es die Art und Weise der Kitka zu weinen war und spürte, wie ihr selbst die Kehle voller Mitgefühl eng wurde. »Der Chinit Clan braucht dich hier, Urgroßmutter, nicht weit weg an irgendeinem heiligen Ort. Du hast mir noch keine Krankengeschichten erzählt!«

»Dein Großvater kann sie dir erzählen.« Ghyl blickte zu den beiden älteren Kitka hinüber, die sie in qualvollem Schweigen beobachteten. »Ich wünsche euch eine gute Jagd, Kinder. Ich schicke euch vom heiligen Ort der Chinit meinen Segen, wenn ich dort Gott treffe.«

Sie machte kehrt, schwang sich den Reisesack auf die Schulter und durchquerte die Nische mit entschlossenen Schritten. Die Tierfelle, die den Zugang zum Tunnel markierten, zitterten kaum, als sie durch sie hinausschlüpfte.

»Nein!« rief Nhym erneut. Ihre Großmutter hielt sie fest, als sie der alten Frau folgen wollte, und zischte ihr einen tröstenden Laut ins Ohr. Der männliche Kitka senkte lediglich den Kopf, streifte einen Handschuh ab und tauchte seine schwieligen Finger in eine der nicht erleuchteten Lampen. Er strich das daran haftende Öl auf seine Gesichtsmaske und versah sie mit einem dünnen Feuchtigkeitsfilm.

»Alle Kitka gehen zu Gott.« Sein Heulen klang schwankend, aber seine Hand bewegte sich ohne Zittern, bis die ganze Maske mit Öl benetzt war. »So wie Gott am Ende zu allen Kitka kommt. So ist es.«

»So ist es«, wiederholte die alte Frau und tauchte ebenfalls die Finger ins Öl und verteilte es auf Nhyms hellerer Maske. Das kleine Mädchen jammerte noch immer in kurzen, erstickten Seufzern, die wie ein Schluchzen klangen. Uhura hatte den verzweifelten Wunsch, sie zu trösten, aber sie hütete sich, in etwas einzugreifen, das ganz eindeutig ein Ritual der Eingeborenen war.

»Das sieht nicht sehr gut aus.« Tenzings barsche Stimme traf Uhura überraschend, als sie über den Kom-Kanal des Thermoanzugs erklang und völlig frei war von den Hintergrundgeräuschen des Translators. Die Sicherheitsspezialistin war aus ihrem Zelt aufgetaucht. Bis auf ihre glänzende Brille war sie vollständig einsatzmäßig bekleidet. »Was ist passiert, Sir?«

Uhura machte einen tiefen Atemzug, der den Schmerz in ihrer Kehle ein wenig linderte, dann wandte sie sich zu ihrer Gefährtin um. Eine schnelle Geste schaltete ihre Stimme vom Mikro auf den Kommunikator, so daß die Kitka durch ihren kurzen Dialog nicht gestört wurden. »Nhyms Urgroßmutter ist soeben zu irgendeiner heiligen Reise aufgebrochen. Sie sagte, die Götter der Kitka seien zornig. Sie wolle mit ihnen reden.«

»Ich frage mich, ob das nicht heißt, daß sie sich

dorthin begibt, wo die Fähre abgestürzt ist – daß dies ihr heiliger Ort ist.« Tenzing kniete sich hin und öffnete das Druckventil ihres Zeltes. »Wenn Alion recht hat und der Weg dorthin ungefährlich ist, dann könnten wir ihr doch folgen.«

»Das stimmt.« Uhura befreite sich von ihren Felldecken und fühlte sich ein wenig besser. »Vielleicht kann ich Nhym das erklären...«

Aber als sie sich zu der Kitka umwandte, standen nur noch zwei mit Fellen bekleidete Gestalten im flakkernden Licht der Öllampen. Uhura blickte zum flatternden Eingangsfell, und ihre Augen weiteten sich. Sie schaltete wieder den Translator ein. »Wo ist Nhym?«

Das Pfeifen der weiblichen Kitka klang resignierend und verwirrt zugleich. »Sie folgt ihrer Urgroßmutter, um ihrer Abreise beizuwohnen. Es ist nicht recht, aber der Zeitpunkt kommt zu früh...«

Ein kräftigeres Rumpeln ließ ihre pfeifende Stimme verstummen. Diesmal versiegte das Geräusch nicht, sondern es steigerte sich zu einem enormen, verhaltenen Donnern, wie er beim Start einer Fähre erklang. Uhura schnappte nach Luft und schwankte, als der Nischenboden unter ihr zu rollen begann wie ein Schiff auf hoher See. Sie wich zurück zur nächsten Wand, um sich abzustützen.

»Es ist ein Beben!« rief sie Tenzing zu, die zwischen die Falten ihres zusammengesunkenen Zeltes geschleudert worden war. Der Donner zerschlug den Eispanzer um sie herum, ließ Risse im Boden klaffen. Ein Chor entsetzter Kitka-Schreie hallte durch den Tunnel, und Uhura spürte ihren Herzschlag hoch oben in der Kehle.

»Nhym!« Sie schaffte es, bis zur Nischentür zu stolpern. Dann rutschte sie aus und kämpfte um ihr Gleichgewicht, während der Boden unter ihren Füßen träge Wellenbewegungen ausführte. »Tenzing, bleiben Sie hier und helfen Sie den anderen. Ich folge Nhym!«

»Sir, Sie dürfen nicht...« Was immer die Sicherheitsspezialistin sagen wollte, ging in dem lauten Knistern atmosphärischer Störungen des Kommunikators verloren. Rings um Uhura splitterte und knirschte das Eis, zerbrachen die polierten Wände der Wohnnische. Ein Eisbrocken fiel von der Decke herab, als sie in den Tunnel hinausstolperte; er verfehlte sie nur knapp und zerschellte auf dem Gangboden. Sie wich instinktiv vor der drohenden Finsternis zurück, dann biß sie die Zähne zusammen und griff nach ihrer Taschenlampe. Der schwankende Lichtkreis ergriff eine kleine pelzige Gestalt, die an einer Stelle kauerte, wo zwei Gänge aufeinandertrafen.

»Nhym!« Uhura schlitterte über den sich aufbäumenden Tunnelboden und stolperte, als ein Eisklotz sich plötzlich hochschob und gegen ihr Knie prallte. Sie warf die Arme nach vorne, als sie stürzte, und versuchte ihr ungeschütztes Gesicht vor dem Eis abzuschirmen. Das Grollen im Eis war zu einem Donnern angewachsen, das ihre Knochen vibrieren ließ. Über all dem Chaos hörte Uhura ganz schwach ein ängstliches Jaulen, und kleine Hände ergriffen ihre Schultern, um sie über das Eis zu ziehen.

»Nhym?« Uhura fand an einer schwankenden Wand lange genug Halt, um ihr Gleichgewicht wiederzufinden und sich hinzukauern. Nhyms kleine Gestalt warf sich regelrecht gegen sie, wobei das Gesicht mit der Knochenmaske sich beinahe schmerzhaft in ihren Thermoanzug drückte. »Halt dich fest, Nhym«, sagte sie, während die Tunneldecke aus Eis bedrohlich ächzte. Eissplitter regneten auf sie herab. »Halt dich einfach nur fest.«

Mit einem lauten Krachen, das in ihren Ohren schmerzte, brach die Tunneldecke herab.

Luft schoß in McCoys Lungen zurück, begleitet von einem rauhen Schrei, der in seiner Kehle brannte.

Eine laute Stimme drang aus dem Interkom des Schiffs: »Dr. Muhanti und Dr. McCoy sofort zur Kommandobrücke! Wir haben einen dringenden Notfall! Ich wiederhole: Dr. Muhanti und Dr. McCoy sofort zur Kommandobrücke! Ein dringender Notfall macht ihre sofortige Anwesenheit erforderlich!«

Muhanti lockerte bei der Durchsage sofort den Druck auf McCoys Kehle. Seine Finger lagen noch immer feucht um den Hals des Starfleet-Offiziers, aber sie waren gelockert, entspannt, während er aufmerksam lauschte. Sein Gewicht verlagerte sich leicht zurück auf seine Fersen, wodurch der Druck auf McCoys Bauch nachließ. Mit seinen letzten Kraftreserven bäumte McCoy sich auf und stieß ihn vollends weg. Muhanti kollidierte heftig mit einem Schrank und landete verwirrt auf dem Fußboden.

Am ganzen Leib zitternd, kämpfte McCoy sich auf die Füße, stolperte zur Tür und wandte sich dann nach links in Richtung Brücke. Er hörte Muhanti hinter sich im Labor aufstehen, dann das lautere Geräusch rennender Füße. Beinahe hatte McCoy Angst, einen Blick über die Schulter zu werfen. Er war sicher, er würde Muhanti sehen, der zu ihm aufholte, ein mörderisches Glitzern in den Augen hatte und eine neue Glasscherbe wie einen Dolch in seinen verletzten Fingern hielt.

Ein helles Aufblitzen am Rand von McCoys Gesichtsfeld – ein hin und her schwingender Arm eines rennenden Mannes, eine dunkle Hand um den Griff eines herkömmlichen Medikits in einer hellfarbenen Nordstral-Schutzfolie. McCoys Füße suchten Halt, und er fing sich an einem Geländer. Sein Atem ging hastig und mühsam, in seiner Hand pulsierte der Schmerz. Er blickte verständnislos drein, als Muhanti an ihm vorbeirannte und mit einem Arm in der Luft herumruderte. »Beeilen Sie sich, McCoy! Wir werden auf der Brücke gebraucht!« Er stürzte durch eine Verbindungstür und eilte einen Verbindungsgang hinunter.

McCoys Brust hob und senkte sich heftig. In seinem Blut kreiste so viel Adrenalin, daß er am ganzen Körper zitterte. Er lehnte den Kopf gegen den kalten Stahl und blickte zu den Nieten in der Decke hinauf. »Was, zum Teufel...?« entfuhr es ihm. Stöhnend drückte er sich von der Gangwand ab und rannte hinter Muhanti her.

»Chief! Chief!«

Chekov rollte sich herum auf alle viere und schirmte die Augen mit einem Arm ab. Schmerzhafter morgendlicher Sonnenschein funkelte wie ein Bündel Dolche. Eissplitter, Schnee und ein eisiger Wind ließ seine Tränen auf den Wangen zu Eis gefrieren. Daß er die Brille abgenommen hatte, um sich das morgendliche Nordlicht anzusehen, erschien ihm jetzt wie ein erstaunlich törichter Gedanke.

»Lieutenant Chekov?« Publickers Stimme – klar und offen und nicht durch den Kom-Kanal des Thermoanzugs verfremdet – klang aufgeregt und sehr nahe.

»Ich bin hier.« Chekov bedeckte die Augen mit einer Hand und blinzelte zwischen den Fingern hindurch, um den grellen Widerschein des Schnees ein wenig zu dämpfen. Es half kaum. Alles verschwamm zu einem undeutlichen, weißen Flickenmuster, das nur einen vagen Eindruck von der Zerstörung lieferte, die ringsum auf dem Eisfeld herrschte. Trotzdem konnte er das Zelt in ein paar Dutzend Metern Entfernung halbwegs erkennen. Desgleichen eine hüfthohe Eisbarriere, die ein paar Sekunden zuvor noch nicht dagewesen war. »Howard! Publicker! Hier drüben!« Vielleicht hatten sie seine abhanden gekommene Brille gefunden oder wenigstens ein Reserveexemplar von ihrem Ausrüstungsschlitten geholt.

Die Wächter eilten über das geborstene Eis zu ihm hin. Dabei ruderten sie mit den Armen wild in der Luft herum, um auf dem unebenen Gelände nicht das Gleichgewicht zu verlieren. »Seid ihr in Ordnung?« fragte Chekov und benutzte eine Hand, um sich auf ihre Ebene hochzuziehen.

Howard bückte sich nickend, um ihm behilflich zu sein. Publicker blickte ängstlich in die Runde. Seine eigene Brille war gesprungen und beschlagen. »Nur ein wenig durchgeschüttelt«, gab er laut zu. »Was ist passiert?«

»So etwas wie ein Seebeben. Keine Ahnung...« Chekov war vor dem Morgengrauen aus dem Zelt gekrochen, nachdem die blendende Helligkeit der Nordlichter ihn geweckt hatte, während die Sonne immer noch dem Horizont entgegenstieg. Ihm war die krasse Kahlheit der von einem Regenbogen überspannten Landschaft in ihrer Stille wunderschön erschienen. Nun sah das Eis aus, als hätte jemand versucht, es zu einem Schneeball zusammenzubacken. Schichten waren zusammengepreßt worden, bis das Eis wegplatzte und in zahllose Trümmer zerfiel. Tiefliegende Gräben plattgetretenen Schnees markierten das Kitka-Dorf mit einander überquerenden gepunkteten Linien – das Erbe eingebrochener Tunnelpassagen zwischen den stabiler konstruierten Nischen und inneren Räumlichkeiten.

Chekov betrachtete die weiß und grau gekleideten Gestalten, die aus dem zerstörten Dorf herausströmten, und suchte nach einem dunkelhäutigen menschlichen Gesicht zwischen den Eingeborenen. »Wo ist Tenzing?«

Howard wandte sich um und folgte seinem Blick. »Bei Lieutenant Commander Uhura, Sir.«

Chekov verspürte in seinem Herzen einen Stich aufsteigender Panik. »Immer noch da unten?«

»... Ja, Sir...«

»O mein Gott.« Er verfiel in einen hastigen Laufschritt, ohne darauf zu warten, ob ihm die anderen Männer folgten.

Eingeborene drängten sich vor ihren beschädigten Löchern und heulten vor Angst und Verwirrung. Chekov begann sie in Gruppen zu drei oder vier Personen aufzuteilen, dann erkannte er, daß er überhaupt keine Ahnung hatte, wie viele Einwohner das Dorf hatte, daher konnte er den Schaden auf diese Art und Weise nicht abschätzen. Während er rutschend neben einer Gruppe weißäugiger Alter anhielt, schaltete er seinen Translator ein. »Wie viele sind noch drin?«

Sie starrten ihn an, wobei auf ihren breiten, flachen Gesichtern der Ausdruck eines verständnislosen Schocks lag.

»Wie viele?« Seine eigene tiefe Sorge verlieh der Frage einen barscheren Klang, als er beabsichtigt hatte, aber keine Kitka-Worte drangen aus dem Translator. Er betrachtete die Eingeborenen mindestens genauso verwirrt, bis ihm plötzlich klar wurde, daß nichts von dem, was er sagte, für die verängstigten Eingeborenen übersetzt wurde. Und umgekehrt. »*Chortov!*«

Der alte Mann, der ihm am nächsten stand, wich zurück, und Chekov ergriff seinen Arm, um ihn festzuhalten, während Howard mit ein paar Schaufeln in der Hand zu ihnen kam. »Meine Leute«, wiederholte Chekov und versuchte, zwischen sich und dem Mann eine Verbindung zu schaffen. »Die beiden Frauen, die mit dem kleinen Mädchen zusammen waren.« Er senkte den Kopf, um seine Stimme mühsam wieder unter Kontrolle zu bringen. Sogar aus dem Kom-Kanal des Anzugs drang lediglich ein Rauschen. »Mein Gott, können Sie überhaupt etwas von dem verstehen, was ich sage?«

Eine der Frauen antwortete mit einem komplizierten Durcheinander von Pfiffen und Klagelauten, das für Chekov genausoviel Bedeutung hatte wie Chekovs Klagen für sie. Dennoch deutete sie mit einer Hand, während sie an seinem Handgelenk zerrte, damit er sich umdrehte. Ein eingebrochener Tunnel schlängelte sich von ihm weg. Dort, in seinem Innern, erklang noch immer das Zischen herabstürzender Schnee- und Eismassen. Chekov war beinahe benommen vor Trauer. »Da drin sind Sie?«

Ihre einzige Antwort bestand darin, ihn zur Stelle des Zusammenbruchs zu schieben.

Howard stieg hinter Chekov in den Graben und reichte seinem Chef eine der Schaufeln, ohne abzuwarten, daß er darum gebeten wurde. Chekov versuchte seine Schaufelaktionen rhythmisch und gleichmäßig zu gestalten. Dabei ignorierte er das grelle Funkeln des Schnees in seinen Augen sowie das ängstliche Zittern, das ihn des öfteren zu durchlaufen drohte, während sie arbeiteten. Das Beben hatte einen Großteil des Schnees in dichtes Pulver und das Eis in handliche Bruchstücke zerlegt, die zwei Männer ohne Schwierigkeiten aus dem Weg räumen konnten. Er versuchte nicht über das Tempo nachzudenken, mit dem ein auf Betäubung eingestellter Phaser sich durch dieses chaotische Hindernis hindurchschmelzen könnte. Wenn er während ihrer Aufräumarbeit Alion gesehen hätte, wäre es ihm sicherlich verdammt schwergefallen, mit seiner Schaufel nicht den Schamanen anstelle des Eises zu attackieren.

Kitka-Männer strömten nach und nach zu ihren Arbeitsplätzen, verständigten sich leise klagend untereinander, erkannten jedoch gleichzeitig die Nutzlosigkeit des Versuchs, in diesem Moment mit den Starfleet-Offizieren zu kommunizieren. Chekov nahm ihre Hilfe in dankbarem Schweigen an. Es war irgendwie beruhigend zu wissen, daß Translatoren noch nicht für alle Formen vernunftbezogener Kontakte gebraucht wurden.

Howard räumte die erste Schaufelladung blutigen Schnees weg. Er sank auf die Knie und legte eine Hand auf den Atemfilter. »Chief … o nein …«

Der Schmerz in Howards Stimme durchzuckte Chekov wie ein Blitz. Er warf seine Schaufel hin, drängte sich hastig an verwirrten Kitka vorbei und landete auf den Knien neben Howard. Der junge Fähnrich hatte bereits einen matschigen Haufen roten Eises zusammengekratzt und saß nun reglos da, die Hände im Schoß und vor sich hin starrend. Zitternd, mit vor Verzweiflung und Angst unbeholfenen Händen, beugte Chekov sich über das offene Loch, ohne darüber nachzudenken, was er dort finden würde.

Tenzings Brille war bei dem Beben zerbrochen, und Schmelzwasser überzog ihre goldene Haut mit einer Schicht, die bereits durch den Wind gefroren war. Chekov sah gerade genug von ihren Augen, um zu erkennen, daß sie stumpf und leblos waren, dann ließ er sich auf die Fersen nach hinten fallen und schloß die Augen vor dem blendend weißen Widerschein der Schneemassen.

McCoy stürmte dicht hinter Muhanti auf die Brücke der *Soroya* und rannte den indischen Arzt beinahe um, als dieser abrupt stehenblieb. Kirk und Mandeville knieten auf dem Boden, wo Nuie zwischen ihnen lag. Beide Ärzte landeten rechts und links neben dem bewußtlosen Besatzungsangehörigen auf den Knien. Muhanti schlug Mandevilles Hand beiseite. »Nicht bewegen!« befahl er und griff in sein Medikit.

»Was, zum Teufel, ist mit Ihnen beiden passiert?«

McCoy schaute auf und begegnete Kirks verwundertem Blick. Blutspuren blieben an Nuies Kleidung haften, als McCoy routinemäßig die Lebenszeichen auf altmodische Art und Weise überprüfte, indem er mit einem Ohr am Brustkorb lauschte, während Muhanti, leise vor sich hinmurmelnd, seine Ausrüstung auspackte und einen medizinischen Scanner über dem Kitka hin und her schwenkte. »Das ist eine lange Geschichte.«

»Ich würde sie gerne hören.« Das war ein Befehl.

»Später.« Das war ein *Versprechen*. »Was ist passiert?«

»Er ist gestürzt. Das Schiff wurde von einer Welle erwischt oder ist in eine Strömung geraten ... oder wer weiß, was geschehen ist. Dabei ist er hingefallen und mit dem Kopf aufgeschlagen.« Kirky deutete auf eine Instrumententafel.

»Wird er sich davon erholen?« Zu McCoys Erleichterung richtete Mandeville diese Frage an ihren eigenen Schiffsarzt.

»Keine Ahnung, Clara.« Er blickte ihr kurz in die Augen, und McCoy erhaschte einen kurzen Blick auf jene Art von Arzt, die Doktor Muhanti wahrscheinlich darstellte, wenn er nicht von dem beeinflußt wurde, was auf diesem verwünschten Planeten seine Wirkung entfaltete. Muhanti preßte eine Injektionsspritze gegen Nuies Hals und drückte ab. McCoy erkannte die Substanz und nahm dabei fast unbewußt zur Kenntnis, daß es genau die richtige Dosis für den Körperbau des Kitka war.

»Ich muß ihn im Lazarett untersuchen.« Muhanti ergriff Nuies Arm und drehte ihn halb, damit er seinen Arm um seine Taille schlingen konnte. »McCoy, gehen Sie an die andere Seite und helfen Sie mir ihn zu tragen. Ich möchte eine ganze Reihe Tests ...«

Ihm wurde von deinem bedrohlichen Rumpeln das Wort abgeschnitten. Sie blickten einander an, starr vor Angst vor dem schnell lauter werdenden Geräusch. Plötzlich legte die *Soroya* sich weit auf die Seite. McCoy knallte gegen eine Wand und brüllte laut auf, als er auf seiner verletzten Hand landete. Kirks Finger packten sein Hemd und hielten ihn fest, während das Schiff sich langsam wieder aufrichtete.

»Ein Seebeben!« schrie jemand.

»Verdammt! Verdammt!« Mandeville kämpfte sich durch das schräg liegende Innere des Schiffs, zog sich von einem umgekippten Sessel zum nächsten weiter. »Bringt uns runter! Tauchen! Sucht eine Schlucht!« Ihre Augen suchten die Seekarte über dem Platz der Steuerfrau ab.

»Geht nicht!« erwiderte die Pilotin, während ihre Hände über die Kontrollen flogen. »Ich erhalte keine Daten! Das Radar ist zum Teufel gegangen!«

»Das genügt mir nicht!« schnappte Mandeville und erinnerte mit dieser Reaktion McCoy an einen ganz bestimmten Starfleet-Captain, den er gut kannte. »Richten Sie uns endlich auf, und wenn Sie dazu aussteigen und mit den Händen nachhelfen müssen! Aktivieren Sie den Schneideturm! Sprengen Sie ein ausreichend großes Loch, damit wir den Kahn nichts aufs Eis legen!«

»Ich werde es versuchen, Captain.« Die Finger der Steuerfrau rasten über die Schalter und Kontrollen. »Keine Reaktion, Captain! Der Mechanismus ist lahmgelegt!«

Mandeville stieß einen wüsten Fluch aus und riß die Jacke eines anderen Besatzungsmitglieds von einer Stuhllehne. Sie schlüpfte hinein und schwang sich an einer Wandleiter nach oben. »Und wenn ich es mit Muskelkraft versuchen muß!«

Kirk fing Nuies rollenden Körper auf und legte ihn in McCoys Arme, während er sich auf die Füße kämpfte. »Ich tue es!«

Mandeville schaute von der Leiter auf ihn herab. »Es ist nicht Ihr Schiff, Captain. Hier sind Sie nur Ladung.« Sie eilte auf der Leiter weiter nach oben und verschwand auf dem oberen Deck.

Einen kurzen Moment später erschütterte ein weiterer Stoß, viel schlimmer als der erste, das Sammlerschiff. Sich verformender Stahl schrie auf wie ein lebendiges Wesen, und ein kurzer, lauter Ruf Mandevilles ertönte. Kirk sprang zur Leiter und wurde von einem anderen Besatzungsmitglied gebremst, das die blankgewetzten Stufen vor ihm hinaufturnte. Ein lautes Brüllen erfüllte die Luft, ein Sturzbach kam durch den Schacht herunter und riß den leblosen, zerschlagenen Körper des Matrosen mit sich.

»Pille! Nichts wie raus hier!« Kirk stürzte sich kopfüber in die Wasserflut. »Wir sind irgendwo aufgelaufen! Sorg dafür, daß die Leute von der Brücke verschwinden!« brüllte er, riß die Leute von ihren Plätzen hoch und schob sie zur Tür. Er umklammerte den Arm der Pilotin. »Können wir die Schotts schließen?«

Im Getöse des hereinstürzenden Wassers konnte McCoy ihre Antwort nicht verstehen. Eine Alarmklingel begann schrill zu läuten und warnte die restliche Besatzung vor der drohenden Gefahr. McCoy mühte sich mit Nuies schlaffer Gestalt ab. Er hatte seine Arme von hinten um den Kitka gelegt und die Hände vor seiner Brust verschränkt.

Wo war Muhanti? Ein kurzer Blick über die Schulter, während er Nuie zur Tür schleifte, lieferte ihm die Antwort. Muhanti watete mühsam durch das Wasser, das seine Knie gurgelnd umspülte. Er rief etwas von eingeschlossenen Mannschaftsmitgliedern und von Captain Mandeville, doch McCoy verstand kein Wort. Kirk griff nach Muhanti. Der Arzt der Soroya stieß ihn beiseite und verschwand.

McCoy stolperte in den Gang, wobei er Nuie weiterhin festhielt. Die *Soroya* führte eine Rollbewegung aus und schleuderte ihn auf die Knie, und dann ertönte ein Geräusch, als habe jemand das Herz des Schiffs durchbohrt und ihm die Seele herausgerissen. Das Getöse des hereinströmenden Meeres wurde noch lauter, und McCoy blickte hoch, als eine tonnenschwere Wasserwand auf ihn herabstürzte.

8

Als Uhura erwachte, lag sie mit dem Gesicht auf einer harten, kalten Oberfläche, die einen Teil des Lichts verdeckte. Ein fernes dumpfes Poltern und Rumpeln erklang, aber die Geräusche waren so vage, daß sie nicht entscheiden konnte, woher genau sie kamen. Sie hob den Kopf, aber irgendwie machte die harte Oberfläche die Bewegung mit und wollte sich nicht lösen. Ihre Gedanken tanzten für einen kurzen Moment in einem schwindelerregenden Wirbel, dann beruhigten sie sich ein wenig, so daß Uhura feststellen konnte, daß sie einen Lederriemen um den Hals trug, der etwas an ihr Gesicht preßte. Sie hob eine Hand und ertastete die gerundeten Knochenkonturen einer Kitka-Maske, die über das Kopfteil ihres Thermoanzugs gezogen worden war.

»Was um alles in der Welt…?« Sie richtete sich auf und stieß mit dem Kopf gegen Eis. Durch die schmalen Augenschlitze der Maske konnte sie ein mattes bläuliches Licht erkennen, das durch die Wände des eingestürzten Tunnels drang. Über sich nahm sie einen grellen weißen Schein wahr. Es war die Stelle, wo ein Deckenblock aus dem Gewölbe herausgebrochen war. Der riesige Eisklotz ragte schräg in den Gang hinab und war dicht neben Uhuras Beinen auf den Tunnelboden gekracht. Sie hielt unwillkürlich die Luft an, als sie begriff, wie knapp sie einem furchtbaren Schicksal entgangen war. Wenn Nhym sie nicht mit sich gezerrt hätte…

»Nhym!« Uhura sah sich aufgeregt um, dann entdeckte sie den kleinen, in Felle gehüllten Körper, der sich schniefend unter ihren Arm drückte.

»Krakenauge wach!« Die kleine Kitka richtete sich auf und tätschelte Uhura. Dabei strahlte ihr Gesicht vor Freude. »Nicht verletzt?«

»Ich glaube nicht.« Uhura schaffte es, trotz der Enge die Füße auszustrecken. Ein völlig taubes Fußgelenk meldete die Rückkehr des Blutkreislaufs mit schmerzhaften Nadelstichen, aber ansonsten schien Uhura unversehrt zu sein.

»Gesicht nicht verletzt?« fragte Nhym und betrachtete Uhura besorgt. »Nhyms Maske schön warm?«

»Ja. Vielen Dank, daß du sie mir geliehen hast.« Uhura machte Anstalten, die Lederschnüre zu lösen, aber kleine behandschuhte Finger hinderten sie daran.

»Nein!« Nhyms Pfeifen duldete keinen Widerspruch. »Sie behalten Kitka-Maske jetzt. Besser für Sie als Krakenaugen.«

Uhura musterte die kleine Kitka durch die schmalen Schlitze ihres aus Knochen geschnitzten Gesichtsschildes. Eigentlich hätte sie ihre eigene Brille tragen sollen, hatte jedoch vergessen, sie mitzunehmen, als sie die Wohnnische der Chinit verließ. »Hast du denn noch eine andere Maske für dich?«

Das Mädchen machte beinahe eine beleidigte Miene. »Ich habe immer zwei«, erklärte sie Uhura, während sie eine zweite Knochenmaske aus einer ihrer Parkataschen zog. »Brauche ich, wenn erste zerbrechen sollte.«

Uhura lächelte sie voller Zuneigung an. »Ein Kind nach Chekovs Herz«, sagte sie, dann schaute sie sich aufmerksam in ihrem Eisgefängnis um. Die Bemerkung hatte sie daran erinnert, daß sie nicht wußte, wo die anderen Angehörigen ihrer Gruppe waren. »Nhym, können wir uns irgendwie befreien?«

Die kleine Kitka, die gerade damit beschäftigt war, ihren Gesichtsschild festzubinden, hielt inne. »Vielleicht«, antwortete sie. »Im Tunnel liegt sehr viel Eis, aber Nhym hört Leute, die im Tunnel graben.«

Uhura entsann sich der rumpelnden Geräusche, die sie kurz vorher vernommen hatte. »Das klingt wie etwas, das Chekov tun würde.« Sie schaltete den Kommunikator ihres Thermoanzugs ein. Dankbar hörte sie, daß das quälend laute Rauschen verstummt war. »Lieutenant Chekov, können Sie mich hören?«

Eine Pause folgte, dann ergoß sich eine Flut aufgeregter russischer Worte in ihr Ohr. Uhura blinzelte, während der Translator die Antwort gehorsam ins Englische übersetzte.

»Uhura!« Chekovs Stimme klang rauh vor Erleichterung und einer anderen Emotion, die teilweise von der Dringlichkeit seiner Worte überlagert wurde. »Wo sind Sie? Sind Sie verletzt?«

»Nein, mir geht es gut. Nhym und ich sind in einem der Tunnel eingeschlossen. Wir sind etwa fünfundzwanzig Meter von der Wohnnische des Chinit-Clans entfernt. Tenzing kann Ihnen die Stelle genauer zeigen…«

»Tenzing ist tot.« Die Erleichterung verflüchtigte sich aus seiner Stimme, und lediglich ein Ausdruck tiefer Trauer blieb zurück. Chekov gingen Verluste unter den Angehörigen seiner Truppe immer sehr zu Herzen. »Wir haben gerade ihre Leiche geborgen.«

»Oh, Chekov, nein!« Uhura schloß die Augen und dachte daran, wie sie die Sicherheitsspezialistin verlassen hatte, ohne auf ihre Warnung zu hören. Sie atmete mühsam und spürte, wie sich trotz des Thermoanzugs eine eisige Kälte in ihre Eingeweide schlich. Sanfte Hände legten sich auf ihren Arm, und sie hörte ein wortloses Zischeln. Es war der Laut, den die Kitka benutzten, um einander zu trösten. Uhura schlug die

Augen auf und schaute in Nhyms violette Augen, die sie besorgt hinter ihrer Maske betrachteten.

»Es ist schon gut«, murmelte sie und sah, wie das Gesicht des Mädchens sich zu einem Lächeln aufhellte.

Chekov mußte sie ebenfalls gehört haben. Er räusperte sich. »Commander, ich glaube, wir befinden uns in nächster Nähe der Nische, in der Sie die vergangene Nacht verbracht haben. Wie ist schätzungsweise Ihre augenblickliche Position in Bezug auf diese Nische?«

Uhura überlegte stirnrunzelnd und versuchte sich das System der Kitka-Tunnel ins Gedächtnis zu rufen. »Rechts von der Nischenöffnung etwa dort, wo der Tunnel eine Biegung nach rechts beschreibt. An der Stelle ist ein größerer Eisklotz aus der Tunneldecke gebrochen.«

Uhura hörte einen Ruf, der durch das Eis hallte, gleichzeitig aber auch aus ihrem Kommunikator drang. Publicker mußte ihn ausgestoßen haben. »Da unten, Sir! Ich kann sie sehen!«

Nhym stieß einen Schrei aus und deutete nach oben. Uhura legte den Kopf in den Nacken und erblickte eine vertraute glänzende Maske, die durch den Spalt im Eis auf sie herunterstarrte. Sie reichte mit der Hand in die schmale Öffnung hinauf und spürte, wie eine Hand sich kurz um ihre Finger legte und sie drückte.

»Wir holen Sie sofort raus, Sir.« Publicker drehte sich um, als dumpfe Schrittgeräusche die Ankunft der restlichen Gruppe meldeten. »Der große Klotz ist viel zu schwer, um ihn wegzuschieben, Sir, aber links daneben liegt noch ein kleinerer Eisblock.«

»Lassen Sie mich mal sehen.« Chekovs maskengeschütztes Gesicht ersetzte das des Sicherheitsmannes für einen kurzen Moment. »Ja, das müßten wir schaffen. Howard, bleiben Sie hier oben und hebeln Sie das

Ding mit der Schaufel hoch, während Publicker und ich die Basis freilegen.«

»Was kann ich tun?« fragte Uhura, während zwei dunkle Schatten an dem dicken Eisklotz über ihr herabrutschten. Nhym lugte neugierig um die Kante des Brockens, während Stahl an der anderen Seite daran herumkratzte und -hackte.

»Passen Sie auf, daß die Kleine mir nicht im Weg ist«, bat Chekov. Uhura zog Nhym zu sich herüber, während das Klirren der Schaufeln ständig lauter wurde. »Ich fürchte, dieser Klotz ...«

Ein Knirschen und Krachen unterbrach ihn, als der kleinere Eisklotz ohne Vorwarnung umkippte und grelles arktisches Licht in den Tunnel eindringen ließ. Uhura sprang entsetzt hoch.

»Chekov! Ist Ihnen etwas passiert?«

Eine weitere Flut russischer Worte antwortete ihr, und zwei schneebedeckte Gestalten wühlten sich aus einem Haufen Eisbrocken heraus. Uhura atmete erleichtert auf, dann biß sie sich auf die Lippen, während der Translator geduldig Chekovs Worte auf Englisch wiederholte.

»Ich glaube nicht, daß Sie das schaffen«, sagte sie zu dem Lieutenant und hatte Mühe, nicht laut zu lachen. »Vor allem nicht während Sie tanzen.«

Der Sicherheitschef knurrte unwirsch, umarmte sie und drückte sie an sich. »Den Translator habe ich ganz vergessen«, sagte er verlegen, ehe er sie losließ. Dann streifte er Nhym, die stumm neben Uhura stand und hochschaute, mit einem Seitenblick. »Ich hoffe, daß das Ganze, ins Kitka übersetzt, keinen Sinn ergab.«

»Keine Angst«, beruhigte Uhura ihn. »Viel Sinn ergab es auf Englisch auch nicht.« Sie vernahm einen Chor aufgeregter Kitka-Pfiffe und sah, wie mehrere Eingeborene auf sie herunterschauten. Sie erkannte Nhyms Großeltern an den feuchtglänzenden Ölstreifen auf ihren Gesichtsmasken und tippte Chekov leicht auf den Arm. »Können Sie Nhym hinaufheben?«

»Wenn sie mich läßt…« Er betrachtete das kleine Mädchen, dann verblüffte er Uhura, indem er seine Brille hochschob, ehe er sich bückte, um die Kleine hochzuheben. Das Kind schmiegte sich bereitwillig in seine Arme und streckte die behandschuhten Hände nach ihrer Großmutter aus, während Chekov sie hochhievte.

»Sie kommen als nächste.« Der Sicherheitschef drehte sich zu Uhura um. Er hatte die Hände bereits verschränkt, so daß sie eine Art Steigbügel bildeten. Seine Wimpern waren weiß vom Rauhreif. Uhura lächelte, schob seine Brille wieder herunter, dann setzte sie den Fuß in die verschränkten Hände und ließ sich zu Howard hochheben. Der Sicherheitsmann ergriff ihre Handgelenke und zog sie mit Schwung auf den Eisschild hinauf, dann bückte er sich, um das gleiche mit den anderen Männern zu tun.

»Mein Gott.« Sogar durch die schmalen Augenschlitze ihrer Kitka-Maske konnte Uhura die Verwüstung erkennen, die das Beben in dem Dorf angerichtet hatte. Nischen standen entlang der eingestürzten Tunnel offen, ungeschützt der bitteren Kälte ausgeliefert. Die Fellvorhänge in den Öffnungen waren zerfetzt und gaben den Blick auf verstreut herumliegende Habseligkeiten frei. Die Kitka kämmten bereits die Ruinen durch und stapelten alles, was sie bergen konnten auf Tischen auf, die – nachdem sie umgedreht worden waren – nun als lange glänzende Schlitten dienten.

»Wird jemand vermißt?« erkundigte Uhura sich und ließ den Blick fragend über die kleine Gruppe gleiten, die immer noch neben ihr stand. Nhyms Großvater pfiff eine Verneinung.

»Alle Kitka haben in ihren Fellen geschlafen, als Eis

wackelte.« Er gab Nhym einen liebevollen Klaps auf die Schulter. »Außer bestimmten unartigen Kindern draußen in den Gängen.«

Nhym zog den Kopf ein und schaute dann besorgt zu Uhura hoch. »Jetzt Zeit zum Packen und weiterziehen, Krakenauge. Sie kommen mit Chinit?«

»Nein«, sagte Chekov, ehe Uhura antworten konnte. Er ließ seinen Blick über die unwegsame Eisfläche schweifen. Seine angespannte Haltung war nicht zu übersehen. »Wir vermissen noch immer einige Leute.«

»Stenos Leute!« Uhuras Augen weiteten sich, als ihr bewußt wurde, daß keiner der Nordstral-Männer zu sehen war. Sie stellte ihren Kommunikator auf maximale Sendeleistung. »Mr. Steno, können Sie mich hören? Sind Sie im Eis eingeschlossen?«

Die Antwort bestand aus einem schwachen atmosphärischem Rauschen, gefolgt von einer genauso schwachen Stimme. »Er nicht, Sir, aber ich.«

»Jimenez!« Chekov identifizierte die nahezu unverständliche Stimme auf Anhieb. »Wo stecken Sie?«

»An der Kom-Konsole. Ich glaube, ich habe den größten Teil retten können...« Seine Stimme ging in ein schmerzerfülltes Stöhnen über.

»Wenn die Anlage funktioniert, sollte ich sein Signal eigentlich genau orten können.« Uhura justierte den Richtempfänger ihres Anzugkommunikators, dann schwenkte sie ihn langsam im Kreis herum. »Da.« Sie stoppte mit dem Gesicht zur Sonne. Im grellen Funkeln des Eises konnte sie in mehreren hundert Metern Entfernung den dunklen Schatten einer Senke erkennen. »Ich denke, dort drüben hält er sich auf.«

Mit einem zustimmenden Laut schwang Chekov sich die Schaufel über die Schulter. »Publicker, Sie packen unsere Vorräte auf den Antigrav-Schlitten, während wir anderen Jimenez ausgraben.«

»Aye, aye, Sir.« Der Sicherheitsmann kehrte eilig zu

ihrem umgekippten Zelt zurück, wobei er einen weiten Bogen um die Gruppen umherirrender Kitka machte. Uhura folgte Chekov und Howard über den Eisschild und hörte dabei, wie das Ortungssignal der Kom-Konsole in ihrem Kommunikator stetig lauter wurde. Einmal stolperte sie über eine gezackte Eisrippe und spürte, wie Chekov nach ihrem Arm griff und sie vor einem Sturz bewahrte.

»Sie sollten eine Schutzbrille tragen«, erklärte er tadelnd. »Publicker!« Er gab dem jungen Mann ein Zeichen, und dieser kam mit einer Reservebrille herüber, deren Kopfgurt bereits verkürzt worden war.

»Oh. Danke.« Uhura nahm Nhyms Kitka-Maske ab, ließ sie aber an ihrer Lederschnur um den Hals hängen und schob sich dann die Schutzbrille vor die Augen. Der blaue Schimmer der Polarisierung legte sich auf den grellen Eisglanz und sorgte dafür, daß die arktische Landschaft mit allen Einzelheiten plastisch hervortrat. »Ich hatte völlig vergessen, daß ich sie gar nicht trug.«

Chekov gab einen unbestimmten Laut von sich, während sie den Rand der Senke erreichten. Hier war das viel dünnere Deckengewölbe zerbrochen wie eine Eierschale. Eistrümmer lagen verteilt auf einem Durcheinander von Nordstral-Gerät. Uhura konnte die aufragende Kufe eines umgekippten Antigrav-Schlittens erkennen, der unweit einer Wand im Schnee halb vergraben war. Ein eisbleicher, grüner Schimmer war dahinter zu erkennen. Uhura wollte eine Bemerkung machen, aber Chekov rutschte bereits über einen eisigen Abhang zum Schlitten hinunter. Howard folgte ihm mit einem beherzten Sprung, während Uhura etwas vorsichtiger war und sich einen bequemen Weg durch das Chaos suchte.

»Jimenez?« Chekov kauerte sich neben den umgekippten Schlitten und achtete sorgfältig darauf, daß er weder ihn noch die Eisplatte berührte, die der Schlitten stützte. Als Uhura sich näherte, konnte sie den jungen Nordstral-Angestellten in einer Art Höhle unter der Eisplatte erkennen, desgleichen das silbrige Blinken der Kom-Konsole neben ihm. »Wo hängen Sie fest?«

»Mit dem linken Fuß«, erwiderte Jimenez. Dabei erklang seine Stimme kaum lauter als vorher über den Kommunikator. »Zwischen dem Schlitten und der Gangwand. Ich glaube, er ist gebrochen.«

Uhura öffnete schnell ihr Notfall-Medikit an ihrem Gürtel, während Chekov und Howard Eisblöcke von dem Antigravschlitten herunterwuchteten. »So.« Sie holte einen Injektor hervor und kniete sich neben den jungen Mann. »Das wird Ihnen helfen.«

»Danke, Sir.« Er zeigte ihr, wo sich der Schulterverschluß seines Thermoanzugs öffnen ließ, dann seufzte er erleichtert, als sie seinen Bodyslip zurückstreifte und das Gerät gegen seine hellbraune Haut preßte. Ein leises Zischen ertönte, als die Dosis eines schmerzstillenden Mittels durch die Haut drang. »Ich fühle mich schon viel besser.«

»Gut.« Uhura verschloß seinen Anzug, damit er nicht zu sehr auskühlte, und tätschelte dem jungen Mann aufmunternd die Hand. »Lieutenant Chekov wird Sie bald rausgeholt haben. Dann schienen wir Ihren Knöchel.«

»Das ist prima.« Durch den matten Glanz seines Plastikvisiers sah Uhura, wie seine Kiefermuskeln sich entspannten. »Ich bin froh, daß Sie da sind. Sie sind um einiges besser als der Rettungsdienst, den wir haben.«

»Es ist unser Job, besser zu sein.« Eis knirschte, als Chekov um den umgekippten Schlitten herum trat und in die Hocke ging, um an seiner Unterkante nach einer Griffmöglichkeit zu suchen.

Der junge Mann seufzte. »Das weiß ich, Sir. Ich habe versucht, Mr. Steno klarzumachen ...«

»Aber er hat nicht auf Sie gehört«, beendete Chekov den Satz für ihn. »Das wundert mich nicht.« Er federte leicht auf den Fußballen hin und her, um besser zupacken zu können. »Sind Sie bereit zum Anheben, Mr. Howard?«

»Aye, Sir.«

»In Ordnung. Ich zähle bis drei...«

»Wo ist Mr. Steno?« fragte Uhura. Sie war im Grunde kaum an einer Antwort interessiert, sondern wollte eigentlich nur den jungen Mann ein wenig ablenken. »Hat er Sie hier zurückgelassen, als das Seebeben begann?«

Der junge Nordstral-Angestellte schüttelte den Kopf. »Nein, Sir. Er ist schon viel früher weggegangen...«

»Eins«, sagte Chekov mit zusammengebissenen Zähne. Seine Schultermuskulatur verhärtete sich, als er den Schlitten probeweise anhob. »Zwei...«

»...und zwar mit Alion«, beendete Jimenez den Satz.

Der schwere Schlitten gab nach, dann kippte er zur anderen Seite und krachte einen Meter entfernt auf das Eis.

McCoy wußte, daß er keine Chance hatte, sich vor der Sturzflut in Sicherheit zu bringen, erst recht nicht mit dem bewußtlosen Ersten Maat in seinen Armen. Er drehte sich, so daß Nuie durch seinen Körper geschützt wurde, und fing die hereindringenden Wassermassen mit dem Rücken ab. Der beißende Geruch nach fauligem Fisch und Salz stach in seine Nase. Unvorstellbar kaltes Wasser umspülte seine Hüften und lähmte seine Beine. Das schlagartig angestiegene Gewicht seiner Kleidung machte es ihm schwer, aufrecht zu stehen. Seine verletzte Hand jagte eine ganze Salve von Schmerzsignalen durch seinen Körper, als das Salzwasser in die Wunde drang.

Die Wasserflut raste durch den Korridor und attackierte die von Panik ergriffenen Besatzungsangehörigen, die aus ihren Quartieren gescheucht wurden. Ihre wilden Schreie hallten kreuz und quer durch das Schiff.

Jemand ergriff seinen Arm. »Dr. McCoy! Was ist passiert?«

»Keine Ahnung.« Er schüttelte den Kopf. Seine Schultern konnten die Last von Nuies Körper zusätzlich zu der nassen Kleidung kaum noch tragen. »Ich wurde auf die Brücke gerufen. Nuie ...« Er verlagerte die schwere Gestalt des Kitka in seinen Armen. Er mußte ihn schnellstens ins Krankenrevier bringen und seine Körperfunktionen überprüfen, wenn er nicht schon längst verstorben war. »Dann passierte alles auf einmal – Jemand sagte etwas von einem Seebeben ...«

Saftige Flüche quittierten diese Information. »Wo ist Captain Mandeville?« wollte jemand anderer wissen.

»Das weiß ich nicht.« Captain Mandeville? Wo war *Kirk*? Zum erstenmal bemerkte McCoy, daß das Wasser nicht mehr bis über seine Beine reichte, sondern nur noch um seine Füße schwappte, als wate er durch den Chattahoochee, wie er es früher als Kind oft getan hatte. Er drehte sich um, so gut es ging, während er Nuie noch immer in den Armen hielt. Die Tür zur Kommandobrücke war geschlossen, und Kirk war nirgendwo zu sehen. Das bedeutete ...

»O mein Gott!« McCoy sank auf die Knie. Es schien, als hätte er Nuie in seinen Armen völlig vergessen. Er starrte die Tür der Kommandobrücke an, als lese er den Nachruf auf dem Grabstein eines Freundes, der viel zu früh dahingerafft worden war, und empfand eine Kälte, die schlimmer war als die eisigen Fluten Nordstrals.

»Dr. McCoy?«

Verdammt! Das war typisch Kirk. Zuerst sorgte er

dafür, daß alle sich retteten, und dann blieb er zurück, um sich alleine der Gefahr zu stellen. McCoy wußte, daß Kirk eines Tages dabei auf der Strecke bleiben würde, aber noch nicht jetzt, lieber Gott, bitte nicht …

»Dr. McCoy!«

Jemand zupfte an McCoys Ärmel. »Wasser strömte ein.« Er hatte Mühe, wieder aufzustehen und schaffte es schließlich, als jemand ihm hilfreich unter die Arme griff. »Ich weiß nicht weshalb. Ich denke, wir sind mit irgend etwas kollidiert. Captain Mandeville verschwand, um sich den Schaden anzusehen. Captain Kirk hat uns von der Brücke gejagt …« McCoy war erschöpfter als je zuvor, als habe das Schicksal ihm den Kampfgeist aus den Knochen gesogen, wie der siegreiche Krake die Eingeweide seines Gegners herausgerissen hatte. Wie konnte er zur *Enterprise* zurückkehren und dort allen erzählen, daß Kirk umgekommen wäre?

»Sind sie immer noch drin? In der überfluteten Kommandobrücke?« Die Angehörige der *Soroya*-Mannschaft machte eine grimmiges Gesicht, als sie herumwirbelte und Befehle bellte. McCoy starrte auf die geschlossene Kommandobrücke.

»Dr. McCoy?«

Er vermutete, daß die Frage mehrmals wiederholt worden war, ehe er sie bewußt hörte. Er ertappte sich dabei, wie er die Stahlbarriere der Brückentür fixierte, das Herz mit kalter Angst erfüllt, und schüttelte den Kopf. Sein Blick fand die Augen des Matrosen. »Ja, bitte?«

»Brauchen Sie Hilfe, Sir, um Nuie ins Krankenrevier zu bringen? Ich finde, Sie sollten nicht hierbleiben, für den Fall …« Der Satz erstarb.

McCoy wurde ungehalten. Im Gegenteil, genau dies war der Ort, wo er sein sollte. Aber er mußte auch an Nuie denken. Nuie, an den er länger als vertretbar nicht mehr gedacht hatte. Kirk würde sich Mc-

Coys Schädel auf einem Silbertablett servieren lassen, falls der Kitka-Matrose sterben sollte, weil er lieber untätig einer Rettungsaktion zusah, als seine Talente sinnvoller zum Einsatz zu bringen. Er konnte praktisch hören, wie Kirk ihn beschimpfte, und amüsierte sich über die Fähigkeit des Mannes, seinen Führungsanspruch durchzusetzen, selbst wenn er nicht im selben Raum anwesend war.

»Ich komme schon mit ihm zurecht«, erwiderte er und fragte sich dabei, wen er eigentlich meinte. »Glauben Sie, daß sie noch am Leben sind?«

Der Matrose baute sich etwas demonstrativer zwischen McCoy und dem Arbeitstrupp auf und drängte ihn in Richtung Krankenrevier. »Wenn sie rechtzeitig zu den Rettungseinheiten gelangt sind, bestimmt. Wenn nicht, dann gibt es dort nichts, was Sie sich gerne ansehen würden.«

Er war dankbar für ihre unverblümte Offenheit. Jetzt war nicht der richtige Zeitpunkt, um wie eine Katze um den heißen Brei zu reden. »Wie lange?«

»Es hängt davon ab, wie lange Sie brauchen, um von hier zu verschwinden und uns unsere Arbeit tun zu lassen.«

Die Andeutung eines Lächelns kräuselte für einen kurzen Moment McCoys Lippen, und er nickte. Er bückte sich, lud sich Nuie nach Feuerwehrmannsart auf die Schultern und wanderte durch den Gang zum Krankenrevier. Nicht ein einziges Mal schaute er zurück, um die Mannschaft bei ihrer Arbeit zu beobachten. Er wollte sie in ihren Bemühungen auf keinen Fall stören.

Chekov schaute zur Sonne und versuchte ihre Entfernung vom Kitka-Lager anhand der langsamen Wanderung des Sterns über den arktischen Himmel abzuschätzen. Dabei wünschte er sich im Stillen, er hätte mehr Zeit mit dem Studium des Sternensystems von

Nordstral verbracht, verwarf diesen Gedanken jedoch sofort wieder mit einem Seufzer. Schnee verhüllte wie eine Vielzahl dichter Vorhänge die Landschaft und den Himmel – er konnte die Sonne kaum erkennen und sich erst recht keine Informationen mit ihrer Hilfe verschaffen.

»Verdammt«, murmelte er sicherlich zum hundertsten Mal, seit sie zur Suche nach Steno und seinen Männern aufgebrochen waren. Und jedesmal, wenn der Fluch über seine Lippen kam, war er ernster gemeint.

»Chekov, allmählich klingen Sie, als nähmen Sie das Ganze persönlich.«

Er drehte sich zu Uhura um, die sich ein paar lange Schritte hinter ihm befand. Er ermahnte sich, daß sie das Tempo niemals auf die Dauer mithalten könnte, wenn er sich nicht dazu zwang, etwas langsamer zu gehen. Während er stehenblieb, um sie aufholen zu lassen, bemerkte er zufrieden, daß Publicker und Howard – die dem Lieutenant Commander beinahe in die Hacken traten – ebenfalls anhielten, um zu gewährleisten, daß ihr beladener Antigravschlitten sie nicht überholte. Was Chekov betraf, so hatte die Idee, den eins neunzig großen Howard die Nachhut bilden zu lassen und sich selbst an die Spitze zu setzen, wahre Wunder dabei gewirkt, die kleine Gruppe zusammenzuhalten.

»Sind wir noch auf dem richtigen Kurs?« erkundigte er sich bei Publicker.

Über einen Tricorder gebeugt, die Schutzbrille auf der Nase, die ihm zu einem Ausdruck manischer, funkelnder Aufmerksamkeit verhalf, nickte Publicker. »Ja, Sir. Obgleich wir uns mit heftigen Störungen herumschlagen müssen.«

Das überraschte Chekov nicht im mindesten. Er hatte längst die zunehmenden atmosphärischen Störungen in ihren Anzugkommunikatoren bemerkt.

»Mal sehen, wie weit wir vorankommen, ehe wir sie verlieren.«

»Jawohl, Sir.«

Uhura blieb neben ihm, als sie weitergingen. »Wollen Sie Steno erfrieren lassen, wenn wir ihn finden sollten? Oder wollen Sie nur, daß er läuft, bis er tot umfällt?« Ihr Atem drang stoßartig in dichten Wolken aus ihrem Filter und erzeugte einen Eisrand auf der Kitka-Maske, die um ihren Hals hing. Chekov verringerte das Tempo, als sein schlechtes Gewissen sich erneut meldete.

»Nein.« Er suchte den bizarr gezackten Eishorizont ab, fand jedoch nichts, was nützlich oder interessant gewesen wäre. »Wir bieten alle Hilfe, die Mr. Steno wünscht, sammeln alle Überlebenden ein und begleiten alle zurück zur *Curie*.«

Uhura nickte und brachte die Knochenmaske zum Wippen. »Hmm. Ich wollte nur mal nachfragen.«

Chekov musterte sie stirnrunzelnd. Er war sich nicht sicher, ob sie sich über ihn lustig machte oder nicht.

»Das ist nichts Persönliches, Uhura, es ist ... professionell. Es ist mir gleichgültig, wenn Steno Alion offensichtlich mehr vertraut, als dessen eigene Leute es tun. Es ist mir auch gleichgültig, wie sicher Steno war, daß Alions Leute tatsächlich die Absturzstelle der Fähre gefunden haben. Steno hat die Sicherheit jedes Überlebenden, den er vielleicht findet, dadurch gefährdet, daß er losgezogen ist, ohne jemand anderen zu informieren.«

»Er hat Jimenez bei der Kom-Anlage zurückgelassen«, erinnerte Uhura den Sicherheitschef. »Jimenez hätte uns informiert – er hat es ja auch tatsächlich getan.«

»Ob Steno jemanden zurückgelassen hat oder nicht, ist nicht der entscheidende Punkt!« Er rieb sich die Hände. »Man versucht einfach nicht, die Verstärkung, die man bei einer Rettungsaktion erhält, auszubooten oder zu überflügeln. Wir sind hergekommen, um gemeinsam eine Aufgabe zu lösen – verdammt, wir stellen die einzige Überlebenschance dieser Leute dar! Wenn irgend jemand wegen Stenos Überheblichkeit zu Schaden kommt…« Keine angemessene englische Formulierung bot sich an, und Chekov war sich nicht ganz sicher, was der Translator zuvor aus seinem Ausflug in seine russische Muttersprache gemacht hatte, daher ließ er den Satz unbeendet in der Luft hängen.

»Nageln Sie ihm dann die Ohren fest?« schlug die Kommunikationsspezialistin vor.

Chekov schaute auf sie hinunter, entschied, daß sie, ihrer Kopfhaltung nach zu urteilen, lächelte, und schnaubte. »Irgend etwas nagle ich fest«, brummelte er. »Das ist todsicher.«

»Lieutenant!« Publickers Stimme unterbrach sie und brachte alle dazu, erneut anzuhalten. Er schüttelte hilflos den Kopf, als Chekov sich zu ihm umwandte. »Ich habe das Signal verloren.«

Diesmal stieß Howard einen Fluch aus.

»Was waren Ihre letzten Daten?« erkundigte Chekov sich und kam zu ihm.

Publicker reichte ihm achselzuckend den Tricorder. »Sehr schwach und kaum als menschlich zu erkennen, aber nur etwa einen halben Kilometer von hier entfernt.« Er deutete über Chekovs rechte Schulter. »Nördlich und zwei Grad westlich von unserer Position.«

»Na schön.« Chekov ergriff Uhuras Arm und zog die Frau zu sich herab. »Rufen Sie Jimenez«, bat er sie. »Stellen Sie fest, ob die Kitka sich bereits in ihrem neuen Dorf eingerichtet haben. Falls Steno tatsächlich unsere Überlebenden aus der Fähre gefunden haben sollte, schießen wir in Kürze eine Leuchtkugel in die Luft und rufen Hilfe.« Er war sich nicht ganz sicher, ob ihm die Vorstellung gefiel, sich von Alions Männern zurückführen zu lassen, auch wenn die geringe Chance bestand, daß der Schamane wußte, wohin die Kitka sich gewandt hatten. Der Gedanke, mit Alion auf dem Eisschild allein und ungeschützt zu sein, ließ ihn die Zähne zusammenbeißen. »Howard, schalten Sie den Antigravschlitten auf Automatikfahrt. Ich möchte, daß jeder von uns die Hände frei hat für den Fall...«

»Chekov!« Der Ruf, dünn und zittrig vor Schmerz und Grauen, drang über den Eisschild zu ihnen und ließ jeden herumfahren und nach seinem Ursprung Ausschau halten. »Lieutenant Chekov! O Gott sei Dank!«

Uhura entdeckte ihn und deutete voller Entsetzen auf ihn.

Stenos eisgrüner Thermoanzug machte ihn nahezu unsichtbar, als er über ein Gewirr zerklüfteten Eises auf sie zustolperte. Er war noch zu weit entfernt, als daß das Starfleet-Team Einzelheiten hätte erkennen können, aber den Dampfwolken nach zu schließen, die Stenos Gesicht verhüllten, war sein Plastikvisier entweder zerbrochen oder ganz verschwunden. Seine lange, knochige Gestalt und die Hektik seiner Gesten war jedoch unverkennbar. »Er ist verrückt geworden! Das ist eine Falle für uns! Wir müssen...«

Eine Explosion aus Schnee und glitzernden Eiskristallen erstickte Stenos weitere Rufe. Zwei Männer – klein und stämmig wie Eingeborene und mit Federn und klappernden Knochen geschmückt – rannten über das unwegsame Packeis und stürzten sich auf Steno wie Rauhreif auf Glas. Einer zielte mit einem Knochenmesser auf den Leib des Stationsleiters, und ein Blutregen ergoß sich auf das Schneefeld, um sich durch seine Oberfläche zu schmelzen und außer Sicht zu verschwinden. Steno brach ohne einen weiteren Laut zusammen.

Chekov wußte nicht, was er sich davon versprach, wenn sie in schwarzen Thermoanzügen, die keinerlei Schutz vor den Messern der Eingeborenen boten, auf dem offenen Eis stehenblieben. Der Instinkt verlangte von ihm, daß er irgend etwas unternahm, seine Hand, die nach dem Phaser griff, fand nur eine leere Hüfttasche.

Der zweite Eingeborene machte diesen Verlust dadurch wett, daß er eine der konfiszierten Waffen hob und das Feuer eröffnete. Der Phaserstrahl schnitt kaum einen Meter von ihnen entfernt eine sprudelnde Wasserrinne ins Eis. Chekov wußte genau, welche Auswirkung diese Strahlungsintensität auf menschliches Fleisch hatte.

»Kommen Sie schon!« Indem er Uhuras Arm packte, gab er Publicker einen Stoß, damit er losrannte. Howard brauchte keine weitere Aufforderung mehr. Er war bereits losgesprintet. Der Antigravschlitten schnurrte gehorsam hinter ihm her.

»Sie verfolgen uns!« meldete Publicker, während er hinter Chekov herrannte.

»Dann beeilen Sie sich gefälligst!« schimpfte Chekov und zerrte Uhura weiter. »Wir wissen ja, was sie tun, falls sie uns erwischen!« Heulende Kitka-Schreie zitterten hinter ihnen in der Luft, und Chekov trieb seine Leute zu noch mehr Eile an. »Dalli, dalli! Lauft endlich!«

Der Lärm von Phaserfeuer war ihnen noch nie zuvor derart schrill und tödlich vorgekommen.

9

»Ich glaube, unser Vorsprung wächst.« Uhura löste den Blick von dem Schneegestöber um ihre Füße und versuchte zu entscheiden, welche der schwarz gekleideten Gestalten in ihrer Nähe diese Bemerkung gemacht hatte. Eine nicht enden wollende Flut von atmosphärischen Störungen im Kom-Kanal machte es für sie schwierig, Stimmen eindeutig zu identifizieren. Die Nordlichter Nordstrals waren mittlerweile so intensiv geworden, daß sie als leuchtende Streifen am weißen Himmel sogar tagsüber zu sehen waren.

»Sind Sie sicher, Mr. Howard?« Es konnte keinen Zweifel geben, wem *diese* angespannte Stimme gehörte; Uhura identifizierte sie sogar ohne den russischen Akzent. Sie fragte sich, wie es kam, daß Chekov immer noch so nervös war. In den Stunden, seit sie losgerannt waren, hatte sie schon bald auf nichts anderes mehr geachtet als auf die Kälte und ihre Erschöpfung. Ihre rechte Körperseite war regelrecht taub vom ständigen Ansturm des Windes, und ihre linke Seite fühlte sich an, als hätte jemand sie an ihre Rippen genagelt. Die Kitka-Maske zerrte im Wind gelegentlich an der Lederschnur um ihren Hals wie ein kopflastiger Drachen.

»Eigentlich nicht, Chief.« Uhura verfolgte, wie der hochgewachsene Sicherheitsmann ein Stück zur Seite ging und sich gegen den Wind lehnte, während er ihre nur schwach erkennbare Spur zurückverfolgte. »Aber hinter uns ist niemand mehr, der auf uns schießt.«

»Vielleicht haben sie... sämtliche Energie verbraucht.« Publicker klang so atemlos, wie Uhura sich fühlte. Während der letzten halben Stunde hatte er sich ständig bemüht dafür zu sorgen, daß der Antigravschlitten nicht an ihnen vorbeisauste, als sie einen langgestreckten Abhang auf dem Eisschild hinunterliefen.

»Entweder das, oder das Magnetfeld hat sich derart verändert, daß es die Phaser außer Betrieb gesetzt hat.« Wie als Bestätigung für Chekovs Vermutung erklang ein besonders häßliches Jaulen auf ihrem Kom-Kanal. Uhura zuckte zusammen und verringerte die Lautstärke.

»Von mir aus auch das.« Publicker klang wehleidig, während er an dem Schlitten zerrte und gegen eine plötzlich aufkommende Windböe kämpfte, die ihm eine Ladung Schneeflocken ins Gesicht blies. »Meinen Sie nicht, wir könnten eine kurze Rast einlegen?«

»Das kommt darauf an.« Chekov betrachtete das dichte Schneegestöber. Die Nachmittagssonne verblaßte allmählich hinter dem weißen Schleier. »Uhura, erinnern Sie sich noch, wann gestern dieser Nordwind eingesetzt hat?«

»Ich glaube...« Uhura litt unter heftigen Seitenstichen und knickte stöhnend in der Hüfte ein. Chekov eilte zu ihr hin und legte eine Hand unter ihren Ellbogen, um sie zu stützen, bis sie wieder ruhig atmen und sich aufrichten konnte. »Ich glaube, es war gegen vierzehn Uhr Ortszeit. Meinen Sie, es passiert heute wieder?«

»Es scheint so. Dem Klang nach könnte es so sein.« Die Luft ringsum glitzerte von Schneekristallen, während der Wind sich zu einem Heulen steigerte. »Besteht die vage Chance, daß Sie in diesem Inferno mit Jimenez Kontakt aufnehmen können?«

»Ich kann's versuchen.« Uhura legte den Kopf leicht schief und lauschte durch das Getöse des Windes auf das nachlassende Jaulen der Nordlichtstörungen. »Die Interferenzen scheinen ein wenig schwächer zu werden.«

»In Ordnung.« Chekov erwischte die Zugstange des Antigravschlittens, als er vorbeiglitt, und drückte sie in den Schnee hinunter, damit der Schlitten auf dem Abhang gebremst und verankert wurde. Er schaltete die Servomotoren ab, um Energie zu sparen. »Dann wollen wir Publicker mal zu seiner Pause verhelfen.«

»Und zwar keine Sekunde zu früh.« Publicker ließ sich einfach neben dem stehenden Schlitten in den Schnee sinken, wo er zischend durch seinen Luftfilter ausatmete. »Junge, Junge, wenn es etwas gibt, das ich wirklich hasse, dann in einem Thermoanzug zu schwitzen.«

Dem Klang seines Schnaubens nach zu urteilen, vermutete Uhura, daß Chekov das überhaupt nicht lustig fand. »Es ist jedenfalls besser, als von den Kitka eingeholt zu werden, Mr. Publicker.«

»Oder sich zum Trocknen dieser tropischen Hitze auszusetzen.« Howard kämpfte sich durch den Schnee bis zu ihnen. Er streckte die Hand aus, um Publicker trotz seines qualvollen Stöhnens auf die Füße hochzuziehen. »Sollen wir eine Wache aufstellen, Chief?«

»Ja, an drei Punkten.« Chekov übernahm die Position am vorderen Ende des Antigravschlittens und blickte zum schneeverhüllten Horizont. »Beim letzten Mal hat es nicht sehr lange gedauert, bis dieses Wetter sich gebessert hat. Wollen wir hoffen, daß es sich immer so verhält.«

Uhura stellte ihren Kommunikator für eine Richtstrahlpeilung ein, dann programmierte sie ihn auf einen langsam rotierenden Rundruf. »Uhura ruft Jimenez. Ich wiederhole, Uhura ruft Jimenez.«

»Er schläft wahrscheinlich.« Publicker massierte

seine Arme mit den Händen, obgleich nicht daran zu denken war, daß die Reibungswärme durch die Isolierschicht seines Thermoanzugs drang. »Oder er ist von den Schmerzen in seinem gebrochenen Fußknöchel bewußtlos geworden.«

»Wir haben ein medizinisches Notfallkit bei ihm zurückgelassen«, erinnerte Howard ihn. »Außerdem weiß er genau, daß wir ihn an seiner Kom-Konsole dringend brauchen, um unsere jeweilige Position an die *Enterprise* weiterzumelden.«

»Uhura ruft Jimenez«, sagte Uhura und akzentuierte die Worte so stark, daß sie nicht mit dem atmosphärischen Hintergrundrauschen verschmolzen. Das abfallende Interferenzjaulen hatte für einen Moment nachgelassen. »Uhura ruft Jimenez. Hören Sie mich? Uhura ruft Jimenez ...«

»... verstehe Sie ...« Die Worte waren kaum vernehmbar. »... abstimmen ...«

Uhura konzentrierte sich eilig auf diese bruchstückhafte Antwort und schaltete Chekovs Kommunikator mit seiner leistungsfähigeren Sendeeinheit zu. »Uhura ruft Jimenez. Können Sie mich jetzt hören?«

»Viel besser, Sir.« Trotz der Störungen klang die Stimme des jungen Mannes jetzt viel fester als am Morgen. »Haben Sie die Shuttle-Mannschaft gefunden?«

»Noch nicht«, antwortete Chekov bitter. »Jimenez, sind Sie alleine?«

»Jawohl, Sir.« Der gespannte, forsche Tonfall in Chekovs Stimme veranlaßte ihn zu einer Antwort, die so kurz und klar war wie aus dem Mund eines Starfleet-Kadetten. »Die Chinit haben mich in eine ihrer Wohnnischen gebracht. Sie sind gerade auf der Jagd.«

»Gut«, sagte Chekov. »Dies ist eine Starfleet-Prioritätsorder. Setzen Sie sich mit der *Enterprise* in Verbindung. Melden Sie, daß eine Gruppe Kitka unter der Führung des Schamanen Alion dabei beobachtet wurde, wie sie Nordstral-Personal niedermetzelte. Zur Zeit hetzen sie uns übers Eis. Wir brauchen *sofort* eine Transportmöglichkeit.«

»Jawohl, Sir.« Uhura konnte beinahe hören, wie Jimenez seinen Schock hinunterschluckte. Ein fernes Heulen drohte sein Signal zu überlagern. »Wann soll ich mich mit der Antwort bei Ihnen melden, Sir?«

Chekov schaute über die Schulter zu Uhura, und sie schüttelte den Kopf. »Wir melden uns bei Ihnen, Jimenez, sobald es möglich ist«, sagte sie in den heulenden Kommunikator. »Sie müssen sich bereithalten für die Zeitspannen mit geringen Nordlichtstörungen.«

»... Sir.« Die Verbindung wurde wieder schwächer, während das Geheul an Lautstärke zunahm. »... Glück ...«

»Wir haben ihn verloren.« Uhura schloß die Augen. Sie hatte Kopfschmerzen vom Geheul des Windes und den atmosphärischen Störungen. Sie drehte die Lautstärke ihres Kommunikators ganz herunter, um einen kurzen Moment relativer Stille zu genießen, dann richtete sie sich ruckartig auf, als sie von Angst gepackt wurde. Selbst bei abgeschaltetem Kommunikator konnte sie immer noch Geheul vernehmen.

»Chekov!« stieß sie atemlos hervor und drehte die Lautstärke ihres Kommunikators wieder hoch, als er nicht antwortete. »Chekov, schalten Sie Ihr Außenmikro ein! Dieser Lärm rührt nicht nur von den Nordlichtern her – in nächster Nähe laufen irgendwelche Kitkas herum.«

»Verdammt!« Der Sicherheitschef schwang herum und riß sie hoch in den Stand. »Howard, geben Sie mir die Tricorder-Werte durch. Die Anzahl der Aliens, wo sie sich befinden und wie weit sie noch von uns entfernt sind. Publicker, schalten Sie diesen Schlitten ein.«

Der Tricorder sang und spuckte seine Messungen

aus, während der Antigravschlitten summend zum Leben erwachte. »Mindestens fünf Kitka, Sir, aber das magnetische Feld verhindert eine Berechnung von Entfernung oder Richtung«, meldete Howard.

»In Ordnung.« Chekov holte die Zugstange mit einem Fußtritt aus dem Schnee und drückte sie Publicker in die Hände. »Los gehts! Bergab.«

»Bergab?« Der Sicherheitswächter klang verwirrt.

»Wir sind schon den ganzen Vormittag bergab unterwegs. Es ist die einzige Richtung, aus der mit Sicherheit keine Kitka kommen. Sie müssen uns den Weg zeigen.«

Publicker rührte sich noch immer nicht. »Aber, Sir – woher soll ich wissen, welcher Weg bergab führt?«

Chekov machte eine kurz, scharfe Bemerkung auf Russisch. »Geben Sie mir den Schlitten!« Er riß die Zugstange aus den Händen des anderen Mannes, dann ließ er sie einfach los. Der Antigravschlitten rutschte an ihnen vorüber und beschleunigte, als er den Eishang hinunterfuhr. Chekov marschierte hinterher und zog Uhura fast im Laufschritt mit sich. Ringsum hatte der Schnee sich wirbelnd zu einer soliden weißen Wand verdichtet, die jede Sicht versperrte und jedes Geräusch dämpfte. Uhura drehte die Lautstärke des Außenmikros auf und zuckte zusammen, als aus dem Schreien des Windes ein lautes Gebrüll wurde. Dahinter klangen die heulenden Rufe der Kitka noch näher. Ihre Seite verkrampfte sich wieder schmerzhaft, während sie rannte.

Der Nordwind verstummte plötzlich. Er legte sich und ließ abrupt den Schneeschleier fallen, um eine Landschaft aus geborstenem und zertrümmertem Eis zu enthüllen. Uhura stieß einen Warnruf aus, als sie erkannte, was sich direkt vor ihnen auf ihrem Weg befand: die dunkelblaue Leere einer Spalte, die wie eine tiefe Schlucht ins Eis hinunterragte.

Sie ruderte mit den Armen und kam kaum einen

Meter vom Rand entfernt zum Stehen. Dabei nahm sie nur aus dem Augenwinkel wahr, wie der Antigravschlitten an ihr vorbeiglitt. Im Durcheinander erschreckter Rufe und triumphierender Schreie hinter ihnen dauerte es einige Sekunden, bis Uhura begriff, daß Chekov im Gegensatz zu ihr nicht angehalten hatte. Er hatte sich wohl dagegen gewehrt, den Antigravschlitten loszulassen, und nun kippte er langsam über die dunkle Kante.

McCoy hob Nuie vorsichtig von seiner Schulter herunter und legte ihn auf eins der Betten im Krankenrevier. Was hätte er jetzt für eins seiner guten alten Krankenbetten auf der *Enterprise* gegeben! Er brauchte etwas mit einem Leseschirm, der gleichzeitig lebenswichtige und andere Informationen lieferte, und nicht diese Sternenspringer-Koje! Nun ja. Er nannte sich selbst nicht ohne Grund einen altmodischen Landarzt. Aber er würde Nuie nicht untersuchen, bevor er seine Hand versorgt hatte. Es wäre schlechter ärztlicher Stil, seine Patienten vollzubluten.

Er hatte sein vertrautes Medikit noch immer nicht zur Verfügung, wollte aber keine Zeit mehr damit vergeuden, daß er es aus seinem und Kirks behelfsmäßigem Quartier holte. Er hatte genug Zeit damit verbracht, Muhantis Labor aufzuräumen und zu reinigen, um recht genau zu wissen, wo sich alles befand, was er brauchte. Und was er nicht auf Anhieb fand, würde er eben suchen.

Muhanti. Der Gedanke an seinen Angreifer ließ ihn innehalten. Als er den Schiffsarzt das letzte Mal gesehen hatte, verschwand Muhanti gerade hinter einer grünlichen Wand aus Seewasser. War er ebenfalls unter den Toten?

»Was meinst du mit ›ebenfalls‹?« fragte McCoy sich vorwurfsvoll. »Jim ist nicht tot. Es ist einiges mehr nötig als nur ein eiskalter Wasserguß, um Kirk zu töten.« Zumindest hoffte er, daß es so war, und versuchte, alle anderen Möglichkeiten von vornherein auszuschließen. Wenn er das nicht tat, würde er seinen Job nicht ordentlich ausführen können, und das würde Kirk ihm niemals verzeihen.

Er fand das notwendige Material, um seine Hand zu säubern, die Wunde zu nähen und zu verbinden. Dann holte er einen tragbaren Blutdruckmesser, ein Stethoskop und eine kleine Taschenlampe aus einem Schrank. Nuies Herz schlug kräftig, und seine Augen reagierten auf den Lichtstrahl. McCoy maß seinen Blutdruck und hoffte, daß er sich im Bereich des Normalen für einen Kitka befand. Er trat vom Bett zurück und überlegte, da machte sich der Kommunikator an seinem Gürtel durch Pieptöne bemerkbar.

Hoffnung brandete in McCoy auf. Er griff nach dem kleinen Gerät und klappte es auf. »Jim? Jim, bist du das?«

Die tiefe, leidenschaftslose Stimme, die ihm antwortete, gehörte nicht Jim Kirk. »Dr. McCoy, können Sie mich hören?«

»Ja.« Sogar Spocks Stimme war ihm jetzt höchst willkommen. »Und so ungern ich es zugebe, aber es hat mir noch nie so gut getan wie jetzt, Sie zu hören.«

»In der Tat.« Er konnte sich sehr gut vorstellen, wie der Vulkanier jetzt mißbilligend eine Augenbraue hob. »Auf dem Planeten herrscht zur Zeit ein vorübergehender Zustand relativer magnetischer Ruhe, was zweifellos die gute Qualität Ihres Empfangs erklärt.«

Der Arzt rieb sich die Augen und lachte beinahe. »Das ist es aber nicht, was ich gemeint habe.«

»Dr. McCoy«, meldete Spock sich wieder, »wir haben wenig Zeit. Auf Nordstral hat soeben ein Polwechsel stattgefunden.«

»Ein *Polwechsel?*« Er suchte in seinem Gedächtnis nach irgendeinem Hinweis darauf, was das zu bedeuten hatte, fand aber nichts, was einen Sinn ergab. »Wollen Sie mir etwa weismachen, daß dieser verdammte Planet sich selbst auf den Kopf gestellt hat?«

»Nein, Doktor.« Für einen Vulkanier war Spocks Tonfall beinahe ein schicksalsergebener Seufzer. »Das Magnetfeld des Planeten hat seine Polarität umgedreht, so daß aus dem Nordpol jetzt der Südpol geworden ist.«

»Ist unser Schiff deshalb ins Eis gerauscht?«

Spock stutzte. »Die *Soroya* ist aufgelaufen?«

McCoy entschied sich, Kirks Fehlen oder seine eigenen Sorgen hinsichtlich der Sicherheit des Captains mit keinem Wort zu erwähnen. »Eine Art Seebeben hat stattgefunden, erklärte man uns. Wir wurden ein wenig herumgeworfen.«

»Tektonische Störungen stehen oft mit magnetischen Umkehrungen in enger Verbindung«, erklärte Spock. »Das gleiche gilt für Vulkanausbrüche.«

McCoy schnaubte. »Ein Vulkanausbruch – das ist genau das, was wir jetzt brauchen. Wie sind die Aussichten, Spock? Gibt Nordstral nach diesem magnetischen Anfall vorerst Ruhe?«

»Die allgemein gültige Theorie besagt, daß dipolare Magnetfelder, die ihren Ursprung im flüssigen Kern eines Planeten haben, nur alle paar Millionen Jahre einmal einen Polwechsel durchmachen. Jedoch ...«

»Verdammt noch mal, Spock, ich hasse Ihre Jedochs.«

»Entschuldigen Sie, Doktor, aber wissenschaftliche Tatsachen lassen sich nun mal nicht verändern, um Ihren Wünschen gerecht zu werden.« Eine kurze Störung deckte Spocks Stimme zu und erstarb genauso schnell. »... Computeranalyse des Nordstral-Magnetfeldes ergibt, daß es weitaus komplizierter ist als ein simpler Dipol. Es scheint noch andere magnetische Komponenten zu geben, die das Feld dichter an der Oberfläche beeinflussen. Zunehmende Strömungen dieser zusätzlichen Komponenten haben zu einer Destabilisierung des Haupt...« Eine weitere atmosphärische Störung deckte erneut seine Stimme zu, diesmal etwas länger. »...deuten daraufhin, daß die Pole innerhalb eines extrem kurzen Zeitrahmens wechseln, möglicherweise in einem Rhythmus von nur dreißig Stunden.«

»Du meine Güte!« Störsignale drangen aus dem kleinen Kommunikator, und McCoy zuckte zusammen. »Sie meinen, wir werden auf diese Weise jeden Tag herumgestoßen?«

»Das befürchte ich, Doktor.« Seine Stimme klang wie das Flüstern in einem fernen Raum, allerdings überdeckt von atmosphärischem und nordlichtbedingtem Rauschen. »...nicht sicher ... die Ursache der zusätzlichen Veränderungen ... Sensoren des Schiffs deuten daraufhin ... äußerst ungewöhnlich ... noch immer mit der Analyse beschäftigt ...«

McCoy wartete, bis das weiße Rauschen ihm beinahe Kopfschmerzen bereitete, dann schaltete er fluchend seinen Kommunikator aus. Das war typisch Spock, Schluß zu machen, ehe es richtig interessant wurde.

Ein Stöhnen des Kitka ließ McCoy herumfahren und ans Bett eilen. Er bückte sich, legte Nuie eine Hand auf die Brust und hielt ihn fest. »Beruhigen Sie sich, Nuie. Ich bin's – McCoy. Sie sind im Krankenrevier.«

Seltsam gefärbte Augen öffneten sich und starrten ihn verwirrt an. »Dr. McCoy?«

»Es ist alles in Ordnung, Nuie. Es geht Ihnen gut. Zumindest glaube ich, daß es Ihnen gutgeht. Wie fühlen Sie sich?«

Der Kitka hielt inne, als nehme er eine körperinterne Inventur vor. McCoy war überzeugt, daß er etwas derartiges tatsächlich durchführte. »Ich fühle mich okay. Vielleicht ein wenig benommen. Was ist passiert?«

»Sie haben sich den Kopf gestoßen.« McCoy war dem Ersten Maat dabei behilflich, sich langsam aufzusetzen. »Ich würde mir gerne mehr Zeit nehmen, um Sie zu untersuchen, aber ...«

»Dr. McCoy?«

»Ja, Nuie?«

»Weshalb sind wir naß?«

Die Frage löste bei McCoy ein unvermitteltes, bitteres Gelächter aus. »Wir sind naß, weil die Kommandobrücke unter Wasser steht.« So schnell er konnte, schilderte er die jüngsten Ereignisse.

Nuie ergriff seine Hand. »Dr. McCoy, können Sie sich erinnern, irgend etwas gehört zu haben?«

»Ob ich etwas gehört habe? Nein. Ich ...« Seine Augen verengten sich. »Moment mal. Da war etwas.« Er erinnerte sich auch, wann das gewesen war, hielt es aber nicht für notwendig, davon zu erzählen, daß Muhanti versucht hatte, ihn wie einen Thanksgivingtruthahn zu tranchieren. »Es war ein Geräusch wie ein Ächzen oder Stöhnen. Ich dachte, es sei wieder ein Krake.«

Nuie schüttelte den Kopf. »Das war das Eis. Oh, das ist schlimm.« Der Erste Maat sah McCoy voller Sorge an. »Ich muß auf die Kommandobrücke. Wahrscheinlich ist sie jetzt wieder frei, und ich muß wissen, was passiert ist. Ich muß mich vergewissern, wie schlimm es um uns steht, und ich muß mich mit der Firma in Verbindung setzen. Falls Captain Mandeville umgekommen ist ...« Nuie zuckte die Achseln und rutschte vom Bett herunter. Seine Augen weiteten sich, als seine Füße in mehrere Zentimeter hohes Wasser eintauchten.

McCoy starrte auf ihre Füße. Seit dem Wassereinbruch auf der Brücke war er durchnäßt gewesen und hatte gefroren. Das Ansteigen des Wasser hatte er überhaupt nicht bemerkt.

Ein schneller Blick in die Runde ließ ihn das Leck schnell finden. Mehrere Nieten waren bei der Kollision in Mitleidenschaft gezogen und undicht geworden. Wasser sickerte in einem stetigen Strom herein, was bisher unbemerkt geblieben war.

McCoy griff nach Nuies Arm und zog ihn zur Tür. »Wir müssen schnellstens hier raus! Kann man diesen Raum abriegeln, damit nicht das ganze Schiff vollläuft?«

»Die Tür dürfte ausreichen, aber wir müssen das Gewicht des einströmenden Wassers ausgleichen, sonst gehen wir unter.«

McCoy wollte nicht darüber nachdenken. Es war nur eine weitere von vielen Sorgen, mit denen sich zu befassen er im Moment keine Zeit hatte. Er erreichte die Tür, blieb stehen und starrte sie an. Die Tür war offen gewesen, als er mit Nuie hergekommen war. Er hatte sie so gelassen für den Fall, daß jemand ihn rief, weil er seine Hilfe brauchte. Nun war die Tür geschlossen und eins mit der umgebenden Wand.

McCoy verspürte plötzlich einen Anflug von Angst, griff nach dem Verschlußrad in der Mitte der Tür und zog daran. Die Tür rührte sich nicht. Er versuchte das Rad erst in die eine, dann in die andere Richtung zu drehen, doch nach kaum einer Vierteldrehung stoppte es. McCoy sah Nuie voller Unruhe an. »Ich glaube, ich will gar nicht wissen, was das bedeutet.«

Der Kitka nickte mit finsterer Miene. »Sie wissen es schon, Doktor. Es bedeutet, daß wir eingeschlossen sind.«

Am Rand der tiefen Eisschlucht balancierend, war Chekovs erster Gedanke, daß sie es sich nicht erlauben konnten, den Antigravschlitten und mit ihm ihre einzigen Vorräte und ihren Unterschlupf zu verlieren. Er umklammerte mit beiden Händen die Zugstange, während sie nach unten sank, zog mit aller Kraft daran und betete darum, daß die Servomotoren nicht darauf bestanden, sich nach dem Grund der Schlucht, ungefähr hundert Meter unter ihnen, zu richten. Howard stieß einen Warnruf aus, und Chekov hatte keine Zeit mehr, ihn per Befehl wegzuschicken, als der Fähnrich sich auch schon nach vorne geworfen und die Arme um den Leib seines Vorgesetzten geschlungen hatte und den Zug an der Stange durch sein eigenes Körpergewicht verstärkte. Der Antigravschlitten kapitulierte und holperte zurück über den Rand der Schlucht, als wäre dies stets seine Absicht gewesen. Howard und Chekov purzelten, immer noch eng umschlungen, in den Schnee und krochen so schnell es ging, von der Kante weg.

Nicht besonders elegant, gab Chekov zu, während er sich von Howard freimachte und auf die Füße kam, aber wirkungsvoll. »Vielen Dank, Mr. Howard.«

Der größere Mann klopfte sich den Schnee von seinem Thermoanzug und war immer noch außer Atem. »Mein Gott, Chief, haben Sie mir einen Schrecken eingejagt!«

Als Chekov wieder zu dem Spalt zurückging, hielt er die Hände sorgfältig auf dem Rücken, als könne er damit einem unglücklichen Abrutschen vorbeugen. Die Schlucht war tiefer, als sein Blick reichte. Der Grund wurde von Lichtreflexen, Schneewolken und unregelmäßigen Vorsprüngen in den Seitenwänden der Schlucht verhüllt. Ansonsten erschien alles völlig klar – wie ein Berghang aus Glas –, so daß Licht in einem strahlenden Blau durch eine Kruste fleckigen Schnees drang. Lediglich ein matter dunkler Schatten ein paar hundert Meter links von ihm deutete daraufhin, daß irgend etwas die Schlucht überspannte und dabei einen undeutlichen Schatten warf. Chekov blickte an dem Einschnitt entlang und entdeckte kurz darauf etwas Langes und Gezacktes, das über den Abgrund ragte.

Er packte Uhuras Handgelenk und lief in die Richtung seiner Entdeckung. »Publicker! Holen Sie den Antigravschlitten – und suchen Sie das Halteseil raus.«

Uhura trottete hinter ihm her und achtete zum Teil immer noch auf das Geschehen hinter ihnen; die Pfiffe der Kitka erklangen immer näher und zahlreicher. »Was haben Sie vor?«

Chekovs Herz machte einen freudigen Sprung, als das Gebilde sich beim Näherkommen als schmale Eisbrücke entpuppte. Er nahm das Ende des Seils, das Howard ihm reichte, wickelte es Uhura zweimal um die schlanke Taille und verknotete es auf ihrem Rücken. »Wir werden diese Brücke benutzen.«

»Oh...« Uhura rührte sich nicht und betrachtete mißtrauisch das Eisgebilde. Eine ihrer Hände spielte nervös mit der Kitka-Maske, die immer noch um ihren Hals hing. »Oh, Pavel, ich weiß nicht so recht...«

»Wir haben keine andere Wahl.« Nachdem er den Knoten noch einmal auf seine Festigkeit überprüft hatte, schätzte Chekov die Länge der Brücke, maß ein entsprechend langes Stück Seil zwischen sich und Uhura ab und gab den Rest Howard zurück. »Nun binden Sie zuerst mich, dann Publicker und zum Schluß sich selbst an.« Er legte Uhura die Hände auf die Schultern und drehte sie zu sich herum. »Viel weiter können wir nicht mehr rennen«, erklärte Chekov ihr. »Aber wenn wir auf der anderen Seite sind, können wir die Brücke hinter uns zerstören, so daß Alion und seine Leute uns nicht weiter verfolgen können.«

»Falls die Brücke nicht vorher schon von selbst zusammenbricht.« Publicker trat unruhig von einem Fuß auf den anderen, drehte das Seilende in seinen schwarz behandschuhten Händen und musterte skeptisch die schmale Eiszunge. »Durch das Erdbeben ist sie sicherlich von Rissen durchzogen, Sir.«

Es war nicht so, daß Chekov nicht schon längst auch darüber nachgedacht hatte. »Dadurch wird es für uns umso einfacher, sie am Ende zu zerstören. Kommen Sie schon.« Er geleitete sie zum Anfang der Brücke. Das einzige, was er im Augenblick mit Sicherheit wußte, war, daß Alions Männer sie töten würden, wenn sie sie einholen sollten. Gott allein wußte weshalb. Falls Chekov es schaffte, seine Leute über die Brücke zu treiben, könnte das Eis lange genug halten, bis sie alle drüben wären. Wenn die Eisbrücke jedoch nicht hielt …

Dann fänden sie alle den Tod, was ihnen auf jeden Fall blühte, wenn sie ihr Glück nicht versuchten. Daher lohnte es sich überhaupt nicht, noch länger über dieses Thema nachzudenken.

Am Anfang der Brücke drehte Chekov sich um und winkte den Antigravschlitten vorbei. Howard schob ihn vor zu Publicker, der ein wenig erschrak, als er in seiner Betrachtung der Eisbrücke unsanft unterbrochen wurde. Indem er den Schlitten an Publicker vorbeibugsierte, reichte Chekov ihn nach vorne an Uhura weiter und drückte ihr die Zugstange in die Hand. »Nehmen Sie das mit rüber. Es belastet die Brücke nicht noch zusätzlich, und wir müssen auf jeden Fall dafür sorgen, daß auch der Schlitten auf die andere Seite der Eisspalte gelangt.« *Und Sie sind die einzige, bei der ich mir sicher bin, daß Sie es schaffen.*

Sie nickte und legte die Hände um die Stange. Dann wandte sie sich um, straffte die Schultern seufzend und versuchte zuversichtlich zu lachen. »Haltet mich bloß fest, Leute.«

Chekov wickelte sich nervös das Seil um eine Hand. »Aber immer.«

Sie setzte ihren Fuß behutsam auf den Brückenansatz – zuerst nur eine Zehenspitze und dann die ganze Sohle. Die kreischenden Nordlichtstörungen bewirkten, daß Chekov von ihren Schritten nichts hören konnte. Kleine Schneewölkchen überpuderten die Fußgelenke ihres schwarzen Thermoanzugs und bildeten eine weiße Wolke, die unter dem langsam dahingleitenden Antigravschlitten hochgewirbelt wurde. Eissplitter regneten von der Brücke in die Schlucht hinab. Als Uhura den letzten Meter übersprang und auf der anderen Seite auf den kompakten Eisschild stolperte, atmete Chekov derart explosionsartig aus, daß er zuerst Uhuras Stimme im Kommunikator nicht hörte. »Ich bin drüben! Ich hab's geschafft!«

Er hob beide Hände, stieß die Daumen in die Luft und lachte, als sie die Geste erwiderte. Der Antigravschlitten schwebte träge neben ihr und suchte sich einen ebenen Punkt auf dem schrundigen Gelände.

Nachdem er auf einen privaten Kanal seines Anzug-Kommunikators umgeschaltet hatte, schaute Chekov zu Publicker und Howard. »Seid ihr bereit?«

Sie nickten.

»Paßt auf.« Er sagte es nicht gerne. »Falls ich abstürzen sollte, kann sie mich nicht alleine halten.«

»Wir haben Sie sicher, Sir«, beruhigte Howard ihn. Publicker nickte nur verkrampft und meinte: »Aber, bitte, versuchen Sie, nicht abzustürzen.«

»Ich werd mir Mühe geben.« Dann, während seine Eingeweide sich verkrampften, kletterte er zu der Brücke hoch und betrat sie.

Er spürte das Knirschen unter seinen Füßen mehr, als daß er es hörte. Unter jedem Schritt zerbröselte die Schicht gefrorenen Schnees und ließ seinen Fuß bis auf das harte Eis darunter durchbrechen. Er hatte niemals ernsthaft die Möglichkeit erwogen, daß er unter Höhenangst litt, aber dies hier war etwas völlig anderes – es war keine Angst, sondern eher ein abgrundtiefes Mißtrauen gegenüber seinen eigenen gepeinigten Sinnen. Wind und Geräusche und Licht versuchten ihm die Illusion einer Schaukelbewegung vorzutäuschen. In den Randbezirken seines Gesichtsfeldes ging es abwärts, hinunter in grenzenlose Abgründe, aber wenn er auf seine eigenen Füße blickte, kam ihm sein eigener Körper unendlich groß und wie losgelöst vor. Wasser so schwarz wie Obsidian, über dessen Oberfläche die Schaumkronen von gelegentlichen Wellen liefen, plötzlich träge am Grund der Eisschlucht dahin. Chekov zwang sich, nach vorne zu blicken und sich statt dessen auf Uhuras scharf umrissene schwarze Gestalt am anderen Ende der Brücke zu konzentrieren. Solange sie sich vor ihm befand, war mit ihm alles in Ordnung – solange sie mit jedem Schritt näher kam, war er auf dem richtigen Weg. Er hatte sich ihr fast bis auf Tuchfühlung genähert, als sein Fuß endlich vom Brückeneis auf solides Gletschereis rutschte und er gegen Uhura prallte.

»Das ist kein besonderes Vergnügen, nicht wahr?« murmelte sie leise mit einem leicht amüsierten Unterton in der Stimme.

Chekov brachte ein mühsames Lächeln zustande, verzichtete aber ansonsten auf eine Erwiderung. Während er erneut seinen Kommunikator einschaltete, trat er zur Seite, um den nächsten Mann herüberzuwinken. »Also los, Publicker, kommen Sie.«

Während seine Hände immer noch an dem Knoten des Seils um seine Taille zerrten, blieb der Mann am Anfang der Brücke stehen und schüttelte langsam den Kopf. »Nein …« Publickers Stimme drang furchtbar jung und brüchig aus dem Kommunikator. »Ich … ich glaube, ich tue das lieber nicht, Sir.«

Chekovs Magen verkrampfte sich vor Angst. »Wir alle müssen schon mal Dinge tun, wie wir nicht tun wollen, Mr. Publicker.« Ihm war es nicht so vorgekommen, als sei Publickers Abneigung gegen dieses Unternehmen größer als seine eigene. »Ich habe nicht vor zurückzugehen«, fuhr er mit einigem Nachdruck fort, »also sollten Sie sich lieber in Bewegung setzen.«

Howards schlanke Gestalt erschien dicht hinter Publicker. »Es ist alles okay, Mark, wir haben dich sicher an der Angel.«

Chekov suchte die Eislandschaft hinter den beiden auf Anzeichen sich nähernder Kitka ab. »Umkehren ist unmöglich, Mr. Publicker. Sie müssen schon rüberkommen.« *Und zwar schnell!*

Ob Publicker die ersten unsicheren Schritte aus eigenem freien Willen machte oder ob Howard ihn vorwärtsschubste, konnte Chekov nicht erkennen. Auf jeden Fall schob Publicker sich zentimeterweise hinaus auf die Eisbrücke, wobei er die Ellbogen fest an seinen Körper preßte und die Knie krampfhaft durchdrückte. Chekov ertappte sich dabei, wie er seine Füße in den Schnee bohrte. Er fürchtete insgeheim, daß Publicker sogar die Augen geschlossen hatte, während er sich vorwärts tastete. Er wagte es jedoch nicht, dem jungen Mann etwas zuzurufen aus Angst, daß er ihn damit erst recht in Panik versetzte.

Er hatte die Mitte der Brücke noch nicht ganz erreicht, als der junge Mann plötzlich erstarrte, das Kinn hochreckte, als habe er irgendein furchterregendes Geräusch vernommen.

Howard lief am Ende der Brücke nervös hin und her. »Mark …?«

»Sie hat sich bewegt!« stieß Publicker entsetzt hervor, und Chekov spürte, wie sein Herzschlag sich beschleunigte.

»Gehen Sie weiter!« brüllte er und rannte rückwärts, um das Seil zwischen ihnen zu spannen und sich selbst so weit wie möglich vom Rand der Schlucht zu entfernen.

»Sie hat sich bewegt!« Publicker kehrte auf dem Weg, den er bisher geschafft hatte, stolpernd zurück. »Das Eis hat unter mir gezittert!«

»Publicker, *kommen Sie her!*«

Ein Donnerschlag unterstrich Chekovs Befehl. Publicker wirbelte herum und erblickte ein totales Chaos, als die Brücke hinter ihm zerbrach und ein Stück der Gletscherwand mitriß. Howard ruderte wild mit den Armen und rannte rückwärts, so schnell er konnte, als der Untergrund unter seinen Füßen nachgab. Er stürzte kopfüber in den Abgrund und schnappte instinktiv mit der Hand nach dem Seil, das ihn mit Publicker und – durch ihn – auch mit Chekov und Uhura auf der anderen Seite der Schlucht verband.

Chekov wußte, was kommen würde, noch ehe das Seil sich ruckartig spannte und Publicker rückwärts von der zerbrechenden Brücke herunterriß. Er spreizte die Beine, rammte die Absätze in den verharschten Schnee und wappnete sich gegen das doppelte Gewicht seiner abstürzenden Männer. Dabei schickte er ein Stoßgebet zum Himmel, daß Uhura vernünftig genug wäre, ihn loszuschneiden, falls er sie nicht davor bewahren könnte, ebenfalls in den Abgrund gerissen zu werden.

Als beide Männer vollends ins Seil stürzten, hatte Chekov gerade noch Zeit, um zu beobachten, wie das Seil eine tiefe Kerbe in die Reste der Brücke schnitt, ehe ihr Gewicht ihn von den Füßen riß und ihn und Uhura zum Rand der Eisschlucht schleifte.

10

McCoy hielt dem stämmigen Kitka drohend einen Finger unter die Nase. »Jetzt mal ganz ruhig und eins nach dem anderen!« Er hatte Mühe, seine Stimme gedämpft zu halten, während er allmählich in Panik geriet und am liebsten laut losgebrüllt hätte. »Die Tür stand weit offen, als ich Sie reinbrachte. Ich habe sie nicht geschlossen, und es herrscht keinerlei Durchzug, der sie hätte zufallen lassen können! Also wie …«

»Nur zwei Türen lassen sich an Bord der *Soroya* von außen verschließen – die Tür zu Captain Mandevilles Quartier und die Tür zur Offiziersmesse. Und nicht einmal dann kann man jemanden einschließen, da sie sich leicht von innen öffnen lassen.« Nuie strich mit einer schwieligen Hand prüfend über das Verschlußrad der Tür. Seine Finger spannten sich kurz und testeten die Drehbarkeit in beiden Richtungen. Das Rad rührte sich kaum. »Es wurde von außen festgeklemmt.«

»Aber das heißt doch …« McCoy verstummte, als ihm bewußt wurde, daß er immer noch den Finger drohend hochreckte. Er stieß einen Fluch aus und rammte die Hand in die Hosentasche. Während er die schwere Tür anstarrte, biß er sich nachdenklich auf die Unterlippe. Ihm gefiel die Bedeutung dessen, was er vor sich sah, ebensowenig wie der kalte Schweißfilm, der seinen Körper unter der nassen Starfleet-Uniform bedeckte. »Wer sollte uns einschließen wollen?« fragte er leise. Seine Stimme klang ruhig, fast gelassen, während seine Gedanken in seinem Kopf einen wilden kreischenden Tanz aufführten.

»Woher soll ich das wissen?« erwiderte Nuie mit einer Ehrlichkeit, die in McCoy den spontanen Wunsch weckte, mit dem Kopf gegen die Wand zu rennen. »Ich war bewußtlos.«

McCoy blickte über die Schulter auf das Leck. Bildete er es sich nur ein, oder war es in den paar Minuten, die er sich abgewandt hatte, größer geworden? »Meinen Sie, daß derjenige, der uns hier eingeschlossen hat, darüber Bescheid wußte?« Er deutete mit dem Kinn auf das eindringende Wasser.

»Wenn Sie mich fragen, ob ich glaube, daß jemand uns hier eingeschlossen hat, um uns umzubringen, dann würde ich sagen, daß diese Möglichkeit durchaus besteht.«

Aufkeimender Zorn verdrängte kurzfristig die Angst, und der Starfleet-Offizier verzog mürrisch das Gesicht. »Lügen Kitka denn niemals?«

Nuie blinzelte mit seinen ausdruckslosen silbernen Augen. »Dieser Kitka nicht.«

Die unverblümte Offenheit des Mannes löste bei McCoy ein kurzes Lachen aus, obgleich er sich alles andere als belustigt fühlte. Er spürte in seiner Brust ein Flattern wie von Millionen aufgescheuchter Vögel, die mit den Flügeln gegen seine Rippen schlugen. »Nun, ich weiß nicht, wie es bei den Kitka ist, Nuie, aber die McCoys würden niemals kampflos untergehen. Da brauchen Sie nur die Hatfields zu fragen.«

»Wen?«

»Vergessen Sie's.« Die Hände in die Hüften gestützt, drehte McCoy sich um und faßte den stetigen Wasserstrom ins Auge. »Können wir das zustopfen oder wenigstens ein wenig eindämmen?«

Nuie betrachtete die Wand einige Sekunden lang eingehend, ehe er antwortete. »Vielleicht ... wenn wir draußen wären. Sehen Sie es sich genau an, Doktor.

Der Riß ist gar nicht an dieser Stelle. Das ist nur eine Öffnung. Hier wurden lediglich die Nähte über Gebühr beansprucht, aber auch noch woanders.« Er streckte die Hand aus und ließ das Wasser über seine Finger rinnen. »Unsere gesamte Ausrüstung steckt sowieso oben im Turm.«

»Vergessen Sie meine Frage.« McCoy durchquerte den Raum und begann wahllos Türen und Schubladen zu öffnen.

»Was tun Sie da?« Nuie kam herübergewatet, blieb neben dem Arzt stehen und schaute ihm zu.

McCoy versuchte, nicht daran zu denken, um wieviel das Wasser während ihrer Unterhaltung höher gestiegen war, und er wollte sich auch nicht vorstellen, wie es war, wenn man ertrank. Er wußte, sobald er zuließ, daß die Angst von ihm Besitz ergriff, wäre er verloren, und Nuie ebenfalls. »Ich suche nach irgend etwas, um mir diese Tür vorzunehmen.« Als der Maat daraufhin lediglich verwirrt dreinschaute, seufzte McCoy und verdrehte die Augen. »Ich meine etwas, um damit die Tür zu bearbeiten, Nuie. Um sie aufzubrechen, zum Beispiel.« Er entdeckte ein Gerät aus seltsam geformten Stahlteilen. »Etwas in dieser Art.« Das grobe Instrument war vor McCoys Zeit als Arzt in modernen Krankenhäusern benutzt worden. Zum erstenmal war er froh, daß Muhantis Krankenrevier ein wenig hinter der Zeit herhinkte.

Er ergriff ein anderes Gerät und drückte es Nuie in die Hand. »Da, nehmen Sie. Versuchen wir mal unser Glück.« Er kehrte zur Tür zurück. Das Wasser stand jetzt über seinen Knöcheln, und seine Füße waren taub und gefühllos vor Kälte. Salzgeruch sättigte die Luft wie Jod oder Kupfer.

Er holte mit dem Gerät aus und schlug zu. Mit einem befriedigenden lauten Krachen prallte es gegen die Wand. Nuie beteiligte sich sofort. Dabei spannten kräftige Schultermuskeln den feuchten Stoff seines

Hemdes. Ihre Schläge erfolgten nur manchmal gleichzeitig und ergaben eine sich regelmäßig wiederholende Kadenz. Nach einiger Zeit hob McCoy die Hand. »Hat sich schon etwas gelockert?« keuchte er außer Atem. Er schwor sich, daß er – falls er dieses Abenteuer lebend überstehen sollte – Kirks Angebot annehmen und mit ihm regelmäßig im Fitneßraum trainieren würde.

Nasse Haare fielen Nuie in die Augen, als er sich bückte und mit einer Hand gegen die Tür drückte. Sie gab nicht nach. »Nein.«

»Dann versuchen wir es noch einmal.«

Und wieder. Und wieder. Mittlerweile stand das Wasser bis zu ihren Waden. Die Beine von McCoys Uniformhose flatterten wie Seetang im Wasser. Seine Füße fühlten sich an wie tote Holzklötze, die an seinen Fußgelenken hingen. Er stampfte kräftig auf, wenn er ging, und versuchte wenigstens ein Minimum an Blutkreislauf in Gang zu bringen, weil er seine einzelnen Zehen nicht mehr spüren konnte.

»Wo, zum Teufel, ist die Besatzung abgeblieben?« schimpfte er und marschierte auf und ab. »Die können doch nicht alle auf der Brücke sein.« Er sah Nuie an. »Wie sieht es mit der Interkom-Anlage in diesem Schiff aus?«

Der Erste Maat zuckte die Achseln. Er saß über dem steigenden Wasserspiegel mit übereinander geschlagenen Beinen auf einem der Hochbetten. »Es ist das bei Nordstral übliche Kommunikationsnetz. Überall im Schiff sind Lautsprecher installiert.«

»Können wir denn vom Labor aus senden?« fragte McCoy gespannt.

»Keine Ahnung. Ich habe mich bisher damit nicht beschäftigen müssen, aber ich denke, es müßte möglich sein. Eigentlich ist es bei Nordstral üblich, daß selbst auf einem Schiff, das so alt und heruntergekommen ist wie die *Soroya*, jeder für den Captain kurzfristig erreichbar sein muß. Nach mir ist der Arzt der stellvertretende Kommandeur.«

McCoy nickte finster. Seine Gedanken an Muhanti verdrängten für einen kurzen Moment seinen innigen Wunsch, in diesem Moment viel lieber an jedem anderen Ort zu sein, nur nicht dort, wo er sich gerade aufhielt. »Versuchen wir es mal.«

McCoy watete nur widerstrebend durch das eisige Wasser zu Muhantis überladenem Schreibtisch, der in einer winzigen Nische zwischen dem letzten Krankenbett und der Außenwand des Labors stand. Wasser umspülte seine Knie. Seine Gelenke waren steif vor Kälte. Die Interkomanlage war ein per Knopfdruck zu aktivierendes Wandgerät, das auf keinen Fall mit der raffinierten Anlage zu vergleichen war, die sich in den endlosen Korridoren der *Enterprise* befand. Als McCoy an das Raumschiff dachte, reagierte er mit einer seltsamen Mischung von Empfindungen. Würde er es jemals wiedersehen?

Sein Daumen drückte den Einschaltknopf nieder und hielt ihn fest. »McCoy ruft Brücke. Hier spricht Dr. Leonard McCoy. Ich rufe die Brücke oder irgend jemanden, der mich jetzt hören kann. Ende.« Nichts. »Hier ist Dr. Leonard McCoy. Falls jemand uns hören kann – der Erste Maat Nuie und ich sind im Labor eingesperrt. Der Schiffsrumpf hat ein Leck, und Wasser dringt ein.« Er befeuchtete seine Lippen, mußte innehalten und das Zittern in seiner Brust unterdrücken. All das Wasser. Diese Mengen, die nur darauf warteten hereinzuströmen und seine Lungen zu füllen …

»Dr. McCoy!« Der drängende Unterton in Nuies Stimme und der harte Griff seiner Hände, deren Wärme McCoy sogar durch seinen kalten, nassen Parka auf seinen Armen spürte, ließen den Arzt hochblicken. Sorgenfalten furchten die Stirn des Kitka. »Für einen Moment wurden Sie richtig grau im Gesicht. Ich dachte schon, Sie würden ohnmächtig.«

»Diese Möglichkeit ist mir tatsächlich durch den Kopf gegangen«, krächzte McCoy, und er hatte das Gefühl, als bekäme er keine Luft mehr. »Nuie – ich halte es nicht mehr aus. Wir müssen hier raus!« McCoy haßte es, daß seine Stimme zitterte; er haßte es, daß er dieses Zittern nicht unterdrücken konnte. »Ich – ich habe Angst vorm Wasser. Können Sie das verstehen? Ich weiß nicht, was ich tue, wenn ...«

Nuies Hände verstärkten ihren Griff um seinen Arm und schüttelten ihn sanft. »Dr. McCoy, beruhigen Sie sich! Es ist nur diese Gehirnkrankheit. Sie sind genauso davon befallen wie die übrige Besatzung.«

McCoy richtete sich auf und schüttelte Nuies Hände ab. »Quatsch! Ich kann verdammt noch mal ganz gut unterscheiden, ob ich krank bin oder ganz einfach vor Angst fast in die Hosen mache!«

Plötzlich legte das Schiff sich auf die Seite. Ausrüstung rutschte von Tischen herunter, und etwas zerschellte im Labor. McCoy wäre ebenfalls beinahe gestürzt, wenn Nuie nicht so schnell reagiert hätte. Sich aneinander festhaltend, blieben sie für einen Moment starr stehen und warteten ab, was die *Soroya* als nächstes tun würde. Sie richtete sich langsam wieder auf, gab einen tiefen Seufzer von sich und schwieg.

»Was zur Hölle war das denn?« McCoys Stimme brachte nur ein mattes Flüstern zustande. Seine Kehle war wie ausgedörrt, und er hatte sogar zuviel Angst, um zu schlucken.

Nuie schüttelte den Kopf und sog witternd Luft durch die Nase. »Dr. McCoy ... finden Sie nicht auch, daß es irgendwie verbrannt riecht?«

Der heftige Ruck am Seil schleuderte Uhura zum Rand der Schlucht, wobei ihre Stiefel haltlos über die vom Wind blankpolierte Eisfläche rutschten. Aufgeregt mühte sie sich damit ab, die Seilschlinge um ihre

Taille aufzuknoten. Dabei waren ihre Finger steif vor Angst. Ihre Kehle war wie zugeschnürt, sie bekam kaum noch Luft und rechnete jeden Moment mit einem Absturz in eisig kaltes Wasser.

Dann ächzte Chekov, und das Seil wurde plötzlich schlaff. Da sie sich nun nicht mehr gegen das Gewicht zweier Sicherheitsleute behaupten mußte, die unter ihr hingen, fand Uhura ihr Gleichgewicht wieder und schaffte es, die Schlinge um ihren Leib zu lösen. Die Frau wirbelte herum und sah Chekov auf dem Rükken am Rand der Eisspalte liegen. Er hatte die Füße gegen den Randwulst gestemmt und hielt das straff gespannte Seil fest. Seine Stiefelabsätze gruben sich immer tiefer ins schneeverkrustete Eis und verloren nach und nach ihren trügerischen Halt.

Jahre intensiver Starfleet-Ausbildung durchbrachen Uhuras Schock mit vagen Erinnerungen an Kletterübungen in Wänden aus glattem, nassem Granit. »Haken!« Sie machte kehrt und rannte hinüber zum beladenen Antigravschlitten. »Chekov, haben wir Haken?«

»Bei … der … Ausrüstung.« Er stieß die Wort unter qualvollem Stöhnen hervor, als bereite ihm das Sprechen unendliche Mühen. »Roter … Sack.«

Uhura fand die Kiste auf Anhieb, riß sie aus dem Gepäckstapel, ohne Zeit mit dem Lösen der Haltegurte zu vergeuden, und klappte sie hastig auf. Aus einem Leinensack fiel klirrend eine ganze Kollektion unterschiedlich großer Haken heraus, als sie ihn schüttelte. Sie raffte eine Handvoll Haken zusammen und eilte ihrem Kollegen zu Hilfe.

»Ich hab sie!« Sie bremste hinter Chekov und stieß einen Haken so fest sie konnte ins Eis. Seine scharfe Stahlspitze schuf nur eine winzige Kerbe, aber eine schnelle Drehung des Hakens löste eine Sprengpatrone aus, die wiederum eine Verlängerung aus Hartplastik ins Eis trieb. Uhura schnappte sich das Seilende und verankerte es mit einer Schlinge und einem Sicherungsknoten am Haken.

Chekov ächzte erneut, diesmal noch verzweifelter. »Alles klar?«

»Ich setze noch einen Haken ...« Uhura zog das Seil zwischen ihm und dem ersten Haken straff, für den Fall daß Howard und Publicker dicht über der Wasseroberfläche hingen. Trotz des drohenden Schweigens ihrer Kommunikatoren verdrängte sie in Gedanken die Möglichkeit, daß sie vielleicht längst untergetaucht waren. Das Gewicht an Chekovs Seil wäre sicherlich nicht so groß, wenn beide Männer im Wasser schwammen. Ein zweiter Haken bohrte sich begleitet von einem Explosionsknall in den Eisschild. Sie schlang das Seil um den Stahlstift, dann verknotete sie das freie Seilende. »In Ordnung. Ich hab's geschafft. Sie können loslassen.«

Chekov löste den Griff und rollte sich mit einem erleichterten Stöhnen zur Seite, während das Seil sich mit einem Summen spannte und die Haken belastete. Das Stöhnen steigerte sich zu einem unterdrückten Schmerzensschrei, als Chekov versuchte aufzustehen. Uhura beobachtete voller Besorgnis, wie der Sicherheitschef sich auf dem Eis krümmte.

»Chekov! Sind Sie verletzt?«

Er schüttelte heftig den Kopf, während sie neben ihm in die Knie ging. »Es sind nur Krämpfe vom Festhalten des Seils.« Er klang, als spräche er mit zusammengebissenen Zähnen. »Lassen Sie mir einen Moment Zeit, dann ziehe ich Howard und Publicker hoch.«

»Kein Problem.« Uhura klopfte ihm sacht auf seine von Krämpfen geschüttelten Schultern. »Das kann ich auch tun.«

»Sie?« Chekov starrte sie erstaunt an. »Wie?«

Sie grinste, obgleich sie wußte, daß er es nicht

sehen konnte, und erhob sich. »Mit der solargetriebenen Winde, die Sie ebenfalls eingepackt haben.«

Ein Schwall bissiger russischer Bemerkungen folgte ihr, als sie zu dem leicht schwebenden Antigravschlitten zurückkehrte. Uhuras Grinsen verflog, als sie sah, wie weit der Schlitten sich aus eigener Kraft von dem Sack mit den Kletterhaken entfernt hatte. Sie ergriff die Zugstange und zog sie hinter sich her, um sie mit dem freien Seilende zu verknüpfen und den Schlitten an den beiden Eishaken zu sichern. Dann kramte sie die hellgelb gefärbte Winde aus der Gerätekiste und trug sie zu Chekov hinüber.

Er hatte sich mittlerweile halb aufgerichtet und blickte in die Eisschlucht hinunter. »Ich kann sie sehen.« Er klopfte ungeduldig auf den Sender in seinem Thermoanzug, als könne er damit seine Funktion verbessern. »Howard, können Sie mich hören? Publicker?«

»Sie sind vielleicht nicht« – Uhura schluckte, als Chekovs silbern glänzende Brille ruckartig zu ihr herumschwang – »bei Bewußtsein«, beendete sie den Satz lahm. Sie kniete sich an der Stelle aufs Eis, wo das Seil sich über die Kante der Schlucht spannte, und wischte verkrusteteten Schnee beiseite, um für die Winde Platz zu machen. »Sie müssen ziemlich hart gegen die Eiswand geprallt sein.«

»Das ist richtig.« Der Sicherheitsoffizier verstummte. Uhura fädelte das Seil in die Winde, dann schaltete sie das Gerät ein. Die schweren Stahltrommeln knarrten und begannen sich zu drehen, wobei sie das Seil langsam einholten. Uhura seufzte und entspannte sich ein wenig und wollte Chekov mit einer Bemerkung aufmuntern.

Doch der Sicherheitschef der Enterprise schaute angespannt zur anderen Seite der Schlucht hinüber. Dabei erinnerte er in seinem Thermoanzug an ein sprungbereites Raubtier. »Ich kann die Kitka noch nicht sehen«, murmelte er so leise, als führte er Selbstgespräche. »Verdammt, wo sind sie?«

Uhura wagte einen Blick in die bläulich schimmernde Tiefe der Eisspalte. Graue Eisbrocken trieben auf dem schwarzen, schaumgekrönten Wasser. Es waren Überreste der Brücke, die sie und Chekov überquert hatten. Auf beiden Seiten verlor der Spalt im Eisschild sich in der Ferne und erweiterte sich links von ihnen sogar zu einem schwarzen See. »Chekov, sie kommen unmöglich an uns heran. Wahrscheinlich sind sie längst wieder in ihr Dorf zurückgekehrt.«

»Möglich.« Er fingerte an seinem Kommunikator herum – drosselte den Empfänger, um das Außenmikro besser hören zu können, vermutete Uhura. Das Brummen der Seilwinde wurde intensiver. Uhura achtete auf das Seil und war bereit, beim ersten Auftauchen eines Thermoanzugs zuzugreifen. Nach einigen Sekunden gesellte Chekov sich zu ihr. »Schon was von ihnen zu sehen?«

»Noch nicht.« Noch während er sprach, kratzte jedoch etwas am Eis unterhalb der Abbruchkante, über die sie sich beugten. So lässig, als hätten sie dieses Manöver gründlich geübt, griff Chekov über die Kante und hievte eine schwarz gekleidete Gestalt herauf, während Uhura sich umdrehte und die Winde ausschaltete. Als sie wieder zur Kante blickte, stieß sie einen Entsetzensschrei aus.

»Publicker!« Sein Thermoanzug war so gründlich zerfetzt, daß er in Streifen auf seiner Brust und am Hals flatterte. Der Atemfilter befand sich nur deshalb noch an Ort und Stelle, weil Publicker ihn krampfhaft mit der Hand festhielt. Er hatte seine Schutzbrille verloren, so daß sein Gesicht von der grausamen Kälte fahlweiß verfärbt war. Ein dünner Blutfaden war unter einem Ohr auf der Haut festgefroren. Dort war ein Eiszapfen durch den Thermoanzug gedrungen und hatte seine Haut aufgeschlitzt.

»Sein Kommunikator ist verschwunden.« Chekov löste das Seil um die Taille des jungen Mannes, dann schüttelte er es frei. Uhura schaltete die Winde wieder ein, und der Sicherheitschef legte Publicker behutsam aufs Eis. »Publicker, können Sie mich durch das Mikro hören?«

Publicker nickte und öffnete mühsam die Augen. Er holte tief Luft, dann krümmte er sich unter einem Hustenanfall. Die Feuchtigkeit in seiner ungefilterten Atemluft bildete eine glitzernde Wolke vor seinem Gesicht. »Kann nicht atmen«, keuchte er. Seine Stimme klang in der eisigen Luft krächzend und matt. »Kann nicht ...«

Chekov stieß einen Fluch aus und bückte sich, um die Überreste von Publickers zerrissenem Thermoanzug, so gut es ging, um ihn zu wickeln. »Im Schlitten müßte noch ein Reservefilter liegen«, sagte er mit rauher Stimme zu Uhura. »Und eine zusätzliche Schutzbrille.«

»Ich gehe schon.« Der Antigravschlitten federte unter ihren Händen nach, als sie nach den genannten Gegenständen suchte. »Ich kann nichts finden. Wo ...« Das lauter werdende Brummen der Seilwinde warnte sie einen winzigen Moment, bevor sie etwas über das Eis scharren hörte. Sie und Chekov sprangen gemeinsam vor und nahmen die schlaffe, verkrümmte Gestalt in Empfang, die über den Rand der Eisspalte gezogen wurde. Uhura biß sich entsetzt auf die Unterlippe, als sie sah, wie grotesk Howards Arm herabbaumelte.

»O Gott – was ist mit ihm passiert?«

»Ganz ruhig.« Chekov legte ihr eine Hand auf den Arm. »Ich glaube, er hat sich nur den Arm ausgekugelt, mehr nicht.« Er bückte sich, hob den anderen Arm des Sicherheitsmannes an, dann ließ er ihn los. Er fiel schlaff herab und Chekov schüttelte mit einem Laut des Unmuts den Kopf. »Er ist immer noch bewußtlos. Ich versuche mal, seinen Arm zu richten, ehe er aufwacht. Suchen Sie weiter nach Publickers Atemfilter, sonst verbrennen bei dieser Luft seine Lungen. Eigentlich müßte noch einer in der Notfallbox neben dem Medikit liegen.«

»In Ordnung.« Uhura stieg über das Seil und die Winde und ging zum vorderen Ende des Schlittens, während Chekov sich neben Howards ausgestreckter Gestalt hinkniete. Sie drehte ihr Außenmikro lauter und hörte Publickers krampfartiges Husten. »Halten Sie durch, Publicker!« rief sie ihm zu. »Wir bringen Sie schnellstens wieder auf die Beine.«

Seine Antwort bestand aus einem heiseren Schrei namenloser Panik. Uhura wirbelte erschreckt herum. Der junge Mann hatte sich auf die Knie aufgerichtet, kauerte schwankend am Rand des Eisschildes und starrte über den Spalt hinweg. Ihr Blick folgte seinem, während erneut ein ferner heulender Schrei durch die Luft schnitt.

Auf der anderen Seite der Schlucht war nur ein weißes Flattern zu erkennen, das ihr verriet, daß die mit Federn geschmückten Kitka auf den gähnenden Abgrund zurannten. Voller Grauen verfolgte Uhura, wie sie der Kante entgegenstürmten, und fragte sich, was um alles in der Welt sie beabsichtigten. Dann bemerkte sie das schlanke helle Aufleuchten knochenweißer Stäbe, die sie trugen – und hielt unwillkürlich die Luft an, als sie begriff, was sie beabsichtigten. Chekov mußte es ebenfalls gesehen und erkannt haben. Sein Warnruf fiel mit ihrem zusammen, während zwei Eingeborene ihre langen Speere in die eisige Kante der Spalte bohrten und sich über den Abgrund schwangen.

Der Sprung begann bei völliger Totenstille. Es war ein weiter, glitzernder Bogen durch die eisige Luft. Er endete mit einem dumpfen Laut, als die Eingeborenen auf der anderen Seite des Einschnitts und nur wenige

Meter von ihrem Schlitten entfernt landeten. Uhura stieß unwillkürlich einen Schrei aus, als das Eis von dem Aufprall erbebte, und zwar so heftig, daß sie auf die Knie sank. Aus irgendeinem Grund jedoch hörte das Vibrieren des Untergrunds nicht auf, nachdem die Eingeborenen gelandet waren. Das Knirschen, das die Landung begleitet hatte, wurde lauter und ging wenige Sekunden später in das Knirschen und Krachen berstenden Eises über. Uhura spürte, wie sich irgend etwas losriß, und begriff plötzlich, daß die gesamte Eisplatte unter ihnen weggesackt war.

Sie stieß einen einzigen Schrei aus, als sie den schwarzen Fluten unter ihnen entgegenstürzten.

McCoys Nasenflügel blähten sich auf, als er den Hauch eines beißenden Geruchs wahrnahm. Seine Blicke zuckten in der engen Umgebung des Krankenreviers hin und her, und seine Finger krampften sich in den Stoff von Nuies Hemd. »Da!«

Ein Rauchfaden trieb durch die Labortür, hereingeweht von schwachen Luftströmungen und sacht das Wasser berührend wie früher Morgennebel auf einem Bergsee. Die Rauchschwaden wurden dichter, dunkler, und sie hörten das Knistern von Flammen.

Die Männer eilten zum Labor, kämpften mit den Beinen gegen das eisige Wasser, das bereits ihre Oberschenkel umspülte. McCoy streifte das Leck mit einem schnellen Seitenblick, während er sich daran vorbeischob, und sein Herz setzte einen Schlag aus, als er sah, daß das Wasser erheblich schneller einströmte.

Sein ausgestreckter Arm stoppte Nuie in der Türöffnung. Vor ihnen tanzten Flammen auf dem ansteigenden Wasserspiegel wie stolze Kriegsschiffe einer uralten, mächtigen Erobererrasse. Feuerzungen leckten über die Wände und schwärzten die Kanten der Laboreinrichtung. Qualm wallte in dichten Wolken hoch.

McCoy fluchte gräßlich und wünschte Muhanti Pest, Cholera und nach einige unerfreuliche Erkrankungen mehr an den Hals.

»Das sind seine dämlichen Experimente«, meinte er erklärend zu Nuie, wobei er die Stimme erhob, damit der Kitka ihn über dem Prasseln der Flammen verstehen konnte. »Als das Schiff sich auf die Seite legte, muß alles umgekippt und durch die Luft geflogen sein.« Seine Stirn legte sich in Falten. »In irgendeiner Substanz muß eine Menge Öl enthalten gewesen sein.« Die Flammen huschten über die Wasseroberfläche wie Schlittschuhläufer mit schwachen Fußgelenken.

Eine vereinzelte Rauchschwade reizte Nuie zum Husten. Er zog McCoy aus der Türöffnung. »Wir müssen löschen, Doktor. Das Feuer verbraucht unseren Sauerstoff, ehe der Wasserspiegel die Decke erreicht.«

McCoy fand beide Möglichkeiten nicht besonders angenehm. Beide liefen auf einen Erstickungstod hinaus, und der war nun wirklich nicht seine erste Wahl, wenn es darum ging, sich eine Todesart auszusuchen. Im Bett zu liegen, umringt von Verwandten, Freunden und Bewunderern – das entsprach schon eher seinen Vorstellungen, aber er verzichtete darauf, dies dem Kitka zu erklären.

»Ich weiß nicht, wo Muhanti seine Feuerlöscher aufbewahrt. Wahrscheinlich befinden sie sich längst unter Wasser«, meinte McCoy ungehalten.

»Wir schließen die Tür«, schlug Nuie vor, »und das Feuer wird wegen Sauerstoffmangels erlöschen.«

McCoy betrachtete ihn bewundernd. Er kam sich unendlich dumm vor. »Nuie, ich kann über Sie nur staunen.«

»Brechen Sie sich keinen ab.« Nuie machte eine wegwerfende Geste, und McCoy drehte sich um. Die Rückwand des Labors war verbogen und zerbeult wie die im Krankenrevier. Wasser sickerte an der Wand herab, ebenso tödlich wie ein schleichender Mörder. »Oh, verdammt ...«

Eine Alarmglocke begann über ihren Köpfen zu ertönen, und McCoy hätte vor Schreck beinahe einen Riesensatz gemacht. Wasser spritzte aus einer Dekkendüse in jede Richtung, als das Sprinklersystem ausgelöst wurde.

»Genau das, was wir dringend brauchen«, schimpfte der Arzt und krümmte sich gequält, während seine schwere Jacke sich mit kalter Nässe um seinen Körper schmiegte. »Noch mehr Wasser.«

Nuies Gesichtsausdruck war eine Mischung aus verbissener Belustigung und Mitleid. »Kommen Sie, Dr. McCoy. Helfen Sie mir, die Tür zu schließen.«

Sie mußten zu zweit ihre ganze Kraft einsetzen, um die Tür gegen den Wasserdruck zuzuziehen. Als sie es endlich geschafft hatten, reichte ihnen das Wasser bis zur Brust. Die Alarmglocke verstummte ebenso unvermittelt, wie sie zu läuten begonnen hatte. McCoy lauschte voll fieberhafter Hoffnung, aber er vernahm keinerlei Geräusche, die eine unmittelbar bevorstehende Rettung ankündigten. »Wenn dies nicht ihre Aufmerksamkeit erregt hat, dann gibt es wohl nichts mehr.«

»Ich fürchte, damit haben Sie recht, Doktor.«

Ein trauriges knappes Lachen entfuhr McCoy. Er war sich unschlüssig, ob er Nuie umarmen oder ihn verprügeln sollte, weil er genauso klang wie Spock. Ihm war, als müßte er sich anhören, wie der Vulkanier seine Weisheiten zum besten gab.

Der Druck des eisigen Wassers auf seine Brust erschwerte ihm das Atmen. »Nuie, ich ...«

Begleitet von einem lauten Ächzen des Protestes führte das Schiff eine schwere Rollbewegung aus. Beide Männer stürzten. McCoy landete hart und tauchte völlig unter. Sämtliche Luft wurde schlagartig aus seinen Lungen gepreßt; er erhielt einen schmerzhaften Stoß und atmete plötzlich Wasser. Seine Augen brannten vom Salzwasser und nahmen lediglich einen trüben, grünen Schimmer wahr. Mit einem erstickten Schrei reinsten Grauens schoß er zur Wasseroberfläche hoch, suchte mit den Händen wild nach einem Halt, während seine Füße gefühllos über die Bodenplatten rutschten.

Hände ergriffen ihn, und er schlug sie in seiner Angst beiseite. Die Augen weit aufgerissen und ins Leere starrend, sah er nicht viel, bis Nuies Körper ihn auf eines der Hochbetten über dem Wasser hievte und dort festhielt. Die tröstenden Worte des Ersten Maats beruhigten McCoy schließlich so weit, daß er sich blinzelnd umschaute und seine Umgebung begutachtete. Seine Brust hob und senkte sich ruckartig im Rhythmus seines heftigen Atems. Er holte tief Luft und gab sich den stummen Befehl, sich zu beruhigen, sich zu entspannen. McCoys Kopf sank zwischen seine Schultern, und es dauerte einige Zeit, bis er sich dazu durchringen konnte, Nuies Ärmel loszulassen. »Es tut mir leid …«

»Es ist nichts Schlimmes dabei, Angst zu haben«, erklärte Nuie mit Nachdruck. »Es ist töricht, sich dafür zu entschuldigen.«

»Dann bin ich eben töricht und entschuldige mich. Es ist nur so …« McCoy fuhr sich mit einer nassen Hand durch sein triefendes Haar und schüttelte den Kopf, als er keine Worte fand.

»Bleiben Sie auf dem Bett.« Nuies Hand ruhte kurz auf seiner Schulter. »Dann bleiben Sie noch ein wenig länger auf dem Trockenen.«

McCoy hob den Kopf und blickte düster in die seltsamen Augen des Mannes, Augen, die er, wie ihm plötzlich klar wurde, für den Rest seines Lebens nicht mehr vergessen würde. »Wir werden sterben, nicht wahr?«

Nuies Blick schwankte nicht. »Ja, Doktor. Ich glaube, das werden wir. Es ist für diesen Kitka wohl ein wenig zu spät, das Lügen zu erlernen.«

Der Scherz löste bei McCoy ein mattes Kichern aus. »Ja, ich glaube, das ist es wohl.« Sein Blick irrte ab und verlor sich in der Ferne. »Ich dachte immer, ich würde zusammen mit Kirk sterben, oder mit Spock. Zumindest zusammen mit einem Freund.«

»Sie sterben mit einem Freund, McCoy.«

Das ließ ihn wieder in die Realität zurückkehren. Der ernste Ausdruck auf dem Gesicht des Kitka unterstrich seine Worte.

McCoy streckte ihm seine Hand entgegen. »Vielen Dank, Nuie. Und sagen Sie Leonard zu mir.«

Die schwielige Hand ergriff die seine für einen kurzen Moment und ließ sie wieder los. »Nuie vom Ulu-Clan. Das Ulu ist das Spezialmesser der Kitka. Man kann mit einem Ulu sehr viele Dinge tun.« Nuie griff nach hinten an seinen Gürtel und zog eine Klinge heraus, die geformt war wie ein Drittelstück eines runden Kuchens. An der Spitze, dem Mittelpunkt des Kreises, befand sich ein Griff aus Fischbein, der mit der Reliefschnitzerei von einem Kraken verziert war. »Ich bin der Messerträger des Ulu-Clans.«

McCoy betrachtete mißtrauisch das scharfe Gerät. In dieser Lage mit noch gefährlicheren Objekten konfrontiert zu werden, gefiel ihm gar nicht. »Ich dachte, Sie seien ein Stadtkind, Nuie?«

»Es gibt Dinge, die gehen über Stadt- und Eisgebundenheit hinaus, Doktor.« Der Kitka betrachtete nachdenklich die Klinge. »Das Ulu ist für die Kitka das Symbol für eine Vielzahl von Dingen, von denen die meisten für Sie überhaupt keine Bedeutung haben. Vor allem ist es das Sinnbild für das Bedürfnis meines Volkes, die Götter aufzusuchen, wenn für uns der Augenblick des Sterbens herannaht.«

Ehe McCoy reagieren konnte, hatte Nuie seinen

Unterarm entblößt und mit dem Ulu tief hineingeschnitten.

Eine tosende Wasserwand sprang rund um ihren Eisberg in die Höhe, als er in den grünschwarzen Ozean stürzte. Chekov zog sich vor den schaumgekrönten Wogen zurück und versuchte auf einer Eisscholle, die auf den aufgewühlten Fluten tanzte, das Gleichgewicht zu behalten. Wasser spülte wie eine kalte, harte Hand über seine Waden, strömte zischend über sich auflösenden Schnee und erstarrte zu eisigem Glanz, ehe es die Strömungsrichtung ändern und wieder zurückfließen konnte. Chekov robbte auf Händen und Knien außer Reichweite und schlug wild auf die glasharte Schicht, die bereits auf seinem Thermoanzug haftete. Das Eis zerbrach und zerschellte mit einem Klirren, das laut genug war, um die atmosphärischen Störungen in seinem Kommunikator zu übertönen.

Immer noch unsicher auf die Bewegungen des Eisbergs reagierend und die Hände zu beiden Seiten ausgestreckt, stolperte er herum und verschaffte sich einen Überblick über ihre augenblickliche Lage. Der Antigravschlitten tanzte am Ende seiner Halteleine und schlug Dellen ins Eis an einer Stelle, die nun den höchsten Punkt ihres rundum abfallenden Floßes darstellte. Howard lag unweit des Schlittens in einem Durcheinander von Seilschlingen und Kletterhaken. Uhuras hastig installierte Anker hatten ihn schon wieder vor einem nassen Tod bewahrt. An einem etwas steiler geneigten Abhang suchte Uhuras zierliche Gestalt sich einen Weg durch gefrorenen Schnee und geborstenes Eis. Sie konzentrierte sich auf etwas, das sich unterhalb ihres Standortes und vor ihr befand – und nicht auf den stämmigen, mit weißen Federn geschmückten Mann, der hinter ihr den Abhang hochkletterte.

Angst krampfte sein Herz zusammen, als Chekov

zu einem Sprint startete. Dabei drehte er den Außenlautsprecher seines Anzugs auf maximale Leistung. »*Uhura!*«

Der Eingeborene wirbelte zu ihm herum, doch Uhura winkte nur ungeduldig, da sie mit ihren Gedanken ganz woanders war. »Es ist schon in Ordnung«, krächzte ihre Stimme im Kom-Kanal. »Ich sehe ihn.«

Sie konnte eigentlich nicht den Eingeborenen gemeint haben, doch Chekov hatte keine Zeit mehr, das genauer festzustellen. Der Kitka ließ sofort von Uhura ab, wandte sich hangabwärts und rannte auf Chekov zu, um ihn in den wassergetränkten Schnee zu stoßen.

Hartes und kantiges Eis trieb ihm beim Aufprall die Luft aus den Lungen. Chekov rollte sich herum und versuchte, sich von seinem Angreifer zu lösen. Doch der Kitka schlang kräftige Beine um seinen Leib und klemmte ihn ein. Glänzende Federn boten thermo-geschützten Händen keinen Halt, und Chekov griff ins Leere, als der Kitka sich halb herumdrehte, um ein Messer mit breiter Klinge aus einem seiner Stiefel zu ziehen.

O Gott, bitte, nein! Chekov wich instinktiv dem nach unten geführten Stoß mit der Klinge aus. Eine Hand zuckte zwischen ihnen hoch – ein verzweifelter Versuch, den Kitka von seiner Kehle fernzuhalten –, und ein Schmerz so grell wie die Nordlichter von Nordstral schoß durch seinen Unterarm.

Er spürte das rauhe Kratzen der Elfenbeinklinge auf seinem Knochen, spürte das Gewicht des Kitka, das mit dem Stoß nach vorne geworfen wurde, und hob die Beine an, um damit dem Eingeborenen in den Rücken zu treten. Als er das Gleichgewicht verlor, stieß der Kitka einen überraschten Pfiff aus und stürzte. Chekov riß seinen verwundeten Arm von dem Messer weg und holte mit der rechten zu einem

Schlag auf die Schulter des Eingeborenen aus. Dieser Schlag trennte sie wieder voneinander, ließ den Kitka über das Eis auf das offene Wasser zurutschen. Chekov hingegen blieb keuchend und zusammengerollt auf der Seite liegend zurück.

Das Plätschern, als der Kitka ins Wasser stürzte, war ein seltsam beruhigendes Geräusch – es verriet Chekov genau, wie weit weg von ihm der Eingeborene war. Und es versicherte ihm, daß der Eingeborene jetzt mit ganz anderen Dingen beschäftigt war als damit, ihn zu attackieren. Der Kitka sollte ruhig einige Zeit um sein Überleben kämpfen.

Chekov drehte sich um und kam auf die Knie hoch. Er stützte sich mit seiner heilen Hand ab, als Übelkeit in ihm hochwallte und die Welt vor seinen Augen grau werden ließ. Doch auch jetzt war das Muster dunkelroter Blutspritzer im Schnee ringsum nicht zu übersehen. Er stöhnte leise mit zusammengebissenen Zähnen. *O bitte, lieber Gott, laß es nicht zu.* Er konnte es sich nicht leisten zu verbluten – nicht hier draußen, nicht ausgerechnet jetzt. Er machte ein paar tiefe, zittrige Atemzüge, um sich zu sammeln. Dann biß er die Zähne zusammen und schaute nach unten, um den Schaden zu begutachten.

Blut tropfte träge zwischen seinen Fingern hervor, die er auf die Wunde gelegt hatte. Nicht hell genug für Arterienblut, nicht dickflüssig genug für Venenblut. Gut – das hieß, daß ihm kein schneller Tod drohte, obgleich er noch immer nur mühsam atmen konnte und sein Herz immer noch schwer arbeitete. Er konnte auch seine Hand zur Faust ballen. Die Bewegung trieb den Schmerz bis hinauf in seine Schläfe, aber er erhielt dadurch die Gewißheit, daß das Messer zwischen Muskeln und Knochen hindurchgegangen war und nicht zwischen den beiden Armknochen, wo durchtrennte Nerven seine Hand zu ewiger Nutzlosigkeit verdammt hätten. Alles in allem ging es ihm viel besser, als er angesichts der herrschenden Umstände hätte hoffen dürfen.

Er kam schwankend auf die Füße und preßte dabei immer noch den verletzten Arm an den Leib. Der Schock hatte seine Sinne beinahe vollständig betäubt, aber er spürte eine flackernde Benommenheit hinter seinen Augen und einen trägen, entsetzlichen Muskelkrampf in seiner Brust, der sich seinem Atem widersetzte. Am besten suchte er sofort Uhura, um sich zu vergewissern, daß es ihr gutging, ehe das Adrenalin ihn im Stich und mit dem Gesicht voraus in den Schnee stürzen ließ. Wahrscheinlich würde er dann dem Kitka ins Wasser hinterherrutschen. Und wenn er seine jetzige Verfassung betrachtete, wäre das gewiß keine gute Idee. »Uhura?«

Ihre Stimme klang klar und deutlich und drang sowohl über den Kom-Kanal als auch durch die Luft zu ihm. »Chekov! Helfen Sie mir!«

Es bedurfte fast seiner gesamten Konzentration, den kurzen Hang zwischen ihnen zu überwinden. Er keuchte, als hätte er soeben den Mount Everest bezwungen, als er auf der anderen Seite hinunterrutschte. Uhura kauerte am Wasser. Sie wandte ihm den Rücken zu und hatte die Arme bis zum Ellbogen ins eisige Meer getaucht. Als Chekov erkannte, womit sie sich abmühte, ließ das Grauen ihn einen wortlosen Schrei ausstoßen, und er machte einen verzweifelten Satz vorwärts, um ihre Hände zu ergreifen.

Im Wasser vor Uhura tanzte Publicker fast auf gleicher Höhe mit dem schwankenden Eisberg. Seine Augen, geschlossen und eingefallen, waren rote Flekken in seinem eisfahlen Gesicht, und seine Lippen nahmen allmählich jene verdammte violett-schwarze Farbe an, die Chekov nur von Menschen kannte, die zu lange hilflos im Schnee gelegen hatten. Publickers fehlender Atemfilter besagte, daß seine Lungen ungeschützt waren; durch die Risse in seinem Thermoanzug drang Wasser ein und umspülte seine Haut seit dem Moment, als ihre Eisscholle abgebrochen war. Chekov zerrte mit seinen eigenen blutverschmierten Händen an Uhuras Fingern und bog sie auf. Er ignorierte ihren heftigen Protest und zerrte sie unbarmherzig vom Eisrand weg. Da er nun von niemandem mehr festgehalten wurde, versank Publicker augenblicklich.

»Was tun Sie?« Uhura wehrte sich mit aller Kraft. Panik und Enttäuschung lagen in ihrer Stimme, als sie feststellte, daß ihre Energie nicht mehr ausreichte, sich aus Chekovs Griff zu befreien. »Chekov, er ist bewußtlos! Er kann sterben!«

Vor seinen Augen drehte sich alles, und sein Herz war schwer von Schock und Verzweiflung, als Chekov ihre Hände festhielt und an ihre Seiten preßte. »Sie irren sich«, sagte er, und seine Stimme war sehr heiser und müde. »Er ist schon tot.«

11

Uhura schloß die Augen. Sie konnte einfach nicht mit ansehen, wie Publickers starres Gesicht im dunklen und stillen Wasser versank. Sie griff blind nach Chekov, suchte die Berührung eines anderen Menschen, um das Gefühl eisiger Hände, die ihrem Griff entglitten, zu verdrängen. Ihre Finger fanden den starren Arm des Sicherheitsoffiziers, dann wichen sie bei seinem schmerzhaften Zusammenzucken und Stöhnen zurück.

»Sie sind verletzt!« Sie fuhr herum, starrte fragend in Chekovs Gesicht, als könnte sie hinter dem Glänzen seiner Schutzbrille irgendeinen Ausdruck erkennen. Sie bemerkte die Haltung seines linken Arms, den er gegen die Brust drückte und mit der anderen Hand unterhalb des Ellbogens stützte. Auf dem Ärmel seines Thermoanzugs schimmerten eisige Streifen im arktischen grellen Licht, aber erst als Uhura die roten Flecken auf dem Eis hinter ihm entdeckte, erkannte sie, daß es sich um Blut handelte.

»O mein Gott!« Sie kletterte den steilen Eishang hoch und bugsierte ihn zu einem etwas sichereren Standort. »Was ist passiert?«

Da er keine Hand frei hatte, deutete Chekov mit dem Kinn auf das dunkle Wasser der Eisschlucht. Ihre Eisscholle schaukelte sacht, als sie auf irgendeine Strömung unter ihr traf, die sie von den schartigen blauen Seitenwänden wegtreiben ließ. »Das Wasser ist kälter als null Grad. Mit intaktem Thermoanzug wäre das kein Thema. Aber als es erst einmal in seinen

Anzug eingedrungen war, hatte er nicht mehr den Hauch einer Chance.«

»Nein, ich meine, was ist mit *Ihnen* passiert?« Uhura legte ihm eine Hand auf die heile Schulter, als er leicht schwankte.

»Ein Eingeborener hat mich angegriffen – mit einem Messer.« Chekovs Stimme, die schon vorher gepreßt und angespannt geklungen hatte, ging in eine Folge atemloser Keuchlaute über. »Ich … hab … ihn abgewehrt … o Gott!«

Er erschreckte sie, als er seine heile Hand hob und an seinem Atemfilter herumzerrte. Der Filter klappte auf und gab explosionsartig eine Wolke eisiger Luft frei. Glitzernde Eiskristalle tanzten und verschwanden im arktischen Wind.

»Chekov, was ist los mit Ihnen?«

»Kann nicht atmen …« Seine Worte waren Publickers Äußerungen derart ähnlich, daß Uhura spürte, wie es ihr kalt über den Rücken lief. »Kann nicht …« Chekov sackte auf die Knie.

»Nein!« Uhura packte den Sicherheitsoffizier. Niemals würde sie zulassen, daß auch er den Eishang hinunter und ins Wasser glitt. Ein letzter Schleier eisig weißer Atemluft wallte aus seinem offenen Thermoanzug, dann stürzte er nach vorne aufs Eis. Uhuras schnelle Reaktion bewahrte ihn im letzten Moment davor, auf seinem verletzten Arm zu landen. Am Ende lag er verkrümmt da, halb in ihrem Schoß und halb auf dem Eis. Durch den offenen Atemfilter waren Eiskristalle auf seinen Wangen und seinem Kinn zu sehen. Sie waren genauso weiß wie die blutleere Haut darunter.

»O nein!« Uhura tastete seinen Gürtel auf der Suche nach seinem Medikit ab. Keine herkömmliche Messerwunde konnte diese Reaktion bei dem Sicherheitschef hervorrufen – es sei denn die Messerklinge war vergiftet.

Sie holte den Injektor mit dem universellen Antitoxin aus seinem Medikit, dann streifte sie den Bodyslip von seinem Kopf zurück, um die Muskeln seines Halses freizulegen. Sie hatte die Spritze schon fast angesetzt, als sein bisher schlaffer Körper sich plötzlich gegen sie warf und vor Schmerzen zu zittern begann. Uhura stöhnte erstickt auf, als sein Kopf nach hinten schlug und ihren Arm traf. Der schlanke Injektor flog in hohem Bogen durch die Luft. Voller Entsetzen verfolgte Uhura, wie die Spritze ein paar Meter entfernt auf dem Eis landete, in Richtung Schollenrand rutschte und im Meer verschwand.

»Nein!« Panische Angst raubte der Kommunikationsspezialistin jegliche Rücksicht. Sie wuchtete Chekovs nunmehr steifen Körper von ihrem Schoß herunter, griff an ihren eigenen Gürtel, öffnete hastig ihr eigenes Medikit und zerrte den Antitoxininjektor heraus. Diesmal suchte sie nicht lange nach einem Muskel – sie preßte die Spritze auf die nächste Fläche nackter Haut, die sie fand, und schoß die Dosis hinein.

Und nichts geschah.

»Chekov! Verdammt noch mal, wagen Sie ja nicht, mir unter den Händen wegzusterben!« Uhura schlug mit beiden Händen auf seine Brust und drückte die letzten Reste Luft aus seinen Lungen heraus. Unter dem Plastikmaterial seines Thermoanzugs fühlten die Muskeln seines Oberkörpers sich an wie solider Stahl. Sie entfernte ihren eigenen Atemfilter, hielt keuchend die Luft an, als die Kälte in ihre Lungen schnitt, dann beugte sie sich vor und blies soviel Luft wie möglich in seine eisigen Lungen. Ein Atemzug, zwei Atemzüge, drei – und die Verkrampfung seines Körpers löste sich augenblicklich.

Uhura lehnte sich zurück und atmete so heftig, daß sie das Gefühl hatte, als würden ihre Lungen brennen. Sie konnte bei Chekov keinen Unterschied zu vorher feststellen – keine Farbe schlich sich in sein eisfahles

Gesicht zurück, kein Flattern der Augenlider war zu beobachten. Wenn er wirklich atmete, dann so langsam, daß sie es nicht erkennen konnte. O Gott, war er etwa tot?

Sie beugte sich vor und wußte für einen Moment nicht mehr, was sie noch tun konnte. Etwas Dünnes und Hartes stieß dabei gegen ihr Kinn, und sie griff danach und ertastete Nhyms Kitka-Maske, die lose und vergessen um ihren Hals hing. Plötzlich hatte sie eine Idee. Sie zog sich die Knochenmaske über den Kopf und riß in ihrer Hast beinahe ihren eigenen Atemfilter ab. Das glänzende Knochenmaterial schimmerte warm wie Milch, als sie die Maske über Chekovs mit Eis umkränzte Lippen hielt. Lang blieb der Glanz ungetrübt, für eine kalte, schreckliche Ewigkeit, doch dann entstand darauf ein hauchfeiner Film kondensierter Atemluft.

»Gott sei Dank.« Uhura ließ die Maske fallen, dann klappte sie Chekovs Atemfilter wieder zu, um sein Gesicht vor dem Frost zu schützen. Ihre eigenen Wangen brannten vor Kälte. Sie schloß auch ihren eigenen Atemfilter und verharrte mitten in der Bewegung.

Irgendwo hinter ihr hatte das Außenmikrofon das unverkennbare Knirschen eines Schrittes aufgenommen.

Der Arzt in Leonard McCoy erwachte. Er sprang vom Bett ins stinkende, eisige Wasser hinunter und packte Nuie. »Was, zum Teufel, tun Sie da?«

Der Schamane schob ihn weg wie ein lästiges Kind. »Sie dürfen mich nicht stören, Leonard. Dies ist ein Teil meines Lebens, der vollendet werden muß. Sie dürfen sich nicht einmischen.«

»Und ob ich das darf, verdammt noch mal!« Er versuchte den nackten Arm des Kitka zu fassen und schaffte es nicht. Seine Hände rutschten von der blutigen Haut ab. »Verdammt, Nuie!«

Jemand trommelte gegen die Tür. »Pille! Bist du da drin?«

Der gedämpfte Ruf stoppte McCoy. Einen kurzen Moment stand er stocksteif da, ehe er herumwirbelte und zur Tür strebte, wobei das Wasser in alle Richtungen spritzte. Er hämmerte gegen den dicken Stahl mit einer Faust, die aus kältesteifen Anhängseln bestand, die kaum noch Fingern ähnelten. »Jim!« Eine so tiefe Erleichterung durchströmte ihn, daß er beinahe geweint hätte. Seine Beine zitterten plötzlich und drohten jeden Moment nachzugeben. Allein die Tatsache, daß er die Stimme seines Freundes hörte, bewirkte, daß seine Angst schlagartig verflog.

»Pille, mach die Tür auf!«

»Das geht nicht! Sie ist von draußen verkeilt! Jim, hier befindet sich ein Leck!«

Er verfolgte, wie das Verschlußrad sich jeweils nur ein winziges Stück nach links oder rechts drehte, dann hörte er, wie Kirk einen zornigen Fluch ausstieß. »Ich hole euch raus! Das verspreche ich dir! Wer ist sonst noch bei dir?«

»Nur Nuie.«

»Wie hoch steht das Wasser?«

McCoy schluckte krampfhaft. »Fast bis zum Hals. Wir können noch auf die Betten und Kisten steigen, aber das wird uns in ein paar Minuten auch nicht mehr viel nützen.«

»Tut es trotzdem! Damit gewinnt ihr zusätzliche Zeit zum Atmen. Ich – was, zum Teufel, ist das?«

Hinter McCoy erhob sich plötzlich ein gespenstisches, an-und abschwellendes Heulen. Er wirbelte herum, und ein Schrei drang aus seiner Kehle. Nuie stand da und reckte seinen Arm hoch über den Kopf. Blut sickerte an den verknoteten Muskeln entlang, verursachte Flecken auf seiner Uniform und verwandelte sich im Wasser zu rosafarbenen Schleiern. Er warf den Kopf zurück und schloß die Augen, und seine Stimme erhob sich wieder zu dem gespenstischen Kitka-Gesang. »Komm schnellstens rein, Jim, ehe wir einen rituellen Selbstmord erleben!«

»Ich komme, so schnell ich kann!« rief Kirk.

McCoy befeuchtete nervös seine Lippen und schritt auf Nuie zu. »Stecken Sie das Messer weg, Nuie. Noch ist es für uns nicht an der Zeit zu sterben.« *Lügner*, sang ein Teil seines Geistes. Er legte seine Finger um den verletzten Unterarm und behielt dabei das Ulu in der anderen Hand des Kitka wachsam im Auge. Blut quoll unter seiner Handfläche aus dem Schnitt, und er verstärkte den Druck seiner Hand auf das harte Fleisch. Der Erste Maat zuckte zusammen, und der Gesang brach schlagartig ab.

McCoy fühlte sich von den silbernen Augen angezogen. »Nuie, wir werden nicht sterben. Nicht heute«, betonte er. »Kirk ist am Leben, und wenn uns einer hier rausholen kann, dann nur er. Ich kenne ihn schon lange, und es gibt keinen stureren Mann in der gesamten Galaxis. Er hat dem Tod öfter als jeder, den ich kenne, ein Schnippchen geschlagen.«

»Man kann dem Tod nur so lange ein Schnippchen schlagen, wie er es einem gestattet«, erwiderte Nuie pragmatisch.

McCoy verspürte plötzlich wieder den Wunsch, mit dem Kopf gegen die Wand zu rennen, wobei er sich nicht sicher war, ob es sein oder Nuies Schädel war, den er dabei am liebsten eingeschlagen hätte. »Dann muß der Tod Jim Kirk doch sehr gern haben, denn er ließ es zu, daß er ihn in seinem eigenen Spiel schlug.« Seine gefühllosen Finger drückten, klebrig wie sie waren, noch fester auf Nuies Haut. »Verdammt, Nuie, Sie sind mein Freund! Ich lasse Sie nicht sterben.«

»Es ist nicht Ihre Wahl, sondern meine. Wenn ich sterbe, ohne mit Gott gesprochen zu haben, wenn ich mich nicht selbst anbiete, bin ich nichts als Kitka, und das Leben nach dem Tode wird mich zurückweisen.

Meine Seele wird für immer in einer Muschel auf dem Grund des Meeres gefangen sein. Ich werde nicht in den Kreislauf aufgenommen ...«

McCoy blickte Nuie in die Augen und verstand endlich, was er dort sah. Der Kitka hatte keine Angst vor dem Tod, aber er hatte Angst, diese Welt verlassen zu müssen, ohne sein Ritual absolviert zu haben. Sein Tod war aufs engste mit seinem Leben verbunden. Nuie hatte sich mit McCoys Angst voller Verständnis abgefunden. Der Arzt durfte nicht weniger tolerant sein, obgleich es ihm gar nicht paßte sich einzugestehen, daß er kein Recht hatte, dem Mann die Ausübung seiner kulturellen Gepflogenheiten zu verweigern.

»Okay. Ich bin einverstanden! Aber wir werden *nicht* sterben!«

»Kann mir das jemand versprechen?«

McCoy konnte nicht lügen angesichts dieses offenen und geduldigen Blicks. »Versprechen kann ich Ihnen gar nichts, Nuie.« Er seufzte und ließ ihn los. »Ich weiß, was ich glaube, aber ich kann nicht erwarten, daß auch Sie es glauben. Wenn der Zeitpunkt kommt, um zu sterben, würde ich ebenfalls gerne mit Gott reden. Ich möchte, daß mein Tod irgendeinen Sinn hat.«

Tiefes Mitgefühl erschien in Nuies Augen und war gleich darauf wieder verschwunden. »Sie erweisen mir eine große Ehre, Leonard. Aber es tut mir leid. Ich kann das nicht akzeptieren. Sie sind kein Kitka. Der Gott wird Sie nicht aufnehmen.«

McCoy reagierte ungehalten. »Was ist los? Rieche ich etwa schlecht?«

»Ich weiß nicht, wie Sie für den Gott riechen. Ich weiß nur, daß er Sie nicht annehmen würde und daß Ihr Körper unverzehrt umherirren würde.«

»Nun, es ist eine verdammt traurige Welt, wenn ein Mann sich nicht einmal die Pulsadern aufschneiden oder sich dem Himmel anbieten kann anstatt zu ertrinken.« Er bemerkte mit finsterer Miene das matte Lächeln, das um Nuies Mund spielte, und deutete auf seinen Arm. »Haben Sie für heute genug geblutet?«

»Einstweilen ja.« Nuie tauchte den Schnitt ins Wasser. Ihm schien das durch das Salz erzeugte Brennen nichts auszumachen.

»Einstweilen ja«, wiederholte McCoy und spuckte Salzwasser aus. Angst ließ ihn nach dem Bett greifen. Er zog sich daran hoch mit Armen, die kaum sein Gewicht tragen würden, und reckte den Kopf so weit wie möglich aus dem Wasser. »*Jim!*«

»Ich bin hier, Pille!« Kirks Antwort schien aus allen Richtungen zu ertönen, und der Klang seiner Stimme hatte sich verändert.

»Wo?«

»Dort!« Nuie deutete auf ein Gitter an einer Wand dicht unterhalb der Decke. »Der Belüftungsschacht.«

»Richtig«, rief Kirk. »Du mußt nur hier reinklettern, Pille. Ich habe ein paar Angehörige der Besatzung bei mir, und sie versichern mir, daß wir euch auf diesem Weg rausbekommen und gleichzeitig ein Behelfsschott basteln, um das Wasser draußen zu halten.«

»Was ist denn mit dem restlichen System? Wird das nicht auch überflutet?«

»Wir kümmern uns darum. Hör auf zu diskutieren, sondern komm endlich rein!«

McCoy blickte in die ungewisse Finsternis. »Es gibt nichts, was mir als Tritt dienen könnte.«

»Dann mußt du eben Wasser treten.« Kirk klang allmählich ungeduldig.

McCoy konnte es ihm nicht verübeln, aber ... »Verdammt, Jim, ich bin Arzt und kein Synchronschwimmer! Ich kann nicht Wasser treten.«

»Dann solltest du es besser lernen.«

»Ich helfe Ihnen, Leonard«, bot Nuie an. Seine Arme bewegten sich rhythmisch, und seine Füße schwebten bereits mehrere Zentimeter über dem Boden.

McCoy betrachtete die dunkle Höhle des Schachts. »Ich passe niemals hinein.«

Ein explosionsartiger Seufzer lief durch das Belüftungssystem. »Würdest du lieber ertrinken? Steig endlich in den Schacht, McCoy. Das ist ein Befehl!«

»Ich hasse es, wenn du den Chef spielst«, murmelte McCoy. Mit steif nach vorne gereckten Armen rutschte er nach vorne von seiner Koje herunter, die Augen beschwörend auf den dunklen, quadratischen, hoffnungslos kleinen Belüftungsrost gerichtet.

»Ist der Chief in Ordnung?«

Die nervös gespannte heisere Stimme aus dem Kom-Kanal ließ Uhura erleichtert ausatmen. »Howard!« Sie klappte ihren Filter zu, kam auf die Füße und wandte sich dorthin um, woher die Schritte kamen. Die hochgewachsene Gestalt des Sicherheitsmannes umkreiste den Antigravschlitten, dann begann er auf der schrägen Eisrampe auf sie zuzuklettern. Er bewegte sich ein wenig steif, aber seine Arme schienen völlig in Ordnung zu sein. Sie vermutete, daß Chekov genügend Zeit gehabt haben mußte, die Schulter einzurenken, ehe ihre Eisscholle abstürzte.

»Gott sei Dank, Sie sind noch da.« Uhura rutschte ihm über den weißen Abhang entgegen. Sein langsames Vorankommen machte sie ungeduldig. »Geben Sie mir das Antitoxin aus Ihrem Medikit.«

Howards glänzende Brille richtete sich für einen kurzen Moment auf sie, dann drehte sie sich wieder zu Chekovs regungsloser Gestalt um. »Er ist vergiftet?« Seine linke Hand tastete unbeholfen nach seiner Gürteltasche. »Wie ist es denn dazu gekommen?«

»Bei einem Zweikampf. Die Kitka müssen ihre Waffen mit irgendeinem Betäubungsgift präpariert haben.« Uhura nahm die Kapsel Antitoxin entgegen, die er ihr reichte, dann stieg sie wieder den Abhang hinauf. »Ich habe ihm schon eine Dosis verpaßt, aber es dauerte ziemlich lange, bis sie zu wirken begann. Ich möchte ihm noch eine zweite Ladung geben, um auf Nummer sicher zu gehen.«

»Meinen Sie nicht, daß eine Dosis genug ist?«

Uhura schüttelte den Kopf und achtete darauf, daß ihr vor Hast das Antitoxin nicht aus der Hand rutschte. »Keine Ahnung. Es handelt sich um ein Breitband-Entgiftungsmittel – falls das jeweilige Gift nicht neutralisiert werden kann, wird das Opfer immerhin lange genug am Leben erhalten, um es in ein Lazarett zu bringen. Dort kann ein ausgebildeter Arzt dann eine Blutprobe entnehmen und ein spezielles Gegenmittel herstellen.« Es beunruhigte sie, daß sie diese Möglichkeit nicht hatten.

Howard kauerte sich hin, um zuzusehen, als sie Chekovs Atemfilter aufklappte und ihm eine zweite Injektion verabreichte. Der Sicherheitschef war noch immer genauso bleich wie das Eis ringsum.

»Er sieht sehr schlecht aus, Sir«, sagte Howard besorgt. »Hat er viel Blut verloren?«

»Ich weiß es nicht.« Dunkelrote Eiskristalle splitterten von Chekovs verletztem Arm ab, als Uhura seinen Thermoanzug öffnete. Unter dem zerrissenen Bodyslip quoll aus einem schmalen Schnitt in seinem Unterarm ein wenig Blut hervor. Uhura biß sich auf die Unterlippe und suchte in ihrem Medikit nach einem Container mit sterilem Verbandsmaterial. Das weiße Spray zischte aus der Düse und bildete einen dünnen Film auf der Wunde. Uhura zog den Thermoanzug darüber, dann streifte sie ihren Handschuh ab, um Chekovs nackte Wange zu berühren. Sie fühlte sich eisig kalt an. »Er verliert Wärme.«

»Wie kann das denn passieren, wenn er einen Thermoanzug trägt?« fragte Howard verwirrt.

Uhura zuckte die Achseln, während sie Chekovs

Atemfilter wieder zudrückte. Auch jetzt rührte er sich noch nicht. »Wenn sein Körper keine Wärme erzeugt, kann der Thermoanzug sie nicht festhalten. Wir müssen versuchen, ihn von außen anzuwärmen.« Sie legte die Dose Sprühverband beiseite und erhob sich, als sie einen Entschluß gefaßt hatte. »Zuerst einmal müssen wir ein Zelt aufschlagen. Meinen Sie, Sie könnten Lieutenant Chekov zum Antigravschlitten runterschleppen?«

»Sir?« Howard war aufrichtig verblüfft, als er zu ihr hochschaute. »*So* schwer ist der Lieutenant nun auch wieder nicht.«

»Ich weiß«, sagte Uhura sanft. »Aber Sie hatten sich die Schulter ausgerenkt, als Sie gegen die Wand der Eisschlucht prallten.«

»Tatsächlich?« Der Sicherheitsmann drehte seinen linken Arm vorsichtig im Kreis. »Deshalb habe ich also solche Schmerzen. Ich habe mich schon gefragt, weshalb ich so lange bewußtlos gewesen war. Das letzte, was mir im Gedächtnis haften geblieben ist, war mein Sturz von der Eisbrücke. Dann kam ich erst wieder zu mir, als wir mitten auf dem Ozean trieben.«

»Mitten auf dem Ozean?« Uhura schaute sich staunend um. Während ihrer konzentrierten Bemühungen, Chekov am Leben zu erhalten, hatte sie nicht einmal bemerkt, daß ihre Eisscholle sich bewegte. Mittlerweile trieben sie schaukelnd auf einer schwarzen Wasserfläche, und die fleckigen grauen Wände des Eisschildes lagen weit hinter ihnen. Sie konnte kaum den dunkelblauen Schatten der Schlucht erkennen, aus der sie gekommen waren. »Du lieber Himmel!«

»Aye, Sir. Es sieht so aus, als hingen wir hier für eine Weile fest.« Howard lud sich Chekov auf seine heile Schulter, dann stand er ächzend auf. »Was tun wir, nachdem wir das Zelt aufgeschlagen haben? Legen wir den Lieutenant neben einen Heizer?«

»Nein.« Uhura sah ihn grinsend an. »Ich habe eine bessere Idee.«

»Davon werden wir dem Chief aber nichts erzählen, oder?«

Uhura schloß den Doppelschlafsack, in dem Howard und Chekov lagen. Der arktische Sonnenuntergang erhellte das Zeltinnere nur schwach, aber es reichte aus, daß sie den verlegenen Gesichtsausdruck des jüngeren Mannes deutlich erkennen konnte. Sie kicherte und klopfte ihm auf die Schulter.

»Es ist nur zu seinem Vorteil, Mr. Howard. Er wird schon Verständnis dafür haben.«

»Nein, das wird er nicht.« Howard blickte hinunter auf Chekovs Kopf, der auf seiner Schulter ruhte. Beide Männer trugen lediglich ihre dünnen weißen Bodyslips, damit sich die Wärme ungehindert von einem auf den anderen übertragen konnte. »Ich hoffe nur, daß er mir genügend Zeit läßt, alles zu erklären, wenn er aufwacht.« Er blickte unsicher hoch, als Uhura sich erhob. »Wo wollen Sie hin, Sir?«

»Raus zum Schlitten, um etwas zum Essen zu holen. Wir haben seit gestern nichts mehr in den Magen bekommen.« Uhura zog ihre Brille herunter und öffnete den Zelteingang. »Rufen Sie mich, falls der Lieutenant aufwacht.«

»Keine Sorge«, sagte Howard trocken. »Wenn ich mich nicht melde, wird *er* es ganz sicher tun.«

Uhura lächelte und schlüpfte hinaus. Hinter ihr schloß sich zischend das Zelt. Ein letzter Schimmer eines rosenquarzfarbenen Sonnenuntergangs verharrte noch am Horizont und warf einen matten Schimmer auf das dunkle Wasser. Dieser Lichteffekt setzte sich hinter ihnen noch etwa hundert Meter weit fort, ehe er in einer blauen Eiswand verschwand. Uhura verspürte plötzlich eine ungewisse Furcht, ein hohles Gefühl unter ihren Rippen, das nichts mit ihrem leeren Magen zu tun hatte. Ihre Scholle schien parallel zum vereisten Ufer dahinzutreiben, mitgerissen von einer Strömung. Was wäre, wenn sie dem Ufer nicht näher kämen?

»... Commander ...«

Der ferne Klang der Stimme ließ Uhura anhalten, um zum Zelt zurückzueilen, ehe ihr bewußt wurde, daß der Ruf weder nach Howard geklungen hatte noch durch ihr Außenmikrofon aufgenommen worden war. Sie hielt die Luft an und drehte die Lautstärke ihres Anzug-Kommunikators hoch. Dabei fiel ihr auf, daß das ansonsten übliche Geheul atmosphärischer Störungen zu einem leisen, fernen Pfeifen abgesunken war.

»... Jimenez ruft ...« Ein Knistern begleitete die Worte. Uhura peilte hastig das Signal an und ermittelte seine Position kurz, bevor es endgültig verstummte. »Jimenez ruft Lieutenant Commander Uhura. Jimenez ruft ...«

»Hier ist Uhura.« Sie schaltete den Sender auf volle Leistung und betete, daß ihre Antwort das Ziel erreichen möge. Anzug-Kommunikatoren waren eigentlich nicht für planetare Entfernungen konstruiert. »Können Sie mich hören?«

»Ich höre Sie, Sir!« Jimenez' heisere Stimme krächzte erleichtert. »Gott sei Dank sind Sie noch am Leben – warten Sie einen Moment ...«

Uhura wollte sich erkundigen, worauf sie warten sollte, aber Spocks ruhige Stimme beantwortete die Frage, ehe sie sie stellen konnte. »Schildern Sie Ihre derzeitige Lage, Lieutenant Commander.«

»Aye, Sir.« Wie üblich vergeudete der vulkanische erste Offizier keine Zeit mit nutzlosen Fragen. Uhura holte tief Luft und brachte die Ereignisse des vergangenen Tages in eine halbwegs überschaubare Ordnung. »Von feindlich gesonnenen Eingeborenen droht uns nun keine Gefahr mehr, aber wir sind zur Zeit auf einem Eisberg gestrandet und treiben im Ozean. Fähnrich Howard hat eine lädierte Schulter, und Lieutenant Chekov ist nach einer Verletzung durch ein Messer der Kitka zusammengebrochen. Wir haben ihn mit einem Breitband-Antitoxin behandelt, aber er ist noch bewußtlos. Fähnrich Publicker…« Ihre Stimme versagte, aber sie sammelte sich wieder. »Fähnrich Publicker ist ertrunken, als unter uns das Eis während eines Angriffs der Kitka abbrach.«

»Ein bedauernswerter Verlust«, sagte Spock. »Haben Sie viel von Ihrer Ausrüstung verloren?«

»Nein, Sir. Wir besitzen noch den Antigravschlitten und die Überlebensausrüstung. Ich denke, wir haben auch noch Proviant für mehrere Tage.«

»Hervorragend. Ich hoffe, ich kann Ihnen schon früher eine Rettungsmannschaft auf den Planeten runterschicken, aber versprechen kann ich Ihnen das nicht. Noch ist es Commander Scott nicht gelungen, die Stabilisatoren der Fähre völlig vor den Magnetfeldern von Nordstral abzuschirmen. Er schätzt, daß er dazu etwa noch einen ganzen Tag brauchen wird.« Ein fernes atmosphärisches Pfeifen untermalte Spocks Funkspruch. »Ich konnte Ihre derzeitige Position anhand Ihres Kommunikatorsignals durch trigonometrische Messung annähernd genau bestimmen. Können Sie in etwa Richtung und Tempo der Drift Ihres Eisbergs abschätzen?«

Uhura schaute zum letzten Licht des Sonnenuntergangs am Horizont und führte eine schnelle Kopfrechnung durch. »Etwa sechzig Grad nordwestlich, Sir. Und wir bewegen uns mit mehreren Metern pro Minute vorwärts.«

»Verstanden. Falls wir es nicht schaffen sollten, wieder eine Verbindung herzustellen, werde ich versuchen, Ihre nächste Position aus diesen Angaben zu errechnen.« Spock hielt inne, als ein neuerliches Pfeifen den Kontakt beinahe abbrechen ließ. »Ich muß Sie warnen, Lieutenant Commander. Die Sensoren unseres Schiffs zeigen bedeutsame Veränderungen im Magnetfeld von Nordstral an. Es scheint, als befänden sich die sekundären magnetischen Komponenten, die bisher eine Destabilisierung des Hauptdipol-Feldes verhindert haben, in einem Zustand der Auflösung. Der kürzlich erfolgte Wechsel der magnetischen Pole…«

»Wie bitte?« Uhura hatte Spock nicht unterbrechen wollen, aber was er da erzählte, ging über ihren Verstand. »Das gesamte Magnetfeld hat sich umgekehrt?«

»Ja, und es könnte wieder passieren, wenn die Destabilisierung fortschreitet. Die Nordlichtaktivitäten haben auf allen Längengraden stark zugenommen, und heftige Magnetstürme toben in den oberen…« Seine Stimme ging in einem Knattern heftiger Störungen unter. »…magnetische Veränderungen dürften weitere tektonische Störungen nach sich…« Ein grelles Pfeifen deckte seine Stimme zu. »…ergreifen Sie angemessene Vorsichtsmaßnahmen…«

Ein letzter schriller Heulton unterbrach ihre Verbindung endgültig und hallte noch lange in Uhuras Ohren nach. Sie krümmte sich vor Schmerzen und verringerte die Lautstärke ihres Anzug-Koms, dann blickte sie zum Nachthimmel.

Nordlichter zuckten in der samtenen Dunkelheit, ließen lange Vorhänge aus kaltem, weißem Feuer aufs Meer herabsinken. Die Farben wechselten, spielten von einem eisigen Blau über Violett bis zu einem tiefen Mitternachtsrot. Es kam Uhura so vor, als sei Nordstral, eingeschlossen in grenzenloses grau-weißes Gletschereis, gezwungen, seine gesamte Farbenpracht nur nachts zu entfalten. Ihr Seufzer stand als weißer Nebel vor ihrem Mund, als sie den Blick abwandte. Es war schwer zu glauben, daß etwas so Schönes gleichzeitig so tödlich sein konnte.

Sie kehrte zum Antigravschlitten zurück, suchte sich einen Weg durch das Gewirr von Haken und Seilen, das ihn immer noch auf dem Eis sicherte. Ihre Ausrüstung lag verstreut umher, zum Teil nur halb ausgepackt, weil sie es furchtbar eilig gehabt hatten, das Zelt aufzuschlagen. Uhura wühlte in einer der nicht ausgepackten Kisten herum und suchte eine Stablampe, dann untersuchte sie die markierten Proviantkartons. Vielleicht konnte sie Chekov dazu bringen, einen nahrhaften Bouillon zu trinken ...

Ein Geräusch ließ sie hochfahren. Irgendwo, weit draußen in der grenzenlosen Dunkelheit des Eismeers, hatte jemand – oder etwas – soeben einen tiefen, prustenden Atemzug gemacht. Es erschien einfach nicht möglich, daß irgend etwas in diesem eisig kalten Wasser leben konnte, aber nun, als Uhura aufmerksam lauschte, konnte sie ein Pfeifen wie von einem Wal hören, das sich knapp innerhalb des Aufnahmespektrums des Mikrofons befand. Es schien aus der gleichen Richtung zu ihr zu dringen wie das Atemgeräusch. Uhura fuhr herum und schnappte nach Luft.

Mehrere Meter vom Rand der Eisscholle entfernt leuchtete etwas unter Wasser. Das Leuchten wurde heller und verwandelte sich in zwei undeutliche Punkte. Dann, begleitet von einem plötzlich aufbrandenden Wasserschwall, wurden daraus zwei riesige phosphoreszierende Augen, die Uhura aus einem massigen dunklen Schädel anstarrten. Atemluft wehte in einer weißen Sturmwolke aus zwei Halsöffnungen und verursachte dabei ein seltsames flatterndes Geräusch. Aus irgendeinem Grund erinnerte Uhura dieses Geräusch an Alion.

»O nein!« Sie machte einen Schritt rückwärts, während das Ungeheuer mit den Augen blinzelte und seinen triefnassen Kopf zu ihr herabneigte. Nach den gesammelten Schrecken des vergangenen Tages – sie war von einem Eisbeben aus dem Schlaf gerissen, von Kitka verfolgt worden und war dann beinahe von der Eisscholle gestürzt –, war eine Begegnung mit einem Seeungeheuer mehr, als Uhura ertragen konnte. Sie legte den Kopf zurück und fixierte die schimmernden Augen, konnte sich auf nichts anderes konzentrieren als auf diesen phosphoreszierenden Blick...

Und dann fiel ihr ein, wie ihr eigener Blick auf das Tier wirken mußte. Fluchend schob Uhura ihre Brille hoch und blinzelte krampfhaft, als die kalte Nachtluft ihr Gesicht wie ein Schlag attackierte. Als sie es endlich schaffte, die Augen vollends zu öffnen und durch die vereisten Tränen hindurchzublicken, war das Leuchten in der Nacht erloschen. Nur ein Strudel unruhigen Wassers kündete vom lautlosen Abtauchen des Kraken.

Uhura wartete nicht, um sich zu vergewissern, wohin er sich wandte. Sie schnappte sich den nächstbesten Proviantkarton und flüchtete ins Zelt.

McCoy zappelte für einen Moment im kalten Wasser, als Panik sich unter seine Haut fraß, dann spürte er die warme Geborgenheit von Nuies starkem Arm um seinen Körper.

»Entspannen Sie sich.« Die Stimme des Kitka erklang sanft im Ohr des Arztes. »Lassen Sie mich nur alles machen.«

Das war nach McCoys Auffassung leichter gesagt als getan, aber er versuchte, der Aufforderung nachzukommen. Auf Nuies Drängen hin drehte er sich auf den Rücken, obgleich von Entspannen keine Rede sein konnte. Nuie schlang einen Arm um ihn und brachte sie beide mit zwei Schwimmzügen quer durch den Raum bis unter den Belüftungsschacht, wo er wassertretend anhielt.

Es stellte sich heraus, daß das Ulu auch noch für etwas anderes gut war als dazu, sich den Arm aufzuschlitzen. Nuie setzte die Waffe als Schraubenzieher ein und löste damit die Schrauben, die das Gitter in der Wand fixierten. Er verstaute das gekrümmte Messer und legte wieder einen Arm um McCoys Taille. »Rein mit Ihnen!« Er wuchtete ihn hoch.

McCoy krampfte eisige Finger um den Rand der Schachtöffnung und zog sich hoch. Wasser floß von seiner Kleidung ab und strömte in Rinnsalen durch den Schacht. Dieser Anblick erfreute McCoy nicht besonders, da er ihm nur den sicheren Beweis lieferte, daß das Schiff Schlagseite hatte. »Jim?« Seine Stimme hallte seltsam in der beengten Umgebung wider, und für einen kurzen Moment war er wieder ein vorwitziges Kind, das sich selbst Angst machte, indem es den verbotenen Kriechraum unter dem Haus seines Großvaters untersuchte.

»Pille! Hierher! Geradeaus!« Ein schwacher Stablampenstrahl leuchtete durch den dunklen Tunnel. Wie eine Motte, die vom Licht angezogen wird, zwang McCoy seine tauben Glieder, sich darauf zuzubewegen, und versuchte die Enge der Wände ringsum zu ignorieren. Er hörte, wie Nuie sich aus dem Wasser schwang und ebenfalls in den Belüftungsschacht kletterte.

Hände ergriffen McCoy und zogen ihn heraus. Er rutschte auf den Boden. Seine Beine konnten sein Gewicht nicht mehr tragen, nachdem sämtliche Wärme aus seinem Körper herausgesickert war. Jemand legte ihm eine Decke um die Schultern und umarmte ihn. Er schaute in Kirks Augen und brachte ein Lächeln zustande. »Seit dem letzten Mal, als du meinen Hintern aus dem Feuer rausgezogen hast, war ich nicht mehr so froh, dich zu sehen.«

Kirk grinste erleichtert und massierte die Arme seines Freundes. »Ich finde es auch sehr schön, dich wiederzusehen, Doc.«

McCoy lieferte Kirk eine kurze Schilderung der

jüngsten Ereignisse. Mit hochgezogenen Augenbrauen betrachtete er die äußere Erscheinung des Captains. Die Hose paßte ganz gut, aber der dicke Pullover war mindestens eine Nummer zu klein. »Deine Kluft gefällt mir.«

»Gut. Du bekommst auch so etwas.« Kirk schaute hoch, während Nuie sich aus dem Luftschacht schlängelte. »Es freut mich, daß Sie unversehrt sind, Nuie.«

Der Kitka streifte sein Hemd in einer fließenden Bewegung ab und nahm dankbar ein trockenes Handtuch von einem seiner Mannschaftskameraden entgegen. Er rieb damit über sein nasses Haar und über die Gänsehaut auf seinen Armen und seiner Brust. »Dafür müssen Sie sich bei Leonard McCoy bedanken, Captain. Gibt es was Trockenes anzuziehen?«

»Sofort.« Ein anderes Mannschaftsmitglied reichte jedem von ihnen ein Stoffbündel, und die nächsten Sekunden vergingen damit, daß sie sich aus ihrer nassen Kleidung kämpften, die an ihnen klebte wie eine zweite Haut, und dafür in die Wollsachen schlüpften, wie sie von jedem Matrosen an Bord getragen wurden.

McCoy rubbelte mit dem Handtuch sein Haar ab und beobachtete, wie zwei Männer ein Behelfsschott auf der Schachtöffnung befestigten. Die Konstruktion kam ihm nicht sehr vertrauenerweckend vor. »Meinst du, daß Ding hält wirklich dicht?«

»Das sollte es lieber«, sagte Kirk ernst und mit leiser Stimme. Ein düsterer Blick aus braunen Augen streifte McCoy, während er zu Nuie hinübersah. »Das ist zwar nicht der richtige Ort oder der richtige Zeitpunkt, den ich mir für derartige Informationen aussuchen würde, aber ich habe keine andere Wahl. Captain Mandeville und Dr. Muhanti sind tot. Sie kamen zusammen mit der restlichen Brückenbesatzung ums Leben, als wir mit dem Eisschild kollidierten. Es tut mir sehr leid.«

Nuie nahm die Nachricht ohne Kommentar auf, obgleich McCoy einen Ausdruck der Trauer in den Augen des Kitka zu bemerken glaubte. Dabei fragte er sich, wie lange er und Captain Mandeville schon zusammen gefahren waren. War ihre Beziehung ähnlich gewesen wie die zwischen ihm und Jim? War Nuie ebenfalls bereit gewesen, für seinen Captain zu sterben, ihr in jeder Gefahr beizustehen, wie er selbst es bei Kirk tun würde? Er vermutete, daß er irgendwann einmal eine entsprechende Frage würde stellen können... aber im Grunde ging es ihn überhaupt nichts an.

»Sie sind jetzt Kommandant auf der *Soroya*«, fuhr Kirk fort, »und als solcher ...«

»Entschuldigen Sie, Sir«, unterbrach Nuie ihn schnell. »Aber *Sie* führen hier das Kommando. Offiziere der Föderation haben immer den höheren Rang, wenn sie in einer Situation von besonderer Dringlichkeit zu Hilfe gerufen wurden. Ich zweifle nicht an meinen Fähigkeiten, die *Soroya* zu führen«, fügte Nuie hinzu. »Aber ich würde es begrüßen, wenn Sie das Kommando übernehmen würden, Sir.«

Kirk betrachtete den älteren Mann für einen Moment eingehend, dann nickte er. »In Ordnung. Ich nehme an. Sie bleiben erster Maat. Die Ersatzbrücke ist voll einsatzfähig. Ich möchte, daß Sie die Steuerung übernehmen. Die anderen können Sie darüber ins Bild setzen, was passiert ist. Organisieren Sie Arbeitstrupps, um nach weiteren Lecks zu suchen. Wir wollen endlich die Fahrt fortsetzen. Pille, du kommst mit mir.«

»Aye, aye, Captain.« Nuie verließ mit seinen Leuten den Raum und verschwand in der einen Richtung, während Kirk mit McCoy im Schlepptau die andere Richtung einschlug.

»Und wohin gehen wir?« erkundigte sich der Arzt und krempelte die Ärmel seines Pullovers hoch, weil sie ein wenig zu lang waren. Dabei hatte er Mühe, mit Kirk Schritt zu halten.

»Zum Sauerstoffgenerator.« Kirks Augen blickten ihn voller Besorgnis an. »Er funktioniert nicht. Wenn wir es nicht schaffen sollten, ihn wieder in Gang zu bringen, dann ist unser Versuch, dieses Schiff wieder in Gang zu bringen, von vornherein zum Scheitern verurteilt.«

»Na wunderbar«, bemerkte McCoy mürrisch. »Gibt es sonst noch irgendwelche unangenehmen Überraschungen, die du mir auftischen mußt?«

»Im Augenblick nicht, aber ich halte dich auf dem laufenden.«

»Vielen Dank.« McCoy strich seinen Ärmel glatt. »Jim, was genau ist denn nun mit uns passiert?«

»Es gab ein Seebeben und eine Flutwelle, wie die Mannschaft mir gemeldet hat.« Kirks Gesichtsausdruck war ernst. »Und einige Nachbeben. Soweit wir es rekonstruieren können, wurden wir durch die Wucht des Bebens gegen den Eisschild geschleudert. Mandeville wollte durchbrechen, aber der Laser war defekt, daher hat sie es manuell versucht – ich denke, mit einer Axt oder so. Sie befand sich im Turm, als er gegen den Eisschild prallte, daran entlangschrammte und abbrach.«

McCoy spürte, wie sein Gesicht die Farbe verlor. Beinahe hätte er vergessen, weiterzugehen und seinem Captain durch die nassen Laufgänge des Unterseebootes zu folgen. »Der Turm ist weg?«

»Alle drei Etagen, und zwar zusammen mit dem Laser und dem Hauptantrieb für die Sauerstoffversorgung. Die Brücke wurde überflutet.«

»Daran erinnere ich mich noch. Du hast alle rausgeschickt. Es wäre nett gewesen, wenn du mitgekommen wärest.«

»Glaub mir, Pille, ich hatte die ehrliche Absicht, dir zu folgen, aber die Tür fiel zu, und ich bekam sie nicht mehr auf.« Zum ersten Mal sah McCoy in Kirks Gesicht mehr als nur freundschaftliches Mitgefühl mit seiner Angst vor dem Ertrinken. Nun erkannte er echtes Verständnis, und es tat ihm aufrichtig leid, daß sein Freund so etwas hatte durchmachen müssen.

»Ich erinnere mich an nicht viel, nur daran, daß Wasser eindrang.« Kirk schüttelte den Kopf. »Ich glaube, das werde ich niemals vergessen«, fuhr er nachdenklich fort. »Ich erwischte einen Sauerstofftank, ehe die ganze Brücke auseinanderbrach. Die restliche Besatzung war einfach nicht schnell genug, um der Sturzflut zu entgehen.«

»Und wie bist du rausgekommen?«

Die Frage zauberte ein Lächeln auf Kirks Züge. »Ob du es glaubst oder nicht – durch einen Notausstieg.« Sein Blick verlor sich in der Ferne.

»Jim ...« McCoy stoppte ihn, indem er ihm vor dem Raum, in dem sich der Sauerstoffgenerator befand, eine Hand auf den Arm legte. »Ist Muhanti wirklich tot?«

Kirk runzelte die Stirn. »Als ich ihn das letzte Mal sah, folgte er Mandeville und verschwand. Seitdem ist ihm niemand mehr begegnet. Weshalb fragst du?«

»Nun ...« McCoy schürzte die Lippen. Hoffentlich klang er nicht zu abfällig. »Muhanti war ein Irrer ...«

»Ist das deine rein fachliche Diagnose?«

»Ich finde es nicht spaßig, Jim. Er war von dem infiziert, was auch diese Leute in der psychiatrischen Abteilung der *Curie* befallen hat. Dessen bin ich mir ganz sicher. Und er schien einen persönlichen Groll gegen mich entwickelt zu haben. Wenn er wirklich tot ist ... wer könnte dann mich und Nuie im Labor eingesperrt haben?«

»Du meinst, daß auch noch andere Besatzungsmitglieder infiziert sind?«

»Wir können diese Möglichkeit nicht ohne weiteres ausschließen, zumal wir gar nicht wissen, wodurch diese Krankheit verursacht wird. Und wir müssen auch uns selbst genau beobachten.« Er wischte sich mit einer Hand über das Gesicht. »Das Ganze macht mich noch verrückt. Es ist zum aus der Haut fahren.«

»Beruhige dich, Pille. Ich glaube, deine Reaktion ist ganz normal.«

»Ich kann nur hoffen, daß es so ist.« McCoy straffte seine Schultern und bemühte sich um ein tapferes Lächeln, um den Captain zu beruhigen.

Kirk klopfte ihm aufmunternd auf die Schulter. »Dann laß uns mal nachsehen, wie es drinnen steht.« Er öffnete vorsichtig die unverriegelte Tür.

Abgesehen von einigen Zentimetern Wasser, die auf dem Fußboden schwappten, schienen der Raum und die Maschinen darin auf den ersten Blick unbeschädigt zu sein. Keine Bewegung und kein Laut durchbrachen die Stille; die Luft roch schon sehr schal und deutete daraufhin, daß etwas trotz gegenteiligen Augenscheins absolut nicht in Ordnung war.

McCoy ließ sich gegen eine Wand sinken. Er schüttelte hilflos den Kopf. »Immer wenn man ihn am nötigsten braucht, ist Scotty nicht in der Nähe.«

Kirk ging nachdenklich auf und ab. »Er ist oben auf der *Enterprise* und arbeitet an einem Shuttle. Wir müssen dieses Problem ohne ihn lösen.«

»Falls du es noch nicht bemerkt haben solltest, aber keiner von uns beiden ist Scotty. Ich bin damals in Ingenieurswissenschaften durchgefallen, und soweit ich mich erinnern kann, hast du …«

»Nun komm schon, Pille«, unterbrach Kirk seinen Freund. »Sollen wir nicht wenigstens versuchen, in die Fußstapfen unseres technischen Genies zu treten?«

McCoy verzog das Gesicht. »Was bleibt uns denn anderes übrig?«

12

»Ich glaube nicht, daß wir näher herankommen, Sir.« Uhura spähte durch den kalten Nebel, der auf dem Eismeer von Nordstral trieb, und versuchte die bläuliche Linie der Eisklippen in der Ferne zu erkennen. »Bildet die Küste irgendwelche Zungen?«

»Nein, Sir. Sie ist so schnurgerade wie ein Phaserschuß.« Der Sicherheitsmann stand am Rand der Eisscholle, reckte sich hoch und konnte so über die Nebelbank auf dem Meer hinwegschauen. Seine Stimme klang bitter. »Keine Chance, daß der Zufall uns eine Landemöglichkeit verschafft.«

»Dann müssen wir eben nachhelfen.« Uhura drehte sich zu dem roten Fleck ihres Zelts um, das im arktischen Nebel kaum zu erkennen war. Der Antigravschlitten daneben war nicht mehr als ein matter Schimmer vereisten Stahls. »Haben Sie eine Idee, wie wir es schaffen könnten, diese Eisscholle zu steuern?«

Howard folgte ihr den Abhang hinunter, wobei seine Stiefel auf dem mit Rauhreif überzogenen Eis knirschten. »Eigentlich nicht, Sir«, gab er zu. »Ich war in den Technik-Kursen an der Akademie nicht gerade eine Leuchte.«

»Nun, ich schon.« Uhura kaute auf ihrer Unterlippe und versuchte sich darüber klarzuwerden, was Scotty an ihrer Stelle tun würde. Tatsächlich wußte sie es ziemlich genau – er würde jedem erzählen, was für ein unlösbares Problem das Ganze darstellte, und dann würde er einfach hingehen und es lösen. Die

Frage war nur, wie? »Der Antigravschlitten verfügt über keinen eigenen Antrieb, daher nutzt er uns recht wenig. Und wir haben keine größeren Motoren zur Verfügung, nicht wahr?«

»Nein, Sir.« Howard bremste seine Rutschpartie vor dem Zelt und bückte sich, um es zu öffnen. Nach Chekov zu sehen, war für sie seit dem frühen Morgen zu einem halbstündigen Ritual geworden. Mittlerweile, mehrere lange Stunden später, hatten sie es schon so oft getan, daß sie darüber nur noch wenige Worte wechselten.

»Immer noch bewußtlos?« fragte Uhura vor dem Zelt.

»Aye, Sir.« Sie hörte das Rascheln des Schlafsacks, als Howard den Reißverschluß wieder zuzog. »Er scheint etwas freier zu atmen, aber seine Gesichtsfarbe ist noch immer nicht besonders vielversprechend.«

»Wenigstens liegt er warm.« Uhura stampfte mit den Stiefeln auf, um den kristallinen Eisbelag abzuschütteln, den der Nebel auf ihren Stiefeln erzeugte. »Mr. Howard, könnten Sie mir vielleicht einen Behälter Suppe rausbringen, wenn Sie schon im Zelt sind? Ich glaube, es wird noch kälter.«

»Ihr Wunsch ist mir Befehl, Sir.« Als Howard auftauchte, dampfte der sich selbst erhitzende Container bereits, den er in der Hand hielt. Uhura nahm ihn dankbar entgegen und klappte den Atemfilter auf, um zu trinken. Die heiße Brühe schmeckte mehr nach den Vitaminzusätzen als nach den Gemüserohstoffen, aus denen sie angeblich hergestellt war, aber sie verbreitete eine angenehme Wärme in ihrem Körper. Uhura zerknüllte den leeren Karton, dann zielte sie damit auf einen Müllbehälter des Antigravschlittens. Sie verfehlte ihn um einen halben Meter.

»Wind!« Sie wirbelte herum und streckte die Hände seitlich aus. Nebelige Luft wehte über sie hinweg, eine Strömung, die zu schwach war, als daß sie sie durch ihren Thermoanzug hätte spüren können. »Der Wind weht!« Sie kratzte den Rauhreif auf ihrer Uhr weg, die in den Ärmel ihres Thermoanzugs eingebettet war. »Und es ist noch nicht 14:00 Uhr. Kommen Sie, wir müssen uns beeilen.«

Howard folgte ihr gehorsam, als sie ihn zum Schlitten hinüberwinkte, aber seine Stimme klang verwirrt. »Womit müssen wir uns beeilen, Sir?«

»Mit dem Nordwind.« Uhura begann Ausrüstungsgegenstände auf den Schlitten zu laden und zwang sich, trotz der Eile, die sie verspürte, sorgfältig zu Werke zu gehen. »Beladen Sie den Schlitten so flach wie möglich, selbst wenn etwas zurückbleiben muß. Wenn wir das Zelt abbauen, müssen wir Chekov obenauf legen. In einen Thermoanzug und einen Schlafsack gepackt, müßte er eigentlich ausreichend warm bleiben.«

»Sir, Moment mal.« Howard hielt ihre Hände fest, als sie nach dem nächsten Proviantkarton griff. »Ich verstehe Sie nicht. Weshalb sollen wir das Zelt abbauen? Verkriechen wir uns denn nicht darin, sobald der Wind aufkommt?«

»Nicht, wenn wir diesen Eisberg irgendwie zur Küste bringen wollen.« Uhura hob ihre Hände, die er immer noch festhielt, und stieß sie ihm ungehalten vor die Brust. »Denken Sie nach, Fähnrich. Wir haben einen stetigen Wind und eine frei treibende Eisscholle unter den Füßen. Sind Sie denn noch nie gesegelt?«

Der junge Sicherheitsmann zuckte die Achseln und ließ sie los. »Ich bin in Calgary aufgewachsen«, sagte er entschuldigend. »Dort bekommt man nur wenige Segelboote zu sehen.«

»Nun, jetzt werden Sie eins aus nächster Nähe bewundern können.« Uhura holte ein Seil aus ihrer Kletterausrüstung und reichte es ihm. »Wenn ich nichts Größeres finden kann, Mr. Howard, müssen Sie gleich den Mast spielen.«

Wind raste über das Eismeer und bedeckte seine dunkle Oberfläche mit einem wogenden Schaumteppich. Uhura blickte über das mit Schaumkronen übersäte Wasser zur Eisküste, die nun viel näher und deutlicher zu erkennen war, nachdem der Morgennebel sich verzogen hatte. Sie runzelte die Stirn, als sie die hochragende Wand blaugrüner Klippen sah, auf der sich glitzernd der Sonnenschein brach.

»Mr. Howard!« Sie bückte sich leicht, um ihren Gefährten hinter dem geblähten, zu einem Segel umfunktionierten Zelt sehen zu können. »Haben Sie schon eine Stelle gefunden, wo wir landen können?«

»Ich glaube schon, Sir – halten Sie sich noch ein wenig weiter nach steuerbord!« Der Sicherheitsmann hatte eine bessere Sicht nach vorne als sie, da er direkt neben dem Behelfsmast stand, den sie aus den Zeltstangen hergestellt hatten.

»In Ordnung.« Uhura kniete sich neben den primitiven Flaschenzug, den sie aus ihrer Kletterwinde zusammengebastelt hatten, und stemmte sich gegen den Druck des Windes. Die Winsch setzte sich zuverlässig und schnell in Bewegung, holte das Großstag ein und drehte das Segel mehrere Grad weit nach Steuerbord. Der feste Nylonzeltstoff schüttelte sich, als der Wind in einem neuen Winkel auftraf, dann straffte es sich mit einem lauten Knall. Der Mast schwankte, zerrte an den Spannseilen, die sie ringsum im Eis verankert hatte, aber nichts riß oder kippte um.

Uhura seufzte erleichtert und spürte, wie die Eisscholle unter ihr widerspenstig schaukelte, als sie im Wasser die Richtung änderte. Hin und her geworfen zwischen der vorwärts treibenden Kraft des Nordwinds und dem Zug der Meeresströmung, beschrieb das schwerfällige Floß einen schwankenden und unsicheren Kurs in Richtung Küste. Uhura hoffte nur, daß der Wind lange genug anhielt, um sie auch ganz dorthin zu bringen.

Sie zurrte das Hauptstag wieder an seinem Haken fest, dann blickte sie hinauf zum Antigravschlitten, der dicht unter der Segelkante schwebte. Eingepackt in seinen Schlafsack, stellte Chekovs schlaffer Körper eine kaum wahrnehmbare Erhebung auf der Ausrüstung dar. Uhura hatte es leid getan, so viel von ihren sperrigen medizinischen Geräten zurücklassen zu müssen, aber daß Chekov auf dem Schlitten liegen konnte, war weitaus wichtiger.

»Wir sind fast da, Commander.« Howards Stimme klang plötzlich aufgeregt. »Nur noch ein wenig weiter nach steuerbord ...«

Uhura streckte die Hand nach der Winde aus, kam aber nicht mehr heran. Die Eisscholle wurde unter ihren Füßen ruckartig gestoppt, so daß sie nach vorne ins Segel geschleudert wurde, während der überbeanspruchte Mast zerbrach und umkippte. Sie kämpfte verzweifelt, um sich von dem Zeltstoff zu befreien, befürchtete sie doch, mit ihm ins Wasser gerissen zu werden, falls das Segel ins Meer geweht wurde.

»Commander!« Hände zerrten an dem Segel, entwirrten es so weit, daß Uhura das Sonnenlicht sehen konnte. Sie schob sich durch die Lücke und wurde auf die Füße hochgezogen, als das Segel im Meer versank.

»Was ist passiert?« Uhura löste sich aus Howards Griff und drehte sich zur Küste um. Der abrupte Stopp war völlig unerwartet gekommen. Der Eisberg war gegen ein hervorstehendes Hindernis aus Eis gestoßen und hatte sich mit seinem stumpfen Ende festgekeilt. Das vollgesogene Segel trieb im Wasser dahinter wie der Schwanz eines Drachen, der in einem Baum hängengeblieben war. Uhura schaute auf Howard hinunter und mußte ein Lachen verkneifen. »Das war also unsere sorgfältige Navigation.«

»Ja, Sir.« Der Sicherheitsmann klang, als lachte er verhalten. »Davon werden wir dem Chief aber nichts erzählen, oder?«

»Bestimmt nicht«, versicherte Uhura. Sie betrachtete abschätzend den kurzen schneebedeckten Hang, der zu dem Eisschild über ihnen hinaufführte. »Wir sollten lieber sofort aufbrechen. Nun, da wir das Zelt verloren haben, müssen wir uns bis zum Anbruch der Nacht irgendeinen Unterschlupf suchen.«

»Aye, Sir.« Howard ergriff die Zugstange des Antigravschlittens und begann den Aufstieg. Dabei trat er mit jedem Schritt Stufen in den Eishang. Uhura folgte ihm und mußte ihre Beine ziemlich weit strecken, um die gleichen Stufen benutzen zu können. »An was für einen Unterschlupf haben Sie denn gedacht, Sir?«

»Ich weiß es nicht«, gab Uhura zu. Die Schneekruste wurde immer tiefer, als sie höher kamen. Ihr Atem drang in kleinen Wolken unter ihrer Atemmaske hervor, als sie sich hindurchkämpfte. »Ich nehme nicht an, daß in dem Nordstral-Handbuch, das Sie gelesen haben, eine Anleitung zum Bau von Iglus enthalten war, oder?«

»Ich fürchte, nein.« Howard legte auf dem Steilhang eine kleine Pause ein. Auch sein Atem wurde immer kürzer. »Wir könnten doch versuchen, uns wie die Kitka ins Eis einzugraben.«

Uhura schüttelte vehement den Kopf. »Keine gute Idee. Spock meinte, es könnte zu weiteren tektonischen Verschiebungen kommen, wenn das Magnetfeld Nordstrals instabil bleibt. Ich glaube, das bedeutet, daß neue Seebeben stattfinden werden.«

»Nun, wenigstens ist es nicht dazu gekommen, während wir auf unserer Eisscholle unterwegs waren«, sagte Howard fröhlich. Er versetzte dem Antigravschlitten einen letzten Stoß, der ihn über den Eisgrat des Hügels vor ihm gleiten ließ. »Vielleicht hat das Blatt sich für uns gewendet und wir haben endlich einmal Glück, Sir.«

»Vielleicht.« Uhura schwang sich ebenfalls über den Rand des Eisschildes, wobei sich ihre Augen weiteten, als sie sich umschaute. Nur ein paar Meter entfernt wurde das Eis unerwarteterweise von einem vertikalen Felsriegel durchbrochen, in dessen schwarzer, kristalliner Oberfläche Frostrisse klafften. Es war nicht diese Steinformation, die Uhura erschreckte – es war der unverkennbare Schatten einer kleinen Tür, die sich in seiner Eisflanke abzeichnete. »Vielleicht aber auch nicht, Howard. Vielleicht nicht.«

McCoy lehnte sich zurück, preßte seine Handkanten auf seine müden Augen und fragte sich, wann – und von wem – das rauhe Sandpapier unter seinen Augenlidern durch Geröll und Glasscherben ersetzt worden war. Kopfschmerzen tobten über seiner Nasenwurzel und hinter seinem linken Auge. Seine verletzte Hand verhielt sich unter ihrem schmutzigen Verband erstaunlich ruhig. Er konnte sich weder daran erinnern, ob er irgendwelche Antibiotika genommen hatte, noch wann er das letzte Mal gegessen oder geschlafen hatte.

Müde, aber stolz verfolgte er, wie Kirk, einer Raubkatze auf der Jagd nicht unähnlich, durch das Zimmer strich – Verbindungen mehrmals prüfte, den Prozeß in seinem Geist wiederholte und ohne Zweifel ein Bittgebet sprach, wo es ihm angemessen erschien.

Dieser Geist. McCoy hatte keinen Scherz gemacht, als er sagte, er sei Montgomery Scott in keiner Weise gewachsen, aber Kirk… Hartnäckig wie ein Terrier arbeitete der Captain der *Enterprise* an ihrer Aufgabe, ging von allen Seiten an das Problem heran, bis es begann, ihm seine Geheimnisse zu offenbaren. McCoy war überrascht, daß es nach all den gemeinsamen

Jahren immer noch Wesenszüge gab, die er bei James Kirk neu entdeckte.

»Windisch hat mir die Schiffspläne gezeigt«, hatte Kirk berichtet, als er und McCoy damit begonnen hatten, die Schäden festzustellen. Er deutete auf eine Maschine, die in der Mitte des Raums im Wasser stand. »Das ist der Sauerstoffgenerator. Durch eindringendes Salzwasser ist er funktionsunfähig gemacht worden, ganz zu schweigen davon, daß der Antrieb der Belüftung im Turm installiert war, und der ist ja schon lange weg. Wir müssen uns also etwas anderes einfallen lassen, wie wir das System wieder in Gang bringen.«

»Das ist ein bißchen viel verlangt, Jim.« McCoy schürzte die Lippen. »Ich weiß, es klingt primitiv, aber ...«

»Jeder Vorschlag ist besser als gar kein Vorschlag. Was geht dir durch den Kopf, Pille?«

»Nun, wir haben doch hier eine ganze Menge Muskelkraft zur Verfügung, nicht wahr? Wie wäre es denn mit einer Art Tretmühlenprinzip? So etwas zusammenzubauen, dürfte doch nicht allzu schwierig sein.«

»Du denkst nicht wie ein Ingenieur, Pille«, sagte Kirk. »Diejenigen, die in dieser Tretmühle arbeiten, verbrauchen am Ende mehr Sauerstoff, als sie produzieren. Wir müssen uns etwas Besseres einfallen lassen.«

McCoy kannte diesen Tonfall in Kirks Stimme aus langer Erfahrung. Sie mußten sich nicht nur eine bessere Lösung einfallen lassen, sie würden auch eine finden. Kirk wäre nicht mit weniger zufrieden, weder bei McCoy, und schon gar nicht bei sich selbst.

Der Arzt schaute sich im Raum um. Maschinentechnik war nicht gerade seine Stärke. Er kam viel besser mit den Funktionen eines lebendigen Organismus zurecht als mit dem stählernen Eingeweiden der *Soroya*. Leute wie Scotty oder Spock hatte er eigentlich noch nie richtig verstanden – vor allem Spock nicht –, die stundenlang an irgendwelchen Ausrüstungsgegenständen herumbasteln konnten und dabei wunschlos glücklich waren ...

Er verfolgte diesen Gedanken nicht weiter, sondern beobachtete statt dessen Kirk aus den Augenwinkeln. Der Captain musterte finster den Sauerstoffgenerator, als sei er ein aufmüpfiger Assistenzarzt. Der größte Teil der Anlage war nicht viel mehr als eine stählerne Lunge, sobald das Ding seinen Betrieb aufgenommen hatte. Und was war nötig, um eine Lunge zu betreiben?

Kirk stampfte mit dem Fuß auf, daß es spritzte. »Es stinkt hier drin, nicht wahr, Pille? Ich frage mich, ob es in den Planktonspeichern genauso riecht. Kein Wunder, daß sie ein gutes Belüftungssystem haben müssen ...« Seine Stimme versiegte und starrte nach unten, wo er mit der Stiefelspitze etwas im Wasser hin und her schob. Sein Kopf kam langsam wieder hoch, und er drehte sich zu McCoy um. »Plankton ...«

»Was ist damit, Jim?«

Kirks Hand beschrieb eine heftige Geste. Seine Augen blickten ins Leere, als er versuchte, den Gedanken einzufangen, der offenbar soeben durch seinen Kopf geirrt war. Er redete langsam weiter, wählte jedes Wort sorgfältig. »Spock sagte, die Flora auf Nordstral funktioniere genauso wie irdisches Plankton, außer daß sie die Energie des planetaren Magnetfeldes nutzt. Das heißt, die Pflanzen nehmen Kohlendioxid und Wasser auf und stellen daraus Kohlenwasserstoff her und setzen ...« Sein Blick suchte McCoy.

»Sauerstoff frei! Meinst du, das könnten wir schaffen, Jim?«

»Wir müssen es, Pille! Es ist unsere einzige Chance. Die *Soroya* hat ihre Bunker geleert, als sie uns aufnahm, aber sie hat seitdem weiteres Plankton gesammelt. Wir müßten eigentlich genug zur Verfügung haben.«

»Vorausgesetzt, die Riesenwelle hat die Laderäume nicht beschädigt.«

»Ständig mußt du herumunken«, beschwerte Kirk sich. »Darüber kann Nuie sich Klarheit verschaffen. Für uns bleiben nur zwei Probleme übrig.«

»Und welche wären das?« McCoy rutschte von dem Rohr herunter, auf dem er gesessen hatte, und landete neben Kirk im Wasser.

»Wie saugen wir den Sauerstoff aus den Planktontanks ab und verteilen ihn, falls wir es wirklich schaffen sollten, im Schiff?«

»Nun, was das erste Problem betrifft, habe ich nicht die leiseste Idee, aber ich weiß vielleicht, wie wir das zweite Problem in den Griff kriegen könnten. Als Nuie mich durchs Schiff führte, zeigte er mir auch den Antrieb. Falls der noch funktioniert – und wir sollten bei allen Göttern hoffen, daß er es tut, sonst kommen wir gar nicht mehr vom Fleck –, müßte es doch eine Möglichkeit geben, damit auch eine Vorrichtung zu verbinden, die das Belüftungssystem antreibt.«

Kirks Grinsen spiegelte reinste Bewunderung wider. »Pille, das ist ja erstaunlich! Manchmal erinnerst du mich an Spock.«

»Kein Grund, mich zu beleidigen, Jim!«

Das Grinsen des Captains wurde zu einem breiten Lachen. »Es ist eine phantastische Idee. Fangen wir gleich damit an, sie auszuprobieren.«

Nuie blieb auf der Kommandobrücke und erhielt den Auftrag, dafür zu sorgen, daß jedes Besatzungsmitglied, das keine wichtigen Arbeiten zu verrichten hatte, sich in seine Koje verziehen und es sich dort gemütlich machen sollte, um so wenig Sauerstoff wie möglich zu verbrauchen. McCoy holte sich einen Mann der Kitka-Besatzung und schilderte ihm das Problem.

Als McCoy dem Kitka zuschaute und froh war, daß seine technischen Kenntnisse nicht überbeansprucht wurden, fühlte er sich unwillkürlich an Spock erinnert. Der Kitka ging absolut logisch vor, hatte sein Werkzeug auf dem Fußboden um sich herum ausgebreitet. Seine Hand griff zielsicher nach den richtigen Utensilien, die er gerade brauchte, ohne daß der Mann nur einmal seine Arbeit unterbrechen mußte. McCoy und Kirk halfen aus, wann immer es nötig war, holten Rohre aus ausgeschlachteten Bereichen des Schiffs, sicherten Befestigungen oder reichten Werkzeug.

Der heikelste Teil war für McCoy der Augenblick, in dem alles zusammenmontiert wurde, in dem der Antrieb an die Filtrieranlage angeschlossen wurde und man nur noch abwarten konnte, ob alles reibungslos funktionierte. Das Schiff bekam noch mehr Schlagseite, als die Maschinen gestoppt wurden, um die Verbindung herzustellen. McCoy, der mit Kirk unweit der Planktontanks wartete, befürchtete, daß sie kenterten. Sie hörten den Kitka über das reparierte Interkom. Er arbeitete beinahe lautlos, stieß aber dann doch einen erleichterten Ruf aus, als er die letzte Schraube angezogen hatte. »Einschalten!«

»Los, Nuie«, gab Kirk über das Interkom weiter. Seiner Stimme war die ungeheure Anspannung deutlich anzumerken. Sie wichen zur Tür zurück für den Fall, daß ihre Konstruktion auseinanderflog.

Das Summen der Maschinen am anderen Ende des Schiffs wurde stetig lauter, während Nuie leise seine Anweisungen gab. McCoy hielt unwillkürlich die Luft an.

»Captain Kirk?« erklang Nuies Stimme aus dem nächsten Interkomlautsprecher, »halten Sie doch mal die Hand über den Luftschacht.«

Kirk hob eine Hand über den Kopf, bis sie sich auf

gleicher Höhe mit dem Gitter befand. Eine leichte Brise bewegte die Härchen an seinem Handgelenk, und er lächelte erleichtert, so daß McCoy sich sichtlich entspannte. »Gut gemacht«, sagte Kirk. »Nuie, Sie haben wirklich eine tolle Truppe.«

»Das weiß ich, Captain!«, antwortete der Kitka von der Brücke, wobei seine Stimme unter dem heiseren Beifallssturm der restlichen Mannschaft beinahe unterging.

»Das kann ich mir denken. Hallo, Sauerstoffzentrale, wie sieht es bei Ihnen aus?«

»Wir haben ein paar kleine Lecks gefunden, die wir noch verschließen müssen, Captain, aber ansonsten dürfte alles in Ordnung sein.« Der Kitka-Techniker klang sehr zufrieden, und dazu hatte er guten Grund.

»In Ordnung. Überwachen Sie weiterhin den Betrieb. Ich möchte, daß jemand den Antrieb ständig im Auge behält.«

»Aye-aye, Sir.«

Aber auch bei ihnen konnte von Untätigkeit keine Rede sein. Kirk strich immer noch durch den winzigen Raum neben den Frachträumen und überprüfte ihre Bastelarbeit.

McCoy wurde sich bewußt, daß er beinahe eingeschlafen wäre. Er zwang sich, die Augen zu öffnen, und löste sich von der Wand. Dabei verkroch er sich noch tiefer in die Wärme des Matrosenpullovers. Er wollte gerade vorschlagen, daß wenigstens einer von ihnen sich ein wenig Schlaf gönnen sollte, als Nuies Stimme über das Interkom erklang. »Captain, würden Sie bitte auf die Brücke kommen?«

Kirk wechselte einen fragenden Blick mit McCoy. *Was ist denn nun schon wieder los?* schienen die gerunzelten Brauen über seinen Augen zu fragen. »Gibt es Probleme, Nuie?«

»Ich würde lieber mit Ihnen persönlich reden, Sir.«

Der Captain seufzte und fuhr sich mit einer Hand

durchs Haar. »Ich bin schon unterwegs.« Er zwinkerte McCoy müde zu. »Jetzt ist es dein Baby, Pille.«

»Für Kinder habe ich nie viel übrig gehabt, Jim. Außerdem bin ich kein so guter Babysitter wie Scotty.«

Kirk nickte verstehend. Seine Hand auf McCoys Arm hielt den Arzt davon ab, ihm zu folgen. »Ich habe vollstes Vertrauen zu dir.«

McCoy schaute finster drein. »Ich hasse jede Form von emotionaler Erpressung.« Mit einem schicksalsergebenen Seufzer setzte er sich rittlings auf ein Leitungsrohr. »Aber bleib nicht zu lange weg.«

»Das hängt von der Art der jüngsten Katastrophe ab.« Mit einer ironischen Geste verabschiedete Kirk sich und verschwand.

McCoy ließ seine Beine baumeln und plantschte mit den Füßen im Wasser, das den Boden bedeckte. Er klemmte sich die behandschuhten Hände in die Achselhöhlen und zog die Schultern hoch. Wenn er auf die *Enterprise* zurückkäme, würde er als erstes eine heiße Dusche nehmen. Eine *lange* heiße Dusche. Vielleicht dauerte sie so lange, bis sie wieder zur Basis zurückgekehrt waren. Und danach …

Er war ein wenig eingedöst, trieb selig durch seine Träume, als er hinter sich ein Geräusch vernahm. Er drehte sich halb um. »Jim?« In seinem Kopf explodierte ein greller Schmerz, und alles wurde stockdunkel.

Chekov erwachte nicht in Etappen, sondern schlagartig und mit einem Gefühl aufbrandender Panik, daß es ihm den Atem verschlug und er sich ruckartig aufrichtete.

»Sir?«

Er konnte nicht richtig sehen – er nahm nur eine flackernde Dunkelheit wahr, die von grellgelben Lichtspeeren durchzuckt wurde –, und seine Muskeln verknoteten sich wie Lederschnüre, als er eine erste willkürliche Bewegung ausführen wollte. Er schleuderte die Decken, die ihm plötzlich zu heiß waren, mit heftigen Fußtritten von sich.

»Es ist alles in Ordnung…« Kräftige Männerhände drückten ihn zurück auf sein unebenes Lager. »Sir, alles ist in Ordnung! Wir sind einstweilen in Sicherheit – wir haben einen sicheren Ort gefunden.« Die Stimme erklang am Rand seines Bewußtseins jenseits dessen, was er auf Anhieb identifizieren konnte. Er wußte, daß sie aus reiner Loyalität mit ihm redete, einer Loyalität, der er vertrauen konnte. Das beruhigte ihn, bewirkte, daß er sich entspannte, wenn auch nur ein wenig.

»Wo sind wir?« Chekov war sich anfangs nicht sicher, ob er die Frage in der richtigen Sprache gestellt hatte. Die Translatoren waren vielleicht nicht ganz zuverlässig. Vielleicht brauchten sie zu lange, um seine Worte verständlich zu machen. Daher fragte er erneut, langsamer, und wurde diesmal mit einer Veränderung des Lichts und der Berührung einer zierlichen Hand auf seinem Arm belohnt.

»Chekov? Ich bin hier.« In nächster Nähe nahm er eine Bewegung wahr und hörte das leise Zischen eines Proviantcontainers. Uhuras dunkles Gesicht erschien in seinem Gesichtsfeld. Hoffnung und Sorge lagen in ihren Augen, aber ihr Atem dampfte nicht – der Dampf stammte von etwas anderem, das sie, für ihn nicht sichtbar, in den Händen hielt.

Ihm kam es so vor, als hätte er soeben erst die Augen geöffnet.

Fels – rauh und schwarzglänzend – bildete die Wände und das Dach ihres Unterschlupfs. Gelbe Tierfelle bedeckten die unebenen Wände, und flache, rauchlose Öllampen warfen Schatten auf jede Oberfläche. Uhura kniete neben Chekovs Schulter. Sie hatte ihren Thermoanzug geöffnet und zurückgeschlagen, so daß ihr Gesicht und ihr Kopf nicht mehr bedeckt waren. »Ich nehme nicht an, daß ich Sie dazu bewegen kann, etwas zu essen, oder?«

Er wußte nicht, ob er antwortete oder nicht, aber sie drängte ihn, wenigstens die Hälfte der warmen Suppenmischung zu trinken. Er hatte nicht genug Kraft, um sich gegen sie zu wehren, daher war er froh, daß das Gebräu einen erkennbaren, halbwegs angenehmen Geschmack hatte und nichts mit ihren sonstigen Angeboten gemein hatte. »Das schmeckt wunderbar.«

Uhura lachte heiser. Anspannung und Erschöpfung lagen darin. »Sie müssen in schlechterer Verfassung sein, als ich annahm.« Dann, ebenso schnell, legte sich Sorge auf ihr Gesicht, und sie fügte hinzu: »Es ist schön, wieder mit Ihnen reden zu können. Ich weiß nicht, wann ich mir das letzte Mal so viel Sorgen um jemanden gemacht habe.«

Mit diesen wenigen Worten weckte sie an Erinnerungen, was für Chekov verfügbar war – ihre Flucht über das Eis, die Attacke durch Alions Männer, der tödliche Sturz Publickers ins schäumende Wasser. Die letzte Erinnerung drang ihm mit eisiger Kälte bis auf die Knochen. Um das Bild aus seinem Bewußtsein zu vertreiben, fragte er: »Wo ist Howard?«

»Draußen. Er hat gestern den ganzen Tag bei Ihnen gesessen – jetzt bin ich an der Reihe.«

Dabei bin ich für eine Weile aufgewacht, dachte Chekov, sprach aber nicht darüber. Er konnte sich jedoch nicht erinnern, was sonst noch passiert war. »Wo sind wir?«

Uhura schaute sich um, als nehme sie selbst ihren Aufenthaltsort jetzt erst genauer in Augenschein. »In einem Unterschlupf der Eingeborenen.« Sie griff hinter sich und zog eine gebeugte, ältere Frau ins Licht. Es war eine Eingeborene, und ihre Gesichtszüge kamen Chekov vage vertraut vor, obgleich er sie nicht sofort erkannte. »Das ist Ghyl«, erklärte Uhura, »eine

Freundin, die ich im Dorf kennengelernt habe. Sie kam vor einigen Tagen hierher, um zu beten.« Ihr Lächeln, nervös und dankbar, ließ ihre Zähne in ihrem dunklen Gesicht aufblitzen. »Es war für uns ein Glück, daß sie noch hier war.«

Chekov kämpfte sich hoch in eine sitzende Position. Dabei beschäftigte sein Geist sich mit drei Worten aus ihrer Antwort: *vor einigen Tagen*. Benommenheit überfiel ihn und ließ ihn beinahe wieder umsinken. »Wie lange war ich bewußtlos?« fragte er und wehrte sich gegen das Gefühl der Schwäche in seinem Körper.

Beide Frauen stützten ihn, als er seine Beine von seiner Liege herunterschob und seine Stirn in eine Hand stützte. »Etwa fünfzig Stunden«, erwiderte Uhura und schüttelte eine Felldecke auf, bis sie als Parka zu erkennen war.

Fünfzig Stunden! Chekov wehrte den Versuch des Lieutenant Commanders ab, den Parka über seine Schultern zu legen, und bemühte sich, sowohl seinen Magen wie auch seine Sicht soweit zu beruhigen, daß er seine Umgebung genauer erkennen konnte. Natürlich ignorierte Uhura ihn. Als der Fellmantel von der glatten Oberfläche seines Thermoanzugs abrutschte, hielt sie ihn einfach selbst vorne zusammen, um das Herunterrutschen zu verhindern. Chekov ließ seinen Blick durch die unordentliche Eingeborenenbehausung wandern, massierte seinen schmerzenden linken Arm und fragte: »Was ist passiert?«

Der düstere Ausdruck, der über Uhuras Miene huschte, warnte ihn, daß die Antwort nicht sehr angenehm war. »Ich vermute, einer von Alions Männern hat Sie durch Zufall vergiftet.«

Das klang einleuchtend. »Durch Zufall?«

Die alte Frau gab ein scharfes Zischen von sich, in dem tiefe Abscheu und Zorn mitschwangen. »Der Kuß Gottes«, übersetzte Chekovs Anzugtranslator, gefolgt von »Krakengift«. Nicht sicher, wie er diesen Widerspruch interpretieren sollte, entschied Chekov, daß wohl beide Bezeichnungen zutreffen mußten.

Ghyl hantierte nervös mit den Decken, auf denen er saß, strich über die Fellhaare und glättete die Falten, während Kitka-Sätze – fast zu schnell für den Translator – aus ihr heraussprudelten. »An Harpunen«, erklangen die englischen Worte schwerfällig, »hilft der Kuß Gottes den Kitka bei der Jagd. Er bewirkt Schlaf für die Kitka und die Tiere, nur angenehmen Schlaf. Bei Menschen scheint der Kuß viel Schlimmeres zu bewirken.« Sie fixierte ihn mit einem kalten, weißen Blick. Dabei fuhren ihre Hände heftig über ihre Oberschenkel, als wollte sie sie warmreiben. »Aber kein Zufall«, versicherte sie ihm. »Alion weiß, daß für Menschen tödlich. Er hat vor uns damit geprahlt. Er ruft seine Federmänner zusammen und macht Jagd auf den Gott aus dem Wasser – er wartet nicht, bis der Gott von selbst aufs Eis steigt, um zu sterben. Er will den Kuß haben, aber nur für seine eigenen schlimmen Dinge. Er will alle Menschen töten.«

Chekov hob den Kopf lange genug, um den Suppencontainer anzunehmen, den Uhura ihm reichte. Sein Magen rebellierte noch, aber er zwang sich trotzdem, sie zu trinken. Sein Organismus brauchte etwas Nahrhaftes. Das sagte ihm sein Intellekt, auch wenn sein Körper im Augenblick nicht damit einverstanden war. Schließlich hatte er fünfzig Stunden auf der Nase gelegen, nachdem er mit Eingeborenengift vollgepumpt worden war – McCoy würde ihn mindestens eine Woche lang nicht aus dem Krankenrevier herauslassen, wenn er davon erfuhr.

»Dein Volk fürchtet sich offensichtlich vor Alion und seinen Männern«, sagte Uhura und legte Ghyl eine Hand auf den Arm. »Weshalb unternehmt ihr nichts, um ihn an seinem Tun zu hindern?«

Ghyl gab einen traurigen Pfiff von sich. »Die Angst

macht die Leute schwach. Er kam mit starken jungen Männern und seltsamen Waffen und Verhaltensweisen aus dem Süden und fing an, allen vorzuschreiben, was sie zu tun hätten. Aber das ist nicht die Art der Kitka.«

Chekov musterte sie aufmerksam und mußte noch ein paar Sekunden auf die vollständige Übersetzung warten, nachdem Ghyl verstummt war. »Nicht die Art der Kitka?« fragte er und stellte den leeren Suppencontainer zwischen seinen Füßen auf den Boden. »Dann ist Alion gar nicht Ihr Anführer? Er ist nicht Ihr Schamane?«

Chekov entnahm aus der Länge der Kitka-Übersetzung, daß irgend etwas in seinen Worten nicht so leicht zu übertragen war. Ghyls verwirrter Gesichtsausdruck bestätigte ihm das.

»Ihr ... Zauberer.« Er streifte Uhuras Parka ungehalten ab. Er glaubte, seine Hände benutzen zu müssen, um alles deutlich zu machen, hatte aber nicht die geringste Vorstellung, wie er das bewerkstelligen sollte. »Derjenige unter euch, der mit Gott spricht.«

Ghyl verblüffte ihn, indem sie sich abwandte und heftig ausspuckte. »Jede Person redet mit Gott auf die Weise, die Gott für am angemessensten hält. Alion möchte sich selbst zum Gott aller Kitka aufschwingen. Deshalb benutzt er junge Männer, um den Alten Angst einzujagen.« Sie verzog ihre Lippen zu einem abfälligen Grinsen. Ihre Augen funkelten. »Eines Tages wird Gott Alion für diesen Hochmut bezahlen lassen, und danach wird nur Gott noch unser Gott sein.«

Wenn wir Glück haben, dachte Chekov, dann wird Gott ihn erwischen, ehe er uns einholt und uns alle tötet.

»Lieutenant Commander Uhura?« Howards Stimme drang von einem weiter entfernten und unterhalb ihres Unterschlupfs liegenden Punktes zu ihnen und beendete die Diskussion, ehe weitere Vermutungen über Alions spirituelle Zukunft geäußert werden konnten. »Commander«, rief er erneut. Seine Jugend und seine Unsicherheit kamen in seinen Worten deutlich zum Ausdruck. »Ich denke, Sie sollten lieber herkommen und sich das ansehen, Sir.«

Vom Blick der beiden Frauen geleitet, schaute Chekov in eine Ecke zu seiner Rechten und entdeckte das unregelmäßige Oval eines Türdurchgangs inmitten der tanzenden Schatten auf der Felswand. Indem er Uhuras Arm mit einer Hand umfaßte, flüsterte er: »Helfen Sie mir«, und kam unsicher auf die Füße.

Der Raum schwankte nur ein wenig, als er sich aufrichtete, aber auch diese Bewegung erstarb schließlich, als Ghyl an seine andere Seite trat und seinen Ellbogen ergriff. Er vermied es, sich auf sie zu stützen, da er überzeugt war, ihre zierliche Gestalt zu Fall zu bringen, wenn er sie auch nur anhauchte.

Uhura trug sein Gewicht ohne Schwierigkeiten. Vielleicht zu leicht, dachte er, wenn diese Hilfe ihr noch immer gestattete, den allgegenwärtigen Parka wieder über seine Schultern zu legen. »Ich habe doch den Thermoanzug.« Er verlor beinahe das Gleichgewicht, als er versuchte, das Kleidungsstück abzustreifen. »Ich brauche keinen Parka.«

Uhura reagierte darauf, indem sie seinen Arm in einen Ärmel stopfte, und Ghyl mit einer Geste bedeutete, das gleiche zu tun. »Sie frösteln ja.« Sie zog ihm gleichzeitig eine Brille über den Kopf.

Ich friere nicht, hätte er ihr erklären können, *ich zittere nur*. Er fühlte sich so schwach, daß er kaum den Kopf hochhalten, geschweige denn aufrecht stehen konnte. Wenn er dies zugab, würde er wahrscheinlich sofort ins Bett zurückgebracht werden. Dabei wollte er in diesem Moment auf keinen Fall flach auf dem Rücken liegen. Ein wenig umherzugehen, würde ihm sicherlich helfen. Zumindest hoffte er das. »In Ordnung«, seufzte er und zog ihr ebenfalls die Brille herunter. »Gehen wir hinaus zu Howard.«

Der ovale Durchgang gehörte zu einem roh behauenen Tunnel mit Treppenstufen, der durch glitzernden Fels zum Meer hinabführte. Ghyl ging voraus. Uhura blieb hinter ihr, damit Chekov sich mit einer Hand auf der Schulter des Lieutenant Commanders abstützen konnte, während sie sich durch das feuchte Halbdunkel tasteten. Sie traten am Rand eines eisbedeckten Abhangs in grelles Sonnenlicht. Vor ihnen war ein Muster aus schwarzem Fels und blauen Eisrippen zu erkennen, das anzeigte, an welchen Stellen Stufen ins Eis geschlagen worden waren, auf denen man bis zum vereisten Rand eines planktongrünen Gewässers hinuntersteigen konnte.

Am Fuß der Treppe stand Howard in ungeduldiger Haltung. Er hatte die Fäuste geballt und betrachtete eingehend etwas im Wasser zu seinen Füßen, dann schaute er hoch, um sich zu vergewissern, daß die anderen zu ihm herunterkamen. Sein Kopf zuckte überrascht hoch, als er schließlich das Trio gewahrte, doch anstatt einer Begrüßung sagte er nur, als sie zu ihm herunterstiegen: »Chief, ich bin heilfroh, daß Sie da sind.«

»Was ist hier im Gange?« erkundigte Chekov sich. Hier draußen im Wind und in der salzigen Gischt war Chekov dankbar für den Parka, obgleich er ziemlich schwer war. Indem er eine Handvoll Pelz vor seinen Mund hielt, konnte er fast so leicht atmen, um zu vergessen, daß er sich nicht die Mühe gemacht hatte, seinen Atemfilter einzusetzen, ehe er sich ins Freie wagte. »Was haben Sie gefunden?«

Anstelle einer Antwort deutete Howard nur vor sich und trat von dem Eisfleck herunter, um den anderen die Sicht freizumachen. Chekov ging in die Knie, um das verschwommene Bild zu betrachten, aber er konnte in dem abstrakten Muster aus Rot,

Schwarz und Grün unter seinen Händen nichts erkennen. »Was ist das?«

Uhura beugte sich über seine Schulter, dann atmete sie zischend ein und preßte die Hände auf den Mund. »Blut«, sagte sie. Als Chekov sie stirnrunzelnd musterte, deutete sie auf eine hellrote Wolke dicht unter der Oberfläche. »Das ist Blut.«

»Und ein Gesicht, glaube ich.« Howard bückte sich ebenfalls, um die Umrisse eines blassen Ovals dicht über Uhuras gefrorener roter Blüte nachzuzeichnen. »Das ist jemand, Sir. Ich weiß nur nicht genau, wer.«

Jemand. Die Erscheinungen ergaben plötzlich einen Sinn. Eine Kappe aus dunklem Haar, schwarze Flekken, wo sich eigentlich hätten Augen befinden müssen, und das alles über einer mannshohen länglichen Säule aus Nordstral-Grün. Über allem Blut wie in schäumendem Wasser erstarrtes Plastikmaterial, das alles vom Hals bis zur Schrittbeuge verfärbte.

Chekov suchte sich einen Punkt über der linken Brusthälfte des Toten und scharrte im Eis, um es zu erwärmen und soweit zu klären, daß er etwas erkennen konnte. Kurz bevor der Wind über dieses künstlich geschaffene Sichtfenster hinwegwehte und es wieder trübte, erkannte er schwarze Buchstaben, die einen Namen bildeten: VERNON STEHLE, M.D.

»Das ist die Shuttlebesatzung.« Plötzlich wurde ihm wieder schlecht, und er zitterte erneut am ganzen Körper. »Mein Gott – wir haben die Gestrandeten gefunden.«

13

McCoy war nicht lange bewußtlos. Als er zu sich kam, stand er aufrecht vor einem Rohr; seine Arme waren hinter dem Rücken gefesselt. Er zwinkerte mehrmals, als könnte er damit den Schmerz in seinem Hinterkopf vertreiben, und versuchte sich zu orientieren. Er hob den Kopf und starrte entgeistert den Mann an, der an der gegenüberliegenden Wand stand und sich mit der Schulter lässig gegen einen Druckanzeiger des Tanks lehnte. »Muhanti! Alle dachten, Sie seien tot!«

Der Schiffsarzt war bis auf die Haut durchnäßt, und sein Haar klebte an seinem Kopf wie eine glänzende schwarze Kappe. Seine Schuhe waren verschwunden. Er zitterte am ganzen Körper, aber McCoy konnte nicht erkennen, ob vor Kälte oder aus einem anderen Grund.

Muhanti grinste ölig, und McCoy erkannte, daß er völlig durchgedreht war. Seine Augen erinnerten McCoy an Baker auf dem Video, das Kane ihnen vor einer halben Ewigkeit – so kam es ihm jedenfalls vor – an Bord der *Curie* gezeigt hatte. »Das würde der Föderation gefallen, nicht wahr, McCoy? Das haben Sie gehofft. Unglücklicherweise für Sie ist eine ganze Menge mehr nötig, um Pushkali Muhanti zu töten!« Stolz schlug er sich auf die Brust; das Hemd klebte an seiner Haut.

»Niemand wünscht sich Ihren Tod, Muhanti.«

»Lügner«, entgegnete der Arzt nachsichtig. Er schien sich köstlich zu amüsieren. »Die Föderation erhielt Kenntnis von meinen Hypothesen und meinen Gesprächen mit Captain Mandeville über die fortlaufende Schwächung unserer Besatzung und beschloß, uns aus dem Weg zu räumen.« Ein Finger zeichnete träge die Konturen des Druckanzeigers und des Auslösehebels daneben nach. »Ihre Psychologen müssen einen Riesenspaß gehabt haben, als sie ihre Persönlichkeit untersuchten. Es ist nicht allzu schwierig, sich eine Art und Weise einfallen zu lassen, auf die ein Zwangsneurotiker sich selbst das Leben nimmt.« Er kicherte, aber es war kein fröhlicher Laut. »Sie tun einem gerne den Gefallen, so oft man will. Stets legen sie zuerst Hand an sich selbst und spielen den Märtyrer.« Seine Finger krampften sich um das Anzeigeinstrument, wobei seine Knöchel sich vor Anstrengung weiß färbten. Muhanti schien es jedoch nicht zu bemerken. »Ihr Captain hatte teilweise die gleichen Macken, wie ich feststellen konnte«, bemerkte er im Konversationston, dann zwinkerte er vielsagend, als ob er und McCoy sich über einen besonders gelungenen Witz amüsierten.

»Wovon reden Sie?« McCoy stemmte sich gegen seine Fesseln. »Binden Sie mich los, Muhanti, und wir reden über alles.«

»Wir können uns auch so darüber unterhalten, mein lieber Kollege. Ich bin nicht so dumm, daß ich der Föderation ihre Lügen abnehme.« Er schlenderte auf McCoy zu, und der Starfleet-Offizier preßte sich mit dem Rücken gegen die Rohre hinter ihm. »Wissen Sie, was die Eingeborenen glauben? *Sie* erzählen sich, daß die Götter zornig auf sie sind. Gletscher kalben, und die Kitka sagen, das Eis weine vor Verzweiflung darüber, daß sie Nordstral haben herkommen und das Plankton einsammeln lassen.« Er beugte sich mit verschwörerischer Miene vor, und McCoy schluckte krampfhaft. »Ich für meinen Teil denke, daß sie erkannt haben, womit sie es hier zu tun haben, und jetzt versuchen, aus dem Vertrag auszusteigen, damit sie ihn an den Höchstbietenden verscherbeln können.« Muhanti lachte; es war ein Laut ohne Seele dahinter. »Aber ich kenne Nordstral Pharmaceuticals. Nun, da sie mit dem Plankton eine Menge Geld scheffeln, können die Kitka nichts mehr dagegen tun!« Er drehte sich langsam, und seine Stimme klang verträumt. »Die Kitka sagen, das Eis hätte früher, ehe wir kamen, niemals geweint. Es gab keine Beben, keine Geisteskrankheiten und keine magnetischen Stürme. Sie sagen, die Winde seien jetzt, seit unserer Ankunft, viel schlimmer. Und alles nur, weil wir ein wenig Plankton für uns selbst mitnehmen.« Er schnaubte zornig.

McCoy hörte kaum noch hin. Etwas von dem, was Muhanti gesagt hatte, ließ McCoy plötzlich einen Zusammenhang ahnen.

»Aber ich kenne die Wahrheit. Ich weiß, was Sie hier vorhaben, und es wird nicht klappen.« Muhanti ergriff den Verschlußhebel und legte ihn um. Die *Soroya* ächzte, als ihre gesamte Ernte von Millionen Tonnen Plankton zurück ins Meer von Nordstral gespült wurde.

McCoy stemmte sich gegen seine Fesseln. »Muhanti! Nicht!«

Der indische Arzt knurrte wütend und trat so dicht an McCoy heran, daß er seine Körperwärme sogar durch die nasse Kleidung spüren konnte. »Die Föderation ist die schlimmste Piratenbande der Galaxis. Ich weiß, daß ihr haben wollt, was wir besitzen.«

»Sie Idiot!« brüllte McCoy. »Ohne das Plankton werden wir ersticken!«

»Sie sind der Idiot.« Muhanti packte McCoys Haar. »Sie glauben noch immer, sie könnten mich täuschen.« Er preßte McCoys Stirn gegen seine feuchte Brust und hielt seinen Kopf auf diese Weise fest, obgleich der andere Mann sich verzweifelt wehrte.

Das Interkom meldete sich knisternd. »Pille! Was ist passiert? Pille!«

»Aha, die Stimme Ihres Captains. Nur schade, daß Sie ihn nicht warnen können, daß das Spiel vorbei ist und ich jetzt das Kommando habe.« Muhantis Finger wanderten über McCoys Schädel, tasteten dort herum wie blinde Molche in ihrem Unterwasserreich. »Ich sehe schon…« murmelte er. »O ja, es ist für jeden deutlich zu erkennen.« Er nahm McCoys Schädel zwischen beide Hände und hob sein Gesicht fast liebevoll an. »Eine Schande, einen derart brillanten Geist zu verschwenden.«

»Wovon reden Sie, verdammt noch mal?« McCoy hatte den verrückten Wunsch, den Kopf herumzureißen und Muhanti zu beißen, aber der andere Arzt hielt ihn fest.

»Ich kann an den Unebenheiten an ihrem Kopf feststellen, daß dies nicht nur ein Komplott der Föderation ist, sondern daß es auch von niemand anderem als von Ihnen ausgedacht wurde, Dr. McCoy. Es ist wirklich fast genial. Es ist wirklich schade, daß ich schlauer bin als Sie und daß Ihr Geist sich mit einem derart sinnlosen Vorhaben beschäftigt.« Er schnalzte mit der Zunge und mimte spöttisches Bedauern. »Ihnen ist natürlich klar, daß Sie sterben müssen.«

»Jetzt halten Sie mal die Luft an, Muhanti…«

Der Schiffsarzt zog ein Ulu aus seiner Tasche. »Die Kitka sind in mancher Hinsicht sehr nützlich gewesen«, murmelte er beinahe verträumt und betrachtete die spiegelblanke gekrümmte Messerklinge. Sein Blick sprang zu McCoy. »Sie brauchen keine Angst zu haben, mein Freund. Ich bin ein ziemlich geschickter Chirurg. Sie werden nicht allzu lange Schmerzen verspüren.« Er packte McCoys Kinn mit einer Hand und drückte die Messerklinge sacht gegen seine Wange.

»*Muhanti!*«

Kirks Ruf ertönte an der Tür, aber zu spät, zu verdammt spät. McCoy spürte, wie die Klinge seine Wange berührte …

… und die *Soroya* bäumte sich unter ihm auf, als sei es ihr stählernes Fleisch, das von dem Ulu bedroht wurde. Muhanti stolperte zur Seite, fing sich am Schott und wirbelte zu Kirk herum.

Kirk betrat den Raum. Er hatte die Finger gespreizt und streckte die Hände seitlich aus. »Lassen Sie das Messer fallen, Muhanti. Niemand will Ihnen etwas tun.«

»Wenn ich Zeit hätte, würde ich über Ihre dämlichen Witze lachen, Captain Kirk. Daß Sie hier sind, beweist nur die Unzulänglichkeit der Föderation. Man stelle sich vor: Sie sind tatsächlich Captain, während sie mich hätten haben können.« Er schlängelte sich hinter McCoy und faßte ihm von hinten wieder unters Kinn. »Ihr Freund und ich haben uns gerade darüber unterhalten, wie wir dieses Spiel am besten beenden, Captain. Vielleicht wollen Sie sich gleich mit ansehen, was auch Sie in Kürze erwartet?«

Die *Soroya* erzitterte erneut, schaukelte und dröhnte wie ein gigantischer Gong; Muhanti wurde zur Seite geschleudert. Kirk machte einen Satz nach vorne und rammte ihn. Sie stürzten zu Boden, und das Wasser spritzte hoch auf. Muhanti wand sich wie ein Aal aus Kirks Klammergriff und sprang auf die Füße. Dabei trat er wild um sich, um sich den Starfleet-Offizier vom Leib zu halten. Kirk rollte sich außer Reichweite und fixierte Muhantis Hand, die das Messer hielt. Langsam richtete er sich auf den Knien auf, bereit, in jede Richtung auszuweichen. Seine Blicke schossen umher, suchten nach einem Schlupfloch oder irgendeiner Waffe, aber er fand nichts, was ihm hätte weiterhelfen können.

Muhanti griff an, stieß mit dem Ulu nach vorn, erwischte aber nur Kirks Pullover. Kirk wich zurück, zog den Bauch vor dem Messer ein, dann packte er zu und erwischte Muhantis Arm. Er schlug ihn zweimal voller Wucht gegen sein angezogenes Knie. Ein Geräusch erklang, als sei etwas zerbrochen, und Muhanti brüllte auf. Das Ulu rutschte aus seinen Fingern, und Kirk beförderte es mit einem Fußtritt außer Reichweite. Seine linke Hand packte Muhantis Hemd vor der Brust, zog ihn hoch, und die rechte verpaßte ihm einen wuchtigen Kinnhaken. Muhantis Kopf schlug nach hinten, und er taumelte. Seine Füße rutschten auf dem nassen Untergrund aus. Er kämpfte um sein Gleichgewicht und stürzte. Dabei knallte er mit dem Kopf gegen eines der Leitungsrohre, sackte schlaff vor Kirks Füßen zusammen und rührte sich nicht mehr.

Kirk schluckte, sein Atem ging schwer. Sein Blick richtete sich auf McCoy, während er sich neben Muhanti hinkniete. Er tastete das Kinn des Mannes ab, dann ergriff er ein Handgelenk und wartete. Nach ein paar Sekunden schaute er hoch. »Er ist tot, Pille.«

McCoys Augen schlossen sich gequält. »Verdammt.« Er sah Kirk an und erkannte die gleiche Enttäuschung im Gesicht des Captains. »Du darfst mich übrigens ruhig losbinden.«

Das Ulu durchschnitt die Stricke glatt. McCoy massierte sich die Handgelenke und versuchte, Muhantis zusammengesunkene Leiche zu ignorieren. »Was zur Hölle geht hier vor, Jim?«

»Wir erhielten Besuch von unserem freundlichen Kraken.« Kirk lächelte nicht. »Deshalb hatte Nuie mich auf die Brücke gerufen. Es scheint, als hätte das Tier – übrigens ein Weibchen – seit unserem Unfall größtes Interesse an uns.«

»Du meinst, dieses riesige häßliche Ding hat mir das Leben gerettet?« McCoy starrte die Wand an, als könnte er durch sie hindurch das Seeungeheuer sehen. »Ich glaube, ich bin verliebt.«

»Laut Nuies Information folgt sie uns wegen der Leichen der toten Brückenbesatzung.«

McCoy verzog entsetzt das Gesicht. »Diese Bestie frißt sie?«

Kirk gab keine Antwort. »Offenbar. Das Tier hält uns wohl für einen anderen Kraken, der in ihrem Gebiet Junge werfen will. Es ist nicht sonderlich erfreut darüber.« Ein weiterer, diesmal etwas schwächerer Schlag schüttelte das Schiff durch, und sie blieben in Position. Kirks Blick fand den Druckanzeiger. »Er hat die ganze Ladung über Bord gehen lassen?«

»Jeden winzigen grünen Fetzen.«

»Pille, wir brauchen dieses Plankton. Ohne das Zeug können wir nicht überleben!«

»Wir sind sicherlich nicht allzu weit vom offenen Gewässer entfernt«, meinte McCoy hoffnungsvoll. »Oder etwa doch?«

»Keine Ahnung, Pille.« Kirk seufzte leise, wandte sich dann zu seinem Freund um und sah ihn offen an. »Vielleicht auch nicht. Es gibt keine Möglichkeit, das festzustellen.«

Uhuras Kehle schmerzte vor Schock und Ungläubigkeit, obgleich sie keine Ahnung hatte, weshalb sie so entsetzt war. Nachdem sie miterlebt hatte, wie Alions gefiederte Männer Nicholai Steno getötet hatten – nachdem sie alle selbst von den Kitka verfolgt und attackiert worden waren –, hätte es für sie keine Überraschung sein dürfen, daß die vermißte Shuttle-Besatzung das gleiche Schicksal erlitten hatte. Aber während des Seebebens und anschließend, als sie vor den Männern des Schamanen flohen, war es Uhura überhaupt nicht in den Sinn gekommen, daß ihre Rettungsmission sich als fruchtlos erweisen könnte. Sie schaute zu Chekov und Howard hinüber, die immer noch mit bitterer Miene vor der eisstarren Leiche des Nordstral-Arztes knieten, und fragte sich dabei, ob sie damit wohl gerechnet hatten. Irgend etwas in Chekovs Miene, in seiner angespannten Haltung verriet ihr, daß es wohl so gewesen war.

Eine Bewegung am Rand ihres Gesichtsfeldes erregte ihre Aufmerksamkeit. Uhura drehte sich halb zur Seite und sah, wie Ghyl sich an Howard vorbeidrängte, sich dann langsam und mühevoll niederließ, bis sie bäuchlings auf dem verfärbten Eisfleck lag, unter dem Stehle begraben war. Chekov stieß einen Laut der Überraschung aus und kam mit Howards Hilfe auf die Füße. Ghyl beachtete ihn nicht. Sie lag für einen Moment reglos da, dann kniete sie sich hin und betrachtete eingehend die Stelle, auf der sie gelegen hatte. Nach einem Moment hob sich ihre dunkle Maske und wandte sich in Uhuras Richtung um.

»Das nicht Chinit-Kitka getan.« Die alte Frau hockte sich hin und deutete auf das verfärbte Eis, das durch den kurzen Kontakt mit ihrem Körper vom Rauhreif befreit worden war. Uhura biß sich auf die Unterlippe, als sie den gräßlichen Schnitt quer durch den Leib des Nordstral-Arztes erkannte. »Chinit Kitka schneiden dreimal, von links nach rechts.« Ghyls behandschuhte Hand deutete drei diagonale Schnitte auf der Vorderseite ihres dunklen Fellparkas an.

Uhura verschlug es den Atem. Sie machte unwillkürlich einen Schritt rückwärts, obgleich sie wußte, wie klein und schwach die Eingeborene war. »Die Chinit-Kitka töten auf diese Weise?«

Ghyls singende Antwort klang schwerfällig und bitter. »Nicht töten«, sagte der Translator nach einer kurzen Pause. »Kitka nennen es nicht töten, was man mit sich selbst tut.«

Uhura atmete zischend ein, dann würgte und hustete sie, als die kalte Luft durch den Filter schneidend in ihre Lungen drang. Sie konnte über den Kom-Kanal Chekovs gedämpfte russische Flüche hören. »Ihr schneidet euch selbst mit Messern auf?« wollte er von Ghyl wissen.

Die alte Frau legte beide Hände in einer anscheinend rituellen Geste an ihre Maske. »Es ist den Kitka verboten, über diese Dinge zu reden«, sagte sie, dann blickte sie auf Stehles Leiche hinunter. Rauhreif hatte sich gebildet und ließ den gräßlichen Anblick im Eis gnädigerweise wieder verschwimmen. »Aber wenn etwas derart Böses Gott verletzt, wer kann dann schweigen?« Sie schaute wieder zu Chekov. Die hellen Augen hinter ihrer Maske blinzelten nicht. »Ja, wir schneiden uns selbst mit Messern auf. Das ist unsere Art, mit Gott zu reden.«

»Sie sagten, Sie seien hergekommen, um mit Gott zu sprechen.« Endlich verstand Uhura Nhyms entsetzte Reaktion auf Ghyls Aufbruch. Sie gab sich Mühe, sich ihr Entsetzen nicht anmerken zu lassen. »Weshalb verlangt Gott von euch etwas derartiges?«

Ghyl zuckte die Achseln. Diese Geste wirkte überraschend menschlich. »Wenn Gottes Zeit gekommen ist, dann schenkt er sich uns. Wenn unsere Zeit gekommen ist oder wenn wir Gottes Rat nötig haben, schenken wir uns ihm auf ähnliche Art und Weise. So wie der Ozean uns ernährt, müssen wir den Ozean ernähren.«

»Und ihr übergebt auch andere dem Meer?« Chekov deutete mit einer ausholenden Geste auf die dunkelgrüne Fläche neben ihnen. Dabei raschelte sein Parka im Wind. Schaumgekrönte Wellen rollten auf die Zunge der langen Eisrampe zu, auf der sie standen. Gischt wurde bei jedem Auftreffen einer Welle hochgeschleudert, erstarrte zu glitzerndem Reif und stieg himmelwärts. »Ist das mit diesem Mann geschehen?«

»Ich glaube schon«, erwiderte Ghyl. Ihre Antwort klang bitter. »Das ist nicht die Art, wie die Chinit mit Gott reden, aber ich habe gehört, daß andere Stämme anders sprechen. Einige im Süden schneiden nur einmal.«

Uhura schüttelte sich entsetzt, wenn sie sich den einzigen gräßlichen Schnitt vorstellte, der Steno getötet hatte. »Und Alion und seine Männer kommen aus dem Süden.«

Chekovs glänzende Brillengläser richteten sich für einen kurzen Moment auf sie. »Das habe ich nicht vergessen, das können Sie mir glauben.« Er wandte sich wieder zu Ghyl um. »Schicken die südlichen Stämme gewöhnlich Leute aus, um mit Gott zu reden, auch wenn sie nicht gehen wollen?«

»Nein!« Die Antwort der alten Frau war ein einziges Zischen der Abscheu. »Gott würde es merken und auf den spucken, der den betreffenden losgeschickt hat. Kein normaler Kitka würde so etwas tun.«

»Aber ein verrückter Kitka wäre dazu fähig«, murmelte Uhura.

Ghyl hörte sich die Übersetzung an und stieß dann einen scharfen Pfeiflaut aus. »Einer, dessen Geist vom Wind verwirrt wurde, gewiß.« Sie schlug mit der behandschuhten Hand aufs Eis. »Jeder, der Augen hat, kann erkennen, daß Gott sich weigert, mit Leuten von jenseits des Nordlichts zu reden. Weshalb läge denn dieser hier sonst an einer Stelle, wo wir ihn sehen können? Alion glaubt, daß Gott wegen der Menschen zornig ist, deshalb müssen die Menschen ihre Werke Gott erklären. Chinit Kitka glauben, daß Gott für Menschen nichts übrig hat, sondern nur für seine Anhänger.«

»Hm...« Uhura wurde durch das schwache Knistern eines Funksignals in ihrem Ohr einer Antwort enthoben. Sie verstummte abrupt und stellte den Kommunikator darauf ein. »Jimenez! Jimenez, können Sie mich hören?«

»... höre Sie...« Der Kontakt brach wieder ab, bedingt durch das Heulen der Nordlichtinterferenzen.

Uhura blickte auf und sah die letzten Reste des kristallweißen Flimmerns einer magnetischen Entladung über den Himmel wandern. Entweder hatte Jimenez nicht abgewartet, bis die Nordlichter nachließen, oder die Ruheperiode war diesmal nicht so total wie zuvor. »... dringende Nachricht ... *Enterprise* ...«

»Warten auf Verbindung.« Uhura drehte ihr Außenmikro und den Translator leise, damit deren Geräusche sie nicht ablenkten, dann blickte sie zu Chekov und legte die Handfläche auf ein Ohr, was soviel bedeuten sollte, daß sie den Kommunikator ausgeschaltet hatte. Der Sicherheitschef deutete ihr durch ein Nicken an, daß er verstanden hätte, dann gab er die Meldung an Howard weiter. Uhuras Kom-Kanal rauschte sofort weniger, als beide Männer ihre Geräte ausschalteten. Es reichte aus, um das ferne Murmeln von Spocks Stimme zu hören. Sie steigerte die Lautstärke und zwang sich, das auf- und absteigende Jaulen der Nordlichtturbulenzen zu ignorieren. »... hat die Modifikation der Abschirmung abgeschlossen. Das Shuttle wird ...« Ein lautes Heulen deckte die weiteren Worte zu. »... Versuch, zuerst Admiral Kirk und Dr. McCoy aufzuspüren, dann kommen Sie an die Reihe. Können Sie Ihre neue Position angeben, Commander?«

Uhura antwortete kurz und knapp. »Wir halten uns in einem Unterschlupf der Eingeborenen auf. Er befindet sich in einer ausgedehnten Felsformation am Rand des Eismeers.«

»Verstanden und berechnet.« Spocks Stimme wurde kurzzeitig deutlicher. »Ihre Position befindet sich offenbar in nächster Nähe der letzten Positionsmessung des vermißten Nordstral-Shuttles. Haben Sie eine Spur von den verschollenen Wissenschaftlern entdeckt?«

»Wir haben einen von ihnen gefunden, Sir. Tot.«

»Aha. Eine Folge feindseliger Reaktionen Eingeborener?«

»Ja, Sir.« Uhura schluckte krampfhaft. »Wir nehmen an, daß die Gruppe des Schamanen sie getötet und ins Meer geworfen hat. Es ist die traditionelle Todesart der Kitka, aber Alion scheint anzunehmen, daß die Probleme des Planeten gelöst werden, wenn mit Menschen genauso verfahren wird.«

»Faszinierend.« Spocks Stimme verstummte, als ein erneutes Jaulen erklang, nur war es diesmal keine Nordlichtstörung. Uhuras Augen weiteten sich, als sie den vertrauten Klang der Alarmanlage der *Enterprise* vernahm. »Commander, ich würde Ihnen empfehlen, umgehend sicheres Gelände aufzusuchen. Das Magnetfeld Nordstrals ...« Interferenzen zerhackten seine Stimme. »... eine zweite Totalumkehr. Die Möglichkeit eines daraus resultierenden Bebens ...«

Ein schrilles atmosphärisches Jaulen schnitt durch den Kommunikator und unterbrach das *Enterprise*-Signal vollständig. Uhura zuckte zusammen und suchte nervös nach Chekov und Howard.

Sie standen am Fuß der von den Kitka geschaffenen Treppe und preßten sich die Hände mit einem verblüfften Ausdruck auf die Ohren. Uhura wollte ihnen etwas zurufen, wurde jedoch durch eine plötzliche Erschütterung des Bodens unter ihren Füßen gegen die Felswand geschleudert. Einen sonnenhelle Explosion von Nordlichtern raste über den Himmel, während der Untergrund erneut erbebte, dann war alles wieder ruhig.

Uhura beruhigte sich allmählich und hörte Chekovs erleichterten Seufzer. »Das war nicht so schlimm wie beim letzten Mal«, meinte er.

»Nein.« Uhura kämpfte sich auf die Füße, dann starrte sie hinaus aufs Eismeer. In unheimlicher Stille senkte sich der Wasserspiegel abrupt. Uhura erkannte die Vorzeichen, und ihre Kehle zog sich vor Grauen zusammen. Sie drehte die Lautstärke ihres Stimm-Mikros so schnell wie möglich auf höchste Lautstärke.

»Chekov, Howard – klettern Sie sofort die Stufen hoch!« Ihre Stimme hallte drängend von der Felswand hinter ihr wider und ließ die beiden Männer zu ihr herumfahren. »Eine Flutwelle ist im Anmarsch!«

»Eine Flutwelle?« Chekov blickte über die Schulter auf das sich immer noch zurückziehende Meer. »Aber das Wasser fällt!«

»Weil sich die Flutwelle noch aufbaut.« Uhura wirbelte herum und gab Ghyl ein Zeichen, die noch immer neben Stehles Leiche stand. »Kommen Sie, wir müssen klettern!«

Die Eingeborene schüttelte den Kopf. Ihre zerbrechlichen Finger wehrten sich gegen Uhuras Griff. »Lassen Sie mich hierbleiben! Es ist an der Zeit, mit Gott zu reden …«

»Warten Sie, ich hol sie.« Howard nahm die alte Frau einfach auf den Arm und eilte zur Treppe hinüber. »Helfen Sie dem Chief, Sir.«

»Mir geht's gut«, knurrte Chekov, während Uhura einen Arm unter seine Schulter schob und mit ihm die ersten Fels- und Eisstufen hinaufrannte. Trotz seiner mannhaften Erklärung spürte sie, wie der drahtige Körper des Sicherheitsoffiziers vor Schwäche zitterte, als er den steilen Abhang der dunklen Felsklippe hinaufeilte. In der Ferne konnte sie ein zunehmendes Donnergrollen hören, das so tief und durchdringend klang wie der Impulsantrieb eines Raumschiffs. Standhaft weigerte Uhura sich, den Kopf zu wenden und einen Blick auf die dunkle Wasserwand zu werfen, die über das Eismeer auf sie zuraste.

»Woher wußten Sie, daß so etwas droht?« erkundigte Chekov sich zwischen mühsamen Atemzügen, während sie sich nach oben kämpften. Bis zur Öffnung des rundum geschlossenen Teils der Kitka-Behausung waren es nur noch ein paar Stufen.

»Mr. Spock meldete, daß das Magnetfeld sich wieder umgedreht hat und daß es zu Seebeben kommen könnte. Auf der Erde entstehen dabei Flutwellen.« Uhura rang nach Luft, während sie den letzten Treppenabsatz erreichten. »Er sagte außerdem, daß ein Shuttle zu uns unterwegs ist.«

»Gott sei Dank.« Chekovs ungefilterter Atem rasselte durch das Mikro. Mutiger als Uhura, nahm er sich einen Moment Zeit, um nach hinten zu blicken. »Ich glaube, wir schaffen es.«

Zu atemlos, um reden zu können, nickte Uhura nur und suchte sich einen besseren Griff an seinem pelzgefütterten Parka, obgleich sie sich im Augenblick nicht mehr ganz sicher war, wer eigentlich wen stützte. Das Getöse der heranrasenden Wassermassen zusammen mit dem Stampfen ihrer eiligen Schritte hallte ohrenbetäubend laut von den Felsen ringsum wider. Uhura konzentrierte sich darauf, wohin sie die Füße setzte. Der Schatten des Felsens schob sich kurz über ihre Köpfe, als sie die letzte der äußeren Stufen überwanden, dann zerrte Chekov an Uhura und brachte sie unvermittelt zum Stehen.

»Chekov!« Sie drehte sich zu ihm um, gewahrte seinen grimmig verzerrten Mund unter seinem offenen Atemfilter. »Was ist los? Stimmt etwas nicht?«

»Was stimmt schon?« Es war eine neue Stimme, eine, die Uhura kannte, obgleich sie sie nie Englisch hatte sprechen hören. Sie stieß keuchend die Luft aus und legte den Kopf in den Nacken, um in den in den Fels geschnittenen Treppentunnel zu blicken. Howard stand völlig erstarrt einige Meter über ihnen mit Ghyl als dunklem Schatten neben sich. Hinter ihm leuchtete matt eine fahle Gestalt im Zwielicht. Der vertraute Klang metallischer Federn hallte klirrend von den Felswänden wider, als die Gestalt sich bewegte. Eine zweite weißgekleidete Gestalt lauerte hinter der ersten Erscheinung mit einer Harpune in der Faust.

»Was stimmt schon?« wiederholte Alion, und seine Kitka-Stimme intonierte fauchend die englischen

Worte. Ein Windstoß fegte durch den Tunnel und überdeckte fast seine Stimme. »Was stimmt schon, seit ihr Fremden ...«

Seine Stimme verstummte, als der Tunnel sich abrupt verdunkelte. Mit einem Brüllen, das den Fels unter ihren Füßen erbeben ließ, krachte eine Wand aus Eis und Gischt und tobendem Eismeerwasser gegen die ungeschützten Klippen.

»Was meinst du damit, unsere Navigation ist zum Teufel?«

»Genau das, was ich gesagt habe, Pille.« Kirk warf ihm einen Seitenblick zu, während sie zur Brücke gingen. »Die Magnetfeldumkehr und der Unfall haben unsere Navigationsanlage total ruiniert. Wir haben zwar Energie, aber wir können nicht feststellen, wo genau wir uns befinden, und seit der Flutwelle wissen wir auch nicht, wie weit wir vom Kurs abgetrieben wurden. Wir müssen so bald wie möglich auftauchen, aber wir wissen nicht, wo der Eisschild aufhört und das freie Wasser beginnt. Und ohne eine Möglichkeit, eine genaue Fahrtrichtung festzulegen, könnten wir unter dem Eis ...«

»Für immer und ewig herumirren«, beendete McCoy düster den Satz. »Und dazu fehlen uns die Voraussetzungen. Dieser verdammte Muhanti!«

»Muhanti ist nicht mehr unsere Sorge«, sagte Kirk ernst. »Das Leben dieser Leute hängt von uns ab, Pille. Wir müssen irgendeine Möglichkeit suchen, wie wir uns ins offene Meer zurücknavigieren, damit wir auftauchen können. Um bis dahin Atemluft zu haben, müssen wir schnellstens unseren behelfsmäßigen Sauerstoffgenerator reparieren.«

»Womit?« fragte McCoy bissig. »Muhanti hat die gesamte Ladung Plankton ins Meer geschüttet.«

Kirks verhaltener Zorn verriet sich durch die Art und Weise, wie seine Kiefernmuskeln sich verkrampften. »Doc, wir sollten uns lieber etwas einfallen lassen, sonst wird keiner uns mehr in der Lage sein, der Nachwelt unsere aufregende Geschichte zu erzählen.« Er beschleunigte abrupt seine Schritte, und McCoy fiel in einen leichten Trab, um mithalten zu können.

Alle Köpfe fuhren herum, als sie die Kommandobrücke betraten. Die Blicken trafen nicht ihn, wie McCoy automatisch feststellte, sondern Kirk. Es schien im gesamten Universum keine Person zu geben, die nicht, auf irgendeiner Ebene, automatisch Jim Kirks natürliches Talent zur Führung erkannte und akzeptierte. Gleichzeitig verspürte McCoy eine Woge erneut wachsender Zuversicht. Noch waren sie nicht tot.

Nuies Augen blitzten entsetzt auf, als er Kirks zerfetzten Pullover und den nicht allzu tiefen Schnitt in McCoys Wange gewahrte. »Was ist passiert?« fragte er, erhob sich aus seinem Sessel und bot Kirk die Sitzgelegenheit an.

»Muhanti ist passiert.« Kirk drückte auf einen Knopf auf der Konsole. »Achtung, Mannschaft, lassen Sie alles stehen und liegen und kommen Sie sofort zur Kommandobrücke.«

»Muhanti?« Die Augen des Navigators waren kreisrund. »Ich dachte, er wäre tot.«

»Das Glück hatten wir nicht«, erwiderte Kirk. Er schaute zur Tür, als zwei der fehlenden Besatzungsmitglieder in den Raum schlidderten. »Er hat das Plankton über Bord gehen lassen.«

Beklommenes Schweigen breitete sich nach seiner Meldung aus. Eins der weiblichen Besatzungsmitglieder fuhr sich mit der Hand durchs kurze Haar. »Was tun wir jetzt?«

»Wir arbeiten an einer Lösung.« Kirks befehlsgewohnte Stimme klang aufgeräumt und selbstsicher. »Haben Sie Verbindung mit Ihrer Landstation bekommen?«

»Ich weiß nicht, ob uns das etwas nutzt«, erwiderte der Navigator bedrückt. »Sie wissen, daß wir noch am Leben sind, wenn auch ziemlich ramponiert, aber sie kämpfen mit ihren eigenen Problemen. Ein Teil der Station ist eingestürzt, mehrere Leute sind eingeschlossen und verschüttet. Die anderen Schiffe sind in alle Richtungen verstreut. Wir können ihnen nicht mitteilen, wo wir sind, daher kann niemand uns zu Hilfe kommen.«

»Ist unsere Besucherin noch da draußen?«

Nuie verdrängte den Schock über den Planktonverlust mit einem Blinzeln und nickte. »Ja. Sie verschafft sich einen genauen Überblick über die Gegend, als überlegte sie sich, an welchem Ort sie als nächstes angreifen soll. Manchmal läßt sie sich ein Stück mit der Strömung treiben, um die Leichen zu untersuchen.«

Kirk studierte den trüben Bildschirm. Er war nicht halb so gut wie der auf der ursprünglichen Kommandobrücke des Schiffs, aber er stellte ihre einzige Verbindung zum umgebenden Ozean dar. »Frißt sie sie?«

Viele Mannschaftsangehörige schauten bei dieser Frage betreten zu Boden. Nuies Gesicht blieb ausdruckslos. Als er antwortete, klang seine Stimme sehr sachlich. »Der Krake hat mehrere Kitka-Leichen verspeist. Er scheint die anderen … zu kosten.«

In der unbehaglichen Stille, die auf diese Auskunft folgte, räusperte McCoy sich. »Ein Gutes hat das Ganze ja, Jim.«

Kirks Stimme klang in den Ohren seines Freundes ziemlich müde. Er bezweifelte, daß die Besatzung es ebenfalls bemerkte. »Ich könnte jetzt eine gute Nachricht vertragen, Pille.«

»Ich glaube, ich weiß, was diese Krankheit ausgelöst hat.« Es gefiel McCoy durchaus, wie sich plötzlich alle Augen auf ihn richteten. Er lehnte sich zurück und setzte sich auf den Rand der Konsole. Dabei verschränkte er die Arme und barg seine lädierte

Hand in der Ellbogenbeuge. »Es dürfte das Magnetfeld Nordstrals sein.«

Kirk musterte ihn stirnrunzelnd. »Wie bitte?«

»Das Magnetfeld, Jim. Etwas, das Muhanti sagte, während er Vorbereitungen traf, mich zu Hackfleisch zu verarbeiten, gab mir den entscheidenden Hinweis. Ich brauche nur eine Bestätigung von Spock, um ganz sicher sein zu können.« McCoy freute sich, sich so reden zu hören, als würden sie tatsächlich bald gerettet. Tief in seinem Innern glaubte er vielleicht sogar fest daran. »Muhanti sagte, es habe hier früher nie magnetische Stürme gegeben, und daß die Nordwinde schlimmer geworden seien. Ende des Zwanzigsten Jahrhunderts wurden auf der Erde umfangreiche Untersuchungen über die Auswirkungen von starken Magnetfeldern auf die Gesundheit der Menschen angestellt. Es gab eine Menge Hinweise, die die Auffassung bestätigten, daß die Menschen nicht nur physisch beeinträchtigt wurden, sondern auch mental. Diese Ergebnisse führten zu neuen Bestimmungen für die Herstellung und die Verwendung von Haushaltsgeräten, für das Verlegen von Telekommunikationsleitungen …« Er hob eine Schulter. »Vieles veränderte sich, aber erst, nachdem eine Vielzahl von Menschen Schäden davongetragen hatte. Soweit ich mich erinnern kann, waren die Symptome nach zu langem und engem Kontakt mit starken Magnetfeldern dem, was wir hier erleben, ziemlich ähnlich.«

Kirk schüttelte ungläubig den Kopf. »Wenn du recht haben solltest und die Magnetfelder bewirken tatsächlich dieses unberechenbare Verhalten, dann würde ich gerne wissen, weshalb nicht jeder davon betroffen ist?«

Der Arzt zuckte die Achseln. »Ich vermute, das liegt an gewissen physiologischen Unterschieden. Dies, und was immer die planetaren Probleme Nordstrals auslöst, verstärkt die magnetischen Potentiale, die die Gehirne der Leute angreifen.«

»Und was können wir dagegen tun, Dr. McCoy?« fragte die Navigatorin.

Er sah sie ein wenig ratlos an. »Im Augenblick nichts. Aber wenn wir an unseren Computer auf der *Enterprise* herankämen, könnte ich vielleicht einige Vorschläge machen.«

Ein Ächzen lief durch den Stahlrumpf, und alle verstummten und schauten sich ängstlich um.

»Das ist doch nicht etwa der Verdauungstrakt des Kraken, oder?« fragte McCoy nervös.

Die Hände der Navigatorin schlugen auf den Konsolenschirm, und sie rotierte auf ihrem Sessel. »Alle in Deckung! Schon wieder ein Beben!«

McCoy warf sich flach auf den Boden und griff nach dem nächsten Halt. Diesmal spürte er, wie das Meer unter dem Schiff weggesogen wurde und das Schiff in eine unterseeische Schlucht stürzte, die ihm den Magen gegen die Wirbelsäule drückte. Die Flutwelle sammelte Energie. Das Schiff stöhnte erneut, als das Meer es packte, und McCoy betete darum, daß die Schweißnähte und Nieten auch dieser zweiten Attacke standhalten würden. Irgend etwas krachte gegen sie – oder sie krachten gegen irgend etwas –, und dann hatte das Meer sie vollends in seiner Gewalt, und sie wurden hilfslos herumgeschleudert.

14

Die vom Beben ausgelöste Flutwelle krachte mit dem Geräusch zerschellenden Glases gegen die Felswand. Ein Schlag, drei Schläge, sechs – das Meer tobte sich an der ausgewaschenen Felswand aus, und Salzgischt überschüttete Chekov und die anderen mit wildem, rauhem Zischen. Was an Nässe die Stufen herauf brandete, gefror auf den Wänden und dem Boden mit einem spröden Knistern – gerade genug, um jeden Schritt zu einem Wagnis zu machen, und nicht genug, um jeden zu durchnässen oder gar ins Meer mitzureißen. Der Untergrund hob sich ein einziges Mal in einem einzigen halbherzigen Sprung, ehe er wieder zur Ruhe kam.

»Die Treppe runter.« Alion machte eine ungeduldige Geste, und der mit der Harpune bewaffnete Kitka hinter ihm unterstrich den Befehl durch einen angedeuteten Ausfall mit seinem Wurfspeer. »Ihr sollt euer Blut im Wasser vergießen und nicht auf der Treppe.«

Chekov zögerte und berechnete im Geiste die Distanz zwischen ihm und dem Schamanen sowie die Wahrscheinlichkeit, die Kitka entwaffnen zu können, ehe sie sich auf Ghyl oder Uhura stürzen konnten. Seine Kehle schmerzte bereits von der Kälte, und seine Lungen fühlten sich eingeschnürt und zu klein an. Auch ein kurzer Kampf ohne seinen Atemfilter könnte in einer Katastrophe enden.

Als könnte sie seine Gedanken lesen, zupfte Uhura

an seinem Parkasaum, um ihn zu sich herunterzuziehen. »Nein«, flüsterte sie über ihren privaten Kommunikatorkanal. »Er vergiftet Sie, und wir haben kein Antitoxin mehr.«

Alion fixierte Chekov mit eisigem Blick. »Ich werde allmählich ungeduldig, Lieutenant Chekov. Gehen Sie endlich los.«

Das Felssims am Ufer war kaum breit genug, um ihnen allen Platz zu bieten. Es war jetzt dank der Flutwelle und der immer noch aufgewühlten See mit einer frischen Eisschicht überzogen und spiegelglatt. Chekov ließ sich von Uhura zu einem Platz weit von Stehles Leiche entfernt ziehen. Dabei gab er Howard ein Zeichen, er solle Ghyl in ihre Nähe bringen, damit sie den beiden Frauen zwischen sich Schutz bieten konnten. Ein vergebliches Bemühen, wie Chekov sehr wohl wußte, aber man mußte es trotzdem versuchen. In dieser Eiswüste konnten sie nirgendwohin fliehen – nicht mit Alion und seinem Begleiter auf den Fersen, angesichts der tobenden Wassermassen unter jedem Felsvorsprung und Felsabbruch. Indem er seinen Rücken an die Felswand preßte, versteckte Chekov seine zitternden Hände in seinen Parkataschen und versuchte so ruhig wie möglich zu atmen. Er konnte seine Schwäche und Unsicherheit wenigstens vor Alion verbergen, obgleich es ihnen wahrscheinlich nichts nützte.

»Du darfst sie nicht töten.« Ghyls zitternde Stimme erhob sich schrill über das Donnern der Brandung. Sie reckte neben Uhura die Fäuste in die Luft. »Gott wird sie nicht annehmen, und das Eis verfault mit ihren Leichen.«

Alion lachte über ihren Einwand. Es war ein sehr menschliches Lachen. »Der Krakengott wird lernen, sie zu verspeisen, wenn wir genügend menschliches Blut vergießen. Wenn sie eine Beute des Gottes werden, begreifen sie vielleicht endlich, daß sie unseren

Planeten verlassen sollen. Falls nicht, will ich wenigstens sicher gehen, daß sie der Föderation nicht melden können, was ich hier tue.«

»Wir haben es längst gemeldet«, informierte Chekov ihn und machte dabei tiefe Atemzüge, damit seine Stimme fest und sicher klang. »In diesem Moment ist eine Fähre zu uns unterwegs.«

Während er das Messer langsam in den Händen hin und her drehte, schüttelte Alion den Kopf. »Lügner. Die Firma hatte nur zwei Fähren – beide sind jetzt zerstört. Wir haben mit vielen Leben im Laufe der Jahre dafür bezahlt, die Ausrüstung von Nordstral zu sabotieren. Dieser letzte Coup war mein bester.« Er ging am Rand des Abgrunds hin und her und warf gelegentlich einen Blick in die Tiefe. »Und jetzt sind Sie hier gelandet, wo nur ich und die Kraken die Regeln bestimmen.«

Chekov wartete darauf, daß der Schamane das Messer wegsteckte oder ihnen den Rücken zuwandte oder sonst irgend etwas Unbedachtes unternahm. Natürlich tat er es nicht. Offensichtlich war er nicht *so* wahnsinnig. »Was gewinnen Sie damit, wenn Sie uns töten?« fragte er, um den Kitka abzulenken.

Alion zuckte die Achseln. »Freiheit.«

»Die haben Sie doch.« Er fragte sich, ob sich unterhalb des Steilabfalls Wasser befand. Wenn ja, wäre das sehr günstig.

»Nicht die Art von Freiheit, die ich mir wünsche«, sagte Alion voller Bitterkeit. »Nicht die Freiheit, um so viel Macht wie möglich zu erringen und festzuhalten. Niemand am Äquator wollte mir huldigen, aber unter diesen primitiven nördlichen Stämmen sorgten die Kenntnisse und die Waffen, die ich erwarb, als ich in den Städten aufwuchs, dafür, daß sie mir alles glaubten, was ich ihnen erzählte.« Er unterbrach seine Wanderung und umklammerte das Messer mit zitternder Hand. »Ich weiß, daß Gott zu mir spricht. Ich weiß, daß ich die Welt beherrschen kann, wenn ich es schaffe, die Menschen zu vertreiben, die die Kitka lehren wollen, für sich selbst zu denken. Ganz gleich, was Ihre Föderation behauptet, Sie sind hergekommen, um Nordstral die Unabhängigkeit zu geben, und das bedeutet, daß Sie mich meiner Macht berauben! Und das werde ich niemals zulassen!«

Während er sich von der Felswand löste, bewegte Chekov seine Füße langsam und sorgfältig, um Alion und seine Ein-Mann-Armee nicht mißtrauisch zu machen. Eine der besonderen Charakteristika des Wahnsinns war, daß man nicht unbedingt mit Logik darauf reagieren konnte. Vor allem dann nicht, wenn man erheblich geschwächt war und sich kaum auf den Beinen halten konnte.

Während er sein Außenmikrofon abschaltete, zog Chekov sich gleichzeitig die Parkakapuze über das Gesicht, um sich das Atmen zu erleichtern. Alion blieb dort, wo er nach seiner Wanderung stehengeblieben war, und erläuterte weiterhin, wie er sich seine Herrschaft über die nördlichen Kitka-Stämme vorstellte.

»Uhura?« flüsterte Chekov. »Howard?«

»Sir?«

»Chekov, nicht – wenn er Sie hört…«

Chekov schnitt ihr das Wort ab, weil er keine Zeit vergeuden wollte, die ihnen am Ende vielleicht fehlte. »Hören Sie zu. Die beiden sind kleiner als wir, dafür aber bewaffnet. Wenn ich Alion ablenke, können Sie beide sich dann den anderen Mann vornehmen?«

Howard zögerte einen Moment, dann nickte er anstelle einer gesprochenen Antwort. Uhura schaute hinter ihrer Brille Chekov zweifelnd an. Sie hatte die Hand immer noch auf Ghyls Arm, während die ältere Frau nach dem Messer an ihrem Gürtel tastete. »Ablenken? Wie?« fragte sie unbehaglich.

Chekov schenkte sich eine Antwort. Noch während Alion redete, stürmte er los, duckte sich und zielte auf die Magengrube des Schamanen, wohl wissend, daß er ihn anders wohl kaum würde zu Fall bringen können. Mein Gott, hoffentlich befindet sich Wasser jenseits des Absturzes! dachte er noch einmal, während seine Schulter sich in Alions Bauch bohrte und sie beide das Gleichgewicht verloren.

Dann, vorangetrieben vom Schwung ihres eigenen Körpergewichts, stürzten sie über die Abbruchkante ins Ungewisse.

Die *Soroya* richtete sich am Ende wieder auf. Die Notbeleuchtung tauchte das Schiffsinnere in ein grelles Orangerot, und eine Alarmglocke schrillte.

»Stellt endlich das verdammte Ding ab!« befahl Kirk dicht an McCoys Ohr, und der Lärm verstummte augenblicklich. Der Arzt erkannte, daß er unter dem Captain und einem weiblichen Besatzungsmitglied lag. Er drehte sich um, während Kirk aufstand und die Frau sich von ihm herunterrollte, um seine Beine zu befreien.

»Tut mir leid, Dr. McCoy.«

»Unter anderen Umständen, meine Liebe, wäre es mir sicherlich ein Vergnügen gewesen.« McCoy kam langsam auf die Knie, dann stand er. Jeder Zentimeter seines Körpers fühlte sich zerschlagen an. »Jim?«

»Komm her, Pille.« Kirk hatte den Raum durchquert und kniete zusammen mit Nuie neben der ausgestreckten Gestalt der Navigatorin.

McCoy erkannte, noch ehe er sie überhaupt berührt hatte, an der schiefen Lage ihres Kopfes, daß sie tot war. Sicherheitshalber für die anderen tastete er jedoch ihren Schädel und ihren Hals ab. »Nichts mehr zu machen«, murmelte er.

»Was ist?«

»Sie muß mit dem Kopf aufgeschlagen sein. Das

Genick ist unter dem zweiten Halswirbel gebrochen. Es tut mir leid, Nuie.«

Der Kitka verneigte sich tief und berührte mit der Stirn das sich abkühlende Gesicht der Navigatorin. In dieser Haltung verharrte er für einen Moment, dann richtete er sich wieder auf. Tränen glänzten auf seinen Nasenflügeln.

Mein Gott, ich möchte schnellstens von hier weg. McCoy sah sich suchend um. »Jim?«

Kirk kümmerte sich um die Besatzung, half jedem beim Aufstehen, vergewisserte sich, daß alle anderen in Ordnung waren, daß es keine weiteren Todesfälle, keine lebensgefährlichen Verletzungen gegeben hatte. Er stand mitten im Brückenraum, die Haare zerzaust, der Pullover völlig zerfetzt. Im Lichtschein, der die Farbe eines Sonnenuntergangs in der Wüste hatte, sah er fast aus wie ein prähistorischer Barbarenkämpfer, der mit dem Blut seiner Feinde besudelt war. Nur war diesmal sein Feind etwas, das er nicht zu fassen bekam, und McCoy wußte aus Erfahrung, daß Kirk solche Situationen überhaupt nicht mochte.

»Verschaffen wir uns mal einen Überblick über die Schäden.« Kirks Stimme klang heiser vor innerer Anspannung. »Jemand soll eine Schiffsbesichtigung vornehmen. Alle anderen versuchen, den Wassereinbruch zu stoppen oder wenigstens so gut wie möglich einzudämmen.« Er schwankte und ließ sich in einen Sessel fallen.

McCoy war sofort neben ihm und griff nach seinem Handgelenk, um ihm den Puls zu fühlen. Kirk schüttelte ihn ungehalten. »Bemuttere mich nicht ständig, Pille, dazu habe ich jetzt keine Zeit.« Er schüttelte den Kopf, während seine Augen sich wieder klärten.

Nur ein Narr oder der Unerfahrene widersprach, wenn dieser Tonfall sich in Jim Kirks Stimme schlich. McCoy gehorchte, behielt aber den Captain im Auge und wünschte sich, er hätte sein Medikit bei sich.

Seltsam, daß er dachte, es sei noch immer in der alten Kommandobrücke. Soweit er wußte, trieb es mittlerweile längst unter Wasser.

»Es sieht so aus, als hätte auch noch jemand anderer Schäden davongetragen, Captain.« Ein Besatzungsmitglied deutete mit einem Kopfnicken auf den Sichtschirm und drehte an einem Knopf, um das Bild ein wenig schärfer zu stellen.

Das Krakenweibchen trieb vor ihnen und bewegte sich nach Steuerbord. Sie hing im Wasser wie ein fliegender Vogel, aber dieser Vogel war verletzt. Ein langer Riß klaffte in ihrem Leibe. Blutfontänen wehten aus dem Schnitt heraus und entfalteten sich wie prachtvolle Phantasieblüten im Wasser.

Nuie stieß einen Schrei aus, und das Tier drehte sich, als ob es den Laut vernommen hätte. Seine Augen zeigten, wie sehr er mitlitt, was ihre irrisierende Farbe im roten Licht noch seltsamer erscheinen ließ. McCoy legte ihm eine Hand auf die Schulter, aber der erste Maat reagierte nicht darauf.

»Captain!« Der Ruf eines Besatzungsmitglieds lenkte die Augen aller, bis auf die Nuies, von dem verletzten Tier ab. Er saß angespannt auf einem Sessel und preßte einen Kom-Hörer an ein Ohr. »Wir haben einen Funkruf! Es ist … es ist die *Enterprise*!«

Uhura stolperte rückwärts und rutschte aus, als Chekov sie bei seinem Angriff auf den Schamanen anrempelte. Entsetzt beobachtete sie, wie die beiden Männer über die Kante des vereisten Felsbandes kippten. Sie hielt unwillkürlich die Luft an und wartete gespannt auf das Geräusch der ins Wasser klatschenden Körper, das dem Absturz jeden Moment folgen mußte. Aber es blieb aus. Statt dessen hörte sie den dumpfen Laut von Körpern, die auf solidem Eis aufschlugen, danach das Zittern eines in der Nähe ausgestoßenen Kitkaschreis.

»Howard!« Erschrocken erinnerte Uhura sich an den zweiten Kitka, den sie eigentlich hatten ausschalten sollen. Sie wirbelte herum und sah, wie der Sicherheitsmann den bewaffneten Eingeborenen umkreiste. Dabei hatte er die Arme abwehrend erhoben, um der drohenden Harpune zu entgehen. Ghyl kauerte auf dem Eis hinter ihnen und blickte über die Felskante in die Tiefe, wohin Chekov verschwunden war.

Uhura hatte eine plötzlich Eingebung und betätigte schnell die Kontrollen ihres Kommunikators. »Eine taktische Überraschung, Mr. Howard«, schickte sie eine Warnung durch den Kanal ihres Thermoanzugs.

»Aye, Sir.« Howard hielt kurz in der Bewegung inne, und Uhura drehte die Lautstärke ihres Kommunikators auf, um das empfangene Signal direkt auf ihr Außenmikro zu schalten. Mit einer Intensität, die sogar sie zusammenzucken ließ, zertrümmerte ein durchdringendes Kreischen der Nordlichtinterferenz die arktische Stille. Es klang, als näherte sich ein Kavallerietrupp der Kitka am Horizont. Der weiß gefiederte Eingeborene jaulte erschrocken auf, fuhr herum, um sich Klarheit zu verschaffen, woher der Lärm kam. Seine mit einer vergifteten Spitze versehene Harpune bewegte sich für einen kurzen Moment von Howard weg, und der aufmerksame Sicherheitsmann griff an. Sekunden später lag der Kitka wehrlos und entwaffnet auf dem Eis.

Howard richtete sich mit der Harpune in der Faust auf. Atem wallte in kleinen hektischen Wölkchen aus seinem Luftfilter. »Sir!« Er wedelte mit der Harpune, und Uhura rutschte zu ihm hinüber, um sie zu holen. »Helfen Sie dem Chief! Ich muß diesen Burschen erstmal fesseln.«

»In Ordnung!« Uhura packte die aus Knochen geschnitzte Waffe mit festem Griff, sich durchaus des tödlichen Krakengifts bewußt, das an ihrer Spitze glänzte. Sie wandte sich um und rannte dorthin zurück, wo Chekov und Alion unter der Felskante weggetaucht waren. Dabei kam sie auch an der kleinen Gestalt Ghyls vorbei. Die Kitkafrau hob ihr Messer, aber Uhura winkte ab, während sie vorübereilte. »Das brauche ich nicht – ich habe eine Waffe.« Statt dessen stimmte Ghyl nun hinter Uhura einen stetigen, schrillen Gesang an.

Uhura kam an der hinteren Kante des Vorsprungs, dort wo der Fels zu einer von Wellen überspülten Plattform aus kristallinem grünem Eis abfiel, schlitternd zum Stehen. Zwei fellbekleidete Körper rangen auf dem glitschigen Untergrund miteinander, einer dunkel und still, einer weiß und wüste Kitka-Flüche ausstoßend. Ihr Atem ging rasselnd und bildete explosionsartige weiße Rauhreifwolken, während sie auf dem schmalen Felssims umhertaumelten und -stolperten. Mit atemlosem Schrecken verfolgte Uhura, wie Chekov unermüdlich versuchte, den Schamanen ins Meer zu drängen, und dabei die wuchtigen Schläge ignorierte, die Alion auf seinen gebeugten Kopf und seine Schultern regnen ließ. Die Strategie des Sicherheitsoffiziers war eindeutig: Er wollte sie beide ins eisige Meerwasser stürzen.

»Nein!« Uhura warf sich verwegen die steile Felswand hinab, wobei ihre Stiefel auf dem soliden Eispanzer ausglitten. Sie hatte eine harte Landung. Die Luft wurde ihr aus den Lungen gepreßt, so daß sie nur noch erstickt keuchen konnte, aber Uhura versuchte trotzdem verzweifelt auf die Füße zu kommen. Dabei protestierte ihr linkes Knie mit einem brennend heißen Schmerz gegen diese Bewegung, und sie sank mit einem jammervollen Schrei nach hinten aufs Eis.

Das Geräusch ihrer Landung mußte die Kämpfenden auseinandergetrieben haben. Uhura blickte auf, kniff die Augen zu Schlitzen zusammen, um durch ihre Schmerzenstränen etwas erkennen zu können. Sie schaffte es gerade noch rechtzeitig, um Alions dunkle Gestalt vor sich auftauchen zu sehen. Der Schamane vergeudete keine Zeit mit Worten. Er riß ihr mit einem brutalen Ruck die Harpune aus der Hand, dann fuhr er herum und zielte damit auf Chekov.

»Spock!« Kirks Gesicht zeigte ein Lächeln, das noch einmal zu sehen McCoy nicht mehr erwartet hatte. »Stellen Sie ihn durch.«

McCoy ergriff das Wort, ehe Kirk reden konnte. »Nun, es heißt doch, das Unglück komme immer als Dreigespann daher. Zuerst hatten wir den Kraken, dann die Flutwelle und jetzt Sie, Spock.«

»Seien Sie gegrüßt, Dr. McCoy.« Der Vulkanier klang so trocken wie eh und je. Wenn er in diesem Moment körperlich anwesend gewesen wäre, hätte McCoy ihn umarmt und alle früheren Differenzen vergessen. »Aber es ist wirklich schön, Ihre Stimme zu hören.«

»Spock? Hier ist Kirk.«

»Ich nehme mit Genugtuung zur Kenntnis, daß Sie noch am Leben sind, Captain. Commander Scott hat den von Ihnen gewünschten Umbau des Shuttles abgeschlossen und kann Ihre Leute aufnehmen, sobald Sie mit der *Soroya* anlegen. Was meinen Sie, wie lange Sie noch brauchen werden?«

»Ich habe keine Ahnung, Spock. Die *Soroya* wurde von zwei Flutwellen getroffen, und wir sind ziemlich ramponiert. Uns steht nur ein Bruchteil unserer Antriebsenergie zur Verfügung« – Kirk blickte zur Pilotin, die bestätigend nickte – »und nur noch für sechs Stunden Sauerstoff. Im Augenblick wissen wir noch nicht einmal, wo wir sind oder wie weit wir von unserem Kurs abgekommen sind. Wir halten Ausschau nach freiem Wasser, aber wenn wir es nicht finden, sind wir unter dem Eis gefangen. Ein Durchbrechen nach oben ist unmöglich.«

»Unglücklicherweise kann die *Enterprise* Ihnen in dieser Sache nicht behilflich sein. Ihre Sensoren können das Magnetfeld Nordstrals nicht so weit durchdringen, daß ich Ihre Position feststellen kann. Wir können Sie nur so lange verfolgen, wie wir eine Funkverbindung aufrechterhalten können.«

»Was«, meinte Kirk seufzend und warf McCoy einen bitteren Blick zu, »wie wir wissen, allenfalls sporadisch der Fall sein dürfte. Was ist denn mit dem Rettungstrupp? Haben Sie wenigstens mit ihm Verbindung aufnehmen können?«

»Ja, Sir. Lieutenant Chekov, Lieutenant Commander Uhura und Fähnrich Howard haben einen Überfall der Kitka überlebt. Sie berichten, sie wären Zeugen geworden, wie einer der Schamanen der Kitka Nordstral-Personal ermordet hat, und daß es Hinweise darauf gibt, daß die Besatzung des ersten Shuttles ebenfalls ermordet wurde. Laut Lieutenant Commander Uhura hat dieser Kitka-Schamane Nordstral-Personal in Verbindung mit irgendeinem Ritual der Eingeborenen an den Ozean ›verfüttert‹.«

Das Zischen scharf eingeatmeter Luft lenkte McCoys Blick auf Nuies Gesicht. Der Kitka stand angespannt vor der Leiche der Navigatorin. Er hatte die Fäuste geballt und einen Ausdruck in den Augen, den McCoy nicht deuten konnte.

Kirk wischte sich über die Stirn und schaute nachdenklich drein. »Weshalb, zum Teufel, sollten die Kitka so etwas tun? In allen Berichten, die mir vorgelegen haben, wird darauf hingewiesen, daß sie absolut friedlich sind.«

»Ich bin mir nicht so sicher, Captain, daß das Ritual selbst ein feindseliger Akt ist. Dr. Stehles Aufzeichnungen über die Meeresflora deuten daraufhin, daß bei der Intensität des nordstralschen Magnetfeldes das Wachstumspotential lediglich durch das Vorhandensein basischer aminophosphathaltiger Nährstoffe begrenzt wird.« Spocks Stimme bekam einen leicht geistesabwesenden Tonfall, den McCoy stets mit den eindrucksvollsten Ausführungen des Vulkaniers identifizierte. »Aufgrund der eiweißreichen Ernährung der Kitka erreichen diese Nährstoffe in ihren Körpern eine ziemlich hohe Konzentration. Wenn sie alle auf dem Gletschereis sterben und dort gefroren liegenbleiben würden, wäre das Meer in ein paar tausend Jahren völlig steril und tot. Offenbar haben die Kitka das irgendwie erkannt und daraufhin diese Methode entwickelt, um das Gleichgewicht des planetaren Ökosystems zu erhalten.«

McCoys Augen weiteten sich, während er Nuie anstarrte. »Also das haben Sie versucht, als das Labor überflutet wurde ...«

»Ich habe nur tun wollen, was von einem Kitka verlangt wird«, sagte Nuie und lächelte schwach. »Ich meinte doch zu Ihnen, es wäre nicht gut, wenn auch Sie den Ozean füttern würden.«

So leise dieser kurze Dialog auch geführt wurde, Spock mußte jedes Wort gehört haben. »Das wäre es wirklich nicht, Doktor. Die menschlichen Nährstoffe in Ihrem Körper sind in keiner Weise geeignet, den ökologischen Kreislauf auf Nordstral zu erhalten.«

»Weshalb bringen die Kitka denn dann Nordstral-Personal um?« wollte Kirk wissen.

»Zu diesem Punkt, Captain, habe ich nicht genug Informationen, um eine Theorie zu formulieren.« Spock hielt inne. »Ich kann jedoch feststellen, daß die Bemühungen der Kitka, das Gleichgewicht ihres Planeten zu erhalten, durch die Ernte- und Sammelaktivitäten von Nordstral Pharmaceuticals total zunichte gemacht wurden.«

»Was hat denn das Planktonsammeln damit zu tun?« fragte Kirk.

»Die zweite magnetische Komponente!« McCoy schlug sich mit der Faust in die Handfläche, während die Gedanken seinen Worten weit vorauseilten. »Mein Gott, es ist das Plankton, nicht wahr, Spock?«

»Nein, Doktor. Es ist die magnetische Flora.«

»Verdammt, Spock, Sie wissen genau, was ich meine!«

»Nun, ich weiß es nicht«, warf Kirk ein. »Würde jemand vielleicht mal so freundlich sein und mir die ganze Angelegenheit erklären?«

McCoy drehte sich zu ihm um. »Das Plankton auf Nordstral ist magnetisch, Jim! Spock meinte, es gebe eine Oberflächenkomponente zum Magnetfeld des Planeten, das die Polumkehr verursacht. Und diese Komponente ist das verdammte Plankton!«

»Genaugenommen, Doktor, ist es das Fehlen der Pflanzenmasse, das die Umkehr ausgelöst hat«, korrigierte Spock ihn. »Meine Computermodelle zeigen an, daß die im Meer lebenden Mikroorganismen von Nordstral eine stabilisierende Wirkung auf seinen inneren magnetischen Dynamo ausüben – eine Erscheinung, die sich im Laufe vieler Jahrtausende entwickelt hat, um den Planeten bewohnbar zu erhalten. In vielem ähnelt diese Konstellation der alten aia-Hypothese, die für die Erde entwickelt wurde…«

»Spock«, unterbrach Kirk seinen stellvertretenden Kommandeur. »Wollen Sie mir etwa weismachen, alle tektonischen Probleme würden durch eine zu intensive Planktonernte ausgelöst?«

»Ja, das will ich, Captain.«

Kirk begann auf und ab zu gehen. »Wie lange wird es dauern, bis der Planet sich wieder erholt hat, wenn wir sofort mit der Planktonernte aufhören?«

»Laut meinen Berechnungen etwa dreihundert Nordstraljahre.«

McCoy schnaubte. »Das ist uns eine Riesenhilfe.

Wir brauchen dieses Plankton jetzt im Meer, und nicht erst in drei Jahrhunderten!«

»Können wir denn nicht genug klonen, um zu ersetzen, was die Sammlerschiffe weggeschafft haben?« fragte Kirk. »Kane erwähnte doch, es gebe Kloninganlagen in ihrer Orbitalstation.«

»Die *Curie* wäre niemals in der Lage, die drei Billionen metrischen Tonnen zu erzeugen, die nötig wären, Captain.«

»Aber die *Enterprise* müßte es schaffen können«, bemerkte McCoy triumphierend. Es geschah nicht oft, daß ihm vor Spock etwas Wichtiges einfiel. »Unser botanisches Labor kann es herstellen, und Sie können unsere Frachträume mit Meerwasser füllen und es dort aussetzen, damit es sich vermehrt.«

McCoy freute sich über Spocks überlange Pause. »Wenn wir die magnatomischen Beschleuniger benutzen, um eine Quelle magnetischer Energie zu schaffen, könnte dieser Vorschlag durchaus etwas für sich haben«, gab der Wissenschaftsoffizier am Ende zu. »Wir würden natürlich das biologische Produkt zur Planetenoberfläche bringen müssen, da die Transporter…«

Kirks Aufmerksamkeit wurde von einer Bewegung auf dem Sichtschirm gefesselt. Das verwundete Krakenweibchen drehte sich langsam von ihnen weg und bewegte seine flügelähnlichen Flossen mit langsamen, offenbar schmerzhaften Schwüngen. Blut quoll aus mehreren Wunden und verdunkelte das Bild. »Wo will sie hin?«

»Captain?« Spock klang so verwirrt, wie es einem Vulkanier nur möglich war.

»Auf den Grund«, erwiderte Nuie mit vor Betroffenheit belegter Stimme. »Der Gott stirbt und schenkt sich selbst den Kitka, so wie wir uns ihm im Tod überantworten.«

»Sie meinen, sie sorgt selbst dafür, daß sie irgendwo strandet?« Kirks Kopf fuhr ruckartig herum. »Pilotin, wir brauchen sämtliche Energie, die sie aus diesem Kahn herausholen können. Lassen Sie uns endlich starten!«

»Aye-aye!« Sie gab der restlichen Besatzung eine Reihe knapper Befehle, und sie stürzten sich mit einer Bereitschaft in die Arbeit, die zu erleben eine Freude war, vor allem wenn man ihren erschöpften Zustand bedachte.

»Entschuldigen Sie, Captain?«

»Tut mir leid, Spock. Hier unten ist ein verletztes Tier, das sich selbst auf den Strand wirft, wenn es stirbt. Wir wollen ihm ins freie Wasser folgen. Wir melden uns, sobald wir zur Oberfläche aufsteigen. Besorgen Sie unterdessen Plankton-Proben von der *Curie* und fangen Sie mit dem Klonen an.« Er wandte sich an die Pilotin und schlug mit der flachen Hand gegen ihre Sessellehne. »In Ordnung, Mrs. Windisch – folgen Sie dem Kraken.«

Der Harpunenschaft prallte schmerzhaft gegen Chekovs Handflächen, als er seine Hände hochriß, um Alions Angriff abzufangen. Uhura zog sich stolpernd zurück, außer Chekovs Sicht, und er zerrte mit aller Kraft an der Harpune in der Hoffnung, Alion aus dem Gleichgewicht zu bringen. Frost brannte auf seinen Wangen, schnitt wie ein Messer in seine Kehle, um seine Lungen mit eisigen Klauen zu packen.

Der Schamane reagierte, indem er mit seinem Körper nachgab und den Lieutenant mehrere Meter weit rückwärts taumeln ließ. Chekov biß die Zähne zusammen, um ein Husten zu unterdrücken, aber er lockerte nicht den Griff um die Harpune.

»Es ist sinnlos«, erklärte Alion ihm. Kitkaatem wallte in dichten Wolken um die Ränder seiner Maske. »Ich brauche Sie nur zu kratzen – Sie beide –, und Sie werden sterben!«

Chekov entschied sich dafür, seinen Atem nicht mit einer Erwiderung zu vergeuden.

Uhura tauchte wieder in seinem Blickfeld auf. Sie hatte einen milchigen Eisbrocken in den Händen. Voller Angst zerrte Chekov erneut an Alions Harpune und versuchte verzweifelt, ihn zu entwaffnen. Er holte Luft, um Uhura etwas zuzurufen, und jeder Muskel in seiner Brust verkrampfte sich unter einem Hustenanfall, den er nicht mehr unterdrücken konnte.

Alion brauchte lediglich diese Unterbrechung in Chekovs Aufmerksamkeit. Mit einer mächtigen Anspannung von Schultern und Armen schwang der Schamane die Harpune in einem engen Kreis herum und entriß sie Chekovs Fäusten. Chekov versuchte zurückzuweichen, rutschte aber nur auf dem Eis aus. Der Zusammenprall des Harpunenschafts mit seinem Gesicht schleuderte ihn zu Boden, wo er mit dem Gesicht im Schnee landete. Schwäche und Bewußtlosigkeit überspülten ihn in wechselnden Wellen.

»Sehen Sie?« Alions Stimme erhob sich hoch und triumphierend irgendwo über ihnen. »Diese Art von Macht verhindert, daß wir einander gleich sind.« Chekov spürte, wie die Harpunenspitze gegen den Kragen seines Parka gedrückt wurde, und erinnerte sich sehr vage daran, daß er eigentlich furchtbare Angst haben müßte. »Beten Sie, Lieutenant – jetzt kommt der Augenblick, in dem Sie Gott treffen.«

Wellen, die tosend und brüllend heranstürmten, ließen Alions Stimme in einem Durcheinander von berstendem Eis und zischendem Schnee untergehen. Immer noch hustend, mit Blut und einem Geschmack nach Kupfer im Mund, wappnete Chekov sich gegen den Stich, der bedeutete, daß Alion ihm die letzte Wunde zugefügt hätte, die er jemals fühlen sollte. Er wühlte die Finger in den gefrorenen Schnee und schloß die Augen.

Der Druck auf seinen Hals nahm ab, dann flog eine

Harpune klappernd auf das Eis neben ihm. Er widerstand einem Drang, sich umzudrehen, selbst als der stoßweise Atem von jemand heißen Salzgeruch über ihm verteilte und jemand anderer ihn heftig mit einem Fuß anstieß.

»Chekov ...« Uhuras Stimme erreichte sein Ohr über den Innenkanal und klang so schwach, daß sie mehr zu ahnen als zu hören war. »O mein Gott, Chekov, rühren Sie sich nicht. Am Besten hören sie auch auf zu atmen.«

Furcht drang in seine Knochen wie die Kälte des Eisschildes unter ihm. Die rauhe Behandlung wanderte hektisch an seinen Beinen hoch, dann zum Rücken und bis zur Kapuze seines Parka. In diesem Moment konnte er einen Schatten sehen – lang, dick, ganz gewiß nicht menschlich. Als eine kalte, weiße Nasenöffnung, so breit wie seine Hand, seine Wange schnüffelnd berührte, schaute er verständnislos hoch, stützte sich auf einen Ellbogen und drehte sich, so daß ihre Gesichter sich beinahe berührten.

Der Krake fuhr überrascht zurück und stieß eine erschreckte Wolke Dampf zu beiden Seiten des sehnigen Halses aus. Die elfenbeinfarbene Brust mit Kitka-Blut besudelt und von den Resten eines zerfetzten Parka bedeckt, blinzelte der geheinmnisvolle Kitka-Gott mit Augen so groß und funkelnd wie reflektierende Eisbrillengläser, dann zog er sich in den Ozean zurück und versank.

15

Das Notausstiegsschott klappte mit einem Klirren auf, und eine scharfe, kalte Windbö fegte in die *Soroya*. McCoy atmete tief ein und genoß die frische Luft auf seinem Gesicht. Er drängte Kirk nur halb im Scherz beiseite. »Laß mich zuerst an den Sauerstoff.«

»Aber natürlich, Doc«, erwiderte Kirk mit einem nachsichtigen Grinsen. »Nach Ihnen.«

McCoy überwand den kurzen Korridor mit etwas weniger als Lichtgeschwindigkeit und gelangte in den blendend hellen Sonnenschein Nordstrals. Er zuckte zusammen, preßte eine Hand auf seine Augen und griff mit der anderen Hand nach hinten. Er wackelte fordernd mit den Fingern. »Gebt mir mal dieses verdammte Visier!« Jemand drückte ihm das Verlangte in die Hand, und er neigte den Kopf, um es vorschriftsmäßig einzusetzen. Er schaute wieder hoch, die Augen nun hinter der Polarisationsscheibe weitgehend geschützt, und betrachte mit vor Staunen weit offenem Mund seine Umgebung.

Das Eis erstreckte sich als unberührte weiße Fläche bis zum Horizont. Die Entfernung vermittelte einen Eindruck von absoluter Glätte und totaler Gleichförmigkeit. Lediglich in nächster Nähe des Schiffs konnte er die feinen Rippen und Vertiefungen erkennen, die vom ewigen Wind geschaffen worden waren. Mehrere Meter links von ihnen lag der verletzte Krake. McCoy konnte nicht feststellen, ob das Tier noch lebte oder nicht. Eine größere Gruppe Leute –

seiner Meinung nach Kitka – hatte sich nicht weit von dem Koloß versammelt. Sie bildeten einen Halbkreis und beobachteten das Tier mit ernsten Mienen. Hinter ihnen war ein vertrauter weiß-roter *Enterprise*-Shuttle zu erkennen, und im Einstieg …

Jemand stieß ihn von hinten an. »Beweg dich, Pille«, knurrte Kirk gutgelaunt. »Niemand möchte länger als nötig hierbleiben.«

McCoys Wangen röteten sich. Er hatte eigentlich nicht gaffen wollen. Er schwang sich durch die Öffnung und stolperte über das Eis. Wenig später landete Kirk elegant neben ihm. Nuie folgte dichtauf, und das Erscheinen des Kitka wurde mit einem schrillen Durcheinander von Pfiffen und Trillern von den versammelten Eingeborenen begrüßt. Er zog sich die Kapuze über den Kopf und antwortete ihnen mit ähnlichen Lauten.

»Was sagen Sie?« fragte Kirk.

»Sie wollen wissen, ob wir den Gott getötet haben. Ich habe ihnen mit nein geantwortet.«

»Wie konnten sie so schnell herkommen? Befindet sich in der Nähe ein Dorf?«

»Wahrscheinlich. Ich bin mir nicht ganz sicher, wo wir sind.« Nuie grinste breit über den Blick, mit dem Kirk ihn bedachte. »Aber sie haben uns erwartet.«

»Wie bitte?«

Er hob die breiten Schultern. »Nun, nicht *uns*, aber den Kraken.« Er pfiff ein paar Sätze und wartete auf Antwort. »Eine der alten Frauen hatte einen Traum, daß der Gott sich hier an Land werfen würde.« Er vergrub seine Hände in den Taschen und schlenderte zu den versammelten Kitka hinüber.

Kirk hob interessiert die Augenbrauen, wandte sich jedoch dann ab und sah erst in diesem Moment, wer sich vom Shuttle näherte. »Mr. Scott! Willkommen auf Nordstral. Es tut gut, mal jemand anderen zu sehen als nur unseren Doc.«

»Aye, und es tut gut, Sie wiederzusehen, Captain.« Die Augen des Schotten funkelten, und McCoy konnte sich vorstellen, was für einen Anblick sie in ihrer geliehenen Kleidung und ihrem ramponierten Zustand bieten mußten. »Sie haben doch nicht etwa angenommen, daß ich Sulu einen meiner Shuttles ganz alleine fliegen lasse, oder?«

»Natürlich nicht, Scotty.« Kirk klopfte ihm auf die Schulter. »Erstens das nicht – und zweitens nicht, daß Sie sich die Chance entgehen lassen, sich mit eigenen Augen anzusehen, was hier unten vor sich geht.«

Scott grinste. »Es ist auch eine Chance, mal der ganzen Arbeit zu entfliehen, die Spock mir ständig aufhalst.« Er schaute zu McCoy. »Sie werden sich freuen, wenn Sie hören, daß auch der letzte Winkel in den Frachträumen der *Enterprise* mit diesen winzigen magnetischen Tierchen gefüllt ist. Mr. Spock ist so gut wie bereit, die erste Ladung ins Meer zu kippen.«

McCoy schüttelte skeptisch den Kopf. »Trifft er denn Vorsichtsmaßnahmen, damit das Plankton möglichst wirkungsvoll abgeschirmt wird? Das letzte, was wir auf der *Enterprise* brauchen können, wäre eine Epidemie dieses nordstralschen magnetischen Wahnsinns.«

»O ja. Meine Techniker haben sämtliche Frachträume mit anti-magnetischen Verkleidungen ausgestattet ...«

»Können wir die Einzelheiten dieses Plans später erörtern?« fragte Kirk drängend. »Im Moment will ich nichts anderes als schnellstens zurück zur *Enterprise*.«

McCoy mußte bei dem sehnsuchtsvollen Tonfall in der Stimme des Captains lachen. Eine zu lange Abwesenheit von seiner stählernen Lady machte ihn nervös. In dieser Hinsicht war er genauso verdreht wie Scotty. »Ich komme in einer Minute, Jim.« Er blickte zu den versammelten Kitka.

Kirk folgte seinem Blick und nickte. »Scotty, lassen

Sie die Triebwerke schon mal warmlaufen. Wir kommen gleich.«

»Aye, Sir.« Der stämmige Ingenieur verschwand im offenen Einstieg der Fähre.

Gemeinsam gingen Kirk und McCoy zum Wasser. Die Kitka wichen auseinander, um sie durchzulassen, und sie standen plötzlich vor dem verletzten Kraken. Das Tier lag ausgestreckt auf dem blutbesudelten Eis. Der Schwanz trieb schlaff wie welker Tang im Wasser, der Hals war bis auf seine vollständige Länge ausgestreckt, und harte weiße Federn waren bereits auf dem Eisschild festgefroren. McCoy betrachtete den Riesen eingehend, konnte aber keine Anzeichen für eine noch funktionierende Atmung feststellen.

Er betrachtete die enorme Kreatur voller Ehrfurcht, hatte aber gleichzeitig das Gefühl eines verlorenen Zaubers, als ob der Riese außerhalb seines eigentlichen Lebensraums auf ein gewöhnliches Maß reduziert worden wäre. Die fleckige Haut war grau und stumpf ohne Wasser, und die großen Augen, die ins Nichts starrten, leuchteten nicht mehr.

»Sie ist tot«, bestätigte Nuies traurige Stimme hinter ihnen. McCoy drehte sich zu ihm um, fand aber keine tröstenden Worte.

Kirk versuchte es nicht einmal. Er streckte die Hand aus. »Dank für alles, Nuie. Sie sind ein guter Kapitän für die *Soroya*.«

»Vielen Dank, Captain.«

Kirk nickte und schüttelte die Hand des Mannes ein letztes Mal. »Pille, wir können, wenn du soweit bist.« Er machte kehrt und entfernte sich in Richtung Shuttle.

McCoy beobachtete, wie er ins Schiff kletterte, dann streckte er ihm seine Hand entgegen. »Nun, ich kann nicht gerade behaupten, daß das Ganze ein Vergnügen war ...«

Der Kitka überraschte ihn, indem er freundlich

lächelte. »Nein, ich glaube das können Sie wirklich nicht. Da.« Er griff in eine Tasche und holte das Ulu heraus. »Nehmen Sie das. Es soll Sie an unser Abenteuer erinnern ...«

»Als würde ich das jemals vergessen!«

»... und an Ihren Bruder auf Nordstral.«

Rührung schnürte McCoy die Kehle zu. Er nahm das zeremonielle Messer entgegen und barg es einige Sekunden lang in der Hand, ehe er sich wieder so weit gefangen hatte, daß er Nuie ansehen konnte. »Ich danke Ihnen.«

»Gern geschehen. Und nun sollten Sie zu Ihren Leuten zurückkehren. Wir kümmern uns um den Kraken.« Nuie legte ihm kurz eine Hand auf die Schulter, dann wandte er sich ab und führte die anderen Kitka näher an den Kraken heran. Mehrere hatte bereits ihre Messer gezückt.

McCoy wandte den Blick ab und betrachtete statt dessen die *Soroya.* Er war erstaunt, wie tief sie im Wasser lag und wie schrecklich sie mit den klaffenden Wunden in ihren Seiten aussah. Es war ein Wunder, daß überhaupt einer von ihnen überlebt hatte.

Er schaute über die Weite des schwarzen Wassers, dann auf das Eisfeld, das im Sonnenschein funkelte. Es war ihm fremd. Das würde es immer sein. Er fuhr mit seinem Daumenballen über die Uluklinge und war verblüfft, als er plötzlich eine dünne rote Linie entdeckte. »Verdammt.« Er verstaute die Waffe in der Tasche und lutschte sekundenlang an seinem Daumen. Es wurde Zeit heimzukehren.

Uhura verfolgte staunend, wie die glühenden Augen des Kraken als absinkende helle Lichtpunkte im Wasser zu sehen waren und dann vollkommen verschwanden. Nachdem sie miterlebt hatte, wie das Tier den Schamanen der Kitka mit einem einzigen Zuschnappen seiner messerscharfen Fänge verschlungen hatte, konnte sie noch immer nicht fassen, daß es Chekov nicht angerührt hatte. Sie humpelte zum ausgestreckt auf dem Eis liegenden Körper des Sicherheitschefs hinüber und zwang sich dabei, den Schmerz in ihrem Knie zu ignorieren.

»Chekov, ist mit Ihnen alles in Ordnung? Hat Alion Sie erwischt?«

Chekov gab ein würgendes Geräusch von sich, das ihr vor Angst beinahe den Atem stocken ließ, bis sie begriff, daß es nichts anderes als atemloses Gelächter war. »Er hat mich mehrmals getroffen. Haben Sie das nicht gesehen?«

Uhura gab ihm einen sanften Klaps auf seinen Kopf – die einzige Stelle, von der sie sicher sein konnte, daß er sich dort nicht verletzt hatte. »Ich meinte, mit der Harpunenspitze«, sagte sie ernst, aber ein erleichtertes Lächeln spielte um ihre Lippen hinter der Atemmaske. Falls Chekov vergiftet worden wäre, würde man schon jetzt die Wirkung des Giftes feststellen können. Sie reichte ihm die Hand und half ihm, auf die Füße zu kommen. »Der Krake ist genau rechtzeitig erschienen.«

»Ja.« Der fröhliche Ton verflüchtigte sich aus Chekovs Stimme und ließ sie wieder ernst klingen. »Ich glaube nicht, daß das ein Zufall war.«

»Aber was …?« Uhuras Augen weiteten sich, als sie plötzlich begriff, was er meinte. Eine Woge des Grauens erfaßte sie. »O nein! Sie glauben doch nicht, daß Ghyl …«

»Ich weiß es nicht.« Chekov kniff die Lippen unter seiner Brille zusammen, und sie blieben an der Felswand stehen, die vom Sims abfiel. Er erhob die Stimme und klopfte auf den Kommunikator seines Anzugs. »Mr. Howard? Sind Sie da oben?«

Schritte knirschten auf Eis, und eine hochgewachsene Gestalt erschien am Rand der vereisten Plattform. »Ich habe versucht, sie aufzuhalten«, sagte Howard mit brüchiger Stimme. »Aber ich mußte den Kitka fesseln, und sie war so schnell …« Er hielt eine Hand hoch, um ihnen einen Fetzen blutiger Fellkleidung zu zeigen. »Ich hätte sie beinahe erreicht, als sie sich ins Meer stürzte. Das ist alles, was ich zurückhalten konnte.«

Uhura schluckte Tränen hinunter und brachte keinen Ton heraus. Sie vergrub ihr Gesicht im eisverkrusteten Pelz von Chekovs Parka und spürte, wie seine Hand sich langsam nach oben tastete und ihre Schulter umfaßte. Seine Stimme klang grimmig.

»Es ist nicht Ihre Schuld, Mr. Howard. Es gab nichts, was Sie hätten tun können.« Er räusperte sich und richtete seine Worte eher an Uhura als an den Sicherheitsmann. »Ghyl wußte genau, was die tat. Sie wollte, daß ihr Gott alles in Ordnung brachte, und sie hat es geschafft.«

»Ich weiß.« Uhura gab ein letztes trockenes Schluchzen von sich und löste ihr Gesicht aus dem muffig riechenden Pelz. »Wenn sie den Kraken nicht hierhergerufen hätte, wären Sie und ich jetzt tot.«

»Und Alion wäre am Leben und hätte eine vergiftete Harpune, die er gegen Howard einsetzen könnte. Sie hat uns alle gerettet.« Chekov bückte sich, ehe Uhura begriff, was er vorhatte, und legte seine Hände zu einem Steigbügel zusammen. »Kommen Sie. Wir müssen zum Unterschlupf zurückkehren.«

»Ich lasse nicht zu, daß Sie mich hochheben! Chekov, Sie sind in weitaus schlechterer Verfassung als ich.« Sie trat zurück und zog ihn auf die Füße. »Ich gehe in die Knie, und Sie können auf meine Schultern steigen …«

»Ich bin zu schwer …«

»Sir, wenn Sie einfach nur …«

Ihre durcheinander redenden Stimmen verstummten abrupt, als ein vertrautes Rufsignal in den Kommunikatoren ihrer Thermoanzüge erklang. *»Enter-*

prise-Shuttle ruft Landungstrupp«, drang Sulus markante Stimme durch das Geheul der Nordlichtstörungen. »Verstehen Sie mich?«

»Laut und deutlich!« erwiderte Uhura. Die Intensität des Shuttle-Signals kündigte ihr an, daß es sich im Anflug befand. »Haben Sie die Felsenhöhle der Eingeborenen lokalisiert?«

»Sie ist genau dort, wo sie sich laut Mr. Spock befinden sollte.« Ein tiefes Brummen rollte über den Horizont und wurde lauter. Die Stimme des Steuermanns drang deutlich durch das Rauschen. »Ich kann Sie jetzt sogar sehen. Hey, was haben Sie da unten am Strand zu suchen? Es ist heute zu kalt, um ein Sonnenbad zu nehmen.«

Chekovs Lachen ließ eine Wolke weißen Eisnebels vor seinem Gesicht aufblühen. »Endlich sind diese verdammten schwarzen Thermoanzüge für etwas gut. Sulu, hier unten befindet sich ein breites Felssims – das ist wahrscheinlich der beste Landeplatz für das Shuttle.«

»Verstanden.« Der silbrige Glanz des Vehikels fing den blaßvioletten Schein des arktischen Sonnenuntergangs ein, während es die Felsplattform umkreiste, auf der sie standen, und dann landete. »Hoffentlich sind eure Stimmen intakt. Captain Kirk möchte nämlich wissen, weshalb unterhalb des Felsbandes ein gefesselter Kitka liegt.«

»O nein.« Uhura holte tief Luft und sah, daß Chekov genauso reagierte. »Er will, daß wir sofort Meldung machen?«

»Wir haben einen langen Rückweg zur Orbitalstation, Gentlemen«, erklang Kirks unverkennbar fröhliche Stimme. »Die können wir doch bestens nutzen.«

»Ja, Sir.« Uhura warf Chekov einen schicksalsergebenen Blick zu. »Willkommen bei Starfleet.«

16

Chekov hielt die Tür des Turbolifts mit einer Hand offen und trat halb in den Korridor. Während er ein zugedecktes Speisentablett auf der Hüfte balancierte, hielt er aufmerksam Ausschau und lauschte nach Anzeichen von irgendwelchen Passanten. Dabei ignorierte er zwei höfliche Aufforderungen des Liftcomputers: »Bitte versperren Sie nicht den Zugang zum Turbolift.« Er versperrte ihn ja gar nicht, widersprach er in Gedanken – er hielt ihn offen, um sich einen Fluchtweg zu sichern. Weder hörte noch sah er irgendwen, daher betrat er mutig den Korridor und ließ die Tür hinter sich zischend und mit einem Glockensignal zugleiten. »Vielen Dank.«

Er hatte eigentlich nicht damit gerechnet, auf seinem Weg zum Quartier Uhuras irgend jemandem zu begegnen. Der Schichtwechsel hatte bereits stattgefunden, und das Gedränge der Leute, die Feierabend machten oder ihre Arbeitsplätze aufsuchten, hatte nachgelassen. Wer keinen Dienst mehr hatte, suchte noch ein wenig Entspannung, ehe er endgültig zu Bett ging. Gewöhnlich verbrachten die Besatzungsmitglieder der *Enterprise* ihre Freizeit in ihren Quartieren oder in den allgemeinen Aufenthaltsräumen, aber nicht auf den Korridoren. Es hatte sich gelohnt, das Ende des Schichtwechsels abzuwarten, auch wenn sich, bedingt durch frisches Personal, sein Verschwinden aus der Krankenstation etwas schwieriger gestaltet hatte.

Gestern, als der Shuttle sie vom Unterschlupf der Kitka abgeholt hatte, hatte er noch geglaubt, er würde erst einmal eine ganze Woche lang schlafen. Er hatte vor dem Shuttle gestanden, um Kirk mündlich Bericht zu erstatten – wobei er sich nur auf die wesentlichsten Einzelheiten beschränkte, um peinliche Erklärungen zu vermeiden –, und hatte Howard geholfen, alles zu verstauen und zu überprüfen, was von ihrem Antigravschlitten und ihrer Ausrüstung noch übrig war. Dann hatte er sich in den hinteren Teil des Shuttle verzogen, wo er während des Rückflugs zum Schiff alleine war und seine Ruhe hatte.

Nachdem er sich zwischen den schmalen Shuttlesitzen hindurchgeschlängelt hatte, streifte Chekov, dem von den Zähnen bis hin zu den Knochen alles wehtat, die Kapuze seines Thermoanzugs ab, öffnete die Vorderfront seines Anzugs und ließ sich in einen der freien Sessel fallen. Allein in dieser warmen, sicheren Umgebung sitzen zu können, kam ihm schon wie ein unendlicher Luxus vor. Er wäre beinahe in tiefen Schlaf gesunken, sobald sein Kopf die Rückenlehne berührte.

Er mußte jedoch traurige Mitteilungen formulieren und Entscheidungen treffen. Tenzings Familie würde erfahren und begreifen wollen, was ihre Tochter während ihres Dienstes auf der *Enterprise* geleistet hatte. Publickers Familie würde sicherlich die Rücksendung seiner Hinterlassenschaft wünschen und zutiefst betrübt sein, daß die Leiche des Verstorbenen auf Nordstral hatte zurückbleiben müssen. Dies waren die Pflichten, die Chekov in seinem Job am meisten haßte und die er liebend gerne einem anderen Offizier übertragen hätte. Aber wenn man es genau betrachtete, war er für die Leute, die unter seinem Kommando arbeiteten, in vollem Umfang verantwortlich. Und diese Verantwortung wog besonders schwer, wenn er sich eingestehen mußte, daß es ihm nicht gelungen war, sie vor Katastrophen zu beschützen.

Ein stechender Schmerz explodierte in Höhe seines Jochbogens und ließ ihn mit einem heftigen Fluch hochfahren. Er hatte gar nicht bemerkt, wie dicht er davorgestanden hatte einzuschlafen. Er brauchte ein paar Sekunden, um seine Umgebung wiederzuerkennen.

McCoy stand neben ihm und betrachtete ihn mit einem Ausdruck ärztlicher Besorgnis. »Was ist denn mit Ihnen passiert?« fragte er und deutete auf Chekovs Gesicht.

Der Lieutenant wollte seine Wange reiben, zuckte bei der Berührung heißer, schmerzempfindlicher Haut jedoch zusammen. »Nichts.« Er vergaß zu erwähnen, daß Alions letzter Angriff ihn ziemlich in Mitleidenschaft gezogen hatte.

McCoy schüttelte ungehalten den Kopf. »Nichts?« Mit einer Hand erfaßte er Chekovs Kinn und hielt seinen Kopf ruhig, während seine andere Hand in das Medikit an seinem Gürtel tauchte. »Nun, dieses Nichts sieht so aus, als verberge sich dahinter mindestens ein angeknackster Jochbogen. Halten Sie still!«

Das Geräusch von McCoys medizinischem Scanner war so laut, daß Chekov die Ohren summten. »Doktor, bitte, ich bin völlig okay ...« Er hatte eine Menge Arbeit zu erledigen, mußte Briefe schreiben, Dienstpläne umstellen ...

»Er wurde vergiftet.« Uhura schob sich in die Sitzreihe hinter ihm. Sie hatte ihren eigenen Thermoanzug abgelegt, aber die Kitka-Maske hing immer noch um ihren Hals. »Irgendein Gift, das die Eingeborenen aus den Kraken gewinnen.«

»Wie bitte?«

Chekov ließ den Kopf in die Hände sinken und seufzte ergeben.

»Wann ist das passiert?« wollte McCoy von Uhura wissen.

»Vor etwa drei Tagen.«

Die finstere Miene des Arztes weckte in Chekov spontan die Vermutung, daß er wahrscheinlich gleich erneut Prügel beziehen würde. »Mein Gott, was ist denn daran so schlimm...«

»Mr. Chekov, etwas Derartiges haben Sie in Ihrem Bericht nicht erwähnt.« Sogar Kirk war schließlich durch den Wortwechsel im hinteren Teil des Shuttles angelockt worden.

Chekov spürte, wie er errötete und dabei der pulsierende Schmerz in seinem Gesicht zunahm. »Ja, Captain, ich weiß, Sir, aber...«

McCoy kam Kirks Tadel zuvor, indem er ihm mit der flachen Hand auf eine Schulter schlug. »Von dir will ich jetzt kein Wort hören, Jim! Wenn du den Jungs nicht ein so schlechtes Beispiel geben würdest, brauchte ich mich nicht ständig um ihre Blessuren zu kümmern.«

»Also, Pille...«

Danach war McCoy derart intensiv damit beschäftigt, Kirk seine Meinung zu sagen, daß er seine Gardinenpredigt für Chekov völlig vergaß. Davon überzeugt, daß Tarnung seine beste Verteidigung wäre, schlief Chekov ganz einfach ein in der Hoffnung, daß McCoy ihn längst vergessen haben würde, wenn sie erst einmal zu Hause wären.

Statt dessen erwachte er später auf einer Bahre, unterwegs ins Krankenrevier. Da war es natürlich zu spät, um irgend etwas Konstruktives zu erledigen. Bald schlief er wieder ein und erwachte erst am darauffolgenden frühen Morgen. Während er sich ausgeruht und gesund und ausreichend wiederhergestellt fühlte, um auf seinen Posten zurückzukehren, bestand McCoy darauf, daß er noch für einige Zeit zur Beobachtung im Lazarett blieb. Nicht einmal Kirk widersprach dieser Anordnung.

Soweit es Chekov anbelangte, gab es für ihn nichts Langweiligeres, als einen ganzen Tag lang im Lazarett an ein Bett gefesselt zu sein. Den ganzen Tag über schauten Besucher vorbei – Sulu, Riley, verschiedene Angehörige seiner Sicherheitstruppe –, aber sie konnten nicht viel tun, um ihn aufzumuntern. Wenn er selbst sich schon darüber ärgerte, an konstruktiven Tätigkeiten gehindert zu werden, verbesserte es seine Laune nicht unbedingt, wenn andere ihre eigene Arbeit unterbrachen, um ihm Gesellschaft zu leisten.

Die einzige Lösung schien in diesem Fall die Flucht darzustellen. Zumindest eine vorübergehende. Sicherheitschef eines Raumschiffs zu sein, hatte den Vorteil, daß er mit dem Grundriß und den Dienstplänen des Schiffs bestens vertraut war. Insofern konnte er auch den günstigsten Zeitpunkt und Weg bestimmen, um sich mit größtmöglichem Erfolg aus dem Krankenrevier wegzustehlen. Er könnte später immer noch zurückkehren und McCoy das Leben so schwer machen, daß der Arzt ihn entnervt entließ und froh wäre, ihn loszusein. Falls er Pech hatte, war das Schlimmste, das ihm passieren konnte, daß man ihm strenge Bettruhe verordnete. Auch dann könnte er jederzeit verschwinden, wenn es wirklich zu langweilig würde.

Uhura öffnete die Tür schon nach seinem zweiten Anklopfen. Sie sah müde und ein wenig verwirrt aus, blinzelte ihn aber angenehm überrascht an, als er sie anlächelte. »Chekov! Ich dachte, Sie lägen im Krankenrevier?«

»Das tue ich auch. Lassen Sie mich rein, ehe mich jemand sieht.«

Sie zog ihn herein und schob schnell die Tür hinter ihm zu. Er gab sich alle Mühe, nicht auf die Computerausdrucke auf ihrem Schreibtisch, auf die Knochenmaske an der Wand oder auf die kleinen, sonnigen Bilder der Kitka zu achten, die über den kleinen Bildschirm ihres Terminals wanderten.

»Ich habe es noch gar nicht geschafft, Sie zu besuchen«, sagte sie, und ihre Stimme klang ein wenig schuldbewußt, während sie einen Sessel abräumte, damit er Platz fand. »Ich hatte es vorgehabt, aber leider …«

Er wischte ihre Erklärung mit einer Handbewegung weg und stellte das Essenstablett auf den Sessel. »Es ist schon gut. Sie hatten zu tun.«

Ihr Blick wanderte zum Bildschirm und den Kitka, die darauf umherliefen. »Ja … ich habe mir jede Menge Bänder angesehen. Es muß unheimlich viel katalogisiert werden.«

Das konnte er sich durchaus vorstellen. Aufzeichnungen mit Ghyl, die ausführliche Erklärungen in der pfeifenden Kitka-Sprache abgab, wechselten sich mit Einstellungen ab, in denen Nhym auf verschiedene Nahrungsmittel deutete, wobei Uhura, was durchaus erstaunlich war, den Eindruck erweckte, als käme es ihr niemals in den Sinn, diese Speisen auch zu kosten. Als er Uhuras Bild auf dem Schirm sah, wurde Chekov daran erinnert, woher die Filme stammen mußten, und er empfand zu seiner Verblüffung einen tiefen, bohrenden Schmerz, den nicht einmal McCoy und das Lazarett der *Enterprise* lindern konnten.

»Das sind Aufnahmen, die Tenzing gedreht hat, nicht wahr?«

Uhura berührte seinen Arm, sah ihm aber nicht in die Augen. »Ja.«

So viele sind dahingegangen, dachte er und verfolgte, wie Ghyl Nhyms Maske zurechtrückte und ihr zerzaustes silbernes Haar kämmte. »Sie wußte, was sie tat«, sagte er laut zu Uhura. »Ihre Welt und ihr Volk mußten gerettet werden, und sie war bereit, alles hinzugeben, um das zu gewährleisten. Ich denke, sie wäre mit unserer Lösung zufrieden gewesen.«

Uhura nickte, schlang die Arme um sich, als würde sie plötzlich frieren. »Das wäre sie sicherlich. Ich wünschte, sie hätte es noch erlebt.«

Chekov ertappte sich des öfteren dabei, daß diese Worte ihm durch den Sinn gingen.

Er ergriff ihre Hand, drehte die Frau vom Bildschirm weg und führte sie zum Essenstablett auf dem Sessel. »Es gibt nur eine Sache, die einen von allem ablenken kann.«

Uhura grinste verlegen. »Essen.«

»Essen.« Er schob den Sessel zwischen sie und stützte sich auf die Rückenlehne. »Erinnern Sie sich noch an das, was ich vor unserem Start nach Nordstral gesagt habe? Ich hatte Ihnen versprochen, Sie zum Abendessen einzuladen.«

»Das stimmt, das haben Sie wirklich.« Sie lachte, und für einen kurzen Moment wich der traurige Ausdruck aus ihrem Gesicht. »Haben Sie es selbst zubereitet?«

Er starrte sie entgeistert an. »Machen Sie Witze? Ich habe es über die Küche des Lazaretts bestellt.« Er griff über die Sessellehne hinweg und entfernte den Dekkel mit einer eleganten Geste. Ein appetitlicher Geruch stieg auf. »Wie finden Sie das?«

Sie bückte sich und roch an den Tellern. Ihre Augenbrauen zogen sich ein wenig irritiert zusammen. »Es riecht nach Kohl.«

»Es ist *Haluschki*.«

Sie warf ihm einen skeptischen Seitenblick zu. »Und was ist *Haluschki*?«

Chekov zuckte die Achseln und legte den Deckel auf die Anrichte hinter ihm. »Kohl.« Er grinste sie an. »Ich hab's speziell für Sie bestellt.«

Sie lachte erneut. Es war ein warmer, einschmeichelnder Laut nach all den Unannehmlichkeiten von Nordstral. »Oh, Chekov – was würde ich ohne Sie tun?«

Er reichte ihr einen Teller. »Zum Beispiel um einiges besser speisen, wenn schon nichts anderes.«

McCoy lugte durch die Tür zum Beobachtungsdeck und versuchte, nicht zu enttäuscht zu klingen, als er nur Kirk und Spock dort antraf. »Hat einer von euch Chekov gesehen?«

Kirk löste seinen Blick von der strahlend weißen Kugel Nordstrals und musterte seinen Freund erstaunt. »Was ist los, Pille? Verlierst du schon die Übersicht über deinen Krankenbestand?«

»Offensichtlich.« Er durchquerte den Raum, blieb neben Kirk stehen und steckte die Hände in die Hosentaschen. Der Terminator wanderte stumm über die Oberfläche des Planeten, während sie diesen umkreisten. »Was hat man davon, einen Patienten behandeln zu wollen, der das Sicherheitssystem des Lazaretts austrickst und sich aus dem Staub macht, sobald man ihm den Rücken zuwendet?«

Kirk zuckte amüsiert die Achseln. »Die Garantie, daß er wieder bei bester Gesundheit ist.«

Das konnte nur von jemandem kommen, der alles daran setzen würde, sich um eine medizinische Untersuchung herumzudrücken. McCoy beschloß, dieses Thema fallenzulassen. »Wie geht es denn unserem größeren Patienten?« fragte er und deutete mit einem Kopfnicken auf den Planeten. In der Atmosphäre funkelten Nordstrals regenbogenfarbene Nordlichter. Die Städte am Äquator umschlangen die eisige Welt wie ein Brillanthalsband, während die ferne Sonne ihr eine Tiara aus reinstem Gold verlieh.

»Bisher sind die Aussichten bestens.« Kirk betrachtete die nächtliche Lichterpracht mit einer offenen Freude, die McCoy überraschte. »Die beiden noch vorhandenen Sammlerschiffe verteilen Nährstoffe auf beiden Halbkugeln, und Spock schießt schon den ganzen Tag Torpedos voller Plankton hinunter.«

»Voller mariner Flora«, korrigierte Spock mit blasierter Miene.

Kirk grinste ihn an. »Ich bitte um Verzeihung.«

»Ich rechne mit vollständiger Wiederherstellung des Nordstral-Magnetfeldes in etwa vierzehn Tagen«, fuhr der Vulkanier fort, als hätte jemand ihn um weitere Ausführungen gebeten. »Die Kitka, die im Äquatorbereich leben, melden, daß die Reproduktion der Flora bis zum dreißigsten südlichen Breitengrad eingesetzt hat, und die nördlichen Stämme berichten, daß das Eis und die Kraken sich während der vergangenen vierundzwanzig Stunden merklich beruhigt haben.«

»Das trifft auch auf Maxine Kanes Patienten zu.« McCoy haßte es, Spock zuzustimmen, aber er sah keine Möglichkeit, dies zu umgehen. »Sie sagt, Nordstral habe die Absicht, dem Planeten ein paar Monate Ruhe zu gönnen, während sie ein neues Aussaat- und Ernteprogramm entwickeln, das gewährleistet, daß etwas Derartiges nicht mehr passiert.« Er schüttelte verwundert den Kopf, während die Tageslichtseite Nordstrals die Sterne verblassen ließ. »Es ist doch schade, daß so eine Katastrophe nötig ist, um uns daran zu erinnern, wie labil das ökologische Gleichgewicht eines Planeten ist – nicht nur auf Nordstral. Wenn jeder Planet mit Beben und magnetischen Stürmen reagieren würde, sobald irgend etwas in Unordnung gerät, hätten die vernunftbegabten Rassen überall in der Galaxis vielleicht nicht so viel Schaden angerichtet, wie sie es bisher getan haben.«

Kirk klopfte seinem Freund auf die Schulter und stieß einen leisen Seufzer aus. »Jeder Planet stellt seiner Bevölkerung zur Verfügung, was sie braucht, um das Richtige zu tun. So lange wir am Ende die richtige Richtung einschlagen, ist das alles, was zählt.«

»Dann sollten wir hoffen«, meinte Spock, »daß Nordstral alles Notwendige gelernt hat.«

McCoy schnaubte spontan, ehe er es sich anders überlegte, und sah sich plötzlich den neugierigen und fragenden Blicken seiner Gefährten ausgesetzt. »Nun, wie es mit Nordstral ist, weiß ich nicht«, murmelte er und verlagerte nervös das Gewicht von einem Fuß auf den anderen, »aber ich habe meine Lektion ganz sicher gelernt.«

»Ach?« sagte Kirk stirnrunzelnd. »Und wie sieht die aus?«

»Das nächste Mal, wenn du von mir verlangst, daß ich auf einem Planeten mit Millionen Tonnen Eis über dem Kopf schwimmen gehen soll, werde ich so tun, als sei ich Vulkanier. Dann darf ich nämlich zu Hause bleiben!«

STAR TREK™

in der Reihe
HEYNE SCIENCE FICTION & FANTASY

STAR TREK: CLASSIC SERIE

Vonda N. McIntyre, Star Trek II: Der Zorn des Khan · 06/3971
Vonda N. McIntyre, Der Entropie-Effekt · 06/3988
Robert E. Vardeman, Das Klingonen-Gambit · 06/4035
Lee Correy, Hort des Lebens · 06/4083
Vonda N. McIntyre, Star Trek III: Auf der Suche nach Mr. Spock · 06/4181
S. M. Murdock, Das Netz der Romulaner · 06/4209
Sonni Cooper, Schwarzes Feuer · 06/4270
Robert E. Vardeman, Meuterei auf der Enterprise · 06/4285
Howard Weinstein, Die Macht der Krone · 06/4342
Sondra Marshak & Myrna Culbreath, Das Prometheus-Projekt · 06/4379
Sondra Marshak & Myrna Culbreath, Tödliches Dreieck · 06/4411
A. C. Crispin, Sohn der Vergangenheit · 06/4431
Diane Duane, Der verwundete Himmel · 06/4458
David Dvorkin, Die Trellisane-Konfrontation · 06/4474
Vonda N. McIntyre, Star Trek IV: Zurück in die Gegenwart · 06/4486
Greg Bear, Corona · 06/4499
John M. Ford, Der letzte Schachzug · 06/4528
Diane Duane, Der Feind – mein Verbündeter · 06/4535
Melinda Snodgrass, Die Tränen der Sänger · 06/4551
Jean Lorrah, Mord an der Vulkan Akademie · 06/4568
Janet Kagan, Uhuras Lied · 06/4605
Laurence Yep, Herr der Schatten · 06/4627
Barbara Hambly, Ishmael · 06/4662
J. M. Dillard, Star Trek V: Am Rande des Universums · 06/4682
Della van Hise, Zeit zu töten · 06/4698
Margaret Wander Bonanno, Geiseln für den Frieden · 06/4724
Majliss Larson, Das Faustpfand der Klingonen · 06/4741
J. M. Dillard, Bewußtseinsschatten · 06/4762
Brad Ferguson, Krise auf Centaurus · 06/4776
Diane Carey, Das Schlachtschiff · 06/4804
J. M. Dillard, Dämonen · 06/4819
Diane Duane, Spocks Welt · 06/4830
Diane Carey, Der Verräter · 06/4848
Gene DeWeese, Zwischen den Fronten · 06/4862
J. M. Dillard, Die verlorenen Jahre · 06/4869

STAR TREK™

Howard Weinstein, Akkalla · 06/4879
Carmen Carter, McCoys Träume · 06/4898
Diane Duane & Peter Norwood, Die Romulaner · 06/4907
John M. Ford, Was kostet dieser Planet? · 06/4922
J. M. Dillard, Blutdurst · 06/4929
Gene Roddenberry, Star Trek (I): Der Film · 06/4942
J. M. Dillard, Star Trek VI: Das unentdeckte Land · 06/4943
David Dvorkin, Die Zeitfalle · 06/4996
Barbara Paul, Das Drei-Minuten-Universum · 06/5005
Judith & Garfield Reeves-Stevens, Das Zentralgehirn · 06/5015
Gene DeWeese, Nexus · 06/5019
D. C. Fontana, Vulkans Ruhm · 06/5043
Judith & Garfield Reeves-Stevens, Die erste Direktive · 06/5051
Michael Jan Friedman, Das Doppelgänger-Komplott · 06/5067
Judy Klass, Der Boacozwischenfall · 06/5086
Julia Ecklar, Kobayashi Maru · 06/5103
Peter Norwood, Angriff auf Dekkanar · 06/5147
Carolyn Clowes, Das Pandora-Prinzip · 06/5167
Diana Duane, Die Befehle des Doktors · 06/5247
V. E. Mitchell, Der unsichtbare Gegner · 06/5248
Dana Kramer-Rolls, Der Prüfstein ihrer Vergangenheit · 06/5273
Michael Jan Friedman, Schatten auf der Sonne · 06/5179
Barbara Hambly, Der Kampf ums nackte Überleben · 06/5334
Brad Ferguson, Eine Flagge voller Sterne · 06/5349
Gene DeWeese, Die Kolonie der Abtrünnigen · 06/5375
Michael Jan Friedman, Späte Rache · 06/5412
Peter David, Der Riß im Kontinuum · 06/5464
Michael Jan Friedman, Gesichter aus Feuer · 06/5465
Peter David/Michael Jan Friedman/Robert Greenberger, Die Enterbten · 06/5466
L. A. Graf, Die Eisfalle · 06/5467

STAR TREK: THE NEXT GENERATION
David Gerrold, Mission Farpoint · 06/4589
Gene DeWeese, Die Friedenswächter · 06/4646
Carmen Carter, Die Kinder von Hamlin · 06/4685
Jean Lorrah, Überlebende · 06/4705
Peter David, Planet der Waffen · 06/4733
Diane Carey, Gespensterschiff · 06/4757
Howard Weinstein, Macht Hunger · 06/4771

STAR TREK™

John Vornholt, Masken · 06/4787
David & Daniel Dvorkin, Die Ehre des Captain · 06/4793
Michael Jan Friedman, Ein Ruf in die Dunkelheit · 06/4814
Peter David, Eine Hölle namens Paradies · 06/4837
Jean Lorrah, Metamorphose · 06/4856
Keith Sharee, Gullivers Flüchtlinge · 06/4889
Carmen Carter u. a., Planet des Untergangs · 06/4899
A. C. Crispin, Die Augen der Betrachter · 06/4914
Howard Weinstein, Im Exil · 06/4937
Michael Jan Friedman, Das verschwundene Juwel · 06/4958
John Vornholt, Kontamination · 06/4986
Mel Gilden, Baldwins Entdeckungen · 06/5024
Peter David, Vendetta · 06/5057
Peter David, Eine Lektion in Liebe · 06/5077
Howard Weinstein, Die Macht der Former · 06/5096
Michael Jan Friedman, Wieder vereint · 06/5142
T. L. Mancour, Spartacus · 06/5158
Bill McCay/Eloise Flood, Ketten der Gewalt · 06/5242
V. E. Mitchell, Die Jarada · 06/5279
John Vornholt, Kriegstrommeln · 06/5312
Laurell K. Hamilton, Nacht über Oriana · 06/5342
David Bischoff, Die Epidemie · 06/5356
Diane Carey, Abstieg · 06/5416
Michael Jan Friedman, Relikte · 06/5419
Michael Jan Friedman, Die Verurteilung · 06/5444
Simon Hawke, Die Beute der Romulaner · 06/5413 (in Vorb.)
Rebecca Neason, Der Kronprinz · 06/5414 (in Vorb.)

STAR TREK: DIE ANFÄNGE
Vonda N. McIntyre, Die erste Mission · 06/4619
Margaret Wander Bonanno, Fremde vom Himmel · 06/4669
Diane Carey, Die letzte Grenze · 06/4714

STAR TREK: DEEP SPACE NINE
J. M. Dillard, Botschafter · 06/5115
Peter David, Die Belagerung · 06/5129
K. W. Jeter, Die Station der Cardassianer · 06/5130
Sandy Schofield, Das große Spiel · 06/5187
Lois Tilton, Verrat · 06/5323
Diane Carey, Die Suche · 06/5432

STAR TREK™

Esther Friesner, Kriegskind · 06/5430
Melissa Scott, Der Pirat · 06/5434 (in Vorb.)
Nathan Archer, Walhalla · 06/5512 (in Vorb.)

STAR TREK: STARFLEET KADETTEN
John Vornholt, Generationen · 06/6501
Peter David, Worfs erstes Abenteuer · 06/6502
Peter David, Mission auf Dantar · 06/6503
Peter David, Überleben · 06/6504
Brad Strickland, Das Sternengespenst · 06/6505
Brad Strickland, In den Wüsten von Bajor · 06/6506
John Peel, Freiheitskämpfer · 06/6507
Mel Gilden & Ted Pedersen, Das Schoßtierchen · 06/6508
John Vornholt, Erobert die Flagge! · 06/6509
V. E. Mitchell, Die Atlantis Station · 06/6510
Michael Jan Friedman, Die verschwundene Besatzung · 06/6511
Michael Jan Friedman, Das Echsenvolk · 06/6512

STAR TREK: VOYAGER
L. A. Graf, Der Beschützer · 06/5401
Peter David, Die Flucht · 06/5402
Nathan Archer, Ragnarök · 06/5403
Susan Wright, Verletzungen · 06/5404 (in Vorb.)
John Betancourt, Der Arbuk-Zwischenfall · 06/5405 (in Vorb.)

DAS STAR TREK-UNIVERSUM, 2 Bde.,
überarbeitete und aktualisierte Neuausgabe!
von *Ralph Sander* · 06/5150

DAS STAR TREK-UNIVERSUM, Ergänzungsband
von *Ralph Sander* · 06/5151

William Shatner/Chris Kreski, Star Trek Erinnerungen · 06/5188
William Shatner/Chris Kreski, Star Trek Erinnerungen: Die Filme · 06/5450

Phil Farrand, Cap'n Beckmessers Führer durch
STAR TREK – DIE NÄCHSTE GENERATION · 06/5199
Phil Farrand, Cap'n Beckmessers Führer durch
STAR TREK – DIE CLASSIC SERIE · 06/5451

Diese Liste ist eine Bibliographie erschienener Titel
KEIN VERZEICHNIS LIEFERBARER BÜCHER!

„Vier Barren goldgepresstes Latinum und ich beame den neuen STAR TREK-Katalog!"
Der Tausch gilt! Sie können es aber auch günstiger haben: Schicken Sie uns einfach 4 Mark in Briefmarken. In unserem neuen STAR TREK-Katalog finden Sie zum Beispiel Modellbausätze, Poster, Uniformen, Magazine, Videos und CDs - eben alles aus dem STAR TREK-Univerum. Also Captain, genießen Sie die Riesenauswahl dieser Galaxis!
CINEMABILIA
ALLES ÜBER FILM & KINO